José María de Pereda

Al primer vuelo

Barcelona 2024
Linkgua-ediciones.com

Créditos

Título original: Al primer vuelo.

© 2024, Red ediciones S.L.

e-mail: info@linkgua.com

Diseño de cubierta: Michel Mallard.

ISBN tapa dura: 978-84-1126-508-9.
ISBN rústica: 978-84-9953-002-4.
ISBN ebook: 978-84-9953-001-7.

Sumario

Créditos _____ 4

Brevísima presentación _____ 9
   La vida _____ 9
   La obra _____ 9

I _____ 11

II. La tesis de don alejandro _____ 20

III. El ojo de Bermúdez Peleches _____ 27

IV. De lo que escribió desde Villavieja don Claudio Fuertes y León, a don
Alejandro Bermúdez Peleches _____ 35

V. Quince días después _____ 51

VI. Entre buenos amigos _____ 63

VII. Visitas _____ 74

VIII. En el casino _____ 84

IX. La familia del boticario _____ 92

X. De tiros largos _____ 105

XI. El «Flash» _____ 113

XII. Después del paseo _____ 127

XIII. Las primeras semanas _____ 137

XIV. Crónica de un día _____ 147

XV. Cartas cantan _____ 159

XVI. Gacetilla _____ 172

XVII. Mar afuera _____ 175

XVIII. Bajo el tambucho _____ 188

XIX. En la villa _____ 200

XX. En Peleches _____ 207

XXI. Al día siguiente _____ 220

XXII. Un incidente grave _____ 231

XXIII. La tribulación del boticario _____ 242

XXIV. «El Fénix Villavejano» _____ 252

XXV. En el que todos quedan satisfechos menos el lector _____ 265

Libros a la carta _____ 277

Brevísima presentación

La vida

José María de Pereda. (Polanco, 6 de febrero de 1833-Santander, 1 de marzo de 1906). España.

Fue un novelista español del periodo realista. Máximo representante del tránsito del costumbrismo regionalista a la prosa de ficción realista del siglo XIX. También tuvo una actividad política afiliado al Partido Carlista.

Católico convencido, antiliberal, carlista, su obra literaria huirá de cualquier sospecha de liberalismo o progreso y se cobijará bajo la sombra de la tradición

No fue Pereda —decía su íntimo amigo Menéndez Pelayo— un literato profesional, sino un hidalgo que escribía libros, donde se refleja su espíritu creyente y castizo, donde se aprende a vivir bien y a morir mejor.

La obra

Al primer vuelo (1891) utiliza una vez más el tema del regionalismo y el amor por la tradición. José María de Pereda era un escritor que adoraba su región natal, su obra se basa en la contemplación y descripción de un mundo provinciano, hecho de personajes populares y pintorescos y de sus pequeñas pasiones cotidianas.

I

No tiene escape. Denme ustedes un aire puro, y yo les daré una sangre rica; denme una sangre rica, y yo les daré los humores bien equilibrados; denme los humores bien equilibrados, y yo les daré una salud de bronce; denme, finalmente, una salud de bronce, y yo les daré el espíritu honrado, los pensamientos nobles y las costumbres ejemplares. *In* corpore sano, mens sana. Es cosa vista... salvo siempre, y por supuesto, los altos designios de Dios.»

Palabra por palabra, éste era el tema de muchas, de muchísimas peroraciones, casi discursos, del menor de los Bermúdez Peleches, del solar de Peleches, término municipal de Villavieja. Le daba por ahí, como a sus hermanos les había dado por otros temas; como a su padre le dio por la manía de poner a sus hijos grandes nombres, «por si algo se les pegaba».

Tres varones tuvo y una hembra. Se llamaron los varones Héctor, Aquiles y Alejandro, y la hembra Lucrecia. Pero no le salió por este lado al buen señor la cuenta muy galana que digamos. Héctor, encanijado y pusilánime, no contó hora de sosiego ni minuto sin quejido. Aquiles, no mucho más esponjado que Héctor, despuntó por místico en cuanto tuvo uso de razón, y emprendió, pocos años después, la carrera eclesiástica. Lucrecia, de mejor barro que sus dos hermanos mayores en lo tocante a lo físico, al primer envite de un indiano de Villavieja, de esos que se van apenas venidos, dijo que sí; y con tal denuedo y tan emperrado tesón, que a pesar de ser el indiano mozo de pocas creces, ínfima prosapia y mezquino caudal, y a despecho de los humos y de las iras del Bermúdez padre, la Bermúdez hija se dejó robar por el pretendiente, se casó con él a los pocos días, y le siguió más tarde por esos mares de Dios, afanosa de ver mundo y resuelta a alentar a su marido en la honrosa tarea de «acabar de redondearse» en el mismo tabuco de Mechoacán en que había dejado, trece meses antes, depositados los gérmenes de una soñada riqueza. Alejandro, el Bermúdez nuestro, tuvo tanto de su homónimo, el de Macedonia, como sus hermanos Héctor y Aquiles de los dos famosos héroes de La Iliada; aunque, en honor de la verdad y escrupulizando mucho las cosas, algo vino a sacar, ya que no del insigne conquistador, de su padre, pues llegó a ser tuerto como el gran Filipo. Por lo demás, fue el varón más fornido de la casa, y el más sano y animoso. Eligió la carrera de Derecho, y le envió su padre a la Universidad, mientras Aquiles estudiaba Teología en el Seminario, y se sabía, por lo que propalaba la familia del mexicano, que Lucrecia estaba en Mechoacán engordando a más y mejor con la alegría de ver acrecentarse, de hora en hora, el caudal de su marido.

Héctor, hecho una miseria, se quedó en Peleches al cuidado de su padre. El cual, con esta cruz sobre la de sus muchos años, y el martirio, cada día más insufrible, de la prevaricación de su hija, se murió muy pronto. Con esta muerte, como con la de su yedra el muro vacilante, la vida de Héctor, insostenible por sí sola, se puso a punto de acabarse. Acudió a su lado el seminarista, enteco por naturaleza y extenuado por los ayunos y las maceraciones; y solos, tristes y doloridos los dos en el caserón de Peleches, muriéronse en pocos meses uno tras otro, después de testar en común a favor de Alejandro; y no por aborrecimiento a Lucrecia, bien lo sabe Dios, sino por acumular los caudales libres de la familia en el único encargado de perpetuar el ilustre apellido, y en la persuasión de que la hembra iba en próspera fortuna, no tenía más que un hijo y podía pasarse muy bien sin las legítimas de sus dos hermanos.

Ello fue que Alejandro se vio dueño y señor de las tres cuartas partes del haber de sus padres, que, aunque no eran cosa del otro jueves, reunidas en un solo montón daban para mucho en manos de un hombre hacendoso como él, por instinto, y que ya para entonces había aprendido, de labios de un profesor suyo, hombre anémico y dado un poquito a la crápula, aquello de mens sana... en virtud de los milagros del aire puro, corriente y libre, que, por cierto, no los había hecho muy señalados en la familia de los Bermúdez del solar de Peleches, como podía certificarlo el Alejandro mismo.

No tentándole gran cosa los libracos de su carrera, resolviose a dejarla en el punto en que la tenía cuando los tristes acontecimientos de Peleches le obligaron a trasladarse a su casa solar; pero como se había dejado por allá, en vías de buen arreglo, cierto asunto que nada tenía que ver con la heredada hacienda ni con los afanes universitarios, encomendando el caserón nativo y todas sus pertenencias, muebles e inmuebles, al cuidado de una persona de su confianza, y sin pagarse mucho, por entonces, de los libres y salutíferos aires patrios, aunque a reserva de volver a henchirse de ellos tan pronto como lo necesitara, tornose a la ciudad, que era Sevilla.

El asunto que con tal fuerza le solicitaba allí, era una huérfana bien acaudalada y no de mal ver, aunque algún tanto desquiciada de una cadera, y con la cual llegó a casarse un año después. Con los dos caudales juntos y sus excelentes instintos de traficante, emprendió negocios que le dieron un buen lucro y le apegaron más y más a la tierra de su mujer. La cual, a los ocho meses de haberle hecho padre venturoso de una hermosa niña, que se bautizó con el nombre de Nieves, se murió. Por entonces perdió el ojo izquierdo Alejandro Bermúdez Peleches; y, según relato de personas bien enteradas, lo perdió a consecuencia de una inflamación que le sobrevino de tanto llorar... y de tanto frotarlo, mientras lloraba, con la mano mal depurada de cierto menjunje cáustico que había preparado él para un enjuague vinícola de los muchos que hacía en su bodega.

Aunque después de curado de las penas de las dos pérdidas, en el mismo orden cronológico en que habían ocurrido la de la esposa y la del ojo, se vio joven y robusto y rico, no sintió las menores tentaciones de volver a casarse, entre otros motivos, por el muy noble y honroso de no dar una madrastra a su hija, que se criaba como un rollo de manteca al cuidado de una juiciosa y madura ama de gobierno, después de haberla dejado de su mano la nodriza. Pero, en cambio, y echando de ver que de su parte no había motivos racionales para otra cosa, entabló gustosísimo una frecuente correspondencia con su hermana, que a ello le tentaba desde la ciudad de México, a la cual había trasladado su marido el campo de sus operaciones mercantiles, que, por lo vastas y lucrativas, no cabían ya en el tenducho de Mechoacán. Lucrecia, según sus cartas a Alejandro, no estaba resentida con él por las disposiciones testamentarias de sus hermanos mayores. Lo conceptuaba natural: los había disgustado a todos por una calaverada que por casualidad le había salido bien. Lo conocía al fin, y se complacía en confesarlo. Además, le sobraba dinero, le sobraban riquezas para ellos dos y un hijo solo que tenían, sin esperanzas de tener otro, porque ya habían pasado más de seis años sin barruntos de él, y era un engordar el suyo, que no cesaba. El aire, los frijoles, el mamey, las enchiladas, el quitil... hasta el pulque con que se desayunaba muchos días para matar el gusanillo, todo lo de allí le caía como en su molde propio, y le abría el apetito y se convertía en sustancia apenas engullido. Deploraba su gordura solamente por lo que la molestaba para sus quehaceres domésticos, pues para andar por la calle tenía volanta. Jamás salía a pie. Su marido era un buen hombre que se esmeraba en complacerla y estimarla a medida que iba ella engordando y enriqueciéndose él, y ni él ni ella pensaban volver a Villavieja ínterin no pudieran ser allí los señores más ricos de toda la provincia; y esto, no por pujos de vanidad, sino por el honrado deseo de que se descubrieran reverentes delante de su marido, muchos mentecatos que le habían tenido en poco en la villa por ser hijo de quien era y caberle en la maleta todos sus caudales. Según iban las cosas, no envejecerían los dos sin ver realizados sus propósitos. Entre tanto, se daban buena vida, se trataban con distinguidas y honradas gentes, y el niño Ignacio, Nacho, Nachito, iba creciendo. ¡Nachito! Era una bendición de Dios por guapo, por agudo, por gracioso... ¡Qué criatura, Virgen de Guadalupe! Todas estas cosas se las contaba la gorda Lucrecia al tuerto Alejandro en un lenguaje bárbaramente desleído en una tintura medio guachinanga, medio tlascalteca, señal evidente de que la hembra de los Bermúdez Peleches hablaba ya en mexicano como los jándalos montañeses hablan en andaluz.

—Debe estar hecha una tarasca —pensaba su hermano, sonriéndose, cada vez que acababa de leer una de estas cartas—. Pero es buenota como el pan, y varonil como ella sola.

Después la contestaba larga y minuciosamente sobre su modo de vivir, sus esperanzas y proyectos; los proyectos y esperanzas de Lucrecia; consejos sanos y observaciones cuerdas acerca de la obesidad prematura en sus relaciones con el método de vida, calidad y cantidad de los alimentos... Nacho. A este niño precoz le dedicaba siempre un largo párrafo. Nacho crecería, Nacho tendría que estudiar, Nacho sería mozo, Nacho sería un hombre; y ¡ay de él! si mientras recorría este sendero largo y escabroso, no se cuidaba nadie de educarle como era debido para que el espíritu no se corrompiera dentro de un cuerpo mal oxigenado. «No tiene escape, Lucrecia. Dame tú un aire puro, y yo te daré una sangre rica; dame una sangre rica, y yo te daré los humores bien equilibrados; dame tú...» Y así sucesivamente, toda la retahíla que ya conoce el lector.

Luego, y por final de la carta, hablaba de su hija, de su Nieves. ¡Qué hermosísima estaba, cómo crecía de hora en hora, qué revoltosa era y qué gracia le hacía, sobre sus grandes ojos azules, aquel fruncir de entrecejo a cada repentina impresión que recibía, lo mismo de disgusto que de placer! Su pelo era rubio como el oro viejo, y el matiz de sus carnes el del más puro nácar, con unas veladuras de color de rosa en las mejillas, en los labios húmedos y en las ventanas de la nariz, que daba gloria verla. Saldría algo, pero algo muy singular, de aquella miniaturita de mujer. Él tenía ya sus planes formados, sus cálculos hechos para más adelante. En esos cálculos entraba, y por mucho, el venerable solar de Peleches, con sus vastos horizontes y sus aires salutíferos... pero a su debido tiempo, en su día correspondiente... No había que confundir las cosas, que atropellar los sucesos. Todo vendría por sus pasos contados, y todo vendría bien con la ayuda de Dios y sus buenas intenciones.

A Peleches no había vuelto él más que una vez, y muy deprisa, desde la muerte de sus hermanos, porque estaba muy lejos, y los negocios mercantiles y los cuidados de la niña le amarraban a Sevilla de día y de noche; pero no por eso le perdía de vista. A la hora menos pensada daría una vuelta por allí, o todas las que fueran necesarias para el mejor logro de sus acariciados planes. Entre tanto, en buenas manos andaba todo ello, para tranquilidad suya y prestigio de sus hidalgos progenitores.

Con este continuo hablar, Alejandro de su Nieves y Lucrecia de su Nachito, llegó a empeñarse entre los dos hermanos una verdadera puja de alabanzas de los respectivos vástagos; y picada Lucrecia en su puntillo de madre del niño más hermoso del mundo, envió a su hermano un retrato del prodigio, vestido de ranchero, con su listado jorongo, sus amplias calzoneras y su sombrero jarano. ¡No se veía al infeliz debajo de las enormes alas y de la pesadumbre de los pliegues! «¿A mí con esas?» se dijo Alejandro; y retrató a Nieves vestida de andaluza con mantón de grandes flecos, y rosas en la cabeza. Salió hecha una lástima la preciosa criatura; pero su padre lo vio de muy distinto modo y mandó el retrato a Lucrecia, que, como había llevado a mal los peros que su hermano se atrevió a poner al pintoresco vestido de Nacho, se despachó a su gusto en la lista de reparos al atalaje de su sobrina. Entonces convinieron ambos en que los chicos se retrataran «al natural». Hízose así, y enseguida el cambio de los retratos entre la gorda Lucrecia y el tuerto Alejandro. Por cierto que hubo una coincidencia bien singular en las dos cartas, conductoras de las respectivas tarjetas, que se cruzaron en el Océano. Cada una de ellas contenía en posdata esta pregunta: «Y tú, ¿por qué no me envías tu retrato?» Preguntas que obtuvieron en su día las correspondientes respuestas.

La de Lucrecia fue en estos términos:

—Por no asustarte.

Y la de Alejandro en estos otros:

—Porque desde el contratiempo que sabes, no me conocerías.

También iban en posdata estas respuestas. En el cuerpo de las cartas solo se trataba de las impresiones recibidas por cada firmante en la contemplación del retrato, «al natural», del hijo del otro, siendo muy de notar que cada padre extremaba las ponderaciones de su correspondiente sobrino, y ninguno de los dos mentía, porque es la pura verdad que Nacho y Nieves eran tal para cual, y, según decía Lucrecia a su hermano, «como nacidos el uno para el otro, a pesar de llevarle mi Nachito cuatro años a tu Nieves».

Pues el dicho trajo cola, y cola larga; porque aposentó en las mientes de Alejandro una idea que jamás había pasado por ellas. Nieves tenía entonces seis años cumplidos; Nacho, diez mal contados: cuando ella tuviera veinte, él tendría veinticuatro. De molde. Nieves era monísima, y llegaría a ser una arrogante moza; Nacho era guapo de verdad, y prometía ser un mozo gallardo. De perlas. Nieves era rica; su primo, tanto o más que ella; los dos eran ramas, por un lado, de un mismo e ilustre tronco; y por el otro, allá se andaban también, porque si el padre de Nacho era hijo de pobres y oscuros menestrales de Villavieja, la madre de Nieves procedía directamente de un bodegonero de Triana y de una lavandera de Carmona. Esto no se lo había confesado él a ninguno de su casta; pero era la pura verdad y había que tomarlo en cuenta en aquel caso. Después, todo quedaba en la familia, realizado el naciente proyecto; y según los tiempos corrían y lo entornado que andaba el mundo, por dudosa que resultara la formalidad del mexicanillo, érale a él conocido al cabo, y lo conocido, por malo que fuera, siempre sería preferible a lo bueno sin conocer. Pensó mucho, muchísimo, en estos particulares, y en la primera carta que escribió a su hermana la dijo: «podemos seguir tratando de eso, si te parece», después de repetirla el dicho y de glosarle con cierta discreción a su manera. Y de ello se trató largo y tendido entre los dos hermanos con entero y cabal beneplácito del marido de Lucrecia, la cual engordó de pronto cosa de ocho libras más, porque también los pensamientos agradables y las esperanzas risueñas se convertían en sustancia para aquel corpazo tan agradecido.

Andando los meses, la niña sevillana aprendió a leer, y entonces el muchachuelo mexicano, que ya sabía escribir, la dedicó una carta para poner a prueba su destreza en la lectura, y en unos términos tan zalameros y dulzones, que se pegaban hasta de la vista. Nieves leyó la carta sin la menor dificultad, porque la letra era primorosa, pero no la entendió; y por no entenderla y por antojársele que sabía a melaza, le dio empacho y la metió en grandes ganas de saber escribir, para decirle a su primo que la escribiera de otro modo o dejara de escribirla.

—Es el estilo de allá —la dijo su padre para templarla un poco e ir preparándola el estómago.

Pasó más tiempo, y Nieves, en cuanto aprendió a escribir, cumplió su palabra. En una carta escrita con reglero, letra muy desigual y peor ortografía, puso a Nacho para pelar: «No te esquiribiré má —le dijo entre otras cosas—, si tú no canveas de modo... Aver. Te pasas de fino, higo, y tó te sale pringoso de puro arrope que lechas... Aver. Aquí tenemo jotro ablá que no sabe tanto a jigo pasao... Aver.»

Nacho se enmendó algo, no en aquellos días, sino años después, cuando ya cursaba Leyes, y su prima, cendolilla de quince mayos, había ingresado en un colegio. La enmienda completa del mexicano era imposible, porque en aquel modo de escribir entraba Nacho entero y verdadero: así hablaba, así andaba y así comía. De estampa continuaba bien, muy bien; algo desmadejadillo y perezoso, pero guapo, muy guapo; y como seguía el cambio de retratos, no ya entre los padres, sino entre los hijos directamente, si la sevillana había perdonado al primo muchos pecados de estilo en virtud de aquellas otras dotes físicas, también el mexicano, en vista de las extraordinarias de su prima, había sabido dispensarla el matraqueo de sus guasas, y con mayor facilidad las incurables faltas de ortografía. De intereses, como la espuma los dos. Si a don Alejandro le salían redondos los negocios en que se metía, a su cuñado no le cabía ya el dinero en casa, según expresión de Lucrecia, ni a ella las carnes sobre el cuerpo. Era mucho engordar el suyo;

y lo peor de todo, que no podía saber cuándo ni en qué pararía aquella marea de grasa, porque el apetito iba también en auge, y más bravo se le ponía cuanto más alimento se le daba. Por de pronto nada le dolía; y fuera de no poder calzarse, ni vestirse, ni acostarse por sí sola, andaba como un reló. También la tenía con algún cuidado el temor de que su gordura llegara a impedirla el proyectado viaje a la tierra nativa, cuya ocasión podía tocar ya con los dedos a poco que alargara el brazo, porque si a aquellas horas el caudal de su marido no daba para comprar a peso de oro toda Villavieja con sus inherentes y aledaños, no distaría de ello media talega...

Corrieron tres años más, al cabo de los cuales Nacho recibió la investidura de licenciado en Derecho, y Nieves quebrantó los cerrojos de su clausura para no volver jamás a ella. Nuevo cambio de retratos entonces. El de Nachito con las hopalandas y el birrete del oficio, y el de su prima con todos los atalajes y arrequives de una mujer hecha y derecha. Le caía muy bien la vestidura aquélla al mexicanillo. Luciría en estrados informando en una causa ruidosa, ante un público de ociosos, más o menos criminales también, y de señoras distinguidas. No era el tipo del letrado grave, con cara de estuco y alma de papel sellado, revelada en unos ojuelos de vidrio, al compás de una voz campanuda y hueca, que va sacando, uno a uno, como del fondo del estómago, resobados sofismas de taracea que se hubieran insaculado allí después de usados por otros cien jurisperitos de igual corte. Nada de eso: Nacho, con sus ojos dulces y expresivos, su barbita sedosa, sus facciones correctas y finísimas, y su actitud elegante, podría no valer en el fondo un puñado de alfileres, porque chascos mucho más gordos dan ciertos diamantes falsos; pero, a la vista, era el tipo del abogado nuevo, del abogado artista, que no anda por los caminos trillados de las clásicas y vetustas tradiciones forenses, sino por las cumbres espinosas y arriesgadas de los nuevos problemas jurídicos; de los que no usan los libros de la profesión para ejercerla; de los que van a la Audiencia, no a alegar, sino a demoler; no a invocar textos y razones del acervo común, sino a enredarse en teorías frenopáticas dentro de un laberinto de disquisiciones antropológicas, para acabar declarando loca de remate a toda la humanidad que anda fuera de los manicomios, con el heroico fin de salvar del patíbulo, por loco irresponsable, al distinguido criminal a quien defiende, convicto y confeso y reincidente además.

Por supuesto que no son de la cosecha de Nieves estas señas que aquí se dan de su primito. No ahondaban tanto sus malicias todavía. Ella miraba la imagen por el único lado accesible a su vista juvenil y algo deslumbrada por los primeros resplandores del mundo a cuyas puertas acababa de llegar, recién salida de las del colegio; y mirándola por ese lado y de tal modo, se limitó a pensar de su primo lo que cabe en estas sencillísimas palabras.

—No está mal así.

Enseguida se puso a contemplar su propio retrato con bastante mayor avidez que el de su primo. Nada más puesto en razón. Por vez primera se veía en verdaderos hábitos de mujer, sin el menor vestigio del cascarón de la niña ni de la librea de la colegiala; y había mucho que mirar y que considerar en aquella nueva fase de su vida.

II. La tesis de don alejandro

De grandes emociones fue para Nieves el día del estreno de aquellos hábitos para ir a retratarse con ellos; pero no tan hondas como las que sintió su padre en el momento de verla aparecer a la puerta de su gabinete, calzándose los guantes y diciéndole al mismo tiempo: «cuando quieras, papá», con una sonrisilla de ojos y de media boca (porque la otra media la tenía ocupada con una penquita de albahaca) que venía a significar: «¿qué te parece de tu hija con estos flamantes atavíos?» Hasta entonces, en el colegio o fuera del colegio, con los vestidos un poco más largos o un poco más cortos, siempre había sido Nieves para su padre una niña, más alta o más baja, más hecha o menos hecha; pero una niña al cabo, «la niña», como él la llamaba hablando con su ama de llaves o con el primero que se le ponía por delante; la niña, con los gustos y los deseos y descuido propios y naturales de la edad del candor y de la inocencia; pero ¡canástoles! desde aquel momento crítico, con aquel talle ceñido y sutil que ponía de relieve formas, anchuras y redondeces jamás notadas por él; con aquel mirar receloso por debajo del ala del sombrero, medio borgoñón, medio macareno, y aquel crujir de faldas y asomar, rozando el borde de la fimbria, de unos pies como almendras azucaradas, y aquel resbalar de la luz sobre las ondas de sus cabellos rubios... ¡canástoles! era muy otra cosa. En todo aquello había mucha más canela de la que se había él figurado, y cabía más de otro tanto si se quería suponer. En aquella cabecita graciosa se reflejaban pensamientos de cierta especie, y en aquel cuerpo saleroso, latidos... ¡y vaya usted a saber! Pero, señor, ¿en dónde había tenido el ojo bueno hasta entonces? Porque aquello no podía ser la obra repentina, el milagro de algunos jirones de tela y unos cuantos cintajos de más. No, ¡canástoles! aquello allá estaba de por sí, más adentro o más afuera; pero allá estaba... No tenía duda: para estimar una estatua en todo su merecido valor, había que verla colocada en su pedestal. ¡Canástoles, canástoles, si daba que rumiar el caso, para un hombre de los planes y de las ideas que él tenía en el meollo!

—Pues vamos andando, hija del alma —contestó, como distraído, a la insinuación de Nieves, sin dejar de mirarla con su único ojo, muy abierto, ni de pensar lo que pensaba—. Te cae bien, bien de verdad, el atalaje ese que te pones por primera vez... ¡No, no, y llevar le llevas con una soltura!... ¡Canástoles con la chiquilla!... A ver, a ver por detrás... No te pares, no: sigue, sigue andando...

¡Mejor que mejor! ¡Canástoles con la criatura de antes de ayer!... A la calle ahora... Eso es... así se anda... como el Sol y la Luna... ¡Ajá!

Y la criatura aquella salía ya patio adelante entre la fuente y los rosales de las macetas, que en aquel momento solemne la saludaban, la una con sus rumores más blandos, y las otras con su fragancia más exquisita, mientras, desde la galería del piso, la vieja ama de llaves, rondeña de pura casta, la echaba saetas, lo mismo que si pasara la Virgen en la procesión de Viernes Santo.

El retrato salió bien, como tenía que salir con aquel modelo tan a propósito y aquel fotógrafo tan acreditado. Nunca don Alejandro lo había puesto en duda. Pero ¿qué le importaba a él en aquellos instantes el retrato de su hija? Lo que le importaba era lo otro, lo otro, ¡canástoles! lo que en su concepto no daba espera, y por lo cual lo puso «sobre el tapete» en cuanto volvieron a casa los dos y tomaron un respiro.

—Repito lo dicho, hija del alma —comenzó diciendo—: estás de perlas vestidita de mujer; vamos, como si hubieras nacido así...

—Si no he perdido la cuenta —respondió Nieves—, me lo llevas dicho como treinta veces en menos de dos horas.

—Y estarás en lo cierto, si es que no te has quedado corta en la cantidad —replicó su padre sin maldita la intención de bromearse—; porque es tema ese que no se me aparta del magín desde que asomaste por aquella puerta, pocas horas hace. Es cosa muy natural: ya ves tú, te dejo aquí colegialilla, como quien dice, y te encuentro hecha una real moza dos pasos más allá. Soy tu padre; tú eres mi única hija: ¿qué canástoles ha de preocuparle a uno si no son esas cosas tan agradables y tan?... En fin, que estoy en lo mío estando en esas cavilaciones y con esos recreos del ánimo... Pero aguárdate un poco, que no voy a tomar punto de ello en esta ocasión para acabar de aburrirte con otra rociada de chicoleos... ¡Pues tendría que ver la ocurrencia, canástoles! ¡Ja, ja, ja! No, hija, no: cada cosa pide su sazón y su tiempo; y una idea salta porque la empuja otra que quiere saltar también; y así, de idea en idea, cuando uno menos se lo sueña se halla con que ha formado un rosario de ellas que no tiene fin, y se ha visto y se ha revuelto entre los cascos medio mundo... ¿Eh?... ¿Te vas enterando tú?

—Ni esto —respondió Nieves señalando con la uña del dedo pulgar la mitad de la yema del índice de su diestra.

—Pues ya irá saliendo el caso poco a poco —dijo su padre echándose a reír y apoyando ambas manos sobre los respectivos muslos—; ya irá saliendo... Con que mucho ojo ahora, para que no se te pase por alto el hilo.

Nieves, a todo esto, no sabía si reírse o si apenarse, porque lo cierto era que nunca había oído ni visto a su padre hablar de aquel modo ni de aquellas trazas; y así sucedía que tan pronto enseñaba los dientecillos prietos y esmaltados, como fruncía el entrecejo o carraspeaba sin necesidad; pero sin apartar la mirada, entre curiosa y tímida, del ojo sano y algo cobardón de su padre.

—¡Por vida del ocho de bastos! —exclamó éste interrumpiendo de pronto su descosido relato—. ¿A que estoy yo dándote que cavilar y hasta que temer con estos recovecos y estas parsimonias, lo mismo que si pensara en salirte a lo mejor con alguna historia del otro mundo? ¡Ja, ja, ja! Pues estaría bueno eso, ¡canástoles! Nada, hija, nada: todo se reduce a una especie de recuento de cosas y de planes que yo pensaba hacerte dentro de unos días, y se me ha antojado hacértele ahora mismo, desde que he notado que no necesitas el aprendizaje ni de esos pocos días siquiera para desempeñar en regla tu nuevo papelito de señorita formal... Y ahí tienes la razón de los treinta y tantos piropos que te llevo echados en un periquete... Esperaba verte con cierta inseguridad al principio... ¿eh? con cierto encogimiento, y hasta... En fin, al asunto, ¡qué canástoles! que todavía, por el empeño de huir del perejil, se me va a plagar de ello la frente. Al caso, pues, he dicho; y el caso, sin más rodeos, es éste: hay dos modos... dos principales, entiéndelo bien, de colarse por las puertas del mundo: el uno de sopetón, y el otro por sus pasos contados. Yo soy partidario de este modo, y hasta le considero de necesidad, como el conocer letra a letra el silabario para aprender a leer de corrido y como se debe. ¿Estás tú? Pues bueno. Tú sales del limbo ahora; te coge una modista que lo entiende, te emperejila y engalana a uso de mujer que es hija de un padre rico y bien relacionado en la tercera capital de España, y me dice a mí: «ahí está esa alhaja, preparadita para brillar entre las más resplandecientes. Dela usted el pase, y adentro con ella...» «Poco a poco», respondo yo entonces, no a la modista, sino a ti, que lo has oído: «a la parte de allá de esa puerta hay mucho bueno;

pero también mucho malo: lo uno y lo otro tienta y seduce por igual, y todo ello anda revuelto y salta a los ojos voraces, hecho una ensalada. Hay, por consiguiente, que aprender a mirar, y que educar y fortificar el estómago antes de colarse ahí con la posible seguridad de que no se nos dé gato por liebre a lo mejor del cuento...» ¿Estás tú? Pues aplica ahora el símil a la realidad del caso nuestro, y te digo: mira, Nieves, yo, en tu lugar, a tu edad, en tu posición, con tus racionales esperanzas de una larga y regalona vida, tan regalona como decorosamente quepa en una mujer honrada y de buena y cristiana educación, no comenzaría a gustar los placeres lícitos del mundo por lo más revuelto y lo mayor, sino por lo más tranquilo y más pequeño; no me expondría a corromper mis buenos instintos con los aires viciados y los ejemplos peligrosos de la vida social de las grandes ciudades, sino que me prepararía debidamente con otros aires más puros y otros ejemplos más... vamos, más... ¡Canástoles! pongámoslo en plata y acabemos: quisiera yo, Nieves de mi alma, que, ante todo, nos fuéramos, pero en seguidita, por una temporada tan larga como pudieras resistirla tú, a Peleches, al solar de tus mayores, donde yo nací y deseo morir, cuanto más tarde, por supuesto; a Peleches, digo, donde no has estado nunca, porque la fuerza de las cosas lo ha querido así, no porque a mí se me haya pasado por alto la necesidad, como te consta por lo que me has oído lamentarlo a cada instante. ¡Oh, y cómo había de lucirnos en el cuerpo y en el alma esta determinación llevada a cabo en ocasión y en época tan oportunas! Sin obligaciones escolares tú; desligado yo de las trabas de mis negocios apremiantes, porque, en previsión de este caso, he ido arreglando las cosas a mi gusto con el sosiego y el pulso necesarios; libre tú, libre yo, con el tiempo y el dinero de sobra en aquella comarca tan alegre y tan saludable... Peleches, por sí, no es gran cosa para divertirse una mocita como tú; pero a dos pasos está la villa donde hay un poco de todo lo que hay aquí, hasta gentes bien educadas, con su correspondiente sociedad y respectivas diferencias de nivel, pero sencillo y noble y aun patriarcal si se quiere; y además de ello, pintorescas y sanas costumbres populares, horizontes admirables y ambiente salutífero. De todo ello te puedes henchir, hija mía, sin el menor riesgo de que te perjudique ni en la salud física ni en la moral: antes al contrario, caerá como fecundante rocío sobre la hermosa primavera de tu vida, y dando mayor firmeza y desarrollo a lo mucho bueno que ya tienes, hará que sea mejor que ello todavía lo que vayas acopiando. Ya sabes la fe que tengo yo en ciertos principios de higiene, aun puestos en práctica en los sitios y ocasiones menos a propósito para acreditarlos. No tiene escape, Nieves: dame un aire puro, y yo te daré una sangre rica; dame una sangre rica, y yo te daré los humores bien equilibrados; dame los humores bien equilibrados, y yo te daré una salud de bronce; dame, finalmente, una salud de bronce, y yo te daré el espíritu honrado, los pensamientos nobles y las costumbres ejemplares. *In* corpore sano, mens sana. Es cosa vista... salvo siempre, y por supuesto, los altos designios de Dios. Me lo has oído muchas veces; y no podrás negarme que durante tu niñez, a falta del aire libre de mi tierra, te has sorbido la mitad del que corre a caño suelto en los paseos más desahogados de Sevilla. Pues si la receta no falla ni en naturalezas míseras y enclenques y de mal enderezados pensamientos, ¡qué prodigios no obrará en la tuya, que es modelo de naturalezas ricas, nobles y bien equilibradas? Miel sobre hojuelas, hija mía... Para concluir de una vez: véate yo en Peleches alegre y satisfecha y triscando como suelta cabritilla, aclimatada a aquellos lugares y aquellas costumbres medio bravías y medio urbanas, y de tu cuenta dejo el señalarme entonces el día y la hora para hacer tu presentación al mundo ruidoso de las grandes capitales... Con el temple de las armas que hayas adquirido de ese modo, que te entren moscas aquí... ni en San Petersburgo... Y éste es el caso, mondo y lirondo.

Dicho esto, afirmó otra vez don Alejandro las manos en los correspondientes muslos, y con el ojo bueno clavado en los de Nieves, y la cara muy risueña, se dispuso a recibir la contestación.

Que no se hizo esperar mucho, porque precisamente le estaba retozando a Nieves en los labios y en los ojos y en todo el cuerpo, vuelta a su ordinaria tranquilidad mucho antes de que diera fin el pintoresco discurso de su padre.

—¡Valiente caso! —dijo echándose a reír de todas veras.

—¿Por ahí le tomas? —exclamó su padre muy gozoso también, aunque no poco sorprendido.

—Y ¿por dónde si no? —replicó su hija—. ¡Pues si he estado a pique más de dos veces, en estos últimos días, de pedírtelo como un gran favor! ¿No conoces bien mis gustos?

—¡Canástoles!... De manera que todo lo que te he estado predicando...

—Sermón perdido, papá del alma... ¡Y cuidado que te había salido bien! ¡Qué lástima!

—¡Aduladora! Pues mira, aunque mis sudorcillos me había costado, por bien perdido le doy.

—¡Eso es ser rumboso!... ¿Y no tienes que pedirme algún otro favor por el estilo?

—Mujer —respondió Bermúdez después de dudar unos instantes y rascándose un poco la cabeza con un dedo—, tanto como favor, no diré; pero otro ratito de plática amistosa, nada más que amistosa, del corte de la presente, puede que sí.

—¿Sobre Peleches también? —preguntó Nieves frunciendo un poco el entrecejo monísimo.

—Precisamente sobre Peleches, tomado como punto principal de la plática, no.

—Y ¿ha de ser ahora mismo la plática esa?

—Tampoco —respondió don Alejandro, volviendo a dudar y a rascarse—. Dentro de unos días, si se me ocurre y viene a pelo; porque te advierto, para tu tranquilidad, que no es asunto de vida o muerte para ti ni para mí... Hablar por hablar, como el otro que dijo, y cosas de señor mayor... porque ya voy subiendo los cincuenta y cinco arriba, hija del alma, y hay que tenerlo todo presente a estas alturas, y mirar a muchos lados, por si a lo mejor se le van a uno los pies... y sanseacabó el viaje de repente, ¡canástoles!

—Vaya —dijo aquí Nieves con un gestecillo muy gracioso—, hazte el ancianito ahora y ponme triste a mí.

—¡Eso sí que fuera una gansada de órdago! —exclamó Bermúdez formalmente indignado contra sí mismo—, y sin maldita la necesidad; porque, hoy por hoy, siento retozarme en el corazón la vida de los treinta años... Es la pura verdad, créemela por éstas que son cruces. Dije eso... por decir.

—Pues por decir dije yo lo otro, inocente de Dios —respondió Nieves a su padre dándole un beso en la mejilla correspondiente al ojo huero.

—Pelillos a la mar entonces —concluyó, casi llorando de gusto, el buen Bermúdez Peleches, y pagando el beso de la hija con otro muy resonado.

—¿De modo —añadió ésta quedándose delante de la silla que antes había ocupado—, que no hay más asuntos que tratar por ahora entre los dos?

—¿Por qué lo preguntas?

—Porque tengo que hacer en otra parte de la casa... Ya ves tú, la señora de ella, y lo mejor del día gastado en conversación...

—¡Canástoles, lo que voy a salir yo ganando con un ama de gobierno tan hacendosa como tú!... Pues respondiendo a tu pregunta, digo que no hay más asuntos.

—Hasta luego entonces.

—Hasta siempre, hija del alma... ¡Ah! por si se me olvida después: ya sabes que el primer ejemplar de tu retrato ha de ser para los de México. El suyo, a la hora presente, debe de estar ya si toca o llega.

Se dio por enterada Nieves con un movimiento de cabeza sin volver la cara, y salió de la estancia. Su padre salió también, pero con rumbo opuesto, y se encerró en su despacho, en el cual escribió una muy extensa carta, que mandó más tarde al correo, con sobre dirigido «Al señor don Claudio Fuertes y León,

comandante retirado, en Villavieja».

III. El ojo de Bermúdez Peleches

El retrato de Nacho llegó a Sevilla, días andando, con una carta del flamante jurisperito para Nieves, y otra de su madre para don Alejandro, y la fotografía de Nieves salió para México con una carta de ésta para su primo, y otra de su padre para Lucrecia.

Lo de esta hembra denodada había llegado ya a su grado máximo. Para escribir lo poco que escribía a su hermano, tenía que ingeniarse metiendo la barriga debajo de la mesa, y aun así apenas alcanzaba con la mano al papel. Era una boya que no cabía ya en ninguna parte, ni concebía otra postura, relativamente cómoda, que la de las boyas, flotando, la cual era irrealizable, tan irrealizable como su viaje a España, si Dios no hacía el milagro de enflaquecerla una tercera parte cuando menos, en lo que faltaba de primavera, para poder embarcarse en los primeros meses del verano. Poniéndose en lo peor de lo probable, era cosa resuelta ya que viniera Nacho solo a conocer a su familia de España, y a dar, de paso, un vistazo a lo más importante de los Estados Unidos y de Europa. Tal era el proyecto acordado allá, y se realizaría a mediados del verano. También Nacho hablaba de ello a su primita; pero ¿en qué términos?

Esto es lo que deseaba averiguar don Alejandro; porque es de saberse que Nieves, de dos años atrás, no leía a su padre las cartas que la escribía su primo, ni tampoco los borradores de las que ella le escribía a él. Los dos hermanos Bermúdez Peleches continuaban en perfecto acuerdo sobre cierto plan forjado desde que los respectivos hijos eran pequeñuelos. Pero ¿conocían los hijos los proyectos de sus padres? ¿Los tenían por buenos y los habían aceptado con gusto? Don Alejandro podía jurar que de sus labios no había salido una palabra dirigida a Nieves, con intento de descubrírselos. Su hermana Lucrecia aseguraba lo propio con relación a su hijo. ¿Sería verdad? Y siéndolo, ¿habría nacido la misma idea entre los dos primos, a fuerza de cartearse y de cambiarse los retratos... o por obra de ciertos diablejos desocupados que se divierten trayendo y llevando por los aires e ingiriendo en este oído y en el otro el rumor de las confidencias más secretas, y hasta el polvillo de los pensamientos mejor guardados? En su concepto, era llegada la hora, medio anunciada días atrás a su hija, de tratar con ella de este peliagudo caso. La fortuna se la puso a tiro, en el acto de colocar Nieves el retrato de su primo en un elegante marco de peluche rojo, y tomó pretexto de ello para entrar en materia...

—Te repito —la dijo—, que le está de molde el vestido ese.

Nieves, sin volver la cara hacia su padre, alejó el retrato que tenía puesto ya en el marco; y después de contemplarle unos instantes con los ojos un poco fruncidos, plegó otra vez el brazo y respondió con la mayor indiferencia mientras dejaba el cuadro sobre el mueble más próximo:

—No está mal así.

Lo propio que ya había dicho otra vez, como se recordará, y sin que nadie se lo preguntara.

Con igual frescura y la misma indiferencia, respondió al largo y malicioso interrogatorio con que su padre la estuvo asediando un buen rato.

—Y ¿qué tal de estilo? —llegó a preguntarla—. ¿Se ha corregido algo de aquellas melopeas guachinanguitas desde que yo no leo sus cartas?... Porque bien sabes tú que, de dos años acá lo menos, ya no me las enseñas como me las enseñabas antes... ¡Picarona!

Ni por esas. Nieves no se puso colorada ni se apuró lo más mínimo. Respondió lisa y llanamente que allí estaban las cartas, si quería leerlas, y que si no le había enseñado las recibidas durante los dos últimos años, consistía en que precisamente era ese el tiempo corrido desde que ella había caído en la cuenta de que no tenía sustancia maldita la retórica de su primo.

¡Canástoles! ¡y se lo decía tan fresca y tan!... Pues para fingimiento y embustería, ya pasaba de la raya aquello; y si le hablaba en verdad, le quedaba por andar todo el camino para llegar adonde se dirigían él y su hermana desde tiempos bien lejanos. ¡Por vida del!...

Tocó enseguida otro registro nuevo: Peleches. Cómo era aquella casa, qué habitaciones tenía, cuál de ellas sería más a propósito para Nacho y cuál para ella, para Nieves, según lo que aconsejaba el buen sentido... y también las circunstancias. (Esto de las circunstancias lo subrayó muy fuerte, hasta temblarle un poco la voz y los párpados del ojo bueno.) Nieves bajó entonces un tantico los suyos; y mientras daba golpecitos con los dedos de su diestra en el cristal del retrato de su primo, con la otra mano deshojaba, sin percatarse de ello, una de las flores del manojito que llevaba prendido sobre el pecho. Por allí dolía, según las señales que no pasaron inadvertidas para el ojo de Bermúdez.

Pues ¡duro allí, canástoles, hasta que sangrara! Y se ensañó el buen hombre, fantaseando cuadros domésticos, idílicos y bucólicos; pero ¡cosa rara! cuanto más clamoreaba la zampoña de Virgilio y Garcilaso, más indiferente y fresca iba mostrándose Nieves. ¿Cómo demonios era aquello? Acabó por perder la paciencia y los estribos, y se tiró a fondo con estas preguntas:

—En fin y remate de todo este fregado, hija mía: a ti ¿te interesa algo o no te interesa la venida de tu primo? ¿te da igual que viva con nosotros o con los parientes de Villavieja? ¿que coja ley a la casa y a las personas de Peleches o que no se le dé un ochavo de cominos por ellas? ¿que se marche aburrido a los ocho días de llegar, o que no se deje arrancar de allí ni con azadones y agua hirviendo? ¿que sea un borreguito de mieles para ti, o que no le merezcas mayor estima que un costal de paja? Responde y entendámonos.

Como el ojo de Bermúdez flameaba algo y su hablar era vehemente y su acento un poco duro, Nieves, con estos síntomas y bajo el peso abrumador de tantas y tan delicadas preguntas, quiso responder, pero con la debida cordura, y no supo. Ataruguose mucho; sofocola el trance inesperado, y acabó por no saber de qué lado sentarse ni en qué sitio fijar la vista de sus turbados ojos.

—Entendido, hija mía, entendido —exclamó al punto su padre, que no desperdiciaba síntoma ni detalle—. Entendido de pe a pa, como si los mismísimos angelitos del cielo me lo cantaran al oído. Entendido —añadió levantándose de la silla en que se sentaba—, y no se hable una palabra más. ¡Ah, qué torpe y qué simple y qué bárbaro fui empeñándome en que se me pusiera en las palmas de las manos lo que no debe ser mirado sino con los ojos de allá dentro!... ¡Qué sabes tú de esas cosas tan quebradizas, tan escondidas y tan hondas, ni con qué vergüenza te atreves a echarles la zarpada brutal para revolverlas y profanarlas?... Perdóname, hija mía, siquiera por la honrada intención que tuve al ponerte en el apuro en que te puse. Quédate con tu secreto que te acredita de juiciosa, y no se hable más de esto hasta que tú lo desees. A mí con lo callado me basta. Un beso ahora para sellar las paces, y adiós.

Se adivinan la temperatura del beso y la calidad de la sonrisa con que despidió Nieves a su padre.

El cual, andando hacia su despacho, resumía y salpimentaba de este modo los frutos de su terminada indagatoria:

—Se ve y se palpa. No cabe la menor duda. Está en inteligencia perfectísima con su primo; y no por sugestiones extrañas ni por consejos oficiosos de nadie, sino por nacimiento espontáneo, o providencial, de esa idea o de ese sentimiento en la cabeza o en el corazón de entrambos; circunstancia que dobla el interés y el valor de la cosa. Nachito, según las incesantes afirmaciones de su madre, no tiene tacha en su moral; y según lo declaran bien palpablemente sus retratos, tampoco la tiene en su físico. De caudal, no se hable: será una mina de oro acuñado. Nachito, con estas condiciones y prendas tan ventajosas, hoy por hoy, entiéndase esto bien, hoy por hoy, reina en el corazón y en la cabeza de su prima. La cabeza y el corazón de Nieves, hoy por hoy... hoy por hoy, digo, están como dos tablitas de cera virgen: lo que en ellas se imprima, allí se quedará por los siglos de los siglos, si no se borra con la impresión de otro muñequito nuevo que estampe alguna mano alevosa. Un padre, de los ramplones de tres al cuarto, no hubiera parado mientes en este particular delicadísimo; y por lo mismo que veía a su hija precozmente desarrollada en lo físico y en lo intelectual; por lo mismo que la veía transformada, de la noche a la mañana, en mujer, y en mujer donairosa, elegante y llamativa, con todos los elementos a propósito para brillar y divertirse honradamente en el mundo, «al mundo con ella antes con antes», se habría dicho; y en el mundo la habría zambullido de golpe y porrazo... ¡Ah, padre bobalicón y mal aconsejado! ¿Quién es capaz de predecir lo que será de los pensamientos y de las inclinaciones y hasta de los caprichos de tu hija, respirando un ambiente que jamás ha respirado, y sin armas para defenderse en una región que nunca ha visto, llena de tentaciones y de estímulos que han de cebarse en su desapercibida naturaleza, como los mosquitos en el almíbar? Y si tienes en algo lo que lleva ya estampado en sus tablitas de cera, ¿quién te asegura a ti que no será borrado por la impresión de otra cosa, y que esta nueva impresión no resultará llaga maligna y enfermedad incurable? Pues bien: yo, aunque con un ojo solo, he guipado más que tú, que tienes los dos servibles, en ese delicado particular;

y porque vi a Nieves precoz y que tenía algo que guardar en su almario, algo muy bien estampado en sus tablitas de cera, precisamente por eso, en lugar de meterla ahora en las bullangas del mundo y sus esplendores engañosos, me la llevo a las soledades de Peleches, donde corre el aire libre y puro, y hay luz sin estorbos y naturaleza en toda su grandiosidad, para que nutra la sangre y fortalezca el espíritu, y se endurezca la cera y no se borre a tres tirones lo que en ella hay estampado; a Peleches, ciego, a Peleches, donde ni en ambiente ni en costumbres se hallará, aunque se busque de intento, cosa que pueda tentar a la inexperta doncella para torcer y malear la índole de sus ideas ni la dirección de sus juiciosos pensamientos. Y si al fin de la jornada resulta que no merece su primo los que ella le viene consagrando, tanto mejor para que lo conozca así y no la mate ni la alucine la pesadumbre... o el despecho del desengaño. Esto es jugar a pulso y con tino y delante de la cara de Dios; esto es, en suma, llevar las precauciones y el celo y el tacto hasta donde humanamente pueden llevarse. Con ello cumplo como hombre avisado y como padre cariñoso; y así me encuentro satisfecho, lo que se llama satisfecho hasta la hartura... ¡Canástoles! y a la porra lo demás. Pues bueno: si las exploraciones de don Alejandro Bermúdez Peleches en los profundos de la conciencia de su hija, tan alarmantes por lo aparatosas, las hubiera hecho, con su llaneza habitual, Virtudes, por ejemplo, la íntima de Nieves en el colegio, Nieves, por derecho y a la buena de Dios y con el laconismo que ella usaba, habría satisfecho la curiosidad de Virtudes en la siguiente forma, palabra más o menos:

—Desde que sé leer y escribir, tengo yo sospechas de que papá y mi tía Lucrecia quieren que sirvan para algo las cartas y los retratos que nos mandamos tan a menudo Nachito y yo. Chiquitín era él, y ya me requebraba. Se lo reprendí muchas veces, no precisamente porque me requebraba, sino por el modo de requebrarme. ¡Me decía unas cosas tan pegajosas! Figúrate que hasta me llamaba huerita, porque soy rubia. Él tomaba las reprensiones a broma, y apretaba el requiebro; y papá, que entonces leía las cartas, las que iban y las que venían, celebraba mucho estas peleas y me aseguraba que, con el tiempo, irían teniendo más sustancia los donaires de mi primo, y que entonces ya me gustarían. Por de pronto me ponía en las nubes su hermosura, y me leía las cartas en que su madre le ponía sobre el Sol, por el cuerpo y por el alma. No tenía pero ni por dentro ni por fuera. A mí lo mismo me daba. Crecimos los dos: él entró en la Universidad y yo en el colegio. Como pollo guapo, lo era de verdad entonces; y por lo que toca al estilo, algo se había corregido en lo meloso, pero todavía se pegaba. En el colegio hay que entregar y que recibir abiertas las cartas, para que se entere de su contenido la Madre que entiende en esas cosas. Pues a mí me las recibían y me las entregaban cerradas, por encargo terminante de papá: con esto, y con haberme advertido él que no interrumpiera mi correspondencia con Nachito a pesar de mis ocupaciones de colegiala, me afirmé más en creer que algo se andaba buscando en el empeño de que nos carteáramos a menudo y en secreto el mexicanito y yo. El tal mexicanito, según iba creciendo y estudiando, iba ahondando, aunque no mucho, en los asuntos de sus cartas; pero a mí me seguía sonando todo ello a música de gomoso, y por ese lado me despachaba con él. Así llegamos los dos, Nacho al fin de su carrera y yo a salir del colegio, sin haberme dicho él nunca cosa alguna en serio y formalmente, y sin echarla yo de menos ni extrañarme de que no me la dijera. Que continúa siendo guapo y hombre de bien y es muy rico, y va a venir a España para vivir con nosotros y conocer a su familia... no me pesa nada de ello. Que viene con intenciones declaradas de que resulte lo que yo sospecho que se han propuesto sus padres y el mío... eso será lo que sea y según yo esté de humor, y me llene él o no me llene. Que, estando así las cosas, le desfiguran las viruelas, o resuelve no venir ni acordarse más del santo de mi nombre... pues tal día hará un año. Sentiré lo de las viruelas, como se siente una desgracia en un amigo que es pariente además; pero en cuanto a lo otro, una agradable curiosidad de menos, y santas pascuas.

—Corriente —diría entonces la curiosilla Virtudes, deseando conocer hasta el último escondrijo del almario de su amiga—. Nada te inquieta, nada te apura, y vives en la mayor tranquilidad, por lo que toca a tu primo el mexicano; pero a la edad en que te hallas, con la salud y la belleza que posees, recién salida de la prisión del colegio, lo adorada que te ves de tu padre, tan rico y tan complaciente y tan campechano, ¿qué demonio es el que más te tienta ahora?... Porque alguno ha de tentarte, o es mentira que el demonio no sosiega. ¿Cuál es tu mayor ambición por de pronto? ¿qué es lo que con mayores ansias apeteces y deseas?

Sin titubear hubiera respondido Nieves:

—Aire, luz, independencia, ruido de arboledas y música de pajarillos. Sé que hay grandes ciudades llenas de maravillas, para admiración y recreo de las personas ricas y desocupadas, y que las mujeres de nuestra clase brillan y gozan entre los placeres de su mundo. Todo eso está bien donde está; pero hoy no me tienta, porque no lo echo de menos todavía. Si me metieran entre ello, lo aceptaría sin grandes repugnancias; pero puesta a elegir, me quedo con lo otro, que me gusta más ahora, y sin temor de que me engañe el pensamiento, porque bien sabes tú que siempre fui muy inclinada hacia ese lado. Y no hay más.

Y no lo había, realmente, en los adentros de la pobre muchacha, tan mal comprendida por su padre en ese particular... y en algún otro, pues no debe olvidarse que el arrechucho gordo de don Alejandro Bermúdez Peleches nació de haberla visto, de súbito, vestida de mujer, con unos fulgores y unos centelleos y un poder incendiario que le metían miedo; y hay que dejar bien declarado, hasta por obra de justicia, que no había en la naturaleza física de Nieves el menor detalle que no estuviera en cabal armonía con el sosegado equilibrio y la honrada disciplina de su conciencia moral.

Efectivamente: ese equilibrio y ese sosiego y esa honrada disciplina, y no otras cosas más feas, acusaban el tranquilo y hondo mirar de sus rasgados ojos azules, su boca tan bien plegadita y tan fresca, la blancura nacarada de su tez, la riqueza sobria y elegante de los contornos de su busto, la finura de su talle y el aplomo reposado y la gallardía de su andar.

No era alta ni daba en cara por hermosa; pero sí por interesante en sumo grado. La única nube que oscurecía a menudo la transparente claridad de su semblante, era un repentino fruncimiento de su lindo entrecejo; pero este detalle, como efecto mecánico de una extremada sinceridad de pensamientos y de impresiones, no daba a la expresión de su mirada el menor acento de dureza. Era sana como un coral, muy ingenua, sobre todo, y diligente y animosa. Pintaba un poco, tocaba regularmente el piano y leía con gusto los buenos libros de imaginación. No era una artista; pero sentía y saboreaba el arte a su manera.

¡Y el bendito de su padre, sin acertar a leer lo que estaba tan a la vista en aquel libro tan abierto!

Pensando como se ha visto, llegó Bermúdez a su despacho; y manoseando la correspondencia que el ama de llaves había dejado sobre su pupitre mientras andaba él a caza de los secretos de Nieves, topó con una carta que traía el sello de la administración de correos de Villavieja. Alegrose mucho de ello, y se sentó para leerla con toda comodidad, porque prometía, por el bulto, ser bastante larga.

Abriola, y lo era en efecto. La firmaba don Claudio Fuertes y León, y decía lo que podrá ver el lector, si es curioso, en el siguiente capítulo.

IV. De lo que escribió desde Villavieja don Claudio Fuertes y León, a don Alejandro Bermúdez Peleches

El amigo y señor: quedan en ejecución y serán cumplidas conforme a los deseos de usted, las órdenes que se sirvió darme en su favorecida carta última, lo propio que lo han sido ya las que me ha ido comunicando en sus tres gratas anteriores, «en previsión», como usted decía, «de lo que pudiera suceder el día menos pensado». La noticia de que, al cabo, sucederá con entera certidumbre y en fecha no lejana, que también me fija usted, me ha servido de grandísima satisfacción. Quédame, sin embargo, el temor de que le engañen a usted algo los deseos en cuanto comience a realizarlos en esta vetusta y apolillada soledad, al cabo de tantos años de rodar por el mundo y de residencia en una de las ciudades más hermosas y florecientes de él. Cuando menos, es muy de recelar que, si no usted, porque ha nacido aquí y lo conoce bien y lo ama, pues lo arraigó en su corazón siendo niño, la señorita Nieves, que se halla en muy distinto caso, se aburra a los cuatro días; y en aburriéndose ella, ayúdeme usted a sentir. Pero a esto me replicará usted que me meto en lo que no me importa, y a buena cuenta le pido mil perdones por el atrevimiento.

»Cuando venga usted verá que se ha sacado todo el partido posible del deteriorado palación, y que no pegan del todo mal, después de las reparaciones hechas en él, aunque deprisa y corriendo y con los pocos y malos elementos que aquí hay, el piano y los demás muebles, trapos y cachivaches que usted me ha ido remitiendo, en los lugares que ocupan, según sus minuciosas instrucciones. En pliego adjunto le envío una nota bien detallada y comprensiva de todas las mejoras efectuadas en Peleches bajo mi dirección, para gobierno de usted antes de salir de Sevilla. Celebraré que le satisfaga.

»Dicho esto, paso a cumplir lo más peliagudo de todas las comisiones que he tenido el gusto de recibir de usted desde el día en que me honró con el cargo de apoderado suyo en este término municipal. Díceme usted que le envíe abundantes noticias, que sean así como a modo de pintura fiel de Villavieja en su estado actual, mirada por fuera y por dentro, porque hace muchos años que la ha perdido usted de vista y desea, cuando a ella vuelva, no pisar como en terreno desconocido. Con la seguridad de hacerlo mal, pero con el propósito firme de servirle a usted fielmente, allá va, a la buena de Dios, la pintura que me encomienda; y «si sale con barbas, san Antón...»

»Si le dijera a usted que Villavieja estaba en el propio ser y estado en que usted la dejó tantos años hace, le engañaría a usted y adularía a Villavieja; porque, en rigor de verdad y cumpliendo la ley de su destino, tiene de peor que entonces el estrago del tiempo transcurrido, y el de las miserias y la incuria de sus habitantes. De mejor, ni un ladrillo, ni un clavo, ni una teja. Lo que a la salida de usted estaba temblando, se ha venido al suelo, y mucho de lo que estaba firme y erguido entonces, se tambalea ahora preparándose para caer, o escarbando para echarse, como en casos parecidos se dice por acá. De pueblos de secano que tuvieron grande importancia en tiempos remotos y hoy son montones de ruinas solitarias o poco más, abundan los ejemplos; y hay razón para que abunden, porque entonces se guerreaba y se vivía de cierto modo, y los lugares más altos y más inaccesibles o de más fácil defensa, eran los preferidos para fundar pueblos; al revés de lo que acontece hoy por exigencias de nuestro modo de vivir; pero ejemplos de puertos de mar, de poblaciones costeñas, que vayan de mal en peor desde medio siglo acá, no conozco más que uno, el de Villavieja. No parece sino que se le dio el castigo con el nombre que se le puso. A este propósito le diré a usted que he registrado los archivos municipales, los eclesiásticos y hasta desvanes particulares con el fin de averiguar algo sobre la fundación de esta villa y el origen y fecha de su nombre, y que nada he conseguido. Con decirle a usted que ni siquiera figura en el mapa de España que hay aquí en la escuela pública, está dicho todo. Si se hace uno cruces al notar aquella falta de rastros históricos donde tanto debieran abundar, le dicen los doctos villavejanos: «eso y más de otro tanto destruyó la francesada.»

«Corriente, se les replica; pero ¿en qué consiste lo del mapa? ¿por qué no figura este puerto en él?» A estas preguntas responden que también eso es obra de los franceses, por rencores de otros tiempos, es decir, de los tiempos de «la francesada». Aquí anda «la francesada» todavía tan fresca y tan rozagante como si hubiera pasado por Villavieja antes de ayer. Replíqueles usted que el mapa ese y otros tales no están hechos en Francia, sino en España. Lo negarán en redondo, porque no conciben en los españoles que no sean villavejanos, talentos tan considerables; y si alguna excepción le admiten, sostendrán que la omisión se ha hecho, se hace y se hará en ese mapa y en todos los mapas, por envidias y malquerencia de la gente de Madrid. El caso es que se ignora por qué se bautizó esta villa, al nacer, con el calificativo de vieja, o si se le dio más tarde a título de mote expresivo. Lo que no tiene duda es que el nombre, o la maldición o lo que sea, le cae a maravilla.

»Tiénese, y tengo yo también, por causa principalísima de este mortecino estado de cosas, la inextinguible y tradicional enemiga que existe, como usted sabe, entre los Carreños de la Campada y los Vélez de la Costanilla, los dos principales barrios, según usted recordará, bajo y alto, respectivamente, de Villavieja. Estas dos familias que tuvieron cierta relativa importancia fuera de aquí, y aquí mucho prestigio siempre, han podido, y aun hoy, que han venido muy a menos, podrían hacer o conseguir que otros hicieran algo bueno y beneficioso para la localidad; pero precisamente les ha dado la calentura por ahí; es decir, por estorbar, por destruir los de arriba cuanto proyectan o discurren los de abajo, y viceversa; y de este modo, unos por otros se va quedando la casa por barrer. Añádase a esto que Villavieja nunca ha podido agenciarse un valedor en Madrid ni en la capital de la provincia; que la carretera nacional pasa a media legua de distancia de la villa, sea porque los ingenieros no tuvieron noticia de nosotros cuando la trazaron, o porque nos concedieron escasísima importancia; que la provincia no ha querido construir ese pequeño ramal de empalme, y que este municipio no ha logrado mejorar debidamente la áspera senda que hace sus veces, porque siempre que lo ha intentado, no con gran empeño, ha nacido la sospecha en los de la Campada o en los de la Costanilla, de que el intento era cosa de los de la Costanilla o de los de la Campada, y se le ha llevado el demonio con las artes de costumbres; añádanse, repito, y ténganse presentes estos hechos y algunos más de su misma traza, que no necesito mencionar, y hasta resultará una justificación de la conducta de los villavejanos. Al verlos tan tranquilos, tan apegados a su cáscara y tan satisfechos y enamorados de ella, verdaderamente se duda si el estado material de la villa es obra de la dejadez del habitante, o si el habitante es así porque haya encarnado en su naturaleza, como espíritu, la catadura singular de la villa.

»Alguien se forjó la esperanza de que con la moda del veraneo entre las gentes ricas del interior, y las excelentes condiciones de esta playa, tan abrigada y espaciosa, no faltaría quien se fijara en ella, empezando de ese modo y por ahí una era de relativo florecimiento para la villa y su puerto. ¡Buenas y gordas!

Vino, seis años hará, una familia de muy lejos, con dinero abundante y dispuesta a bañarse y a pasar aquí una larga temporada. Por de pronto, le costó Dios y ayuda encontrar hospedaje, y ese malo. Al día siguiente estuvieron a punto de ahogarse la señora y sus dos hijas, por no haber hallado a ningún precio quien se prestara a servirlas de bañero, y no saber ellas dónde se metían. Al hijo mayor, joven de veinte años, le desplumaron aquella misma noche en el Casino; y al otro día se largaron todos por donde habían venido, después de haberles sacado el redaño el posadero. Claro está que no han vuelto por aquí, ni alma nacida tampoco.

»En otra ocasión se denunció en este mismo término, y a la puerta de casa, algo que parecía buena mina de carbón de piedra: lo olieron unos ingleses y la compraron por poco dinero. Creímos algunos que por ese lado iba a hallarse la villa un buen remiendo para su capa; pero después de algunos trabajos preparatorios y una explotación somera de la mina, la abandonaron los explotadores, o mejor dicho, se la vendieron por 50.000 reales a tres sujetos de aquí. Al cabo se quedó con la empresa uno solo, comprando las representaciones de los otros dos con un ochenta por ciento de merma. Este sujeto, un tal Barraganes, rematante de arbitrios, la explota desde entonces arañando por encima y ocupando en las labores, solo a temporadas, cuando más, ocho obreros cuyo hallazgo le cuesta un triunfo. Para llevar a vender, donde convenga mejor, lo que se va acopiando de este modo tan sosegado, viene un vaporcillo de cabotaje cada cuatro o seis meses; y éste es el único barco que fondea en este puerto años hace. Los ingleses hicieron una carreterilla desde la mina al embarcadero, cosa de 2 kilómetros, pero, por desgracia, en dirección contraria a la general del Estado; afianzaron un poco el ruinoso muelle con unos cuantos sillares y media docena de tablones, y eso hemos salido ganando. De estas cosas y otras que también dejo mencionadas, y algunas que mencionaré más adelante, ya le enteré a usted en su debido tiempo, así como del rumbo que gastaba el inglés principal, lo apegado que estaba a la villa, y lo muchísimo que la hubiera enseñado, si como se marchó a los dos años de haber venido, porque la mina les dio chasco, permanece entre nosotros dos años más siquiera; pero se lo vuelvo a referir a usted porque, en mi deseo de darle el cuadro completo, no quiero omitir en él ninguno de sus componentes principales, aunque ya le sean conocidos.

»No habrá usted olvidado lo que pasó con aquel señor catalán que estuvo aquí no hace mucho con el intento de establecer una fábrica de salazón y de escabeches, trayendo, para surtirla de pescado, una escuadrilla de lanchas bien tripuladas, y contratando rumbosamente las tres que aún había en el puerto. En cuanto le conocieron las intenciones los villavejanos más arrimados a la playa, le dieron tal zambullida en la mar, cogiéndole de improviso un anochecer, de diciembre, por más señas, y tal corrida de palos a la salida, que no esperó ni a mudarse la ropa para huir de Villavieja, lo mismo que un perro de aguas.

»No quiero citar más ejemplos de esta clase, por lo mismo que abundan en mi memoria y también en la de usted; y le advierto que de las mencionadas tres lanchas pescadoras que había en este puerto cuando la zambullida y subsiguiente zurribanda al catalán, no queda ya más que una. Las otras dos se hicieron astillas en la playa, donde las habían varado para recorrerlas un poco, con un marejón tremendo de Levante, cosa rara aquí, que se les fue encima una noche, de repente. Los dueños se quedaron sin ellas, y los pescadores que las tripulaban a la parte, tan satisfechos. Así como así, estaban deseando dejar el oficio que, tras de peligroso, no les daba de comer por falta de mercado, en lo cual tenían razón, bastante más que la que tuvieron para echar a palos de Villavieja al señor catalán que quiso contratarlos con buen sueldo.

»Ahora se han agenciado un par de botecillos remendados; y merodeando aquí y allá con ellos, como merodean otros tales, a mar llana, van viviendo muertos de hambre. A estos botes, cosa de media docena en junto, y a una lancha, queda reducido hoy el material de pesca en un puerto tan considerable como éste. Y así y todo, anda de sobra el pescado en la villa, no por lo mucho que viene de la mar, sino por lo que, de lo poco, sobra para el consumo de la población, único mercado que tiene por falta de comunicaciones rápidas con otros.

»El comercio, en general, ha ido a menos, aunque le parezca a usted mentira. Han quebrado dos establecimientos de comestibles, de los que usted conoció, y se ha cerrado otro. Quedan otros tres: uno de ellos en la Costanilla, otro en la Campada y otro en la plazoleta del Maravedí. De tabernas no hablo, porque se supone que abundan.

»También ha habido alguna merma en el ramo de pañeros. Por de pronto, la antiquísima y afamada Perla de Ezcaray, ya no existe. Murió el viejo don Anselmo, que era el alma de la casa, y ha sido forzoso liquidarla a instancias del yerno del difunto, un tal Córcoles, logrero y trapisondista de medianeja reputación. Los demás del gremio, unos arrastrándose poco a poco y otros como pueden, continúan en sus covachones de los arcos de la Plaza Mayor.

»Allí encontrará usted igualmente, y en próspera fortuna por cierto, al rechoncho Periquet, El Valenciano, como lo reza el letrero, con sus porcelanas sospechosas, su cristalería polvorienta, sus rollos de esteras resobadas y sus innumerables baratijas de relumbrón. Se le metió en la cabeza que había de dar en la suya al presuntuoso Bazar del Papagayo, que está a su vera, y lo ha conseguido sin gran esfuerzo. Este bazar, de gran fachada y de fondos negros y vacíos si no de telarañas y de sogas de esparto, de escobas de palmiche, un poco de herraje basto, otro poco de loza de Talavera, dos sartas de cencerrillos y otros pocos más de incongruencias por este arte, tiene, como usted recordará, un gran papagayo de cartón pintorroteado encima del letrero que corona su escaparate. Pues Periquet, que no tiene escaparate, en su empeño de competir en todo con el bazar, ha colocado encima del letrero de su tenducho embarullado, pero bien provisto, una cotorra, también de cartón y también muy pintarrajeada, sosteniéndose sobre la palabra «de», o mejor dicho, con cada letra de estas dos en la correspondiente pata. Enseguida descifraron el jeroglífico los desocupados villavejenses, que hasta en grupos de seis en seis acudieron los primeros días para leer en voz alta y a una: «La cotorra de El Valenciano». Después soltaban una risotada, miraban hacia el fondo del bazar contiguo, y se iban haciendo muchos comentarios. Todo esto halagó en gran manera la vanidad de Periquet, y, como es de suponer, agravó los sordos rencores de los propietarios del tendajón, que, siendo villavejanos de pura raza, se sienten heridos en lo más hondo por el agravio que les hace su villa nativa ayudando a que los arruine y vilipendie un intruso y groserote que todavía usa alpargates y pañuelo a la cabeza, y no sabe leer ni escribir.

»Lo que no ha podido quitarle La cotorra de El Valenciano al Bazar del Papagayo, es la tertulia de prima-noche, lo mismo en invierno que en las demás estaciones del año, pero principalmente en la de invierno. Allí acuden puntualísimos, en cuanto comienza a anochecer, el párroco y los dos coadjutores, el médico viejo don Cirilo, el procurador Ajete, el abogado Canales, y Chichas, antiguo y ya retirado tendero de la plazuela del Maravedí, donde hizo el capitalejo con que ahora vive de holgueta. Éstos son los tertulianos fijos del bazar.

El médico, el abogado y el párroco, son los hombres que más saben aquí de cosas de Villavieja, de antaño y de hogaño; y de esas cosas es de lo que más se habla en la tertulia, cuando se habla, porque comúnmente no se habla de nada allí, ni se ve, porque siempre se está a oscuras. Así es que infunde cierto miedo el mirar hacia adentro cuando se pasa de noche por delante de la puerta. Se ve, en aquel antro tan hondo y tan oscuro y tan silencioso, brillar de rato en rato una chispa aquí y otra allá, que son las producidas por otras tantas chupadas a los cigarros en ejercicio... y nada más se ve por mucho que se mire; ni ordinariamente se oyen otros ruidos que algún carraspeo seco, o el crujido de una silla, o la sonada de unas narices. En estos casos, aunque se sabe lo honradas y pacíficas que son las gentes allí congregadas, al pensar en meter la cabeza dentro le asalta a uno el temor de que le agarren por ella manos invisibles que le amordacen y le arrastren más allá, y le lleven, le lleven, hasta la boca de una sima muy honda en la cual le arrojen para que le vayan devorando poco a poco sabandijas y ratones. Cuando la tertulia se deja oír un poco desde el soportal, es porque se hacen (rara vez) comentos de alguna noticia política. Por lo común, el mayor ruido es el murmullo acompasado y dormilento que producen los relatos eruditos o doctrinales del médico o del abogado o de los señores curas. Tienen este bazar y esta tertulia cierto color venerable y especial, y por eso les consagro algunos renglones más que a otras cosas de acá, sabiendo que no le molesto a usted aunque no le diga nada que ignore.

»El relojero Chaves murió años hace; pero queda la relojería donde siempre estuvo, tres puertas más abajo del bazar, lo mismo que usted la conoció. Su hijo, es decir, el del relojero, que es quien está al frente de ella, sabe tal cual su obligación; y, lo mismo que su padre, hace y vende jaulas y ratoneras, y compone cerraduras finas y rosarios, y cura por el método Le-Roy, muy acreditado aquí.

»La tienda verdaderamente nueva para usted en los Arcos, es la de un sastre riojano que vino a Villavieja hará cosa de seis años. No lo hace mal, y presta un gran servicio a los villavejanos que, sin pedir primores ni mucho menos, nos veíamos y nos deseábamos antes para vestirnos fuera de aquí; porque pensar que los otros dos sastres que usted conoció y aún quedan, salieran de sus medidas con tiritas de papel, de sus perneras acampanadas y de sus faldones con frunces, era pensar los imposibles.

»También ha mejorado algo el estilo de nuestros zapateros; pero poca cosa.

»Vive todavía Gorrilla el platero, y en su mismo tenducho lóbrego de la Rinconada de la Colegiata. Allí le verá usted cuando venga, detrás del vidrio roñoso (en el que continúan colgados de un alambre horizontal los mismos tres pares de pendientes de plata y el mismo sonajero y la misma colección de sortijas usadas), con la cabeza gacha y la cara tapada por la visera enorme de su gorra de nutria, medio pelada ya, ocupado en soldar con el soplete una cosa que siempre parece la misma, con la puerta cerrada y sin un marchante dentro ni fuera, ni tampoco en las inmediaciones, yendo o viniendo. ¡Y dicen que vende y que gana, y hasta que tiene mucho dinero! Lo tendrá; pero dudo que lo haya adquirido con el oficio.

»Y ya que ando tan cerca de la Colegiata, no quiero irme a otra parte con el relato, sin presentarle a usted su buen amigo, y mío y de todo el mundo, don Adrián Pérez, tan entero y tan campante como si no pasaran años por él, en su sempiterna farmacia de la Plazoleta y frente por frente del pórtico del templo, con su levita negra de largos faldones, desabrochada siempre; su chaleco, negro también, abotonado hasta el pescuezo, y éste muy liado en una corbata de tres vueltas, negra igualmente, y de seda, sin asomo de cuello de camisa por ninguna parte (aunque sí del cordón del escapulario por debajo del cogote, muy a menudo, o por encima de la nuez), y su sempiterno gorro de terciopelo sobre la cabecita (solamente gris todavía, a pesar de sus setenta y cinco muy corridos), sobándose a cada instante el codo izquierdo con la mano derecha, hablando poco, mirando risueño y sin apresurarse, ni asombrarse, ni conmoverse, ni disgustarse, ni mucho menos enfadarse por nada. Es, como ha sido siempre, la encarnación viva de la parsimonia y del bienestar, en la mejor farmacia del mejor de los pueblos del mejor de los mundos posibles. De la botica no hay que decir que sigue las leyes de su boticario: los mismos tarros de porcelana con los propios nombres en latín abreviado; la misma Virgen de las Mercedes, patrona especial del establecimiento, en su hornacina de caoba, encaramada en lo alto y principal de la estantería, es decir, en el Ojo, el «ojo» a que se endereza la pedrada del refrán; el mismo pildorero de castaño con sus enroñecidos trastes de hierro; el mismo cazo para los cocimientos, la misma tijera para cortar el baldés de los confortantes de siempre, y hasta el mismo papel emborronado, de planas, comprado a lance a los chicos de la escuela, para sus cucuruchos de píldoras y envolturas de medicamentos en polvo.

»La novedad única (a lo menos para usted) de esta botica, es el hijo del boticario, y boticario él también de cinco o seis años acá. Es un bigardón de los demonios, que tan pronto le parece a usted blanco como negro, hábil como inepto, aquí listo y allá simple. Pica en muchas cosas, y aún no he podido averiguar hacia cuál de ellas le arrastran sus verdaderas aptitudes. Parece, por de pronto, de buen acomodar, y ayuda a su padre en la botica con los mejores deseos.

»Excuso decir a usted que en este rinconcito de Villavieja es donde mejor ha caído la noticia de la próxima venida de usted, no porque afirme que ha caído mal en otras partes, sino porque de la cordialidad con que le quiere a usted y a cuanto le pertenece este bonísimo sujeto, respondo con el pellejo, y no me atrevo a tanto con los demás. Bien sabe usted cómo abundan aquí la carcoma y los celillos de clase; y aunque todos los Bermúdez, por dicha suya y desgracia de Villavieja, han sabido aislarse en su nido de Peleches de las intriguillas y miseriucas de acá abajo, al cabo es usted Bermúdez, tiene mucho dinero y raya más alto que nadie entre todos los villavejanos, aunque no se proponga rayar. En fin, ya me entiende usted.

»Como la pintura que voy rasgueando no ha de ser escrupulosa estadística para gobierno de la dirección de Contribuciones, sino cosa muy diferente, hago caso omiso de los demás ramos mercantiles e industriales de la localidad y de la vida que arrastran, amén de que se adivina fácilmente esa situación precaria con lo que dejo apuntado en esta misma carta y le tengo dicho en otras sobre lo a menos que han venido el mercado de los lunes y la feria de primero de cada mes. Estos recursos, que fueron para Villavieja minas de plata en otros tiempos y tanto decayeron después, continúan a esta fecha de mal en peor. Claro es que la enfermedad alcanza en proporción debida a la gente de la Aldea, nuestro barrio de labradores; y ese malestar de este importante gremio, le verá usted bien reflejado en la vega, tan floreciente y pomposa años atrás.

»Decía el inglés de la mina, ingeniero de cuenta y hombre de mucho mundo, que era muy de notarse que los villavejanos, tan indolentes y apáticos en cuanto se refería a mejoras y útiles progresos locales, fueran para todo lo demás tan animosos, tan regocijados, hasta bullangueros, y tan susceptibles y quebradizos de piel. Y decía la pura verdad. Un villavejano de viso se encogerá de hombros al ver cómo se le hunde medio tejado, y perderá el sueño si aquella misma noche se le ha demostrado en el Casino que su levisac atrasa más de dos temporadas en el reló de la última moda. ¡Oh! en éste y otros parecidos asuntos son terribles los villavejanos, sobre todo las hembras. Tenemos mundo, tenemos clases, tenemos distinguidos y cursis; horas de tono y horas vulgares; y si no se puede con ricas telas, imitamos con percalinas la forma y los colores del vestido que, según la revista de modas que reciben las Escribanas o las de Codillo, llevaba una gran señora parisiense en cierta recepción del Elíseo. Para estos apuros y otros semejantes, hay aquí un contingente regularcito de costureras con humos de modistas, que se despistojan con el afán de conseguir que sus exigentes parroquianas no encarguen sus vestidos a la capital, que dista 14 leguas. Y lo mismo se desvela y por idéntica causa, el sastre riojano; porque los hombres elegantes de aquí son punto menos que las hembras distinguidas.

»Las que más se distinguen ahora son las mencionadas Escribanas y de Codillo. Las primeras, llamadas así por ser hijas del difunto escribano Garduño, que dejó bastante dinero, aunque no lo que suponen las gentes, son tres y la madre: ésta bajita y gorda, y aquéllas altas y delgadas, no de mal parecer, pero tampoco guapas. Se atufan por cualquier cosa, y muchas veces van riñendo unas con otras por la calle, a media voz, pero muy sofocadas e iracundas. Las de Codillo, hijas de don Eusebio Codillo, el dueño del Café de la Marina, de la calle del Cantón, hoy arrendado a un murciano, son cinco y muy desiguales entre sí en color, en estatura y en carnes; pero todas ellas tienen cierto andar, cierto sonreír y cierto... vamos; y, sobre todo, unos humos de señoritas principales y acaudaladas, que meten miedo. A Codillo, que siempre fue una tenaza y una esponja para el dinero, le da ahora por despilfarrarse con la familia y hasta por acompañarla vestido de punta en blanco. Es teniente de alcalde, está viudo, y eso le salva, porque su mujer era una fiera hasta para amarrar el ochavo.

»Con menos caudal que estas dos familias y con los trapitos arreglados en casa, forman en la misma clase, primeramente, las dos nietas del Indiano, aquel fachenda que usted conoció ya viejo. El heredero, su hijo Martín, se comió en dos años la mitad de la herencia, y con la otra mitad pretendió en lejanas tierras a una supuesta ricachona, que resultó pobre del todo después de casada, pero muy vanidosa. Vive ella y se murió él; y con lo poco que dejó, bien estiradito y apurado, se dan el gran pisto las tres hembras de la casa.

»Después de ellas, o a par de ellas, mejor dicho, las Corvejonas, así llamadas por ser hijas de don Aniceto Martínez Liendres, Corvejón de apodo, por herencia de su padre que fue herrador y albéitar, con igual mote, como usted recordará. Traficó Aniceto con suerte en ganados; casó bastante bien con una hija de otro traficante asturiano, y ahí le tiene usted con su don como una casa; y aunque le han mermado los caudales en más de la mitad, con unos humos que no le caben en la chimenea.

»Al lado de las Corvejonas figuran las Pelagatas... Pero ¡qué jugo va usted a sacar de la lista que yo forme, si toda esa gente es nueva y desconocida para usted, sin precedentes de nombre ni de arraigo en toda la población? Ya las conocerán ustedes cuando vengan, si conocerlas quieren, lo propio que a las de la jerarquía subsiguiente, las calificadas de cursis por las primeras, y, como tales cursis, menospreciadas.

»Entre tanto, sepa usted que, de poco tiempo acá, anda fluctuando entre las dos categorías, con síntomas de caer en la primera, la sobrina de su señor cuñado de usted, el marido de doña Lucrecia. Desde que empezó a enriquecerse de veras este insigne villavejano, amparó rumbosamente a la familia que le quedaba aquí, su madre y una hermana, ésta casada con un labrador del barrio de la Aldea donde ellos vivían y eran labradores también. Muriose la vieja, y quedó el matrimonio joven, con una niña, ya establecido en el casco de la población y viviendo de sus rentas, o sea de la pensión del mexicano. Metieron a la niña en la «enseñanza» de doña Eustoquia; no era un adoquín, ni fea; desbravose allí bastante; consiguió luego desbastar y pulir algo a su madre, que bien lo necesitaba; muriose el padre de un tabardillo, porque la holganza y el buen pesebre le tenían hecho un odre y algo picado a la bebida; creció la muchachuela y se hizo una moza regular y de buen aire; tomole tal cual a su lado la viuda... y como la espuma hasta hoy. Ambas saben que viene este verano su sobrino de usted, y afirman que se hospedará en su casa cuando pare en Villavieja, y que, como las quiere tanto... «¿quién sabe lo que podrá suceder?» Conque sírvale a usted todo ello de gobierno: lo uno, para su satisfacción, y lo otro, por si ha pensado en preparar cuarto al mexicanillo en Peleches.

»Hablando ahora en serio otra vez, añado a lo dicho sobre las mujeres de tono de Villavieja, que tienen para exhibirse en toda su pomposidad, cuatro bailes de tabla al año: uno, el más solemne, el tradicional del Ayuntamiento el día de la Patrona de la villa, y tres en el Casino, dos de ellos en Carnaval y uno en Pascua de Resurrección. Todos de sala y con larga cola, no de vestidos, sino de disgustos: en unas, porque no fueron invitadas; en las invitadas, porque no debieron serlo muchas «cursis» que lo fueron. Lo propio sucede cuando en el Casino hay veladas artístico-literarias y leen los chicos poetas de la localidad, y tocan el piano las señoritas que lo entienden. Siempre quedan detrás de la fiesta ocho días largos de murmuraciones y disgustos. Por eso, si bien se mira, donde mejor lo pasa durante el invierno la juventud de ambos sexos, es en las reuniones que dan en competencia las Escribanas y las de Codillo, y, a veces, las Corvejonas. Cada cual de ellas invita a «sus relaciones», y nadie tiene derecho a quejarse si no es invitado ni «relación» de la casa. Los paseos de moda son, en invierno y con mal tiempo, los Arcos de la plaza; y con Sol, la Chopera de la Campada; en el verano, los mismos Arcos en el primer caso, y en el segundo la Glorieta de la Costanilla, el mejor paseo de Villavieja, como usted sabe, porque le tiene casi lindero de Peleches, dominando la playa y el mar por una parte, por la otra la vega y por la otra la villa; y no domina por la cuarta, es decir, por el sur tanto como por la opuesta, porque allí está Peleches que lo domina todo, incluso la Glorieta.

»Las horas de tono en todas las estaciones del año para pasear las señoras, son las últimas de la tarde y a la salida de misa mayor en los días festivos... En los días de trabajo no se pasea: se callejea por la villa con cualquier pretexto, o se anda, como los simples mortales, por donde se quiere o se puede.

»Como eterna protesta contra todos estos ceremoniales de similor, quedan míseros restos de aquellas pocas familias de relativo abolengo, que en tiempos de nuestra juventud eran gala y ornato de la villa. Se complacen en asistir de trapillo adonde estén las otras muy emperejiladas, o en no asistir de ningún modo, como a sus bailes, o en andar muy majas en sitios y a horas diferentes. Así protestan; pero no triunfan, porque la ley de los más se impone al cabo.

»Se va extendiendo demasiado esta carta, y aún me resta hablar a usted de los hombres; no mucho, porque habría de sucederle a usted con los que bullen y «dan el tono», lo propio que con las hembras equivalentes: no los conocería por más que se los fuera citando uno a uno. Hay clases también, y distinguidos y cursis entre ellos, y distancias, por tanto, que se guardan hasta en el Casino diariamente. Esto le baste, que mundo y habilidad y cacumen le sobran a usted para deducir el resto.

»El Casino es el alma mater de todos ellos. Allí van a parar los más altos y los más bajos, los cursis y los distinguidos, de día y de noche; y si en el establecimiento no se ha puesto una tachuela desde que usted le conoció (donde aún continúa, encima del Bazar del Papagayo), no es por falta de concurrentes abonados, sino porque, más o menos distinguidos, todos los que van pasando por allí son de madera villavejana, que ya sabe usted la virtud que tiene en esto de dejar que las cosas se acaben por sí mismas, aunque no falta quien afirma que en el confort de la casa se gastaría algo más si se jugara algo menos, y no tan a menudo, en la famosa leonera, escondrijo de la sociedad donde los socios se despluman a diario como unos caballeros.

»Ya le indiqué a usted de pasada que había chicos poetas aquí, que leían en ciertas veladas. Es la verdad; y también bullen y peroran en los soportales de la plaza, y a la puerta de la Colegiata cuando entra o sale la gente, y en la Glorieta, y en la Chopera, y en el Casino y donde quiera que haya público que los oiga. Han tenido hasta conatos de un periódico semanal; pero la falta de una imprenta en la villa les aguó la fiesta. A alguien de ellos se le ocurrió después hacerle autógrafo y reproducir los ejemplares con una prensa de copiar, como las usadas en el comercio, y así se hizo, con gran éxito y resonancia en toda la población.

»Comenzaba ya el periódico a producir disgustos entre muchas familias aludidas por los chicos, cuando llegó de la Universidad, va a hacer un año ahora, Tinito Maravillas. Éste es un jovenzuelo chiquitín, paliducho y lacio, con gafas, pelo de ratón y patillitas transparentes. Usa a diario chaquet negro y bastón. Es hijo de un tabernero de aquí, algo levantisco, el cual se ha medio arruinado para darle la carrera, porque desde que Tinito (Agustín) comenzó a hablar, se le antojó a él que sacaba mucho talento y había de llegar a ser una maravilla, si se le educaba convenientemente. Tinito lo creyó así también, y por maravilla se tiene después de licenciado, y por maravilla le ha proclamado y le proclama su padre en la taberna y en todas partes, y Maravillas se le llama donde quiera.

Pues este Maravillas, que se había hecho notar aquí en todas las temporadas de vacaciones, ahora es una barbaridad lo que destaca, particularmente entre sus contemporáneos, por lo que sabe y por su modo de pensar. A los chicos del periódico autógrafo los asustó. Villavieja necesitaba, en su lastimoso estado de modorra, algo más que coplas y chismografía. Él había escrito en revistas librepensadoras, de gran importancia, y sabía lo que eran esas cosas. Si querían su colaboración, no tenía inconveniente en prestarla, pero a condición de que el periódico fuera dirigido por él y saliera en letras de molde; lo cual no era difícil imprimiéndole en la capital. La proposición sedujo, y en realizarla se anda desde entonces.

»Tinito habla poco, casi nada; pero se deja ver en todas partes, con la cabecita muy alta y en la cara una sonrisa entre compasiva y desdeñosa. No va a misa, por supuesto; y si se le pregunta por qué, hace un gestecillo como de asombro, sin dejar de sonreírse, y no responde más. Oye hablar de Dios, sonrisita; oye hablar de reyes, sonrisita; oye, en fin, hablar de todo lo corriente en los pueblos regidos por leyes, usos y costumbres a que estamos avezados usted y yo, sonrisita. A su padre se le cae la baba con estas cosas de Maravillas, sobre todo cuando le ve echar desprecios, a su modo, sobre el viejo resabio de «las clases», tan arraigado en Villavieja; y Maravillas, en tanto, teniendo a menos decir de quién es hijo, y pegándose como una lapa a lo que aquí se tiene por aristocracia de la población, que no sabe, a la hora presente, si temerle, si admirarle o si reírse de él; porque en Villavieja ha habido siempre muy poco entusiasmo por las ideas políticas y filosóficas. Lo más exaltado de aquí no pasa todavía del progresismo histórico, tal como lo dejó el duque de la Victoria al volverse a Logroño en 1856.

»Sin embargo, no ha predicado enteramente en desierto el joven apóstol desde que vino licenciado de Madrid. Ya tiene algunos partidarios casi entusiastas, entre los mareantes y los zapateros, a quienes se digna hablar, de tarde en cuando, de Compte, de Büchner y de Lombroso, asegurándoles de pasada que él conoce hasta la última palabra de la ciencia experimental, escoba y azote del viejo mundo teológico y metafísico.

»Yo creo que habría palos en el Casino, si a Maravillas le diera por hablar tan recio allí, porque solamente con la estampa y la sonrisita es ya una indigestión continua para ciertos y determinados temperamentos: uno de ellos el fiscal, de seguro; y muy probable, el hijo del boticario, que es atroz por lo sincero, por lo acelerado... y por lo forzudo, y se pasa las horas muertas jugando al billar con el Ayudante de Marina que está siempre desocupado. No tiene otro vicio; pero un taco espantoso.

»El fiscal lleva en este juzgado cuatro años, y es un sujeto digno de estudio. Es aragonés, solterón y joven todavía, pero algo acabado. Detesta la profesión tanto como a la villa, y ni siquiera trata de disimularlo. Las acusaciones suyas son dicterios y palizas contra todo lo que trae entre manos, hasta la ley, que no le da cuanto necesita para despacharse a su gusto. Para él no hay atenuantes ni eximentes. Siempre pide el máximum de la pena para toda clase de delitos. Cuando habla de Villavieja, la acusa del mismo modo, porque está deseando que le echen de la carrera y de aquí. Pone cada mote que no le levanta nadie, por lo bien que cae. Tiene talento y gracia y se deja querer, porque, después de todo, es un lagarto muy apreciable, hombre de bien y de trato muy ameno. Antes jugaba mucho al tresillo; ahora se le halla casi toda la noche y parte de la tarde fumando y tomando café en una mesa, cerca de la de billar, viendo cómo juegan el hijo del boticario y el Ayudante de Marina, hablando con ellos a su modo a ratos, y a ratos con dos abogados y un médico, jóvenes, de lo más culto y tratable que hay aquí, y conmigo, que solemos acompañarle...

»Para concluir, mi señor don Alejandro: continúan los cerdos revolcándose en las calles sin empedrar, y las gallinas picoteando el césped del encachado de la plaza; el casón histórico, llamado de los Capellanes, se desplomó en abril del año pasado; está mal sostenido con puntales lo que queda del convento de Premostratenses; se va a apuntalar la fachada norte de las Casas Consistoriales, y en la calle del Cáncamo se abrió de repente una sima, tres años hizo en febrero, y sin rellenar se encuentra a la hora presente.

»Con esto y lo que se adivina, ya sabe usted de Villavieja casi tanto como su muy obligado y afectísimo amigo q. l. b. l. m.

Claudio Fuertes Y León.»

V. Quince días después

Aquella mañana madrugó don Alejandro casi tanto como el Sol, y eso que era el de los días más largos del mes de junio, de los «de por san Juan». No había pegado el ojo en toda la noche; y no por miedo a los ladrones ni por extrañar la cama, sino por la comezón de la pícara curiosidad, que le tuvo en vilo. Por si a Nieves le había pasado lo propio, se acercó a la puerta de su gabinete, aplicó el oído a la cerradura, y, en efecto, Nieves se revolvía allá dentro.

—¡Nieves! —llamó trémulo de gusto.

—¡Papá! —respondió la voz argentina de Nieves—. Estoy concluyendo de arreglarme... Allá voy enseguida.

—¡Ajá! Pero dime: ¿has cumplido tu palabra?

—Como que me estoy vistiendo casi a oscuras.

—Así se hace, ¡canástoles! Pues mira: ya, por lo poco que falta, no lo echemos a perder con una mala tentación. Firmes con ella si acomete, ¿eh?

Se oyó la risa franca de Nieves muy cerquita de la puerta, que a poco rato se abrió dando paso a la sevillanita envuelta en un blanco y holgado peinador, con toda la espesa y fina mata de su pelo rubio dorado tendida sobre la espalda.

—Para que veas que no te engaño —dijo a su padre señalando al fondo del gabinete—, mira qué oscuro está todo.

En efecto: no se veía otra luz allá dentro que la que se filtraba por las rendijas de los postigos cerrados con sus aldabillas sobre las correspondientes vidrieras: la precisa para andar allí sin tropezones.

Entonces fue don Alejandro quien se rió.

—¡Qué cosas tenemos a lo mejor los hombres llamados formales! —dijo—. Pues mira: pequeñeces son y hasta tonterías parecen; pero tienen su encanto, y ¿qué demonios le queda de placentero a la vida si se le quitan esos recreos?... ¿No es así? Pues, canástoles, el que se riera de nosotros ahora, sería un grandísimo majadero.

—Ya se ve que sí —dijo Nieves siguiendo el humor a su padre—. Pero, dime —

añadió—: ¿también aquí me está prohibido mirar?

—Aquí no —respondió muy formalmente don Alejandro—, porque esto tiene bien poco que ver. Tú hazte el cargo: ya que la casualidad te metió en Peleches por primera vez de noche cerrada, la gracia de la cosa está para mí en estimar yo mismo el efecto que te produzca lo que te vaya poniendo delante de los ojos, y que no se ve todos los días ni en todas partes. ¿Te enteras? Pues no hay más. Pero aguárdate un poco... ¡Catana!... ¡Catana!...

Esto lo gritó don Alejandro desde la puerta que daba al pasillo, para que acudiera la rondeña, que se llamaba así.

—Tengo yo mi puntillo de vanidad —dijo a Nieves mientras la quintañona venía—

, en que este erizo andaluz que desde que salió de la tierra no ha puesto la mirada en cosa que le parezca bien, aprenda a mirar como es debido lo que se ve desde aquí, hasta que se muera de repente por mal de asombro y maravilla. En esto llegó Catana, con su cabeza gris, su color cetrino, sus ojos negros y bravíos, su sempiterno vestido de indiana muy floreado, y su pañolón negro, de seda, con los picos anudados atrás.

—¿Qué manda zu mercé? —preguntó desde la puerta.

—¿Qué has visto —la preguntó a ella su amo—, de tantísimo como hay que ver desde esta casa?

—Ná, zeñó.

—¡Cómo que nada?

—Ná... zino e peor que ná; porque azomé la fila, andando en mi trajín, por un ventaniyo de eta parte, y too lo vide negro, y dije: po zeñó, pa poca y mala zalú, a la joya... Y no he querío ver má.

—Pues aguántate aquí a la vera nuestra —dijo Bermúdez después de reírse con Nieves de la ocurrencia de Catana, que hablaba siempre con la mayor seriedad—, para que te mueras pronto y de una vez, y a gusto mío... Y vamos a ello, empezando por lo de adentro por ser lo peor. Esta pieza en que nos hallamos, como te dije anoche, ¿te acuerdas Nieves? es el salón de recibir, vamos, el estrado. Ya ves que, por extenso... ¿eh? se pueden correr potros en él. De esto ya te enteraste anoche, pero no de los cuadros por falta de luz... ni del tillado de castaño negro con remiendos de cabretón. Mira qué puertas: de roble, con su cristalillo de a tercia en su correspondiente cuarterón. En cada tiempo su estilo. Esta Purísima tan estropeada, es copia de una de Murillo, y dicen que no era mala cuando la trajo de Madrid mi bisabuelo paterno. Este retrato que la sigue por la izquierda, es de mi padre, y el otro de la derecha, de mi madre. Son obra de un pintor que anduvo tomando vistas por estos sitios, muerto de hambre. Así están ellos. Del mismo pincel y de la misma época son estos cuatro de este lado: Héctor, Aquiles... ¡Demonio! parece que te voy a hablar del sitio de Troya... Cosas de mi padre. Pues son mis hermanos y mi hermana Lucrecia, y yo; yo sin pelo de barba todavía, pero con mis dos ojos cabales... con los que tú me alcanzaste aún, Catana, en época bien memorable para mí... Pero no hablemos de esto, canástoles, que es muy amargo y muy duro de digerir... Corriente. Pues con decirte que estos seis retratos le costaron a mi padre cuarenta duros y el hospedaje del pintor, que todavía se consideraba rumbosamente pagado, te digo cuanto hay que decir sobre el mérito de su pincel.

—Y este señor del pelucón y casaca bordada, ¿quién es? —preguntó Nieves.

—Ese es, digo, ese fue don Cristóbal Bermúdez Peleches, cuarto abuelo mío, y fundador del mayorazgo en los principios del siglo pasado. Desempeñó en México el cargo de Intendente general durante muchos años, y de allá vino nadando en oro; casó en Madrid con una señora de la cepa ilustre de Pacheco, y labró esta casa sobre la más modesta, aunque no menos hidalga, en que él había nacido... Pero de este preclaro ascendiente nuestro ya me has oído hablar muchas veces, lo mismo que de este otro que le sigue, con hábitos de sacerdote y la medalla de la Inquisición colgada del cuello. Fue inquisidor, también en México, y trajo de allá estas cornucopias que ves alrededor de la sala junto a la cornisa del techo. Tiéneselas por cosa notable, aunque no lo parecen a la simple vista. Este vargueño tan roído ya por la polilla, también fue traído de México por el mismo inquisidor... ¿Te fijas en la sillería, eh? Ya habrás notado que no juega con el vargueño ni con las cornucopias, ni se honra con tan señalada procedencia. Es ebanistería de la más mala entre lo peor que se ha hecho y estilado en esta tierra. Con todo, tiene para mí gran mérito por los recuerdos que me trae a la memoria... ¿Te vas enterando tú también, desaboría gitana?

—Zí, zeñó —contestó la rondeña, muy grave y con los ojos muy abiertos.

—Pues a otra cosa entonces, porque se acabó la sala... Voy ahora a enseñaros algo de lo de afuera, pero de lo menos bueno; lo que corresponde a la fachada del sur, que es adonde miran los tres balcones de ella, o sean éste que voy a abrir, otro del gabinete mío y otro del tuyo, Nieves... Ahí está lo menos hermoso del panorama. Desde la plataforma de la torre os le hubiera enseñado para que le gozarais sin estorbos por todas partes; pero, según noticias de mi amigo Fuertes, la plataforma está de mírame y no me toques, sin contar con que le falta a la torre media escalera, cabalmente la mitad de abajo... Mas esa y otras dificultades parecidas, ya se irán remediando.

Nieves y Catana, mientras hablaba así don Alejandro, después de mirar lo que se descubría de frente y sin esfuerzo, querían salir al balcón para mirar hacia los lados.

—Poco a poco —les dijo don Alejandro conteniéndolas—; no se permite mirar más que por derecho y desde ahí, ¿estamos?: lo otro ya se verá desde donde deba verse. Por de pronto, la fachada es de sillería como la del este... No hay para qué verla, señoras, porque lo afirmo yo, como afirmo que sobre cada balcón de los tres de este piso, hay otro más pequeño y de púlpito, con sendos escudos de armas en los dos entrepaños principales... Quietecitas he dicho, que tiempo les queda de comprobar lo que afirmo... y vayan mirando. Aquí, debajo, un poquito de jardín, bastante disimulado, porque la verdad es que hasta que yo mandé que le aliñaran un poco, contando con que ibas a venir tú, nadie se ha cuidado de él en muchísimos años. Eso que ahora es una tapia regular con puerta enrejada, fue en años témporas, como dicen los poencos de tu Serranía, ¡oh, gitana! casi muralla de sitio con su portón correspondiente; como fue patio con horno y pozo que aún se conserva, según podéis ver, y no sé cuántas accesorias, esto que a la presente es jardín. Después de la calzadita que pasa por delante de la puerta, otro cercado, con árboles, pradera y tierra labrada, que se va hundiendo poco a poco según se va alejando, lo mismo que la faja de pinos que le contornea por nuestra izquierda. Es, como si dijéramos, la huerta de esta casa... Vuelve a subir el terreno después de una larguísima hondonada, pero con otro ropaje más basto y más bravío, y acaba en una gran mancha verdinegra que se esparce a un lado y a otro...

—Eza mancha jué lo negro que yo vide —dijo Catana sin poderse contener.

—Pues esa mancha negra, mi señora doña... espantos sin sustancia, es un magnífico pinar, y de mi legítima pertenencia, como la huerta y lo que sigue hasta él... ¿estamos? y aunque algo triste de color, no es para que nadie enferme al mirarlo, y mucho menos una res brava de ciertas espesuras que yo me sé. ¿No es verdad, Nieves? Sé franca, tú que pintas algo y entiendes más que Catana de estas cosas. Fíjate bien: aquí la lozanía de la huerta; después el recuesto verde sucio; luego el pinar casi negro; enseguida un monte gris, rapado y pedregoso; y en último término, una montaña azul. ¿No tiene todo este conjunto su belleza especial? Además, os lo tengo anunciado como lo menos bello del panorama, y no podéis, en buena conciencia, llamaros a engaño ahora... Y se acabó este primer número del programa... A otro enseguida... y quédense estas puertas abiertas para que se vaya inundando de la gracia de Dios toda la casa...

Por aquí, por el pasadizo éste... Alto en esta puerta de la izquierda, y mucho cuidado con no torceros un pie en algún rendijón del tillado de adentro. Como la pieza tiene balcón, único claro que hay en la fachada correspondiente, la del noroeste, se cuelan las invernadas por él lo mismo que si no vinieran a Peleches más que para eso. ¡Como está tan alto y tan descarado!... Nadie ha podido habitar en esta pieza jamás. Cuidado, repito, mucho cuidado donde se pisa...

¡Ea! ya está de par en par, digo, ya están separados estos pingajos de puerta. Ponte aquí, Nieves, y tú a este otro lado, Catana... Vamos, ¿qué hay que decir a esto?... No os fijéis en este primer término, que es árido y escabroso, como todo terreno de costa, sino en lo demás, en lo llano, que es la vega de Villavieja, verde aquí, parda allá, con sus caseríos salpicados, después alturas grises y alturas verdes, y sierras peladas y montes oscuros... ¿Veis una rayita blanca, allá lejos, que culebrea un ratito en el contorno de la vega y luego se pierde entre dos cerrillos? Pues es el camino real. ¿Veis otra rayita que cruza la vega por este lado de la izquierda, en dirección a los mismos dos cerros en que se pierde el camino? Pues es la senda que une a Villavieja con él. Por ahí vinimos anoche nosotros; solo que al llegar a la entrada de la villa, tomamos otro camino que sube a Peleches por esta ladera... Vedle aquí arrastrándose debajo del mismo balcón en que estamos... ¿Eh? ¿Qué tal? Me parece, señora serrana, que aquí no hay negruras que maten ni asusten a ciertos corazoncitos temerosos y delicados... Bien claro, abierto, luminoso y variado es por donde quiera que se mire todo ello... Vamos, diga usted que sí o que no, como Cristo nos enseña.

—¿E de zu mercé la vega también? —preguntó Catana a su amo, en lugar de responderle.

—Una buena parte de ella —contestó Bermúdez un poco amoscado—. Pero ¿qué tiene que ver lo uno con lo otro? ¿Lo barruntas tú, Nieves?

Nieves, que toda era ojos y respiración, para gozar a sus anchas de la luz y los aromas de que estaba inundada la campiña, adivinando la malicia envuelta en la pregunta de Catana, contestó a la de su padre, sonriéndose con la rondeña:

—Es una salida como otras suyas, por no mentir. Teme que lo sientas si te dice que no la gusta... por lo menos tanto como...

—Como la Serranía de siempre, vaya —concluyó don Alejandro.

—Ezo igo yo —confirmó Catana, mirando a Nieves con la cabeza algo gacha.

—¿Y tú también eres de su parecer, hija mía?

—Yo no, papá —contestó Nieves al punto y sin la menor traza de engañarle—. Es decir: por de pronto, me gusta esto mucho, muchísimo; lo que hay es que no conozco lo otro que le parece mejor a Catana, y pudiera serlo. ¿No es así, Catana?

—Asín —respondió Catana, acentuando la palabra con la cabeza.

—Pues ahora mismo voy yo a poner a su señoría macarena —dijo Bermúdez empujando hacia dentro a las dos mujeres—, delante de algo que no se pueda ver desde allá por mucho que levante la jeta el serrano de más alzada... ¡Canástoles con los melindres de mi abuela y el pujo de la comparación!... Por el pasillo de la derecha hasta la puerta de enfrente... Esta pieza, Nieves, no te la quise enseñar anoche, porque aún estaba arreglándose cuando te fuiste a acostar: ya te lo dije. Es donde más se ha esmerado don Claudio, y la que más le ha dado que hacer después de tu gabinete. Se ha empapelado, pintado y casi tillado de nuevo... Mírala. Aquí tienes el piano, los avíos de pintar y de hacer labores, libros, dibujos... en fin, tu taller de artista y tu saloncillo de mujer hacendosa. Ahora no hagas más que pasar y mirar, y ni siquiera me des las gracias que se te están escapando por los ojos y por la boca. La cosa, en primer lugar, no vale la pena, y, en segundo, venimos aquí por otras muy diferentes... A la una, a las dos... ¡Ahí está eso, y muérete ya, gitana, porque te ha llegado la hora!... Más afuera todavía las dos: aquí, en la misma barandilla del balcón... Eso es. ¡Mirad, y hartaos!

Nieves prorrumpió en exclamaciones de entusiasmo, y Catana, con los ojos muy abiertos, se quedó como una estatua. Don Alejandro se gozaba como un chiquillo en el éxtasis de las dos.

—¡Échate leguas de mar! —comenzó diciéndolas—, por el frente, por la derecha, por la izquierda: infinito por todas partes, menos por ésta en que está el palco de Peleches para recrearse los Bermúdez en contemplar esa maravilla de Dios... Y no se me salga ahora con que se ha visto la mar en Cádiz o en Bonanza, ¡canástoles! porque no admito la comparación. Mar será ella, como son mares otras muchas que se pudieran citar; pero no son esto, ni por lo grande, ni por lo hermoso, ni por estar como colgadito del tejado, a la misma puerta del balcón, para deleite de los ojos al abrirlos en la cama. Y que no vale mentir...

¿Ves ese antepecho de la derecha, Nieves? Pues es uno de los dos claros que tiene tu gabinete. ¿Ves este otro de la izquierda? Pues corresponde al gabinete que tiene la entrada por el comedor... el reservado para lo que tú sabes... De manera que no me salgo de lo cierto al deciros que desde la misma cama se puede recrear la vista en este asombro. Llano y sosegadito está ahora como el cristal de un espejo, y gusto da ver cómo saltan y centellean en él las chispas del Sol que va subiendo poco a poco; pero no sé si os diga que le prefiero y me gusta más cuando se le hinchan las narices... ¡Ah, lagartija de secano! Aquí te quisiera yo ver cuando esa llanura se encrespa y ruge y babea y comienza a hacer corcovos, y echa las crines al aire, y no cabe ya en su redondel, y embiste contra las barreras bramando a más y mejor, y se esquila canto a canto, y vuelve a caer, y vuelve a embestir por aquí, por allá y por cincuenta partes a un tiempo... ¡Dios, qué rugidos aquéllos, y qué espumarajos y qué!... Entonces no es azul como ahora, ¡quiá!... las iras la vuelven cárdena... En fin, que tiene mucho que ver... Y a todo esto y por mucho que la mar se embravezca, el puerto, aquel rinconcito de la izquierda, lo mismo que un vaso de agua. Y se explica bien: sus contornos interiores son como dos curvas de un paréntesis: la una, la de allá, mucho más saliente que la otra; de manera que resulta por aquel lado una muralla, un cabo que sirve de rompeolas del noroeste, que es de donde vienen siempre los grandes temporales de esta costa; y como los de Levante son rarísimos, haceos la cuenta de que dormir en este puerto es como dormir en la cama.

—Pero ¿dónde están los barcos? —preguntó Nieves.

—¿Qué barcos, hija?

—Los del puerto. No veo ninguno.

—Eso es harina de òtro costal... ¿No recuerdas lo que, a este propósito, te leí en Sevilla, de la carta de don Claudio?

—Es verdad: que no hay más que un vapor... cuando le hay. Pues ahora no está.

—No lo sabemos; porque el saliente de la torre nos impide ver el fondeadero, que está muy arrimado a la villa. Desde la otra fachada lo veremos con lo que nos falta que ver de todo el panorama circundante...

—¡Ay, papá! —exclamó Nieves de pronto—, ¡lo que yo gozaría correteando en un barquichuelo por esas llanuras tan azules!

—¡Cabá! —saltó la rondeña estremeciéndose—: pa que la niña ze malograra a lo mejó...

Soltó una risotada el tuerto Bermúdez y dijo:

—Me gusta que te tiente ese deseo, Nieves, y te prometo satisfacértele muy a menudo, sin los riesgos que asustan a Catana... Mira un vapor...

—¿En dónde?

—En el horizonte... Fíjate bien en el punto que yo señalo.

—Ya le veo... ¿Le ves tú, Catana?

—No le veo, niña.

—¿No ves un penacho de humo sobre una mancha negra?

—¡Ajáa! Ahorita le guipé...

—Y ¿no veis más acá unas motitas blancas, como triangulitos de papel?

—Sí que las veo —respondió Nieves.

—Pues son lanchas de pescar.

—¡Tan allá?

—¡Yo lo creo!

—Y ¿de dónde son?

—De los puertos de esta costa... Dios sabe de cuál de ellos... Porque ¡cuidado que es línea larga, eh!... Vete pasando la vista sobre ella de extremo a extremo... Lo menos 40 leguas.

—¡Jezú!

—Y no rebajo una pulgada, señora rondeña... Y a propósito, ¿para cuándo deja usted el morirse? ¿Por qué no se ha muerto ya?

—¿De qué, zeñó?

—De asombro.

—Con la venia de zu mercé —contestó la serrana—, me queo un ratico má: jasta el otro espanto.

—¿Cuál?

—El mayó que me ha e da zu mercé.

—¿Luego te parece poco lo que estás viendo?

—Psch... Asín, asín.

—Vamos, Nieves, es cosa de matarla de veras.

—No te apure la flema de esta socarrona —dijo Nieves dándola un pellizco en el brazo que estaba más al alcance de su mano derecha—, que aunque no fuera embuste lo que aparenta, aquí estoy yo que me he asombrado por las dos...

—Lo creo, y eso me consuela y la salva a ella de una desgracia... Y ahora, vamos a la otra fachada para ver lo que resta; que la maravilla de este lado aquí quedará aguardándote, por mucho que tardes en volver a saborearla... Síganme, que ya voy andando por el mismo camino que nos trajo acá... Tuerzan a la derecha ahora... Ésta es la entrada a la cocina y sus accesorias... Esta es la puerta del comedor... Otra cuatropea como la sala... ¿eh, Nieves? Bien que ya la viste anoche... El gabinete de que te hablé antes... Un balcón y dos antepechos... Vamos al balcón... No es maleja esta vista tampoco, ¿verdad, Nieves?

—¡Hermosa! —contestó Nieves con entusiasmo.

—¡Yo lo creo! —añadió su padre—. Parte de la mar que vimos desde ese otro lado, y el puerto entero y verdadero... Mira, allí tienes el muelle con... uno, dos, tres... tres botecillos, o lo que sean, porque no se distinguen bien a tan larga distancia. De vapor, ni señal, hija. Pues vete mirando desde el muelle hacia tierra: toda la villa, con su barrio de labradores, que parece un aduar de marruecos; detrás del aduar, el estero con sus junqueras, adonde viene a desembocar el río que ha bajado de aquellas alturas rozando un buen pedazo del perfil de la vega. No se le ve el cauce; pero te le va señalando bien esa faja de vapores que se van elevando y deshaciendo con el Sol, la abundancia de arbolado y cierto verdor del terreno... Repara con qué gracia está tendida Villavieja en el suyo. Ella es fea como un demonio, mirada calle a calle y casa por casa; pero vista en conjunto, hasta su color de hollín le hace gracia. La parte de acá, que está en rampa, aunque suave, no la podemos ver toda, porque nos lo impide el borde de la meseta sobre la cual estamos nosotros y a bastante distancia; pero se ve algo de lo principal... casi toda la Colegiata y un poco de los primeros edificios de la Costanilla, que arranca hacia acá del mismo costado de la Colegiata y es el camino más usado para venir desde la villa a Peleches y al paseo de la Glorieta, que es esa especie de alameda que ves a dos pasos de la entrada de este patio, un poco a la derecha. El paseo es bonito, porque lo son sus árboles chaparros; y la vista que se alcanza desde él y el aire salino que le refresca en verano, no tienen precio. Por el extremo de allá baja una senda que conduce al muelle sin tocar en la villa. La senda se llama del Miradorio, porque este nombre se da a aquel lejano término de la meseta por donde pasa para caer de repente cuesta abajo... Viniendo ahora con los ojos a cosas de menos fuste, para tomar nota de todo, aquí a plomo tiene otro patio perteneciente a la casa, con su cerca y entrada correspondientes. Ese cobertizo es el gallinero; el que le sigue, leñera, y este otro de enfrente con honores de casita con la mitad de la panza fuera del cercado, cuadra y pajar... Después os enseñaré la planta baja y el piso alto y hasta los desvanes, para que os vayáis orientando dentro del venerable palomar de Peleches. Abajo veréis el Oratorio, que, según noticias y por encarecidos encargos míos, se conserva bien y servible. Si hallamos cura, nos dirá la misa en él; si no, iremos a oírla a la Colegiata, que no está lejos... si el tiempo lo permite; porque si no lo permite, con la buena intención cumplimos.

Nieves lo miraba todo hasta con voracidad, y escuchaba a su padre delectadísima. Catana, con los brazos uno sobre otro, según su eterna costumbre cuando nada tenía que hacer con ellos, y con la cabeza algo inclinada, revolvía los ojos negros y bravíos, de las cosas señaladas a don Alejandro, y de don Alejandro a Nieves, evitando siempre el choque de la mirada de aquél con el rayo de la suya; pero muy poseída del cuadro y acaso, acaso, gozosa, aunque no lo declarara.

—Si yo viviera aquí mucho tiempo —continuó el buen Bermúdez—, arreglaría las cosas de manera que tú, hija mía, sacaras de estas singulares ventajas que rodean a Peleches, todo el interés y la sustancia que ellas son capaces de dar, para hacerte la vida, no solamente llevadera, sino deleitosa. Tendría, por ejemplo, una embarcación ligerita y segura, para recrearte y recrearnos en los placeres de la mar; haría convertir, o convertiría yo a mis expensas, ese mal camino que nos une con el del Estado, en una calzada en regla; tendríamos un carruaje cómodo que nos llevara y nos trajera por esas comarcas de Dios, tan dignas de visitarse, en lugar de las infames tartanas de que se puede disponer ahora por las condiciones de nuestros infernales caminos; tendría... ¡qué sé yo lo que tendría, en mi ardiente deseo de verte gozosa y alegre y sana en el solar de nuestros mayores! Pero esto has de resolverlo tú misma, y a tu resolución absoluta y soberana queda. Conste así, con el testimonio, algo sospechoso, de cierta zaina rondeña que nos escucha, reventando por declarar que no vale toda su tierra de lobos contrabandistas, un puñado de lo que se coja en la parte más triste de cuanto se ve desde Peleches. Entre tanto, echaremos mano de los recursos de que podemos disponer, hoy por hoy; y con ellos solamente, yo te prometo, hija mía, que si perseveras en tus buenos propósitos, no has de aburrirte un minuto aquí, por muy recio que llegue a tronar, como Dios nos dé salud... Ahora, y por de pronto, tenga usted la bondad, señora Catana, de ordenar que se nos sirva en seguidita el desayuno; y con las fuerzas que nos dé y mientras le tomamos, o de sobremesa, haremos el plan de campaña para hoy, o para toda la quincena, si nos conviene a ti y a mí. ¿No es cierto, Nieves?... Pues andando para dentro. Pero aguardaos un poco y oídme la última palabra, como ahora se dice: recorriendo con la vista la inconmensurable extensión de estos horizontes, y respirando el ambiente, medio terral, medio salino, que llena todo el panorama, y anima y engrandece el espectáculo de sus términos y detalles maravillosos, ¿no es verdad que se siente uno como más fuerte y más satisfecho? ¿que si se tienen penas se olvidan? ¿que si le dominan a uno rencores los acalla? ¿que si vacila entre lo cierto y lo falso, entre lo útil y lo pernicioso, entre lo nimio y lo grande, se le revela de pronto, y como por milagro, la verdad desnuda y clara? ¿que no nos asalta, en fin, una idea que huela a innoble, ni un deseo que no sea honrado? Respondedme con franqueza.

Se le respondió que sí inmediatamente; y satisfecho con la respuesta, don Alejandro Bermúdez rompió la marcha hacia dentro, diciendo a las dos mujeres, con el mayor entusiasmo, como si nunca se lo hubiera dicho hasta entonces:

—¡Si no tiene escape! Dadme vosotras un aire puro, y yo os daré una sangre rica; dadme...

Cuando dijo la última palabra de esta conocida tesis, Nieves estaba ya sentada a la mesa del comedor, en espera del desayuno; la rondeña, en la cocina para que acabara la cocinera de prepararle, y abocando al pasadizo frontero, don Claudio Fuertes y León, asombrándose de que hubieran madrugado tanto los insignes dueños y señores del caserón de Peleches.

VI. Entre buenos amigos

Señor don Claudio! No podía usted llegar más a tiempo ni en mejor ocasión... ¡Catana!... ¡Catana!... ¿Café? ¿chocolate? ¿cosa de tenedor?... Con franqueza, don Claudio: lo que más apetezca y mejor le siente a estas horas... ¡Catana!...

—Pero, señor don Alejandro, ¡si yo no acostumbro a desayunarme hasta más tarde! Cabalmente he venido tan de madrugada, por averiguar de sus sirvientes, mientras ustedes descansaban, qué era lo que habían echado más en falta anoche, para disponer con tiempo el remedio. ¡Cómo había de sospechar yo que después de las fatigas del viaje?...

—Pues ahí verá usted. ¿Y si le digo que hace ya más de una hora que andamos de ronda por toda la casa, de pieza en pieza y de balcón en balcón, mira aquí y asómbrate allá?...

—¡Es posible?...

—Y ¿por qué no ha de serlo?

—En usted, pase, porque está más avezado, es de aquí y lo tiene ley; pero esta señorita...

—¡A buena parte va usted! Cuando me levanté yo, ya estaba ella de vuelta, como quien dice. ¿No es verdad, Nieves? Hay que advertir también que antes de acostarnos anoche habíamos pactado cierto compromiso... Pero que diga ella si le ha pesado la madrugada...

—¿De manera que la ha gustado la situación de Peleches?

—¡Oh, muchísimo!

—Vaya, pues lo celebro infinito; porque temía yo lo contrario.

—¿Por qué, recanástoles?

—Hombre, acostumbrada a la hermosura y la animación de una ciudad como Sevilla, nada de particular tendría que al verse de pronto en una soledad como ésta...

—¿De modo que donde hay soledad, no cabe belleza ni?... ¿Se quiere usted callar, alma de cántaro? No le hagas caso, Nieves... ¡Pues, hombre, me hace gracia la ocurrencia! Desde aquí al cielo, señor don Claudio... Y no me replique, para taparme la boca, que poco he demostrado mi entusiasmo por las maravillas de Peleches volviéndoles la espalda durante tantos años;

porque bien dicho lo tengo por qué ha sido y cuánto lo he deplorado... ¿Está usted?

Pues ahora díganos qué va a tomar, porque está Catana deseando saberlo para servirle en el aire...

—¡Ea! pues ya que ha de ser... lo mismo que ustedes tomen.

—Ya lo oyes, Catana: lo mismo que nosotros... Y respondiendo ahora a cierta indirecta pregunta que usted nos ha hecho, le digo que lejos de echar en falta cosa alguna en esta casa para nuestra comodidad, todo lo hemos hallado en su punto y lleno de motivos de agradecimiento y de aplauso a la previsión, al acierto... en fin, que ha hecho usted milagros... ¿No es así, Nieves?

—De toda verdad, don Claudio... Nada se echa de menos aquí.

—Repare usted, señorita, que yo no he hecho más que cumplir las órdenes de su papá lo mejor que he podido... De todas maneras, me felicito de no haberme equivocado... Pero ¿de veras le gusta a usted esto, Nieves?

—De veras, don Claudio: se lo juro a usted... Y ¿por qué no había de gustarme?

—Por lo que antes dije a usted. ¡Es esto tan diferente de aquello!

—Pues por esa diferencia me gusta a mí esto.

—¡Ajá!... Tómate esa y vuelve por otra...

—¿De manera que usted está satisfecha?...

—Satisfechísima.

—¿Y dispuesta a sacar partido de?...

—De todo, don Claudio. Y si no lo estuviera, ¿para qué venir aquí?

—¡En los mismos rubios, señor Fuertes!... y vaya usted contando. A usted se le ha figurado que Nieves era una niña dengosa que se nutría de huevo hilado y alfeñique, y le faltaba la respiración en cuanto se la sacaba de la estufa... ¡A buena parte va usted con la suposición!

—No suponía tanto, señor don Alejandro; pero entre los dos extremos... Y en fin, yo celebro en el alma que la señorita Nieves sea como es; y excuso decirles a ustedes que no solo por deber, sino con muchísimo gusto mío, me pongo a sus órdenes desde ahora para servirla, para acompañarla...

—Ya nos habíamos permitido nosotros contar con ese factor en los cálculos que hemos venido haciendo por el camino; pero, inocente de Dios,

¿sabe usted con quién trata? ¿conoce usted los ánimos, los bríos y los propósitos que hay en ese cuerpecito que se abarca por la cintura con la llave de la mano? ¡Ay, amigo don Claudio! usted y yo, para sopas y buen vino.

—Poco a poco sobre eso, mi señor don Alejandro. Usted sabrá a qué paso le anda la vida por sus adentros; pero no el que lleva la mía por los míos.

—Pues, hombre, ya que me la echa usted de plancheta, le diré que allá saldrán las dos en andadura, como salimos en años uno y otro.

—No es regla esa, don Alejandro.

—Sobre todo, cuando se saca en la cuenta el pico gordo que me saca usted a mí.

—¡Yo a usted?

—¡Toma, y se admira, canástoles!

—¡Yo lo creo!

—Pues mal creído...

—¿Cuántos años tiene usted, entonces, o, mejor dicho, cuántos cree tener?

—Ni tampoco cincuenta y ocho...

—Lo menos sesenta y dos...

—¡Ave María Purísima!... ¡No le hagas caso, Nieves!

—De todas maneras, igual le dé, porque ya no ha de echarse usted a pretender jovenzuelas; pero ésta es una cuenta que se saca en el aire y por los dedos.

—Pues ya está usted sacándola.

—Cuando yo vine a Villavieja por primera vez...

—¡Cómo! ¿No es usted de aquí, don Claudio?

—No, señora. ¿Usted no lo sabía?

—Lo habrá olvidado, porque yo creo habérselo dicho.

—No lo recuerdo.

—Yo soy de Astorga.

—¡De Astorga?

—Sí, señora: de donde son las grandes mantecadas...

—Y los maragatos, canástoles, con sus bragazas de fuelle.

—Sí, señor, y a mucha honra.

—Pues ¿cómo vino usted de tan lejos?

—Lo mejor será que se lo cuente usted todo, don Claudio; porque, a lo que veo, ha perdido la filiación de usted que yo la he dado varias veces.

—Sí, y para que se vaya apartando la atención de cierta cuenta pendiente.

—¡Habrase visto marrullero?... ¡Como si no me importara a mí más que a él dejarla bien saldada!

—Allá lo veremos, mi señor don Alejandro, porque todo se andará. Voy por de pronto a satisfacer la curiosidad de Nieves en cuatro palabras, porque siendo, aunque inmerecidamente, tan íntimo amigo de su padre, no está bien que sea un hombre desconocido para ella...

—Tanto como eso, no, señor don Claudio.

—Es un decir; y vamos allá. Yo vine a Villavieja de teniente de carabineros: no cucharón, señorita, sino de colegio, del de Infantería. Aquí ascendí a capitán y me casé con una villavejana de bastante buen ver y no pobre del todo. ¿No es cierto, don Alejandro?

—Y se queda usted corto. Era de lo mejorcito de aquí... Y pasemos de largo sobre ese punto, antes que empiece a dolerle como de costumbre.

—Bueno. Tuve dos hijos varones. En esto se armó lo de África; tentome un poco el patriotismo y otro poco la ambición; conseguí, bajo cuerda y sin que lo supiera mi mujer, que me mandaran allá; fuime, haciéndola creer que me obligaban a ello; volví de comandante acabada la guerra; destináronme a Barcelona con el regimiento a que pertenecía; y entre sí me convenía más dejar aquí la familia o llevarla conmigo, enviudé; vilo todo de un solo color, y ese muy negro; disipáronse de repente todas mis ambiciones; pedí el retiro, concediéronmele, y quedéme en Villavieja donde había vivido muchos años, habían nacido mis hijos, y poseían, por herencia de su madre, media docena de tejas y cuatro terrones. Poco después, el señor don Alejandro, que siempre me había distinguido y honrado con su amistad, quiso honrarme y favorecerme nuevamente dándome plenos poderes para administrarle sus haciendas de aquí, que no son pocas. Esto acabó de afirmar mis raíces en la tierra de mi pobre mujer, raíces no muy agarradas ya desde que mis hijos, hoy oficiales del ejército, se habían ido al colegio militar y yo me veía solo y desocupado. Pero a todo se hace uno, Nieves, en esta breve y espinosa vida. Yo me fui haciendo a mi soledad, y hasta he llegado a encontrarla relativamente placentera. De ordinario, no soy melancólico: al contrario, se me tiene por hombre feliz y regocijado. Yo no trato de desmentir mi fama, por si es merecida, y, sobre todo, porque nada me cuesta; y así vamos viviendo... y así soy, ni menos ni más. Conque ¿me conoce usted ahora?

—Aunque no con tantas señas, bien conocido le tenía a usted, y estimado en lo que merece.

—Muchas gracias... y vamos a rematar ahora el punto de las edades, que quedó empezado antes de abrirse este paréntesis que acabo de cerrar.

—¡Canástoles, cómo le preocupa a usted ese punto, hombre! Pues supongamos que se echa la cuenta y que me sale usted alcanzado en cuatro años, o que los dos salimos pata; después de todo, ¿qué? Nadie tiene más edad que la que representa.

—Eso, mi señor don Alejandro, puede ser, y usted perdone, una huida, como otra cualquiera, del terreno, y desde luego no es exacto; y además, como argumento, es aquí muy sospechoso.

—¡Vaya usted echando canela!

—Porque la hay a mano. Y a la prueba: me ve usted con esta facha algo quijotesca, un si es no es acartonado, con el pelo y los bigotes grises...

—Canos.

—Corriente: canos, al paso que usted, más metido en carnes que yo, con el pellejo más reluciente, su estatura regular y de buen arte, tan aseadito y curro, y tan recortaditas y cepilladas las blancas patillas...

—¡Grises, don Claudio!... mírelas usted bien y juguemos limpio.

—Grises, corriente: vaya también esa ventajilla a favor de usted: poco me importa. Nota usted esa diferencia de ornato, nada más que de ornato, entre las dos fachadas, y piensa que sacadas juntas a la plaza, la de usted se llevará las preferencias. Concedido. Pero enseguida protesto yo y le desafío a que me siga con la escopeta al hombro, o con el bastón en la mano por sierras y montes arriba, a la tostera del Sol de junio o con las nieves de enero; y entonces se descubren las máculas que hay debajo del revoque, y falla la máxima esa; porque es bien seguro que cuando yo comience a jadear, está usted agonizando.

—Eso se vería, ¡canástoles!

—Por visto, señor don Alejandro, por visto... Y finalmente, que nos ponga a prueba Nieves, o que me ponga a mí solo al realizar los planes que por lo visto tiene formados, utilizándome como guía y acompañante suyo, que es por donde habíamos empezado, y se verá si sirvo o no sirvo para ello, y quién cae primero de los dos, o el último de los tres, si se atreve usted a acompañarnos...

—¡Vaya si me atreveré! ¡Y nos veremos allá, señor guapo!

—Pues no tienen ustedes más que avisar.

—Le cojo a usted por la palabra, señor don Claudio, con permiso de papá; y comienzo por mandarle que nos ayude, hoy mismo, a formar la lista de las expediciones que hemos de hacer por tierra y a pie...

—Repito que estoy a sus órdenes.

—Y por mar...

—Eso ya varía, Nieves. De la mar no entiendo jota. No me he embarcado aquí seis veces en mi vida; y en tres de ellas eché los hígados, solo por asomarme a la boca del puerto. Soy de Astorga, y no hay más que decir. Pero no le apure la dificultad, que si los lances de la mar le gustan a usted...

—¡Muchísimo!

—No han de faltarle medios de satisfacer el gusto. Respondo de ello.

—¿De veras, don Claudio?

—Como todo lo que yo prometo, aunque me esté mal el decirlo.

—¡No sabe usted la alegría que me da con la promesa!

—Cuando te digo, Nieves, que hasta lo de Caparrota se compuso... y mira, mira, hasta lo de nuestro desayuno, que empezaba a darme mucho en qué pensar por su tardanza. Ya está aquí... Gracias, señora Catana: bien sé que la culpa no es suya ni de la cocinera, sino de nuestro madrugón, inesperado en la cocina...

¡Ea! don Claudio, adentro con eso... No tienen mala traza esos bollos. Hombre, ¿qué tal se anda aquí de pan?

—Bastante bien, como de carne y de leche... y de confituras.

—Pues estamos como queremos... Si te digo, Nieves, que esto de Peleches es Jauja...

—Vamos a ver, señor don Alejandro, y antes que se me olvide: yo, metiéndome quizá más adentro de lo que debiera, a una pregunta que me hicieron ayer ciertas comparientas de usted, me permití responder afirmativamente.

—Si no se explica usted más...

—Voy a ello: la hija, que, cuando habla de usted con sus amigas, le llama «mi tío Alejandro», y de Nieves «mi prima Nieves...»

—¡Demonio!

—Y ¿quiénes son esas parientas, papá?

—Pues la hermana y su hija del marido de tu tía Lucrecia.

—No veo el parentesco.

—Ni yo tampoco... ni ellas mismas le verán, porque no existe; pero desean aparentarle. Buen provecho les haga, ¿no es verdad?

—Se me olvidó ese detalle en mi carta, y ahora le recuerdo. La madre no llega a tanto. Se queda en «mis comparientes de Sevilla» o «los comparientes de Peleches».

—Bien: ¿y qué?

—Aguarde usted un poco... ¡canario, qué ricamente está hecho este café!

—Como obra de las manos de Catana, que no tienen igual para eso. También está rica la mantequilla...

—Esa es de primera aquí: recuerden lo que les dije de la leche. Pues a lo que íbamos. Rufita, que es la hija, la hija de doña Zoila Mostrencos, hermana carnal de don Cesáreo, esposo de doña Lucrecia; Rufita, digo, la supuesta prima de Nieves y sobrina, por consiguiente, de usted, me paró ayer en la calle yendo con su madre y me dijo: «supongo, don Claudio, que esos señores no nos tirarán con algo si vamos a visitarlos en cuanto lleguen... porque pensamos visitarlos. Ya ve usted: un parentesco tan próximo y tan conocido en Villavieja... y estando ellos tan en armonía con los de México, parecería mal que nosotros no los fuéramos a ver.» Esto dijo Rufita.

—Y usted ¿qué la contestó?

—Que no las tirarían ustedes con nada: al contrario, que las recibirían muy bien...

—Perfectamente respondido... ¿Por qué te ríes, Nieves?

—¡Por qué me he de reír, papá? Por la pregunta de Rufita. ¿Se ha oído cosa más graciosa? ¿Por quién nos tomarán esas señoras?

—No le choque a usted, Nieves: es estilo muy corriente ese por acá.

—Y ¿cuándo piensan venir?

—Pues cuéntelas usted aquí a la hora menos pensada: de seguro antes de comer hoy.

—¿Tan pronto?

—Y no serán ellas solas... Es el estilo también.

—¿De manera que también aquí hay que hacer visitas?

—¡Uff! No se hace otra cosa.

—¡Ay, Dios mío!

—¡Bah! no te apure eso...

—¡No faltaba más! Mire usted, para que le vaya sirviendo de gobierno: vendrán seguramente esta mañana misma, las parientas esas, y acaso, acaso, las de Garduño, es decir, las Escribanas, y Codillo con sus hijas; tal vez se atrevan las de Martínez Liendres, las Corvejonas: creo que se atreverán, lo mismo que las Indianas. A éstas las doy por infalibles en todo el día de hoy; y a otras por el estilo, mañana o pasado. Todas ellas fingiendo cumplir un deber de cortesía con ustedes al visitarlos, se agarran a esa ocasión para darse pisto entre las gentes de la villa y meterles a ustedes sus trapitos por los ojos... Cuando concluya esta tanda, empezará la de las otras, el Faubourg Saint-Germain de aquí, «nuestra vieja aristocracia», como si dijéramos, los Carreños de abajo y los Vélez de arriba, que es ya lo único que nos queda de esa clase, y bastante averiado por cierto. Se da por entendido que no han de faltar ni el juez, ni el clero en masa, ni el médico viejo, ni otros personajes más o menos pesados de palabra, más o menos sinceros de intención.

—Pero, don Claudio, por el amor de Dios, ¡eso va a ser el acabose!

—¿Por qué?

—¡Adónde vamos a parar con tanta visita? Todo el verano hace falta para recibirlas y pagarlas...

—Para ellos estaba, ¡canástoles!

—Ya la he dicho a usted que no se apure por eso. En poco más de tres días les han de visitar a ustedes cuantas personas piensen visitarlos aquí. El ritual de este gran mundo no admite más largo plazo: se tomaría la visita a menosprecio. Pues bien, en otros tres o cuatro días pagan ustedes las deudas, y al Sol. Para venir a verlos a Peleches, traerá encima cada cual el fondo del cofre, sobre todo las mujeres; pero este detalle no la obliga a usted a la recíproca, aunque para obligarla le usen ellas. Usted se viste como mejor le parezca; y le doy este consejo, porque la misma cuenta le ha de salir de un modo que de otro: al cabo la han de morder.

—¡A mí?... Y ¿por qué, señor don Claudio?

—Porque también eso es de estilo aquí.

—¡Pues me gusta!

—Y es usted recién venida, y el objeto de la pública curiosidad, y sevillana, y rica, y una Bermúdez del solar de Peleches, y sobre todo... ¡canario! ¿por qué no ha de decirse? guapa; pero ¡muy guapa!

—¿A que al fin me la va usted a echar a perder, canástoles? Por de pronto, ya me la puso usted colorada... ¡Semejante soldadote!

—Me dolería haberla molestado con este rasgo de franqueza, y la suplico que me perdone si he tenido esa desgracia; pero conste que no rebajo una tilde de lo dicho, porque yo no falto a la verdad por ningún respeto humano. A lo que íbamos, Nieves: hasta es posible que algunas de las visitas que reciba la diviertan a usted; pero diviértase con ellas o no, usted, el señor don Alejandro, y yo si les sirvo de alguna cosa, continuaremos trazando planes para hacer usted aquí la vida a su gusto, y hasta poniendo en planta la parte de ellos que no estorbe a la etiqueta obligada en estos tres o cuatro primeros días... Otra cosa y para gobierno de ustedes: en Villavieja se come a la española neta, de doce a una, y se cena de nueve a diez... Y a propósito de estos particulares: mi condición de viudo con casa abierta, me ha hecho entender un poco en los prosaicos menesteres de la vida. Desearía haberlo demostrado a satisfacción de ustedes en el abasto provisional que hice para su cocina y despensa. Puedo jurarles que puse en ello los cinco sentidos.

—Todo está en su punto, señor don Claudio, y nada falta ni sobra... ¡Para declararlo Catana como lo declaró anoche al tomar posesión de sus dominios!... De dos artículos de ello muy importantes, la manteca y el café, no hay que hablar, porque están a la vista las muestras, y ya hemos convenido en que son excelentes...

—Lo celebro de todo corazón, porque tengo, un poquillo de vanidad en ser competente en ese delicado capítulo de la vida doméstica... Respecto a lo demás de la casa...

—Ya le hemos dicho a usted que tampoco tiene pero.

—No lo he olvidado; pero no voy a tratar de eso precisamente, sino de algo que no ha podido hacerse por falta de tiempo, y se podría hacer ahora más despacio y enteramente a su gusto. De esto y otras cosas parecidas quisiera yo hablar con usted cuanto antes.

—¡Qué canástoles, hombre! ¿Tan urgente es el caso?

—Urgente, así en absoluto, no señor...

—Pues entonces, ¡qué demonio! empleemos la sobremesa en puntos de más enjundia... Deme usted alguna noticia más de las gentes de nuestro tiempo. Verbigracia, del famoso boticario...

—Yo, con permiso de ustedes, los voy a dejar. Eso de las visitas me tiene con cuidado, y temo que me falte tiempo para arreglarme.

—Pues adiós, hija mía.

—Buen provecho, y hasta luego.

—A los pies de usted, Nieves.

—¡Ea! ya está usted empezando.

—¿Por dónde?

—Por donde usted guste o más rabia le dé.

—¿Se permite murmurar, ahora que estamos solos?

—¿De quién, hombre malévolo?

—Del primero que salte en la conversación.

—¡Como si supiera hacer otra cosa el inocente!

—Gracias por la lisonja.

—Es justicia, créalo usted... Pero ¿y si el que salte en la conversación no da motivos?

—Aquí todos le dan, poco o mucho, en diferentes sentidos.

—¿Hasta el pobre boticario?

—Ese es hombre aparte, no solamente en Villavieja, sino en todo el mundo sublunar.

—En fin, allá usted, que yo lavo mis manos...

—Pero no le disgusta el tema...

—Hombre, yo no he dicho...

—Las cosas claras, don Alejandro...

—¡Canástoles! pues ¿qué más claras las he de poner?... Venga de eso, o de lo que mejor le cuadre... y a ver qué le parecen estas regalías para fumigar la conversación.

—La vitola es de primera.

—Pues a prender fuego a ese ejemplar... Ahí va la cerilla.

—Gracias, señor don Alejandro.

—Aguarde usted un poco. ¿No le sabría mejor el tabaco mojando la punta en ron, pongo por caso, o en coñac?

—Es posible, o en un chapurradito de los dos. No había dado yo en ello, ¡vea usted!

—¿Sabe usted si lo hay en casa?

—Respondo de que vino a ella un buen surtido de esa clase de menesteres.

—¡Catana! ¡Catana! ... ¡El ron y el coñac... y unas copitas con ello!

VII. Visitas

O anunciado a este propósito por don Claudio Fuertes y León en casa de don Alejandro Bermúdez, se cumplió casi al pie de la letra. A las once de la mañana, precisamente en el instante en que esa hora sonaba en la torre de la Colegiata, se sentaban en el estrado de Peleches Rufita González y su madre, las «parientas» de la casa, con todos los útiles de visitar encima: guantes, abanico, sombrilla y tarjetero, y los trapos mejores del baúl.

—Nosotras —decía Rufita después de los acostumbrados saludos; porque es de saberse que su madre apenas desplegaba los labios sino para sonreír continuamente y decir a todo «justo»—, teníamos noticias exactas de su venida a Peleches este verano, no solamente por don Claudio que tanto nos distingue porque nos aprecia muchísimo, sino por la misma tía Lucrecia que nos lo escribió por el último correo, al darnos parte de que vendría también mi primo carnal, Nachito, a conocernos a todos sus parientes... vamos, a ustedes y a nosotras, ya que no podía venir ella por haber engordado una barbaridad, ni tampoco el tío Cesáreo, que tiene que estar siempre a su lado, porque no se puede valer de por sí sola, de puro gorda que está... Por supuesto que de esta venida del primo, muy corrida por aquí, y de saberse también que se ha carteado conmigo... ¡iuff! han sacado los murmuradores horror de cosas: que si hay planes arreglados, ¡vea usted!; que si debe vivir con nosotras, porque es hijo de un hermano de mi madre; que si vivirá en Peleches, aunque es sobrino de ustedes solamente por parte de la suya; que si, por sus caudales atroces, estaría mejor arriba que abajo, por otros particulares que conoce bien la pobre tía Lucrecia y no habrá olvidado tampoco el tío Cesáreo, más propio y hasta más decente sería vivir abajo que arriba... Vamos, lo de siempre que la murmuración mete la pata en negocios ajenos... Pero nosotras, gracias a Dios... ¡y a buena parte vienen a hacer leña!... ¿eh, mamá?... nosotras bien conocemos que para alojar a una persona de la importancia de Nachito, no somos todo lo... vamos, todo lo principales y ricas que se requiere, por más que en educación y en sentimientos no tengamos que envidiar a las señoras más encumbradas; y por lo mismo que conocemos esto, no nos chocaría que mi primo se encontrara más a gusto en Peleches... ¡Ah! pues deje usted, que no falta quien dice que viene a casarse con usted, Nieves... usted sabrá si es cierto, ¡ja, ja, ja! Verdaderamente que no tendría nada de particular que así resultara después de conocerla a usted, tan elegante y tan bonita... Ya ve usted, comparada con una pobre villavejana como yo... ¡ja, ja, ja! la elección no podía ser dudosa... ¡ja, ja, ja!... Pues a lo que iba al principio, porque las palabras se enredan, se enredan... Sabiendo nosotras que venían ustedes, nos dijimos (se entiende, mamá y yo): ¿y qué hacemos? La cortesía y el parentesco de familia nos mandan que los visitemos; pero otras razones que tampoco son de olvidar, nos dicen: hay que dormirlo y rumiarlo bien, porque si con el mejor de los deseos que una lleve a esa casa, le dan a una un disgusto gordo por todo pago, ¡zambomba! Conque en esto, consultamos el caso ayer mismo con don Claudio; y, naturalmente, nos aconsejó que viniéramos, respondiendo él de que seríamos bien recibidas... ¡Pues no faltaría más! como nos dijo el señor de Fuertes: «¿qué tienen ustedes que ver con lo que en otros tiempos hubo o no hubo entre los de arriba y los de abajo, siendo ya eso puchero de enfermo y ustedes unas señoras en toda regla, que no van a pedir a nadie media peseta para los panecillos del almuerzo?» Conque al saber que ustedes habían llegado anoche, nos dijimos: vamos a saludarlos y a ofrecerles la casa y nuestros respetos, porque arrieros somos... y casi parientes además; y esta mañana nos echamos encima lo primero que tuvimos a mano... Porque nos gusta mucho a mamá y a mí andar decentes, eso sí, pero sencillitas, muy sencillitas, como ustedes pueden ver... lo que no quita que tengamos siempre de reserva alguna cosilla de más lujo, por si acaso truena gordo a lo mejor... Al revés que otras de aquí, que se llevan el cofre entero cada vez que se echan a la calle, ¡uff! Porque ustedes no pueden figurarse la bambolla que hay en Villavieja, y los humos que gastan y el tono que se dan ciertas gentes... Vamos, cuatro zarrapastras, Dios me lo perdone, que estarían mejor barriendo las escaleras o acarreando sardinas desde el muelle... ¡Ya verán ustedes, ya verán! sobre todo usted, Nieves, si no trae bien atascados los baúles y no saca un vestido nuevo cada día a la Glorieta o a los Arcos... ¡ja, ja, ja! y si le saca, que luego se le copian y la miran de reojo y la despellejan viva. Son atroces, ¡ja, ja, ja!... Que diga mamá si empondero ni tanto así... Porque, hija, ¡nos tienen sacudida cada patada en la boca del estómago!...

Y así durante quince minutos, sin que nadie pudiera meter baza en la conversación. Para Nieves, la garrulidad de Rufita era de una novedad asombrosa:

estaba como fascinada escuchándola; pero más fascinada todavía viendo la multitud de cosas que movía a un tiempo: la lengua, la cabeza, los ojos, el abanico, la sombrilla, los pies y las asentaderas. En cambio, su madre apenas movía cosa alguna más que los labios para sonreír, el abanico muy poco a poco, y la lengua para decir de tarde en tarde: «justo». Don Alejandro estaba poco menos suspenso que su hija delante de aquel espectáculo; pero no tan tranquilo como ella, porque le tenía en ascuas el temor a ciertas y determinadas alusiones de Rufita González.

Cerca ya del mediodía se levantaron las dos; y eso porque se oyeron rumores de nuevos visitantes que entraban en el pasillo.

—Sobre el particular del primo Nacho —dijo Rufita despidiéndose—, repetimos a ustedes que, por nuestra parte, no habrá camorra ni cosa que se le parezca. Si él quiere quedarse en Peleches, que se quede; si quiere venirse con nosotras, que se venga. No estará tan bien alojado como aquí, ni tendrá tan guapa mesonera, ¡ija, ja, ja! pero le daremos cariño largo y lo mejor de lo de casa; y... algo es algo, ¡ija, ja, ja! De todos modos, no es puñalada de pícaro todavía, y pueden ustedes ir formando su composición de lugar para cuando volvamos a vernos. Porque hemos de volver a vernos, ¿no es verdad? Por lo pronto, cuando nos paguen ustedes la visita... y muchísimas veces más, como es natural entre personas de familia. ¿No es verdad, don Alejandro? ¡Ja, ja, ja! Adiós, Nieves. (Un par de besos.) Toda de usted, señor don Alejandro... Despídete, mamá, y vámonos. (Se despide la mamá como puede, y salen las dos.)

A la puerta del estrado se cruzaron con las Escribanas que entraban, muy arrebatadas de calor y un tanto airadas de semblante. Antes de salir de casa se habían picado las chicas por diferencias de opinión sobre lo que debían de ponerse para hacer aquella visita. Al fin se vistió cada una de ellas como mejor le pareció; pero todo el camino fueron tiroteándose a media voz unas a otras. Aún duraba la resaca cuando se cruzaron con las parientas de «los de Peleches» a la puerta misma del salón. Por eso y por la mala ley que las tenían, más que de saludo fueron de mordisco las palabras y los gestos con que las pagaron sus muestras de cortesía.

Se sentaron todas después de muchos remilgos de exagerada etiqueta, y la Escribana madre fue quien habló la primera. Se habían creído obligadas a dar la bienvenida y ofrecer sus respetos a los señores de Peleches, no solamente por la posición que ocupaban ellas en la sociedad de Villavieja, «aunque humilde, de alguna importancia», sino por lo íntimo de las relaciones que siempre hubo entre su difunto marido y la casa de Bermúdez. (Puro embuste.) Por otra parte, había entre las personas «propiamente decentes» de allí, verdadera necesidad de cultivar un poco el trato de las gentes bien nacidas y de buena educación, porque «ustedes no saben cómo se va poniendo esto de día en día... ¡atroz! ¡les digo a ustedes que atroz!» Y no estaba la culpa precisamente en el empeño de las de abajo en subirse muy arriba, sino en algunas que por haberse tenido siempre por de lo más cogolludo, no podían sufrir que otras tan buenas como ellas, por donde quiera que se miraran, se pusieran a su lado; y no pudiendo asombrarlas ni siquiera deslucirlas en tanto así... ni competir con ellas, si bien se miraba, en dinero, ni en elegancia, ni en educación, se dejaban pudrir entre cuatro paredones viejos, o andaban al revés de todo el mundo. Y claro estaba: los sitios que dejaban desocupados ellas «en la buena sociedad», los iban ocupando «otras atrevidas del zurriburri»; se hacía de ese modo «una mezcolanza atroz», y luego, las gentes que no entendían mucho de estas cosas, a todas las medían por un mismo rasero. Quería la Escribana madre que Nieves lo tuviera todo muy en cuenta para que no se dejara engañar «por la pinta» y supiera «a quién se arrimaba». Éste era un favor que ella quería hacerla con el buen deseo de evitarla muchos disgustos... Por de pronto, no citaba nombres; pero los citaría si Nieves lo creyera necesario...

La mayor de las hijas, pensando que caería bien allí un escrupulillo forzado, una atenuación irónica a lo dicho por la madre, apuntó cuatro palabras en este sentido; pero enseguida se las tachó con otra ironía la escribanilla segunda; replicó la primera con una pulla a su hermana; intervino la menor con una zumbita mortificante para las otras dos, y volvieron a salirles a las tres los rosetones encarnados en las mejillas, a temblarles la voz y los labios, y en las manos los abanicos, que crujían y se despedazaban entre los dedos convulsos... La Escribana madre, bien conocedora de aquellos síntomas, para conjurar la tempestad, más o menos sorda, que barruntaba, reía a carcajada seca los dichos de sus hijas, queriendo que los tomaran por chistes Nieves y don Alejandro, que se miraban atónitos delante de aquella singular escena. Por fortuna para todos, entró don Ventura Gálvez, el párroco de Villavieja, hombre de pocas teologías, pero de mucha moral, risueño, sencillote y bondadoso como él solo. Era ya viejo, aunque bien conservado, y el único resto de lo que fue Cabildo de la Colegiata de Villavieja antes del Concordato que los suprimió. Quedóse allí como coadjutor de la nueva parroquia, y a los pocos años ascendió a párroco. Le estimaba mucho don Alejandro, y le dio un abrazo apretadísimo. Tuteaba a las Escribanas, porque eran hijas suyas de confesión y pertenecían además a una de las congregaciones que dirigía él, y les dijo algunas cuchufletas en cuanto las vio allí muy emperejiladas. Con esto se conjuró la tormenta que amagaba estallar. Llevando don Alejandro la conversación al terreno de don Ventura, habló éste del estado en que se hallaba la Colegiata: bastante bueno. Según los inteligentes, porque él no lo era, el templo, sin ser un monumento de gran importancia, valía la pena de ser atendido, aun sin considerarle, como le consideraba él ante todo, como casa de Dios. Era relativamente moderno, de estilo greco —romano, bien lo sabía el señor Bermúdez; y aunque no rico por su ornamentación, de cierta grandiosidad aparente... Para Villavieja, como la Catedral de Toledo. Los dos coadjutores (que ya vendrían a ver a don Alejandro, quizá en aquel mismo día) le ayudaban con celo y hasta con entusiasmo, y resultaban de ese modo bastante esmeradas y solemnes las funciones del culto. Para el vecindario que tenía Villavieja, en rigor, en rigor, se necesitaba mayor personal que el que tenía la parroquia; pero habida cuenta de los tiempos que corrían, no se estaba mal del todo.

Gracias a los buenos sentimientos de los villavejanos, en el templo no se carecía de nada de lo principal... con excepción del órgano, que a lo mejor no sonaba, de puro viejo y remendado. Se trataba de adquirir otro, y ya se habían tanteado voluntades con bastante buen éxito... Don Cesáreo, el marido de doña Lucrecia, había ofrecido una cantidad considerable, y mayor, si fuere necesaria. Dios era la Suma Bondad y cuidaba de todos, particularmente de los villavejanos, entre los cuales no arraigarían nunca las malas ideas... Últimamente había caído allí una semillita de cizaña... cosa de nada; pero que, como todo lo malo, fructificaría si no se exterminaba a tiempo: el hijo de un tabernero mal aconsejado; un chilindrín presuntuoso, un tal Maravillas, que con el polvo de las aulas, o de los garitos, en la ropa, se había echado a predicar entre la gente menuda unas doctrinas endemoniadas, que corrían el peligro de tomar algún arraigo, por lo mismo que no eran entendidas ni del predicador ni de los oyentes. Por eso había que vivir alerta. ¡Semejante mequetrefe, ignorantón y atrevido! Últimamente andaba empeñado en la obra, que llamaba él redentora, de publicar un periódico, que se imprimiría en la capital, porque allí, en Villavieja, no había imprenta todavía... ¡Tendría que leer lo que dijera ese periódico escrito por un trastuelo que discurría y pensaba como Maravillas, en una población de tan sanas ideas como Villavieja!

Se habló mucho de esto; se fueron las Escribanas, y entraron, casi unos tras otros, el juez de primera instancia, el abogado Canales, Codillo con sus hijas, el médico don Cirilo, las Corvejonas y algunos notables más de la villa. Apenas se cabía en el testero del estrado donde recibían los señores de Peleches; y a estas apreturas y al respeto que infundían allí los personajes graves, se debió, para suerte de los de casa, que ni las Corvejonas ni las de Codillo estuvieran en el lleno de sus papeles, como habían estado en los suyos respectivos las Escribanas y Rufita González, y se marcharon pronto.

Cuando se sentaron a la mesa, muy corrida ya la una de la tarde, los de Peleches, Nieves sentía quebrantos en el cuerpo, como si hubiera rodado por una montaña; y además estaba medio asustada con las cosas de aquellas mujeres tan parleteras, tan maldicientes y tan feroces. Le aterraba la idea de un trato frecuente con ellas, y pidió por misericordia a su padre que la librara de ese suplicio.

Don Alejandro se reía de buena gana de estos temores de su hija, y la entretuvo mucho explicándole la verdadera sustancia de aquellas cosas que la asustaban por no conocerlas tan bien como él. Desmenuzolas convenientemente; separó a un lado lo que en ellas había de malo por resabios de localidad y faltas de verdadera educación, y a otro lo que era sano y noble, honradísimo y muy estimable en el fondo, y demostró a su hija, sin gran esfuerzo, que, cultivando por este lado y con sumo tino y con poca frecuencia el trato de aquellas personas, hasta llegaría a quererlas. De todas suertes, ella había ido a Peleches para hacer una vida a su gusto, sin agravio ni ofensa de los demás, y esa vida haría allí.

Por la tarde continuaron las visitas, que subían a Peleches sudando el quilo, porque aquel día achicharraba el Sol. Dígalo la Indiana madre, que se presentó con vestido de terciopelo, el mayor lujo de todos los cofres de la villa, arreglado por cuarta o quinta vez del que le regaló su Martín al casarse con ella.

Cerca ya del anochecer y cuando en Peleches no se esperaba a nadie, llegaron los Vélez de la Costanilla. Eran tres, lo único que quedaba ya de los Butibambas de Villavieja: un señor don Gonzalo, alto, huesudo y pálido, con la cabeza calva y la cara muy rasurada, tieso corbatín y levita negra muy ceñida, bastante pasada de moda y de uso. Juanita Vélez, doncella cuarentona, larga y enjuta, por el estilo de su padre, lacia de pelo, de buenos ojos y muy regulares facciones, vestida de finas telas, pero muy antiguas; presuntuosamente simple el corte de su atalaje, pero también algo anticuado; y, por último, Manrique, el menor de los Vélez, hermano de Juanita, un giraldón desvaído y soso, con la boca muy grande y los dientes amarillos, mucho pie, largas piernas y bastante nuez. Era abogado por lujo, y por lujo consumía su juventud encerrado en el caserón de la Costanilla, por hábito de tener en poco a las gentes de Villavieja.

Aquella visita fue pesada y melancólica, y además muy molesta para Nieves, que estuvo incesantemente entre las miradas de los dos hermanos: las de Juanita, inquisidoras y mordicantes, y las de Manrique, voraces y hasta desvergonzadas. Se cruzaron pocas palabras entre los tres; y de esas pocas, las de Nieves fueron monosílabos; las de Juanita, impertinencias, y las de Manrique, sandeces. Don Gonzalo, que leía La Época, habló un poco con don Alejandro de las audacias de los partidos extremos y de la decadencia de la aristocracia española por influjo necesario de las nuevas corrientes, de las que no se apartaba lo que debía y a lo cual la obligaban sus gloriosas tradiciones y la altísima misión que le estaba encomendada por la Historia, y hasta por la Providencia divina... Esto le llevó como una seda a trazar un croquis de su vida en aquel centro minúsculo en que bullían y se agitaban, en las debidas proporciones, los mismos instintos malos y las mismas concupiscencias que en las grandes capitales. A Dios gracias, había logrado conservar hasta la fecha todo su prestigio y en la misma fuerza en que le había heredado de sus mayores. No concebía, en su clase, la vida de otro modo, ni podía acomodarse a ciertas artimañas y componendas con las clases inferiores, como hacían otros... porque así les iba mejor. Era cuestión de dignidad nativa, y no había que disputar sobre ello.

No pensaba en semejante cosa el tuerto Bermúdez, que le escuchaba sin pestañear y bostezando a ratos; y eso que podía jurar que lo de las artimañas y las componendas con las clases inferiores, iba con él porque era rico y del solar de Peleches, y vivía en Sevilla, y tenía negocios y amigos de muchas castas en varias partes, incluso Villavieja; sabía también que los Vélez de la Costanilla le detestaban con cuanto le pertenecía, y que si venían a visitarle entonces era solo por darse lustre y venderle la fineza; sabía además que el resoplado Vélez, con todos aquellos pujos de idealismo aristocrático, era, so capa, el mayor y más funesto intrigante que había en Villavieja, con excepción del otro, de Carreño, el de la Campada, que allá salía con él en intrigas y en agallas; y sabía, por último, que era relativamente pobre y pobre vanidoso, vivía retraído y envidioso y maldiciente, lo mismo que sus hijos e igual que todos sus fidalgos progenitores. Lejos de pensar en contradecirle en nada el campechano Bermúdez, a todo le dijo «amén» por ser ese el camino más derecho para llegar al fin de la visita, que era lo que más deseaba entonces.

Túvole al sonar las nueve de la noche; y los Vélez de la Costanilla se despidieron y se marcharon con el mismo insípido ceremonial con que se habían presentado en el solar de Peleches.

En cuanto se vio Nieves a solas con su padre, le dijo:

—Creo que estoy mala, papá, y que si vienen más visitas esta noche, me muero.

—Y yo también —respondió don Alejandro, recorriendo el salón a grandes pasos para desentumecerse—. Pero no tengas cuidado, que no vendrán; y si vinieran, perderían el viaje y el tiempo, porque voy a dar órdenes para que se cierren las puertas, como si nos hubiéramos muerto o zambullido ya en la cama... Pero dime antes: de todas las visitas que nos han hecho hoy, ¿cuál te ha parecido la más molesta?

—La última —respondió Nieves sin vacilar—. Ésta de los Vélez. ¡Ay, qué estampas de escaparate! Siquiera las otras...

—Justo, resultan divertidas.

—Eso es.

—Pues aún te faltan otros ejemplares de primera: los Carreños de la Campada, rivales de los Vélez de la Costanilla, que acabas de conocer... y lo que Dios nos tenga destinado, hija mía; porque al paso que vamos hoy, no es fácil adivinar lo que sucederá mañana. De todas suertes, la batalla ha de durar pocos días... Recuerda lo que don Claudio nos dijo.

—Sí; pero ¿y los del pago?

—Esos no te apuren: se toman a nuestra comodidad, o no se toman... o se corta por donde convenga; y que arda Troya si es preciso. A nosotros, ¿qué? Por de pronto, cenaremos para cobrar fuerzas; y con eso y el descanso de la cama, amanecerá Dios mañana y medraremos... ¡Catana! ¡Catana!...

Se presentó la rondeña a los pocos momentos, con una carta en la mano, y mientras se la alargaba a su señor, la dijo éste:

—Que se cierren los portones de la calle y que nos preparen la cena a escape...

¿Quién ha traído esta carta?

—Un mandaero.

—¿Espera la respuesta?

—No, zeñó.

Abriola don Alejandro, que ya había entrevisto al pendolista en la bastarda algo temblona del sobre; leyó la firma ante todo, y dijo a Nieves:

—De quien yo me presumía por la letra.

—¿De quién, papá?

—Del famoso farmacéutico. A ver qué se le ocurre al bueno de don Adrián. «Señor don Alejandro Bermúdez Peleches.»

Mi amigo, señor y dueño: hallándome imposibilitado de salir hoy de ésta su casa por la torcedura de un pie (cosa de poca importancia); ausente mi hijo desde que se fue esta mañana a hacer una de las suyas, y no queriendo ser el último de sus buenos amigos en dar a ustedes la bienvenida, se la mando en estos renglones.

»Mientras llega la ocasión de dársela de palabra, tengo un señalado placer en repetirle que soy de usted verdadero amigo y seguro servidor q. s. m. b.

»Adrián Pérez.»

—Así habían de hacerse todas las visitas —dijo Nieves—, para que no resultaran pesadas.

—Pues precisamente es la de este perínclito boticario de las pocas, si no la única, que yo hubiera recibido hoy con verdadero placer. Tanto, que mañana mismo he de ir yo a verle.

—¡Ay, papá! —exclamó Nieves alarmada de veras—. ¿Y si vienen visitas estando yo sola?

—Ya se elegirá una hora conveniente —respondió su padre para tranquilizarla—. Y a mayor abundamiento, te llevaré conmigo, y tomaremos el aire de paso, y estiraremos los tendones; y si vienen visitas, que vengan; y si se amoscan... mejor... ¡canástoles! ¡Viva la libertad de Peleches!

Y se fueron al comedor, triscando como dos chiquillos después de salir de clase.

VIII. En el casino

El de Villavieja tenía bien poco que ver y mucho menos que admirar. Esto ya se sabe por referencia de don Claudio Fuertes; pero una cosa es saberlo de oídas, y otra muy diferente verlo con los ojos de la cara; subir por su escalera angosta, entre la tienda de Periquet y el Bazar del Papagayo; sentir estremecerse los peldaños desnivelados, debajo de los pies; abocar al vestíbulo mal oliente, oscuro, casi tenebroso de día, con algunas perchas desiguales y una bastonera de listones, larga y estrecha; echarse a la ventura por cualquiera de los dos pasadizos que arrancan de allí, uno a la derecha y otro a la izquierda, con el suelo esponjoso y temblón, de puro viejo, y ver aquí un cuarto lleno de cajones vacíos, de quinqués desvencijados, de montones de periódicos de desecho y de vasijas quebradas; más allá un tabuco con honores de secretaría, conteniendo un estante de pino con papeles y algunos libros de cuentas, cuatro sillas ordinarias y una mesa con tapete verde, cartapacio de badana y escribanía de azófar; un saloncillo después con una mesa larga con media docena de periódicos encima y buen número de sillas alrededor, un armariote entre dos huecos de la pared con algunos libros maltratados y varias colecciones de la Gaceta, un reló de caja en un testero, y en el de enfrente un calendario debajo de un gran anuncio encuadrado de los chocolates de Matías López, y dos quinqués, con reflectores de latón, colgados del techo sobre la mesa. Todo aquello era el «gabinete de lectura». Frontero a él, es decir, en el otro extremo del corredor y con luces a la plaza, el gran salón: la mejor pieza del Casino; salón de tertulia, de tresillo, de billar y de café al mismo tiempo, y de baile cuando llegaba el caso. Entonces se arrimaban a la pared las sillas de paja y las cuatro butacas descoyuntadas y bisuntas que ordinariamente andaban de acá para allá al capricho de los desocupados; se amontonaban las mesitas y los veladores en el cuarto oscuro ya conocido, y en la leonera y otro cuarto más por el estilo, que había a su lado, o en la cocina, y se convertía la mesa de billar en mesa de ambigú vistosamente adornada, en la cual se destacaban y lucían mucho las pilas de azucarillos y las bebidas refrigerantes en la cristalería de Periquet; se encendían las dos docenas de velas correspondientes a otras tantas palomillas de quita y pon que había a lo largo de las paredes y en cada cara de los dos pies derechos del medio; y con esto y unas colgaduras de tul de tres colores en las puertas, y unas guirnaldas de flores contrahechas, serpeando poste arriba en los dos mencionados, y con quemarse allí unas pastillas del Serrallo, o medio real de alhucema, resultaba el salón muy oriental y hasta espléndido, en opinión de los más descontentadizos y exigentes villavejanos.

La mesa de billar, por razón de la luz que necesitaban de día los juga-dores, estaba en una de las cabeceras del salón, cerca de uno de los tres balcones que daban a la plaza. Los tresillistas, por alejarse todo lo posible del ruido que de ordinario se hacía en la mesa y alrededor de ella, entre jugadores, choque de bolas, cántico del pinche, matraqueo del bombo, que era de hojalata, y comentarios y disputas de mirones y tertulianos, ocupa-ban la cabecera opuesta, a más de treinta pasos de distancia, porque el salón era enorme. Tenía el servicio de la casa, desde tiempo inmemorial, ajustado a una tarifa votada en junta general de socios, con asistencia del contratista, un cafetero establecido en la calle trasera, en un local de muy mala traza; pero, según fama, cumplía bien sus compromisos, y hasta gozaban de mucho crédito sus géneros, su diligencia, y particularmente sus limonadas en la estación de verano.

Y no había otra cosa digna de mencionarse en el Casino de Villavieja.

Aquella tarde, o más bien, aquel anochecer, había, como de costumbre a tales horas, poca gente en el gran salón. En las mesas de tresillo, nadie; en los veladores inmediatos, lo mismo; en el sofá de gutapercha jironeada y en las cuatro butacas contiguas a él, Maravillas y dos «chicos de la redacción», hablando u oyendo leer, muy por lo bajo, a uno de ellos unos papelucos. Cerca de la mesa de billar, tomando café arrimados a un velador, el fiscal y dos amigos; y jugando chapó, con el estrépito de siempre, el Ayudante de Marina y Leto Pérez el farmacéutico: el primero sin corbata y con el cuello y el chaleco desabotonados; el segundo lo mismo, y además en mangas de camisa; licencias muy justificadas en aquella ocasión, porque tal era el calor que hacía, que «se asaban los pájaros», al decir del hijo del boticario sin apartarse mucho de lo cierto.

A pesar de este calor y de la peste que daban los dos reverberos de petróleo colgados sobre la mesa, recientemente encendidos, aunque a media luz todavía por recomendación del conserje, muy encarecida al muchacho que apuntaba; a pesar de esto, y de llevar más de dos horas jugando, ni el Ayudante ni Leto mostraban señales de cansancio. Particularmente Leto, parecía endurecerse y animarse con la pesadumbre del calor y los esfuerzos de la brega. Le faltaba tiempo para todo: apenas se detenía su bola, largaba el tacazo y tomaba la contraria casi al vuelo; agarrado a la baranda, veía correr las tres, porque a no estar en mano una de ellas, a las tres ponía en movimiento disparatado, y las seguía y arreaba con los ojos; y como siempre hacía algo, cuando no lo hacía todo, palos, carambola, pérdida y dos billas, con un estruendo espantoso (porque el paño tenía heridas y recosidos, y las bolas desconchados, y sonaban sobre el tablero como si llevaran clavos de resalto), las sacaba de las troneras y plantaba los palos antes que el pinche acabara de cantar el golpe. Al Ayudante le daba siete tantos y la salida, si la quería; y así y todo le llevaba de calle, porque no había defensa posible contra un modo de jugar como el de Leto. Y cuidado que el Ayudante jugaba bien; pero como no lograra pegar al otro a la baranda, cosa perdida. Con una cuarta de taco que pudiera meter en la mesa el farmacéutico, golpe hecho por donde menos podía esperarse. Para una fuerza inicial como llevaba su bola, no había nada seguro en la mesa, ni en las inmediaciones las más de las veces. El Ayudante desfogaba sus contrariedades llamándole san Bruno, y chiripero, y leñador y otras cosas parecidas. Leto le concedía que le salía bastante más de lo que tiraba; pero no que estuvieran bien aplicados los calificativos aquellos. Y sobre eso porfiaban a cada instante y apelaban al juicio de los mirones, ¡y daba Leto cada carcajada y decía cada cosa!...

Porque aunque todo lo tomaba con calor, rara vez se incomodaba. Tenía eso de bueno, por de pronto; amén de la estampa, que no era mala por ningún lado que se la mirase. Al contrario, reparando mucho en ella y sabiendo mirar, había momentos en que resultaba hasta hermosa. Leto era fornido, sin ser basto ni mucho menos; ágil y bien destrabado de miembros, de mirar noble e inteligente, sano color y correctas facciones; la barba, de un matiz castaño oscuro, nutrida, suave y bien puesta; el pelo semejante a la barba; los dientes sanos y blanquísimos; la boca no grande y fresca, y el cuello, que entonces estaba al descubierto, limpio, blanco y redondo como una pieza de mármol. Pues siendo así al pormenor, solo en determinados momentos, como se ha dicho, resultaba, en conjunto, hermoso en el sentido estético de la palabra. La razón de este contrasentido, que pocos trataban de investigar (uno de ellos don Claudio Fuertes, que tan conocido le tenía, y, sin embargo, se le pintó a don Alejandro de la manera indecisa que se vio en su carta), la hallaría un fisiólogo de tres al cuarto con solo reparar cómo jugaba y discutía y razonaba y se conducía en todo, con relación a los que le oían o le miraban, el hijo de don Adrián Pérez, y la irá conociendo el lector según le vaya tratando.

El caso es, a la presente, que Leto llevaba de calle al Ayudante; que el Ayudante se picaba; que Leto se defendía a su manera; que el fiscal y sus colaterales les embrollaban el pleito para enzarzarlos más en él; que el pinche dio una vuelta a los tornillos de los reverberos, porque ya no se veía lo necesario para jugar la última mesa comenzada del último partido; y que en este estado de cosas se marcharon los dos amigos de Maravillas; se sentó éste junto al velador más próximo al billar por el lado de cabaña, y «variando de conversación», preguntó el fiscal al mozo farmacéutico que engredaba la suela de su taco en aquel instante, después de haberse limpiado el sudor de la frente con una manga de su camisa, si había ido a visitar al Macedonio.

—Y ¿quién es el Macedonio? —preguntó a su vez Leto candorosamente.

—Me parece que bien claro está —replicó el otro muy serio—. El señor de Bermúdez Peleches.

—No veo yo esa claridad...

—Hombre —añadió el fiscal repantigándose en su silla y metiendo los pulgares por las sisas del chaleco—: un Alejandro que tiene por hermanos a un Héctor y un Aquiles, no puede ni debe ser otro de menor talla que el de Macedonia, el Magno, que llamamos la Historia y yo. Además, según mis noticias, es tuerto como su ilustre padre, el jumista Filipo. Otro rasgo de familia...

Se celebró mucho la ocurrencia por todos los presentes, incluso Maravillas, que por aquella vez no usó la sonrisita a que le obligaba de continuo su papel de librepensador propagandista; por todos, menos por Leto, que se quedó mirando de hito en hito al fiscal... hasta que de pronto soltó una carcajada.

—¡Carape! —exclamó enseguida—, que está de molde el apodo.

—Gracias, muchacho —dijo muy serio el fiscal.

—Vamos, que quedará como otros muchos.

—No lo dije por tanto; y hasta lo sentiría, porque tengo los mejores antecedentes de ese caballero, y en especial, de su hija. Dicen que es cosa excelente... Pero ¿en qué quedamos? ¿ha ido usted o no ha ido a verlos?

—¡Yo!... ¿a qué santo?

—Al santo de que ha ido media Villavieja... ¡Canario, cómo se conoce que tienen guita larga!

—Pues mire usted... (Allá va eso, Ayudante... Vaya usted contando: la carrerita del medio, carambola y billa... Aguarde usted, que también el mingo se va a colar... ¡Se coló!... Dos y seis, ocho; y seis, catorce. Apunta, muchacho.) Pues iba a decir que, sin que yo tenga personalmente nada que ver con ellos, ni los conozca siquiera más que de oídas, es lo cierto también que, por una casualidad, no estuve ayer en Peleches de punta en blanco, y que por poco más de lo mismo, no he subido hoy allá.

—¡No le dije yo? A ver eso, hombre.

—Y ¿qué ha de verse? Lo que le dije al principio: que nada tengo que hacer en Peleches, y que por eso no he ido.

—Como decía usted que por una casualidad...

—(Apunta eso más, muchacho... y no se queme, Ayudante. Ya sabe que soy un segador chiripero.) Lo decía por mi padre.

—Ahora lo entiendo menos.

—Mi padre es muy amigo de don Alejandro desde que éste andaba por acá. Ayer se torció un pie.

—¿Quién? ¿don Alejandro?

—No, señor: mi padre.

—Corriente.

—Torciéndose un pie... poca cosa... ya está casi bien. (¡De maestro, señor Ayudante, de maestro! Pérdida con tres palos, y cubierto yo; y además pegado como una ostra... ¡Carape!... Vamos, un tanto más para usted...) Pues torciéndose un pie mi padre en un hoyo de la botica, no pudo subir ayer a Peleches a saludar a ese señor; y no pudiendo subir, le escribió una esquelita a última hora de la tarde, al ver que yo no volvía.

—¿De dónde?

—De voltejear por afuera. Porque él había pensado que hiciera yo la visita en su lugar... (Otro golpe bueno, Ayudante. A ese paso, me la lleva usted. Pero ya nos veremos un poco más allá. Estamos veinticuatro por diez y ocho... ¿no es así? Me faltan doce... cuestión de un golpe o dos... ¡Ajá!... Apúntame esos cinco tantos por de pronto.) Al volver ya de noche, me lo contó mi padre con lo de la torcedura, que ocurrió después de salir yo de casa donde le dejé arreglándose para subir.

—¿Adónde?

—A Peleches... ¡Y quería que yo le acompañara!... Como ha querido hoy que subiera a decirles que todavía continuaba él sin poder salir de la botica...

—Y bien querido.

—¡Quite usted allá, hombre!... ¡Pues soy yo a propósito para esas embajadas y esos!... Todavía ayer, si hubiera estado en casa, por complacer a mi padre y no tener disculpa de fuste para lo contrario... ¡pero hoy, estando él ya para subir de un momento a otro, y después de la carta de anoche!... (¡Carape!... se me pasó la bola... Vaya otro respirito más para la agonía de usted, Ayudante.)

—Pero ¿por qué se resiste usted tanto a complacer a su padre en un asunto tan hacedero y llano y hasta gustoso?

—Por demás lo sabe usted, fiscal: porque no sirvo yo para esas cosas... vamos, que me pego a la pared lo mismo que un animalejo.

—Pamemas. Diga usted que le gusta lo cómodo, y acabemos...

—Que es la pura verdad, hombre: que soy así.

—Para lo que le conviene.

—¡Lo mismo que Dios está en los cielos!

Esto lo dijo Leto preparándose a jugar por la baranda de arriba; y al oírlo Maravillas, le soltó desde enfrente una sonrisita de las más acentuadas de las suyas. Leto la pescó en el aire, y casi se sintió mortificado; pero estaba más atento que a esas cosas, a la jugada que acababa de prepararle un descuido de su contrario.

—Así se los ponían a Fernando séptimo —dijo el fiscal, repitiendo una frase tradicional en los billares, en idénticos casos; es decir, cuando queda la bola contraria entre la del jugador y los palos y en línea recta, para fusilar.

—¿Se tira esto? —preguntó Leto al Ayudante repitiendo otra frase de billar.

—Y con mucho cuidado —contestó el Ayudante, dándose por muerto.

—Pues allá va.

Se oyó un estrépito formidable; y no quedó nada, lo que se llama nada, sobre la mesa, porque los cinco palos fueron a estrellarse en la cara de Maravillas; la bola de Leto saltó tras ellos, con diferente rumbo por suerte de Tinito el sabio; y las otras dos, por haber chocado la del Ayudante con el mingo que estaba en cabaña, desaparecieron en las troneras, después de rebotar unos instantes de baranda en baranda, como si las persiguieran centellas.

Maravillas se quedó como espantado y sin maldita la gana de sonreírse; Leto aseguraba que lo había hecho sin intención, pero con trazas de darlo por bien hecho a poco que lo pusiera en duda el apaleado; el Ayudante pedía que se le apuntara el golpe a él porque la bola que saltó había sido la de Leto, y los demás coreaban la porfía como lo reclamaba la pintoresca situación... De pronto callaron tirios y troyanos, y se vio a los jugadores arrojar los tacos, abotonarse apresuradamente camisas y chalecos, volverse Leto de espaldas, recoger de encima de una banqueta su americana, y, muy acelerado, embutir el cuerpo en ella.

Porque es el caso que acababan de aparecer en el salón el comandante don Claudio Fuertes y otras dos personas que, por todas las señales, debían ser don Alejandro Bermúdez y Nieves, o, como dijo a sus colaterales el fiscal, después del primer vistazo a los forasteros y en su manía de poner motes a todo bicho viviente, «el Macedonio con la más guapa de las hijas de Darío». Por todo arreo llevaba Nieves una túnica lisa de color de barquillo, muy ajustada al airoso talle, y un sombrerito de paja del tono del vestido, de los guantes y de la sombrilla; y por todo adorno del traje, dos toques o notas verde mar: una en el sombrero y otra en la cintura. Calcúlese el relieve que adquiriría aquella figura tan esbelta, tan fina, tan pulcra y tan elegante, sobre los fondos sucios y denegridos del gran salón del Casino de Villavieja.

Don Claudio avanzó con sus acompañados hasta la mesa de billar, y les fue presentando, uno a uno, todos sus amigos agrupados allí.

Cuando le tocó el turno a Leto, don Alejandro le dio un fortísimo apretón de manos, y Nieves, mirándole con gran interés, le aseguró que tenía grandísimo gusto en conocerle. Leto, con la lengua trabada y las mejillas ardiendo, pensó que le daba algo.

—Hemos estado en la botica —le dijo Bermúdez—, donde he tenido el placer de abrazar a mi buen amigo don Adrián, y nos ha hablado largamente de usted. Por eso, y por ser hijo de quien es, nos alegramos tanto de hallarle aquí. Además, yo le conocí a usted así de chiquitín. ¡Canástoles con el estirón que ha dado desde entonces acá!

Hablando, hablando, se supo que el padre y la hija habían salido de Peleches a las seis de la tarde y bajado por la Costanilla. Habían entrado en la Colegiata, donde Nieves, después de rezar sus devociones, había visto cuanto era digno de verse y la fue enseñando don Ventura, con su paciencia y amabilidad acostumbradas. Después habían entrado en la botica. Allí descansaron y hablaron largamente. Al disponerse para salir, llegó don Claudio que había ido a buscarlos a Peleches media hora antes, creyendo hallarlos en casa todavía. Desde la botica, y como ya el calor no molestaba mucho, se fueron los tres hacia el muelle, y luego por la Campada... y por la Ceca y la Meca. Viniendo ya cerca de la plaza, de vuelta para Peleches y muy sediento don Alejandro, recomendole don Claudio las limonadas del Casino; y por eso y porque Nieves conociera el gran salón, de tan buenos recuerdos para él, habían subido.

Conque se dispusieron convenientemente dos o tres veladores lo más lejos que se pudo de los reverberos del billar que apestaban a petróleo; se pidió perdón a Nieves porque no olieran a cosa mejor, y se sentaron todos «en dulce amor y compaña», devorando a Nieves con los ojos los dos abogadillos; no sabiendo Leto Pérez dónde fijar los suyos con entera seguridad de no ser aludido por nadie, para evitarse la angustia de hablar delante de tan señalados huéspedes, y muy arrepentido el fiscal de haber puesto motes a aquel señor que, aunque tuerto, le parecía una excelente persona y era padre de la chica más guapa que había visto él de cerca en todos los días de su vida.

IX. La familia del boticario

Las visitas de aquel día no fueron tantas en Peleches ni tan molestas para sus moradores, como las del anterior; porque en Villavieja, como en todas partes, había de todo, y el furor de la cursilería y de la presunción estrafalaria, había pasado con la nube de la víspera. Entre los últimos visitantes abundaron las buenas y honradas intenciones, los generosos deseos, hasta móviles de gratitud no olvidada a pesar de los años transcurridos; y en los más de los ejemplares se entendía bien claro que si llevaban encima los trapitos de cristianar y las vistosas galas, no lo hacían por vana ostentación, sino como debido tributo a la importancia de los señores visitados.

La única nota discordante en aquel conjunto de cosas bastante bien concordadas y soportables, y hasta entretenidas a ratos, fue la familia Carreño, o más propia y gráficamente «los Carreños» de la Campada, o, como si dijéramos, los Mucibarrenas de Villavieja, ya que a sus rivales sempiternos, los Vélez de la Costanilla, se les llamó, a su debido tiempo, los Butibambas. Para que todo fuera contrapuesto y antagónico en estas dos dinastías de Villavieja, hasta en el arte y la traza andaba la una al revés de la otra.

Ya se ha visto que los Vélez eran largos, huesudos, blancos, solemnes y fríos como estatuas sepulcrales. Pues los Carreños, como constaba de toda notoriedad en Villavieja y se vio en los cuatro ejemplares (matrimonio y dos hijas) presentados en Peleches, eran chaparrudos, cetrinos, bastos de líneas y facciones, crespos de pelo, mordaces de lengua e implacables de entraña. De estilo y de educación, como de estampa y de pelo.

Padres e hijas despotricaron a porfía durante tres cuartos de hora, y no dejaron honra limpia ni hueso sano en Villavieja. ¡Cuánto se felicitaba la Carreño madre (eran primos hermanos los cónyuges) por la venida de los Bermúdez a Peleches!

—¡Esto consuela, señor don Alejandro! —decía abanicándose briosamente el pescuezo con ronchas bronceadas—. Se ve una entre los suyos, y tiene con quién hablar y desahogarse... Porque en la soledad a que la obliga a una el decoro de la clase, se hacen allá dentro unas talegadas de asco, que da gusto desocuparlas después entre gentes que la comprendan a una y sepan estimar las cosas en lo que valen... ¡Si vieran ustedes cómo se va poniendo esto!... Ya no hay quién lo conozca. No queda un alma decente: todo es trapajería de ayer acá... hasta en el ayuntamiento; hasta en los empleados que nos manda el Gobierno para las oficinas que tiene aquí... Así es que, no queriendo apolillarme ni que se apolille nadie de mi casa en un desván, como algunos trastos viejos que yo me sé (los Vélez de la Costanilla), les digo a éstas (las hijas): a vivir alegres, y al Sol; pero como si no hubiera en Villavieja más habitantes que nosotros. ¿Van esas puercas a la Glorieta? Vosotras a la Chopera. ¿Vienen ellas aquí abajo? Vosotras vais allá arriba. ¿Ellas hacia el Miradorio? Vosotras a los Arcos.

¿Ellas muy emperifolladas? Vosotras con lo peor, en camisa... en cueros vivos si fuera posible. Que lo vean, que comparen, que aprendan algo; y si les duele, a eso se tira... y al cuerno las grandísimas tarascas que se salen de su cascarón... Igual pasa cuando éste (Carreño) se lía con el ayuntamiento, pongo por caso, para que se haga o no se haga esto o lo de más allá: en lugar de aconsejarle que se esté quieto y deje rodar la bola que a él no ha de pisarle, le ayudo a que apriete más contra el lucero del alba, porque el día que se acostumbren ellos a no vernos y a no sentirnos, como si no quedaran Carreños en Villavieja, los demonios se lo llevarían todo y aquí no se podría parar.

Carreño se reía a carcajadas con estos dichos de su mujer; y como era bastante más avisado que ella, no los usaba tan crudos; pero en el alcance de la intención, no la iba en zaga. Las hijas, cargadas de similores y de cintajos, muy porosas y verdegueando, con la misma intención de casta rajaban en un estilo mixto de lo más malo de los otros dos.

—¿Sabes, papá —decía Nieves al suyo después que se marcharon los Carreños—, que eso de los aires puros que tanto recomiendas tú, no da siempre los mejores resultados en lo tocante a buenas ideas?... ¡Mira que de ayer acá llevamos oídas cosas buenas, y a gentes bien sanas de cuerpo!

—Yo te diré —contestó don Alejandro un poco atarugado con la inesperada observación de su hija—. Mirado el caso por encima y tal como él mismo se va metiendo por los ojos, parece que tienes razón; pero atendiendo a lo que debe atenderse; mirando como debe de mirarse ¿estás tú?... poniendo cada cosa en su sitio y a su luz correspondiente; midiendo esto y pesando aquello con la necesaria reflexión; no dando a ciertas... a ciertas, vamos, a ciertas pequeñeces accesorias, el valor de un hecho fundamental, ¿eh?... estudiando, en fin, el punto a conciencia... penetrándole hasta lo más hondo, como yo le tengo penetrado, lo infalible de mi axioma se palpa; pero hasta el extremo de que ese mismo argumento que a ti se te ha ocurrido, le da mayor realce todavía... como te lo podía demostrar yo ahora, si la ocasión fuera oportuna o lo reclamara una gran necesidad... Porque te advierto que la cuestión resulta algo metafísica, tratada como es debido; y no creo que te divirtiera gran cosa a raíz de una tanda de visitas como la que vienes aguantando.

Se ignora si las racionales dudas de Nieves quedaron desvanecidas con esta argumentación de su padre; pero es un hecho que la una y el otro, a pesar de tener citado a don Claudio en Peleches para el anochecer, tan hartos se vieron de visitas y tan necesitados de libertad y movimiento, que a las seis de la tarde se echaron al mundo por la Costanilla abajo, anticipando la salida dos horas a la convenida con el comandante retirado.

Ya se sabe que después de visitar la Colegiata, hicieron una larga parada en la botica, y que desde la botica se fueron a corretear por la villa hasta dar a última hora en el Casino. Poco importa lo que hicieron en él, y menos lo que les ocurrió andando al aire libre, que no abundaba ciertamente aquella tarde; pero hay que decir algo de su visita a don Adrián Pérez el boticario.

Uno, y dos, y tres... muchos abrazos se dieron los dos amigos. Se golpeaban las espaldas con las manos abiertas, se separaban, mirábanse un momento, se sonreían; y vuelta a abrazarse y a desabrazarse, y a mirarse y a sonreírse... y a todo esto, sin dejar de decirse cosas... «¡Caray, cuánto me alegro! —¡Con qué placer le abrazo, canástoles! —¡Otro, don Alejandro! —¡Con toda el alma, don Adrián!... ¡Si no pasan días por usted, canástoles! —¡Si está usted hecho un mozo, caray!... ¡Hala con otro! —¡Ya se ve que sí, ja, ja!... ¡Qué don Adrián tan famoso! —¡Vaya con el bueno de don Alejandro! —Pues sí, señor. ¡Vaya, vaya!...» Y así.

Después empezó el boticario con Nieves: no a abrazarla, sino a hacerla mil preguntas y cumplidos y a ponerla en los cuernos de la Luna por «guapa moza», acabando por sacarla parecidos con cada uno de los Bermúdez que él había alcanzado, contra la opinión del Bermúdez presente, que sostenía, con mejores títulos, que era «toda de los de allá», casi un retrato de su madre. Convínose en ello, porque, al cabo y al fin, al boticario igual le daba, y sentáronse el padre y la hija en las banquetas que don Adrián les arrimó, ofreciéndoles de paso un refresco de jarabe de moras o de agraz, que había en la botica, hechos en aquella misma semana... o chocolate que les bajarían de casa... «con toda franqueza». Se lo estimaron mucho, pero no quisieron tomar cosa alguna. Entre tanto, nada se había hablado todavía de la cojera de don Adrián, que se le notaba, no solamente al moverse, sino en llevar calzado con una chinela el pie de que claudicaba algo, y el otro con la bota de todos los días.

A lo que de él se sabe por don Claudio Fuertes, hay que añadir que era de regular estatura, moreno, enjuto, de ojos pequeños, pero listos, risueño de expresión, y de voz lenta y sin timbre alguno. Parecía algo socarrón, pero en realidad no lo era. Lo parecía, porque así resultaba de la combinación de su flemática y natural sosera, con la malicia aparente de sus ojuelos de ratón y lo risueño de su boca.

Lo del pie, por lo que le preguntó don Alejandro enseguida que se hubo sentado, había sido poca cosa: alcanzando el tarro del papaver album para preparar un medicamento, se puso de puntillas; y al sentar el pie en el suelo otra vez, se le hundió la mitad de hacia afuera en una rendija grande (que señaló con la mano). Nada, una ligera distensión que ya estaba curada con unas compresas de vejeto... tanto, que pensaba haber subido a Peleches un poco más tarde. Porque pensar que cumpliera por él su hijo, era pensar los imposibles... «¡Caray, qué muchacho ese!»

Y movía un poco la cabeza, y se sobaba el codo izquierdo, haciendo subir y bajar la manga de la levita con todo el hueco de la mano derecha aplicada allí. Por aquel portillo, es decir, por la dulce e inofensiva lamentación del boticario, salió a plaza, provocada con verdadero interés por Bermúdez, la historia de toda la familia de don Adrián.

Al morir la boticaria, catorce años hacía, le quedaban cuatro hijos de los catorce que había tenido en su afortunado matrimonio. De los cuatro hijos, tres eran hembras. Corriendo el tiempo, la mayor se casó con el vista de aquella aduana; ascendiéronle pronto, y por esos mundos andaba el matrimonio cargado de familia; pero tenían todos qué comer, y eso consolaba algo. La segunda casó peor: con un villavejano recién hecho maestro de escuela. No le producía el oficio allí para lo indispensable; fuéronse a la ciudad creyendo mejorar de fortuna, y ya se habrían muerto de hambre sin el mendrugo que él les daba, quitándole de su mesa. La tercera se casó con un teniente de la Guardia civil, y también andaba, como la mayor, de la Ceca a la Meca, y también cargada de familia.

—La verdad es —concluyó don Adrián rascándose muy suavemente el codo—, que bien consideradas las cosas, señor don Alejandro, y tal y cual van, ¡caray! los particulares de otras familias, no les ha caído a mis hijas la más negra de las fortunas... eso es. Las tres se me han casado: dos de ellas comen y están en carrera... eso es... La tercera anda algo atrasadilla de recursos, es verdad; pero ¡qué caray! es honrado y mozo su marido... por lo más oscuro amanece a lo mejor... eso es... y Dios no falta nunca a los buenos... Eso las digo yo a cada paso: vea usted; y tan contentas... eso es... y contento yo también, sí, señor, bastante contento; porque otra cosa no sería regular... Eso es.

Acabado este punto, se tocó el del hijo.

—Ayer me decía usted en su carta —apuntó don Alejandro—, que por haber hecho una de las suyas... (creo que eran éstas las palabras) no había vuelto a casa a la hora en que me escribía; y hace un momento se ha referido usted también a él de un modo semejante.

—¿Y eso le ha metido en cuidado? —le preguntó el boticario sobándose el codo y sonriendo blandamente.

—No diré que en cuidado —respondió el de Peleches muy afable—; pero en cierta curiosidad...

—Es natural eso, ¡je, je!... Pues respecto de ese muchacho, ¡caray! yo no sé qué decirle a punto fijo... a punto fijo... eso es. Por de pronto, es noblote a no poder más; y hasta el día de la fecha... en buena hora lo diga, no me ha dado ningún disgusto... quiero decir, un verdadero disgusto...

—Pues eso ya es algo, don Adrián.

—¡Caray! ¡vaya si lo es! ¡Y no doy yo pocas gracias a Dios por ello! No, no: en ese punto, marchamos bien. Pues este chico, a quien usted debió conocer la última vez que estuvo aquí, aunque deprisa, así de pequeñuelo, correteando por la botica... eso es... porque no salía de ella en todo el santo día de Dios... parecía un muñequito... ¡tan redondito y tan blanco!... vamos, un muñequito de porcelana... ¡con unos ojazos negros!... No, y conservar los conserva, aunque no parecen tan grandes ahora... Verdad que, como le ha crecido la cara... eso es. Lo que le ha variado algo es el color: ya no es tan blanco... Y bien mirado, mejor es así para un hombre como él, tan hecho y tan... eso es... Y vamos allá: como le vi bien despierto y de excelente condición, púsele en carrera con ánimo de que siguiera la de su padre: ya ve usted, por no dejar morir esto que ha sido la hogaza de la familia, de una familia tan dilatada como la mía; y hay que ser agradecido, don Alejandro... eso es. Fuese el chico a la ciudad; estudió las humanidades, con aprovechamiento, sí, señor, y con muy buenas notas...

¡caray! ¿por qué no decirlo?... Siendo ya bachiller, se prestó de buena gana a seguir esta carrera, y le envié a Madrid... Verdaderamente que el dinero no sobraba en casa; pero había lo necesario desvalijando un poco la hucha de mis buenos tiempos de boticario de nota. ¡Y ¿qué mejor empleo para ello, qué caray!... Un hijo solo, llamado quizá a ser el sostén de la familia desde el día en que yo faltara... porque para entonces, aún le quedaban dos hermanas solteras, y su pobre madre arrastrando malamente la vida que se le acabó al siguiente año... ¡Caray! mi señor don Alejandro, todavía duele allá dentro cuando pasan estos recuerdos por la cabeza... En fin, que se fue Leto a Madrid... ¿Les he dicho a ustedes que se llama Leto mi hijo?

—No, señor.

—Pues así se llama: Leto... eso es... Y por cierto que el nombre es lo peor que tiene el pobre chico.

—¡Lo peor! ¿Y por qué, don Adrián?

—Porque es feo y hasta un poco... ¿a qué negarlo, qué caray!... Es feo... y raro, vamos. Pero cosas allá de su madre y su padrino, a cual más escrupuloso en la materia... eso es; porque san Leto era el santo de aquel día, primero de septiembre... Pero ¡caray! dije yo, aunque esa sea la costumbre en la familia, me parece a mí que, por una vez, bien se puede quebrantar... eso es, en gracia siquiera de lo raro del nombre: pongámosle otro más, para llamarle por él, y así queda todo arreglado. Que nones, don Alejandro; y, en fin, que se llama Leto... Eso es.

Declararon los oyentes, de todo corazón al parecer, que no había en el nombre nada de feo ni de raro, y, sin convencerse de ello, continuó don Adrián:

—Tampoco en Madrid dio un mal paso en su carrera: buenas notas siempre, mucho fruto... porque aquí, en la botica, le iba descubriendo yo cuando venía a pasar las vacaciones... y al mismo tiempo haciéndose un chicazo como un trinquete... no muy grande; pero bien cortado... eso es, y fuerte... y guapo, ¡qué caray!... y dócil y risueño que daba gusto. Pues, señor, que llegó a tomar el título y que se vino a casa, y que le arrimé a la botica para que practicara lo que había estudiado, eso es... porque sin práctica, de nada valen las teorías; y, amigo de Dios, como una seda desde el primer instante. Una soltura y un arte... un arte como si en toda su vida no hubiera hecho otra cosa... Pero, vea usted, ¡qué caray! no había que pensar en mirar muy de cerca lo que hacía, porque ya le tenía usted con las manos trabadas, materialmente trabadas, eso es... vamos, que hasta era capaz de echarlo todo a perder... por el genio, por el arrastrado genio.

—¿Lo tenía malo?

—¡Quiá! Corto... ¿o qué sé yo? Desde muchachuelo fue lo mismo; y ¡si vieran ustedes lo que eso le perjudicó durante la carrera!... Porque sin esa condición, hubiera lucido el doble trabajando menos: eso es. Pero yo esperaba que se le fuera modificando con el tiempo y según iba él viendo mundo y tratando gentes. ¡Quiá! En ese punto no ha habido señal de enmienda: al contrario, si bien se mira.

—Pero ¿tan corto es de genio, don Adrián?

—Tan corto o tan... yo no sé, don Alejandro, no sé lo que es. Él va a todas partes; él entiende de todo un poco, y es afable y cariñoso con todo el mundo... y es inteligente y listo, ¡caray! y placentero y servicial... eso es; pero al mismo tiempo tiene la manía de que cuanto a él se le ocurre es pura insignificancia, y cuanto hace, una chapucería, mientras que le para y le asombra cuanto piensan y hacen los demás... Le digo a usted que es raro el caso... ¡muy raro, caray!... y una lástima, sí, señor, una lástima; porque yo tengo mis razones para creerlo así, y sin que me ciegue la pasión de padre... sin que me ciegue, eso es... Digo que tengo mis razones, y verán ustedes por qué... Como tiene conmigo bastante confianza, porque al fin y al cabo soy su padre, en cualquier punto que tocamos en nuestras conversaciones se deja correr guapamente... vamos, sin recelo mayor que digamos... eso es... sin recelo; y el chico, entonces, habla y habla, no mucho, pero bien, hasta con su poco de calor... y con arte, ¡caray!... con... vamos, con fe en su idea; y eso que se le conoce que no da todavía todo lo que tiene; que ve en sus adentros... eso es, en sus adentros, bastante más que lo que dice... Pues ¡caray! ocurre que sobre esos mismos puntos le tira de la lengua el primero que llega a la botica, o le coge en la calle o en el Casino; y ya es otro hombre diferente: ya le falta, vamos, aquella seguridad, y aquel mirar sereno, y aquel orden en los razonamientos... y aquella firmeza de palabra... y ¿qué sucede? que amilanándose así, se desconcierta, se confunde, y sale del paso con una cuchufleta de chicuelo, eso es, cuando no con una tontería... ¡Caray! a mí no me gusta eso, y se lo digo así... «Pero, hombre, tente firme en tu puesto; habla con formalidad, eso es, con el aplomo que tú sabes cuando quieres...» Pues nada, don Alejandro: me responde muy serio que está convencido de que no se le ocurre cosa ni idea que valgan dos cuartos; que es una pura vulgaridad y un hombre enteramente insignificante, ¡caray! Y de aquí no hay quien le saque.

—Es raro eso, ¿verdad, Nieves? ¡Y para lo que hoy se usa!...

—Y les advierto a ustedes que lo mismo es en lo poco que en lo mucho. Por ejemplo: está cantando a media voz... en la botica o en su cuarto, porque él nunca está de mal humor... Digo que está cantando, y cantando bien, eso es... cosas de teatro que oiría en Madrid, creo yo, porque no se parece el cántico a los de acá... La voz es llena y de hombre, bien templada... vamos, una buena voz a mi entender: pues llego yo, o llega cualquiera: ya le tienen ustedes turulato, como si hubiera cometido un pecado mortal. Eso es... Otro caso más raro: tiene mucha afición al dibujo y a la pintura, y sus avíos correspondientes para lo uno y para lo otro... A lo mejor le ven ustedes encaramado en el Miradorio, o acurrucado en la vega, o delante de un paredón viejo, con el pincel en una mano, su cajita de colores en la otra, un pomito con agua a un lado y su libreta sobre las rodillas, pinta que pinta. Pues que le diga el más guapo que le enseñe lo que ha pintado... ¡caray! primero le enseñará el hígado... Eso es. Que se arrime alguno a él cuando se halla en estas operaciones: se pondrá encarnado como la grana, y ya no sabrá lo que hace...

—¡Conque también pinta? —exclamó Nieves que escuchaba con suma atención al boticario.

—¡Caray si pinta! —contestó don Adrián sobándose mucho el codo—; y hasta creo que bien, por lo que he logrado atisbar yo y lo poco que lo entiendo... Pero aguarden ustedes, que es posible que tenga alguna cosilla de esas en el cartapacio de su atril, donde suele guardar las recién acabadas...

Metiose el boticario en la trastienda, renqueando un poquillo; abrió una puerta que había a la derecha; entró por ella, y no tardó en volver con unas cartulinas en la mano. Púsolas en las de Nieves, porque ellas fueron las que más se adelantaron para cogerlas, y la dijo:

—Ahí está lo último que ha hecho. Ustedes, que lo entenderán mejor que yo, podrán decir si tiene algún mérito.

Nieves separó las cartulinas y pasó una mirada rápida sobre ellas, pero ávida y ardiente.

—¡Mira, papá —le dijo con entusiasmo volviéndose hacia él—, qué acuarelas tan lindas! ¡Con qué facilidad y con qué valentía están hechas! ¡Qué frescura de color!... ¡Ay, don Adrián! —añadió mirando al boticario que se derretía de placer con el éxito de aquellas obras de su hijo—. ¡Si viera usted lo que cuesta hacer estas cosas! ¡Si supiera usted las fatigas y los años que se pasan para llegar siquiera a la mitad de este camino!

—Pero ¿dónde demonios ha aprendido su hijo de usted a pintar, y a pintar de este modo? —preguntó don Alejandro que todo se volvía ojo para mirar y admirar las acuarelas.

—¿De manera —dijo muy suavemente el boticario, soba que te soba el codo—, que dan ustedes alguna importancia a esas pinturas?

—¡Muchísima! —respondieron unísonos Nieves y su padre.

—Me alegro, ¡caray! sí, señor, me alegro... Eso es. Pues Leto, según me ha dicho, aprendió a pintar así... porque algo ya lo sabía él desde el Instituto, con un compañero de posada que tuvo en Madrid, y parece que era pintor de nota... Eso es. Se querían mucho los dos y aún se escriben de vez en cuando. El pintor está en Roma ahora.

—¿De modo que ésta es la gran afición de Leto? —preguntó Bermúdez.

—¡Quiá!... respondió el boticario, echando la cabeza a un lado y casi cerrando los ojos al recargar el acento de la palabra y de la sonrisa—; esa afición es la de los ratos perdidos... vamos, la última de todas. Otra muy distinta es la que materialmente le cautiva y le trae a mal traer... a mal traer, sí, señor, ¡caray! ¡Es mucho cuento lo que le emborracha!

—La caza, ¿eh?

—No, señor: la mar... Tampoco la mar propiamente, sino la embarcación con que anda por ella: su balandro... ¿qué balandro?... su yacht.

—¡Canástoles!

—¿Y tiene un yacht... un yacht de veras? —preguntó Nieves, apartando sus ojos de las acuarelas para fijar en el boticario su mirada henchida de curiosidad.

—Un yacht, señorita —respondió don Adrián en tono muy ponderativo—: un yacht, así, en puro inglés; y de lujo, ¡caray! lo que se llama de lujo... eso es: vamos, un yacht de regatas, de primera. Esos son sus amores verdaderos; lo que más le entusiasma en el mundo y de lo único de que se atreve a hablar con calor y con fe y sin aturrullarse delante de las gentes... Ya se ve: no es obra de sus manos ni de su idea, y por consiguiente... eso es.

—Pero, señor don Adrián —díjole su amigo chanceándose—: usted se ha corrido mucho, se ha despilfarrado... porque un yacht de esas condiciones, no se compra con dos cuartos.

—¡Caray! ¡Yo lo creo!... Pero no se piense usted que el pobre boticario... ¡Quiá!

¡Pues están los tiempos, gracias a Dios, para esas sangrías... caray, caray! No, señor. La procedencia del yacht es otra historia, señor don Alejandro. Verán ustedes. Leto, como le dije a usted, hace a todo... eso es; y lo mismo que pinta y navega... porque lo de navegar es ya viejo en él, anda por montes y barrancas con la escopeta al hombro, y conoce la comarca yerba a yerba y canto a canto... eso es. Pues, señor, que se descubrió aquí una mina pocos años hace; que la compró una compañía inglesa, y que vino un ingeniero de allá para explotarla. Este inglés era mozo, algo arlote como todos los ingleses, y muy campechano y muy resuelto para todo; que Leto y él se conocieron en el Casino; que resultó que tenían unas mismas aficiones, y cata que llegan a hacerse muy amigos. Al inglés le gustaban las setas; pues ya estaba Leto diciéndole dónde las había legítimas, sin la menor sospecha de hongo venenoso, y acompañándole a cogerlas... eso es: mediodía de campo; que berros, pues en tal parte; y a buscar los berros; que caracoles o ranas o cualquier otra porquería de las muchas que devoraba aquel hombre... pues a ello los dos; que esta clase de caza o que la otra: lo mismo. Leto tenía un bote, malo por supuesto; pero andaba a fuerza de vela; el inglés se las pelaba por esa diversión en que era gran maestro... ¡caray, yo lo creo! como que era del Royal-Club de su tierra, y había ganado no sé cuántos premios de honor en regatas famosas... eso es... ¡uf! y hombre muy principal y acaudalado, sí, señor... y buen mozo... pues golpe al bote a todas horas... y atrocidad va y atrocidad viene... porque no sé cómo no quedaron en una de ellas. Eso es. Por otra parte, estaba enamorado de nuestra bahía, que ya sabe usted que es de lo mejor del mundo, dicho y confesado por inteligentes extranjeros... ¡caray, si es cosa buena! y estando enamorado de la bahía y de la afición y el arte de Leto, no pudiendo adquirir aquí una embarcación a su gusto, hizo traer, a fuerza de dinero para que llegara pronto, un hermoso yacht de regatas que él tenía en su país. Pues, señor, que viene el yacht, y que Leto, al lado del inglés, aprende a manejarle en cuatro días, y que se me vuelve medio loco el hijo, ¡caray! de puro gozar en aquel... vamos, en aquel deleite, eso es, tan nuevo para él... y échate mar afuera los dos hasta perderse de vista, y vira acá y vira allá, dando con los topes en el agua y haciéndome a mí pasar las de Caín de susto y de congoja, eso es... hasta que me convencí de que no había tanto riesgo como aparentaba... En fin, señor don Alejandro, que Leto y el inglés andaban siempre como la uña y la carne; que llegó la hora de marcharse a otra parte el ingeniero, porque la mina salió huera, y que al marcharse le regaló el yacht a mi hijo, ¡caray! que quieras que no, con todos sus enseres y cachivaches... Eso es. Y por eso tiene Leto un yacht tan lujoso. Cada lunes y cada martes le zarandea por la mar. Ayer salió a media mañana, con su correspondiente pitanza, por si acaso... eso es. Pues volvió entre día y noche, como dije a usted en mi carta. Quise que subiera hoy a Peleches... pues ¡caray! casi de rodillas me pidió que no le diera comisiones de esa clase. Subir conmigo, ya era otra cosa, y hasta lo haría con sumo gusto; pero solo... ¡es mucho cuento! En eso quedamos al cabo; y entre sí me animaba yo a subir esta tarde o no, llegó su amigo el Ayudante de Marina, con quien tenía pendiente un partido de billar... porque ésta es otra de sus aficiones y el único vicio, eso es, que se le conoce; y fuéronse al Casino poco antes de llegar ustedes... Que lo siento en el alma, ¡caray! porque se hubieran conocido aquí todos, y eso tendríamos adelantado... Eso es.

—Y es bastante, ¡canástoles! —dijo Bermúdez revolviéndose en su banqueta—, y hasta sobrado para meternos en ganas de conocer de cerca a ese mozo tan simpático y tan... Hombre, se me ocurre una idea: súbanse mañana los dos a comer con nosotros en Peleches... Ello había de ser; conque anticipémoslo, y de ese modo quitará el pobre Leto el escalofrío, como los bañistas perezosos, de un chapuzón... ¡ja, ja!... ¿No es verdad, Nieves?

—Me parece una gran idea —respondió ésta entregando al mismo tiempo a don Adrián las acuarelas—. Y dígale usted, de mi parte, que cuando vaya nos lleve algunas obras más de esta clase, para verlas... y admirarlas... ¡Ay, qué bien lo hace, don Adrián! ¡Quién fuera capaz de la mitad de ello siquiera!

—¿De veras, señorita? —preguntó el boticario conmovido de gusto.

—¡Y cuidado! —díjole don Alejandro—, que ésta es del oficio, y su voto, de calidad por consiguiente...

—¡Caray! de ese modo, ya lo creo... Sí, señor, eso es. Pues tocante a lo del convite, yo con alma y vida le doy por aceptado desde luego, mi señor don Alejandro... Del chico, no sé qué decir a ustedes: siempre me saldrá, por disculpa, con lo de costumbre cuando le conviene esconder el bulto: con que no puede faltar uno de nosotros de aquí, sabiendo, como sabe, que el mancebo se sobra y se basta, sí, señor, para el servicio ordinario; porque bien acreditado lo tiene... eso es... Pero en un caso como éste, puede que vaya... Irá, sí señor, irá. Es asombradizo, como les he dicho a ustedes, o corto, o no sé qué; pero ha corrido mundo, tiene luz allá dentro... justamente; sabe distinguir de colores, y a ustedes los considera... ¡caray, si los considera!... Y una descortesía no la comete él con nadie aunque le ahorquen... Ahora, en cuanto a llevar consigo las pinturas, ya varía... y de eso sí que no respondo... En fin, se hará lo posible, eso es... Y un millón de gracias por la fineza, señores míos.

En esto entró don Claudio Fuertes, y se habló de otras cosas; y cuando llegó el momento de salir los tres a voltejear por la villa, dijo el boticario al comandante retirado:

—Si tocan ustedes en el muelle, enséñeles el yacht, aunque está fondeado un poco lejos. Ya van enterados de todo... Eso es.

X. De tiros largos

Así se presentaron en Peleches al rayar las doce y media, el boticario don Adrián Pérez y su hijo Leto: el primero radiante de gozo, y el segundo no tan acoquinado como era de temerse por lo que de él se sabe. El motivo de esta novedad consistía, siguiendo la imagen del bañista perezoso, apuntada por don Alejandro en la botica, en que Leto, antes de la gran zambullida en el caserón de los Bermúdez, había ido preparando el equilibrio de las dos temperaturas con un par de fregoteos bastante regulares. El uno se lo dio en el Casino; el otro, al salir de misa mayor al día siguiente, que era de fiesta, es decir, el día mismo del convite. En el Casino tuvo que picar algo en la conversación general, aludido de intento por Bermúdez; y más aún que en la conversación, en la golosina que irradiaban en aquel antro desabrido, los ojos y la silueta de la hechicera sevillana; porque Leto, al fin y al cabo, era mozo de buen gusto, y mujeres de aquel arte que le miraran a él con el interés bondadoso con que le miraba Nieves a menudo, no habían pasado ni pasarían jamás por Villavieja. Esto por de pronto. Además, al deshacerse la tertulia y ya despidiéndose de él, le había dicho don Alejandro con gran encarecimiento, mientras le apretaba una mano con las dos suyas:

—Mañana, después que comamos en Peleches, iremos a ver el yacht; pero de cerca y como debe ser visto. Conste que está usted notificado.

—«¡Después que comamos... a ver el yacht!» —repetía el mozo en sus adentros, enredado en las confusiones más extrañas, mientras respondía al expresivo Bermúdez cuatro palabras, mal urdidas, de cortesía—. ¿Qué plural era aquél de «comamos»? ¿Cuántos y quiénes entraban en él?

Sin desembrollar este lío, que pasó por su cabeza como un relámpago, oyó que le decía Nieves, por despedida también y también muy afectuosa:

—Y al subir a comer con nosotros, no se le olviden a usted ciertas acuarelas que deseamos ver.

Esto ya estaba más claro; pero no todo lo que debía de estar. Era indudable que su padre se había despachado a su gusto aquella tarde en la botica.

En cuanto salieron del Casino los de Peleches, le faltó tiempo a él para largarse hacia su casa. En dos zancadas llegó; en breves palabras enteró a su padre de todo lo que acababa de pasarle, y en pocas más le satisfizo el boticario la curiosidad, declarándole todo lo ocurrido aquella tarde en la botica. Por cierto que don Adrián subió la bocamanga izquierda hasta el codo, y el arco de las cejas hasta el casquete, a fuerza de rascarse y de admirarse al ver que Leto, de quien esperaba un estampido, en lo del convite no puso el menor reparo, y en lo de las acuarelas se despachó con tres «carapes» seguidos y unos muy dulces restregones de manos a las barbas.

Al salir la gente de misa mayor, Leto, como de costumbre, se quedó, con otros amigos, enfrente del pórtico echando un pitillo, un párrafo y algunas ojeadas maquinales a las villavejanas de todos los días; y hablando, fumando y mirando, vio salir a Nieves con su padre. Bien le había parecido la noche antes la sevillana en la penumbra mal oliente del Casino, con el sombrerito de paja y la túnica de color de barquillo; pero ¡cuidado si tenía que ver en plena luz meridiana, vestida de oscuro y con la cara monísima encuadrada en los pliegues graciosos de su mantilla de pura casta andaluza! No pudo menos de declarárselo así al fiscal que estaba a su lado comiéndola con los ojos, ni, al notar que le recordaba algo con los suyos, quizá lo de las acuarelas, dejar de acercarse a ella y a su padre para ofrecerles sus respetos, con la mejor intención, eso sí, pero bien sabe Dios que con las más fuertes ligaduras de sus nativas desconfianzas en el espíritu. Mientras hablaban los tres, la goma villavejana se chupaba los dedos y no sabía de qué lado ponerse ni qué majadería inventar para que Nieves se clavara... ¡lo mismo que la goma de todas partes! y las hembras peripuestas la miraban de reojo al pasar a su lado, de los pies a la cabeza, ¡igual que todas las presuntuosas de todo el mundo! porque son achaques esos que están en la masa de la sangre, aun en la de los que usan taparrabo... Posible es que Nieves no se fijara en los unos ni en las otras, aunque cueste creerlo por lo que se sabe del prodigioso alcance de vista que tienen las mujeres guapas para esos lances y otros parecidos; pero podría apostarse algo bueno a que en la comparación que hizo mentalmente, después de mirarle de arriba abajo en menos de dos segundos, del Leto que tenía delante, vestido de día de fiesta, con el Leto de la víspera, desaliñado, ardoroso y con el pelo alborotado y la barba revuelta, aunque ambos eran buenos mozos, optaba por el segundo; es decir, por el Leto del billar, en calidad, se entiende, de mujer artista y esforzada.

En esto salió don Adrián con la levita nueva, bastón de caña, sombrero de copa muy alto, y dos dedos de cuello de camisa fuera del corbatín; se arrimó al grupo y saludó muy cortés a los señores; apareció el juez e hizo lo mismo; después Rufita González con su madre; casi al mismo tiempo Codillo y las tres Indianas, y enseguida hasta otra docena más de los notables que habían hecho ya la visita obligada a Peleches. Los Vélez, escurridos y lacios de vestido y de carnes, pasaron de largo hacia la izquierda, saludando con una cabezada muy ceremoniosa. Las chaparrudas Carreñas, hechas un brazo de mar, pero de mar siniestro y bravo, saludaron con los abanicos y carraspeando, y se fueron por la derecha.

El grupo seguía creciendo y llegó a ocupar media plazoleta con los gomosos adyacentes y otros desocupados de diferentes pelajes. Luego se puso en movimiento todo junto, aunque cambiando de forma como masa de agua que se acomoda al cauce que la guía, en dirección a la Costanilla, camino de Peleches y a la vez de la Glorieta, adonde se dirigían todos los elegantes de Villavieja entonces, por imperio de la moda.

En la Glorieta dieron Nieves y su padre unas cuantas vueltas con las adherencias que traían desde la Colegiata, y seguidos del propio zaguanete de gomosos, cosa que encendió las iras de las villavejanas desperdigadas y desatendidas entonces por sus habituales cortejantes, y les dio motivo para despellejar viva a la pobre Nieves. Sábese que quien más apretó la dentellada en aquella puja de mordiscos fue la Escribana mayor, que, según fama, se bebía los vientos por el hijo del boticario. Le había visto al salir de misa y subiendo a la Glorieta, y en la Glorieta misma, arrimado a la sevillana, y en gran intimidad con ella algunas veces. ¡El grandísimo pazguato que jamás tuvo dos palabras al caso para pagarla las muchas con que ella le había buscado la lengua en más de cuatro ocasiones! Así es que en cuanto se retiraron Nieves y su padre a Peleches, que fue muy pronto, y el botica-rio y Leto a su botica, se armó en la Glorieta la de Dios es Cristo entre los galanes villavejanos y las respectivas damas, que no querían ser plato de segunda mesa... mientras Maravillas, sentado en el último banco hacia el mar, solo, quietecito y sosegado, flagelaba con su eterna sonrisa de com-pasivo desdén, aquel cuadro de miserias humanas, fruto natural y lógico del lamentable resabio de ir a misa y creer en Dios. Viniendo a lo que importa, fue el caso que Leto bajó a la villa bastante satisfecho de su hazaña; que a pesar de estar bien vestido, cambió de corbata y de chaleco después de arreglarse el pelo, de cepillarse mucho las barbas y la ropa y de lavotearse las manos; que al volver a la botica, donde le aguardaba su padre en conversación con el mancebo, llamó a Cornias (luego se sabrá quién era este personaje) y le dio varias órdenes con mucho encarecimiento; que después fue a su atril, y de un cartapacio que tenía allí muy escondido bajo papelotes y libracos, sacó hasta una docena de obras suyas, entre acuarelas y dibujos, escogidas, muy escogidas, en su abundante colección; que las envolvió convenientemente, y que diez minutos después, él y su padre atravesaban la plazoleta inundada de Sol, que achicharraba, en dirección a Peleches.

—Ya ves, Leto —le decía muy regocijado su padre, y por lo bajo para que no se enteraran de la conversación las gentes que volvían de la Glorieta—, cómo el león no es tan fiero como le pintan. Muchas veces nos alucinamos... eso es... nos ofuscamos, por ver y juzgar de lejos las cosas. Y a ti, icaray! te ha pasado mucho de eso. Dígotelo, porque al fin vas, icaray! vas, sí, señor, y sin grandes resistencias, y hasta llevas esas pinturillas contigo... ibien llevadas, muy bien llevadas! eso es; muy bien llevadas, por lo mismo que te las han pedido y desean verlas... Yo pensé... iahí tienes!... que no te prestarías a ello, porque hasta de mí las has escondido siempre, por esas rarezas, icaray! que nunca he podido explicarme... eso es... Pero la fuerza de las cosas ha querido que el león se te vaya a la mano; y, como te decía antes, no te ha parecido tan fiero como visto a larga distancia... eso es... y ya te das a partido, icaray!

Leto, sonriendo de cierta manera habitual en él, contestó a su padre:

—iSi supiera usted la procesión que me anda por dentro!...

—iAy, Leto del alma! —replicó don Adrián parándose en firme—. Pues si a procesiones fuéramos... iquién, en casos tales, no las llevará consigo, en más o en menos, caray, hasta hacerle temblar las choquezuelas? Vamos a una casa extraña y de mucho viso, a una mesa quizás opípara... eso es... dos hombres acostumbrados a la vida oscura y metódica... de lo más metódica y sencilla... eso es... La emoción... el sobresalto si quieres, es de necesidad... Pero una cosa es eso, y otra muy diferente lo otro que a ti te pasa, o te pasaba... En fin, de esto no hay para qué volver a hablar, Leto.

Pero he de repetirte, en conclusión, lo que te dije anoche: hay que sacar fuerzas de flaqueza en ciertos lances de la vida... y hacerse superior, eso es, a las nativas debilidades... porque no hay hombre sin hombre... y todos nos debemos mutuos servicios y respetos... eso es... Tú eres mozo; nada te falta, es verdad... y acaso no te falte nunca, por mucho que vivas, si la venturosa quietud de Villavieja continúa inalterada y no te sale un competidor en el oficio, como no me ha salido a mí desde que soy boticario; pero es posible que te salga, porque lo malo cunde y no anda ya lejos de nosotros... o que te convenga cosa mejor que la que poseas; y entonces, ¡caray! bueno es tener valedores... y bien sabes tú que la casa de Peleches raya en todas partes tan alto como la que más... y puesto que nos dan la vaquilla, corramos con la soguilla, ¡caray!... y muy agradecidos, sí, señor; y el corazón en la punta de la lengua, eso es; y el que tiene algo en la cabeza, como no dejas de tenerlo tú, noble y honrado además, sí, señor, que lo manifieste, ¡caray! si llega el caso de hacerlo, con entereza y con fe, que esto no está reñido con la buena educación, ni siquiera, eso es, con la cristiana humildad. Cuando Dios da al hombre el caudal de las ideas, no se le da, ¡caray! para que le guarde con avaricia, ni tampoco para que le despilfarre, contrahecho o a escondidas y con vergüenza: no, señor, ¡caray! no, señor... como vienes haciendo tú... Eso es.

Dio dos golpecitos con su caña en el suelo, y continuó marchando calle arriba. Leto, pensativo y bastante risueño, pero sin contestarle una palabra, hizo lo mismo a su lado.

Así llegaron a Peleches, en cuyo saloncito de labor, o mejor dicho, estudio de Nieves, con las puertas del balcón abiertas de par en par para que entrara a borbotones el nordeste que corría, saturado de los efluvios de la mar, fueron recibidos por los señores de la casa y por don Claudio Fuertes, que también estaba convidado a comer.

Nieves había cambiado su traje oscuro por otro casi blanco; y al verla así Leto, blanco el vestido, blanca, nacarina la tez, azules los ojos y el cabello rubio, como no se le ocurrían más que tontadas, enseguida se la forjó nereida, o cosa así, de las fantásticas regiones submarinas, enviada allí por los genios protectores de Peleches, envuelta en una ráfaga salobre de las que inundaban la estancia sin cesar. En otra mirada rápida en derredor del saloncillo aquel, se le antojó haber visto la blanda, inteligente mano de un artista, colocando cada mueble, cada libro y cada cachivache en el único sitio que le correspondía; y ¡otra bobada mayor! aun marcó con la vista en las paredes y sobre muebles determinados, los lugares y los aparatos en que sus acuarelas, a no ser tan malas como eran, hubieran hecho un lucidísimo papel.

Pensar esta bobada y clavar Nieves los ojos en el cartapacio que él llevaba entre manos, y hasta preguntarle enseguida con ellos si las traía, fue todo uno. El mozo se halló con aquel tiro tan inesperado, como contrabandista cobarde delante de los carabineros. Sin detenerse apenas a saludar como debía, desató el fardo y entregó el contenido con las manos trémulas, pero resuelto a todo.

A creer a Nieves, y no hay serios motivos para lo contrario, en aquellas obras de Leto había verdaderas maravillas de arte. Bermúdez y Fuertes opinaron lo mismo; pero no eran sus votos de tan ganada autoridad como el de Nieves, la cual, para mayor confusión del aturdido Leto, no contenta con ver los cuadros sobre sus rodillas, fue colocándolos uno a uno... ¿en dónde, gran Dios! sobre los mismos muebles y en los propios sitios de las paredes en que los había imaginado él... Y a todo esto, la sevillanita, con su entrecejo algo fruncido, su frase concisa y sobria, sin extremos en la alabanza, sin apresurarse, sin sonreír más que lo preciso, deslizándose entre sillas y veladores sin tropezar con nada, sutil, airosa, discreta... en fin, que tanto por lo que decía como por el modo de decirlo, y hasta por el modo de andar, había que creerla inteligente en el arte, y desde luego sincera. Con esto y con la propensión natural de Leto a someter sus juicios al imperio de los extraños, por primera vez en su vida se creyó algo pintor y no del todo insignificante.

—Pues ahora va usted a ver mis obras —le dijo Nieves muy templada, dejando las de Leto sobre un velador—, siquiera para que aprenda usted, en vista de lo malas que son, a no ser tan avaro de las suyas.

Y como lo dijo lo hizo, sacándolas de un gran cartapacio que estaba sobre una mesita contigua a un caballete desocupado.

—La mayor parte —decía Nieves a Leto solo, aunque le acompañaban en la escena los demás personajes allí presentes—, son copias y malas:

las originales son peores... No se sonría usted, porque es la pura verdad... Vea usted ese gitano... copia, dura y desentonada, y hasta sin dibujo... Una marina... ¡Qué olas, eh? Parecen de percalina... Una ventana con flores y pajaritos enjaulados: de nuestra casa de Sevilla. Esta acuarela es original: debe usted conocerlo por lo resobadita que está de color...

Por este arte siguió mostrando y juzgando la mayor parte de sus obras. A veces, mientras Leto examinaba una, teniéndola cogida con las dos manos, Nieves metía entre ellas otra suya, blanca, torneadita y olorosa, para poner el índice primoroso encima del objeto censurado; y entonces Leto perdía de vista la acuarela, porque los ojos se le iban detrás de la mano, y la atención y hasta el olfato... a don Adrián y al comandante les parecían inmejorables las pinturas, y así lo declaraban; y don Alejandro, mal avenido con las sinceridades de su hija, quería desautorizarlas explicando cómos y por qués... En cuanto a Leto, no pudiendo concebir que de aquellas manos tan bonitas salieran obras imperfectas, todo lo hallaba superior, y así lo daba a entender como podía.

—Todo eso que ustedes me dicen —insistía Nieves muy serena—, es pura cortesía. Ninguna de estas obras tiene otro mérito que el de estar hecha con grandes deseos de hacerlo mejor. Lo conozco por lo mismo que sé estimar las buenas, como las de usted; pero sigo pintando porque me entretiene, y enseño lo que pinto, como ahora, por no hacerme de rogar más tarde y porque no lo tengo a pecado mortal... Al óleo, con franqueza, pinto algo mejor que a la aguada... Ya lo verá Leto, que lo entiende, cuando pinte algo aquí... porque pienso pintar mucho... y andar más... Todos los sitios en que he puesto antes las cartulinas de usted, han de quedar ocupados por obras mías... Cuento con que me dejará usted copiar las suyas para eso.

Leto, que ya había soñado con verlas honradas allí, se llamó a engaño y declaró a Nieves que no volverían al cartapacio de la botica aquellos insignificantes borrones, puesto que le gustaban a ella; y Nieves, sin andarse en ociosos disimulos, porque conocía la sinceridad de la oferta, la aceptó de plano con gran regocijo, aunque no tanto como el que produjo en don Adrián el galante rasgo de Leto.

Andando en éstas y otras tales, llegó Catana al saloncillo para anunciar que estaba la sopa en la mesa; y al disponerse todos para ir al comedor,

Leto, recordando algo de lo que había visto y oído en Madrid y leído después, haciendo un esfuerzo sobrehumano y dando diente con diente por el temor de pasarse de fino, o de estar equivocado, ofreció su brazo a Nieves, que lo aceptó placentera y como la cosa más corriente y natural del mundo.

Los demás comensales abrieron paso a la pareja, a la cual siguieron Bermúdez muy complacido, Fuertes algo maravillado, y don Adrián hasta orgulloso con aquel gallardo arranque del empecatado muchacho.

XI. El «Flash»

Durante la comida, que fue tan «opípara» como se la había anunciado en hipótesis don Adrián Pérez a su hijo andando hacia Peleches los dos, tuvo Leto varias pruebas más de que el león no era tan fiero como le pintaban: hasta llegó a encontrarse muy a gusto encerrado en la jaula con él.

Porque ocurrió también la feliz coincidencia de que apurado el punto de las opiniones pictóricas de Nieves, salió de golpe y porrazo don Claudio Fuertes diciéndola:

—En este mismo sitio y al oír a usted que le gustaban mucho los paseos marítimos, la prometí anteayer que no le faltarían medios de satisfacer ese gusto, si se empeñaba usted en ello.

—Y no he olvidado el compromiso —respondió Nieves—, ni estoy dispuesta a perdonársele a usted.

—En hora buena —dijo don Claudio Fuertes; y luego añadió volviéndose al hijo del boticario—: ¿lo ha oído usted, Leto?

—Sí que lo he oído —respondió Leto—. Pero ¿por qué es la pregunta?

—Porque con usted va el cuento.

—¿Conmigo?...

—Sí, señor, con usted; porque cuando yo hice esa promesa a Nieves, contaba con el balandro de usted, con la competencia náutica de usted y con la galantería de usted. Conque a ver si se atreve a dejarnos mal ahora con esta señorita y con su señor padre, que no tiene otro afán que el de complacerla.

Bien poco trabajo le costó a Leto mostrarse cortés y hasta rumboso en aquel particular; porque precisamente el balandro, sus condiciones marineras, sus hechos y valentías, y las altas prendas del generoso amigo que se le había regalado, eran los temas de conversación que más le agradaban; los únicos acaso con que se dejaba ir, hablando, hablando, al sosegado curso de sus ideas, sin la menor protesta de aquel diablillo psicológico que se lo echaba todo a perder cuando sus elogios o sus juicios recaían en cosa nacida de su cacumen, o, aunque propia, no tuviera consagrados los méritos por otro juicio de indiscutible autoridad. ¡La maldita desconfianza! Habló, pues, del balandro durante una buena parte de la comida, después de ponerle, y de ponerse él mismo, a las órdenes de Nieves para dirigirle; de la hermosura y comodidad de la bahía para voltejear en ella, con una brisa bien entablada, las personas que se contentaran con poco; de la intensidad de este mismo placer recibido en alta mar; del inglés, su amigo, con quien tantas veces le había gustado; de su destreza, de su valor, de su carácter... hasta habló algo de Cornias, porque fue de necesidad que hablara de él. Cornias era un mozo pequeñito de cuerpo y bizco de ambos ojos, nacido y criado en Villavieja. Desde muchachuelo anduvo en la botica para ciertos menesteres mecánicos. Entendía algo de cosas de la mar, porque era hijo de un pescador y de una sardinera. Cuando Leto tuvo un bote, Cornias se le cuidaba y le servía de marinero. Era listillo y valiente; y en cuanto llegó el balandro de Inglaterra, por recomendación de Leto se encargó de hacer en él los mismos servicios que en el bote. Si Cornias estaba entusiasmado con aquel barco tan hermoso, el inglés estaba chocho con Cornias, por su tipo, por su afabilidad y por su inteligencia para aprender las maniobras. En poco tiempo se puso al corriente de todo y en aptitud de manejar el balandro tan guapamente: le quería como a las niñas de sus ojos. A la fecha del relato, Cornias, sin dejar de ser plaza de a bordo, continuaba siendo obrero de la botica y sus accesorias; y lo mismo empuñaba la maza del mortero para moler cantárida, con la boca y las narices tapadas con un pañuelo, o a cara descubierta crémor o mostaza, y el mango de la azadilla para arropar la belladona, el estramonio y la cicuta que cultivaba el boticario en su huerto, que envergaba la mayor o encapillaba un obenque. No bebía ni fumaba, ni podía resistir calzado, ni gorra, ni chaqueta. Ordinariamente no llevaba más prendas sobre su cuerpo que la camisa y los pantalones, con las perneras remangadas hasta la pantorrilla y las mangas hasta el codo; y, así y todo, Cornias resultaba limpio y simpático. De honradez y lealtad no se hablara, porque se le podía entregar a ciegas oro molido. Se le llamaba y conocía por aquel mote, porque era bizco. Cornias era una corruptela o degeneración, forzada por los muchachos de la playa, de la palabra bizcornio; y por Cornias respondía, olvidado ya de su nombre de bautismo.

Después de hacer Leto, y no sin gracia, este esbozo de su marinero, ratificado por don Adrián que le quería mucho como sirviente de su botica, volvió sobre lo ya tratado. Se podía navegar en su balandro con la misma confianza que en un navío de tres puentes. Se convencerían de ello en cuanto le vieran, como habían de verle muy pronto. Nieves no lo ponía en duda; su padre, así, así; don Claudio negaba esa seguridad hasta en el navío de tres puentes; y en cuanto al boticario, tenía las pruebas de lo afirmado por su hijo en que había hecho éste con su balandro, doscientas veces, mucho más de lo sobrado para que a la primera se quedara en la mar, por los siglos de los siglos, cualquier otra embarcación de igual calibre.

Como la comida fue abundante y se habló mucho y sobre muchas cosas, la sesión fue larga y muy entretenida; de modo que cuando don Claudio Fuertes y don Adrián Pérez dieron los últimos latigazos a la última de las respectivas copas que don Alejandro había ido sirviéndoles con el café, era ya muy bien entrada la tarde; a Nieves, ausente del comedor rato hacía, la calzaba su doncella sus brodequines de campo, de fino becerrillo sin teñir, y la brisa seguía fresca y bien entablada, por lo cual no molestaba fuera el calor, aunque el Sol lucía sin el estorbo de una sola nube. Teniendo esto en cuenta, solo aguardaban los del comedor la vuelta de Nieves para salir con ella a hacer la proyectada visita al balandro de Leto, número primero de los del programa dispuesto para aquella tarde.

Nieves no se hizo esperar mucho; y cuando apareció a la puerta del comedor poniéndose los guantes y con el sombrerillo algo caído sobre los ojos, muy ajustadito el talle y con un clavel en la boca, su padre la vio un instante con el mismo ojo suspicaz y alarmista que en la memorable ocasión de presentársele en Sevilla, recién vestida para ir a retratarse. Pero ¡qué diferencia de escenario, por más que las dos escenas fueran semejantes, casi idénticas! Allá, la atmósfera viciada y corruptora de una gran capital; en Peleches, los horizontes sin límites; el aire puro y saludable del campo y de la mar; las tentaciones de claudicar, en la ciudad a cada vuelta de esquina; en aquellas soledades grandiosas, ni aunque se buscaran con un candil... Y no lo pudo remediar el buen Bermúdez: poseído de su tema y encantado de verse donde se veía, el mejor punto de la tierra para ponerle en ejecución y dormir tranquilo al amparo de su milagrosa virtud, tomando pretexto del rumor y el aroma de la brisa que circulaba por todos los ámbitos y rincones de la casa, cantó un himno de admiración a la augusta Naturaleza, y largó por final de él el sorites de costumbre al comandante y al boticario, mientras

Leto daba el brazo a Nieves para bajar la escalera. El camino elegido para ir al muelle fue el del Miradorio; y por él tomaron los cinco en el mismo orden en que habían salido de casa: Nieves y Leto delante, e inmediatamente después los tres señores graves: el de Peleches en medio. Desde lo más alto del sendero, contempló Nieves la mar y cuanto se abarcaba con la vista hacia la izquierda; y se le ocurrieron algunas cosas buenas, particularmente sobre la mar. A Leto no dejaba de ocurrírsele algo también; pero temiendo que fueran majaderías, se limitó a glosar un poco las ocurrencias de Nieves; la cual, en una de éstas y por apretarle demasiado con los dientes mientras hablaba, cortó el rabillo del clavel. Leto le recogió del suelo tan pronto como cayó, y se lo quiso devolver a Nieves...

—No sirve ya —díjole ésta después de mirarle un momento—; puede usted tirarle, si quiere.

Y Leto, sin más ni más, le tiró, por pura obediencia.

—Ya se ve el balandro —dijo al mismo tiempo.

—¿Cuál es? —preguntó Nieves.

—La única embarcación de aquellas cuatro, que está aparejada.

—¡Cuánta vela tiene!

—Cuantas hay en casa. Cornias no se ha andado en chiquitas: todos los trapitos ha echado al Sol... ¡Qué hermoso día de mar!

—Oiga usted, Leto —le dijo Nieves muy en reserva y después de notar con el rabillo del ojo que no la oían los que venían detrás—: cuando estemos en el balandro y le hayamos visto, proponga usted a mi padre que demos un paseo por la bahía.

—Ya estaba yo en eso —respondió Leto muy ufano.

—Y si papá consiente en ello, que sí consentirá —continuó Nieves más por lo bajo todavía—, así, como a la descuidada, se va usted echando hacia la mar...

¿eh?

—Perfectamente —respondió Leto—, y de ese modo iremos poniendo a prueba, poco a poco, la resistencia de usted para el mareo...

—¡Oh! por ese lado, yo respondo desde luego —dijo Nieves con gran confianza—. Tengo hechas buenas pruebas en Bonanza y en Cádiz, y no hay forma de que yo me maree.

—Pues tanto mejor entonces.

El muelle de aquel ignorado puerto se componía de un gran tablero rectangular, sobre una docena de pilotes achacosos que ya no podían con la carga cuando los ingleses de la mina los repararon convenientemente. Todo este artificio grosero estaba arrimado a un andén muy espacioso y firme, construido por la naturaleza, al cual venían a parar en uno solo, desde la anteúltima revuelta de la bajada, el camino de la mina, casi paralelo a la costa, y el sendero del Miradorio que desde el punto de empalme se dirigía hacia el sur.

Al llegar al muelle los cinco comensales de Peleches, Cornias quiso atracar el balandro, que estaba separado cosa de dos o tres brazas, a la escalera de embarque, bien corta entonces porque la marea estaba muy alta; pero Leto le hizo señas para que no le moviera de allí. Tenía el balandro la bandera con corona real, en el pico, y un grimpolón azul con una F blanca en el tope. Con todo el trapo desplegado y las escotas en banda, flameaban las velas al recibir el viento, y se oían desde el muelle sus restallidos o gualdrapazos. Cornias se había excedido algo de las órdenes recibidas: bien que el balandro tuviera en aquella ocasión cada cosa en su sitio, pero no tan a la vista; entre otras razones, porque el gualdrapeo de las velas desplegadas, tras de producir balances al barco, hacía trabajar al palo inútilmente. Pero Cornias, que tenía el entusiasmo de todo ello en conjunto, pensó acertar mejor ostentándolo de una vez en hora tan señalada. Error del pobre muchacho. El corcel de buena sangre, para lucir su gallardía, o en pelo y en libertad, o bien arrendado por su jinete. Entendiéndolo así Leto, a una señal muy expresiva y cuatro palabras enérgicas enderezadas a Cornias, fue el balandro recogiendo todas sus lonas, como la gaviota sus alas al posarse blandamente sobre la onda marina.

—Ahora se ve mejor el casco en toda la pureza de sus líneas —dijo Leto a los que le rodeaban, pero particularmente a Nieves que parecía la más atenta a la explicación que había comenzado a hacer.

Según aquella explicación, de cuanto se veía desde el muelle e iba él señalando en el barquito, por iniciativa propia o respondiendo a preguntas que se le hacían, el casco de su Flash (Centella) tenía la proa y la popa muy lanzadas, o salientes, y era chupado de amuras (la cara de proa) y robado de codaste (pieza en que se articula el timón), es decir, en viaje hacia proa; casco, en fin, de los llamados de cuña, a la moda inglesa, de mucho calado. La ventaja de tener muy lanzadas la popa y la proa, consistía en que cuando la embarcación escoraba, es decir, se inclinaba a una banda, los lanzamientos tocaban en el agua y aumentaban la longitud del casco, dándole mayor estabilidad, razón por la que los de esta clase ceñían mucho y viraban facilísimamente. Para la debida compensación de la finura y estrechez del vaso con la altura excesiva de su aparejo, el Flash tenía una zapata o quilla postiza de plomo, sujeta a la verdadera con unas cabillas pasantes. Seguridad completa, absoluta, de no dar, escorando, quilla al Sol.

Aquel espacio hueco, a modo de escotilla, que se veía en el último tercio de la cubierta, hacia popa, con bancos alrededor y reborde algo saliente que formaba el respaldo, técnicamente brazola, era el sitio para el que gobernara y personas que fueran con él. El agujero se llamaba el pozo; y el templete que se alzaba entre el emplazamiento del palo y el lado del pozo de hacia proa, con lumbreras a los costados y barritas de metal para protegerlas, era el tambucho, o cúpula de la cámara que estaba debajo, bastante cómoda según iba a verse enseguida, porque ya no había en el balandro cosa que mereciera ser explicada ni vista desde el muelle.

Atracole a la escalerilla el diligente Cornias a una señal de Leto, y bajaron todos: Nieves de la mano del desconocido Leto; Bermúdez y el boticario muy a pulso, y don Claudio Fuertes protestando de que hasta allí y nada más. Cornias, según Leto le había pintado en la mesa, pero con pantalón blanco y camisa con lunares, si no nueva, recién estirada, aguantaba el balandro atracado a la zanca de la escalera, con las uñas hincadas en los tablones.

Saltaron a bordo de él los visitantes por la cabeza del último escalón descubierto; y al ver lo descarado que estaba el suelo aquel, que oscilaba además, todos, menos Nieves y Leto, se colaron en el pozo.

—Desengáñense ustedes —decía Fuertes sentándose—, que esto no tiene señal de juicio... ni los que andan en ello tampoco... ¡Ah! pues dejen ustedes que se inflen todos esos trapos y empiece el viento a enredarse entre ellos...

¡Ni san Pablo para aquí entonces sin romperse la crisma con algo, o echar los hígados por la boca!...

—Verdaderamente —replicaba don Adrián guardando el equilibrio con los hombros, aunque era bien insignificante el balanceo—, que no se explica uno fácilmente, ¡caray! tanto entusiasmo y tanta... eso es... como tiene ese muchacho... y como tenía su amigo por estas diversiones... Por de contado, señores míos, que esta es la primera vez en mi vida que me veo aquí... y tan a nuevo me sabe, eso es, lo que voy viendo, como a ustedes. Desde tierra he visto el barquichuelo este varias veces, unas quieto y otras andando... ¡y qué andar, caray! Vamos, ocasión hubo de volver la cabeza... por no verlo... Es la verdad, sí, señor, ¡caray!

—¡Digo, y eso usted, que es pez de la mar!... Pues ¡qué me pasará a mí que soy de los secanos de Astorga?

—¡Canástoles —saltó aquí don Alejandro—, con los valentones estos!... Yo no me trago a los hombres crudos, ni mucho menos; pero tampoco se me arrugan las narices por echar una cataplera por esas aguas allá.

—Por de pronto, mi señor don Alejandro —contestole Fuertes con cierta socarronería—, ha sido usted uno de los tres valientes que nos hemos colado en el pozo por entrar en el balandro; y después, mire usted, yo me he visto cara a cara con los moritos en Monte Negrón y en los Castillejos, y hasta en lo de Wad-Ras, que fue más agrio que lo que a ustedes se les figuró; y sin echármelas de valiente al decirlo, ni perdí la serenidad, ni el coraje... ni las ganas de pegar; porque aquello era otra cosa: había siquiera suelo firme en que pisar... y en que morir, si era preciso, defendiendo la vida honradamente; pero esto es entregarse a la muerte atado de pies y manos y metido ya en el ataúd...

Leto, mientras los del pozo hablaban de esta suerte, explicaba a Nieves las ventajas de un palo, como el del Flash, compuesto de dos piezas (la mayor, o palo macho, y la menor, o mastelero, con su tamborete y cruceta entre ambas), sobre el palo enterizo, o de una sola pieza; cómo se fijaba el palo en el fondo del casco, encajando su espiga inferior en una mortaja llamada carlinga, y se afirmaba después por medio de las cuerdas que iba señalando y se llamaban obenques y estays: los obenques bajaban desde la encapilladura, junto a la cruceta, y los estays desde la suya en el arranque del galopillo, o remate superior del palo; cuál era la botavara, cuál el pico de cangreja, y cómo se manejaba y con qué cuerdas o drizas, cada vela de las cuatro que tenía el yacht (mayor, trinquetilla, escandalosa para los buenos tiempos, y foque volante para las empopadas). El agujero que había a media cubierta, entre el pozo y el costado de estribor, era el de la bomba de achique, muy usada, porque en las arfadas, ciñendo el balandro, embarcaba en el pozo bastante agua: rociones y garranchos, según el estado de la mar; tal pieza era el cabillero para las drizas de maniobra; cuáles otras, las cornamusas para afirmar las escotas del foque y las de la trinquetilla; otra en el suelo mismo junto al agujero del pañol de cadenas, el guindaste, en el cual se hacía firme la coz de botalón, etc., etc. Muchos, muchísimos detalles dio Leto a Nieves, llamando a cada cosa con su nombre técnico, porque así lo quería la animosa sevillana.

Cuando ya no tuvo nada que explicarla sobre cubierta, la dijo:

—Vamos ahora, si usted quiere, a ver la cámara.

A la cámara se entraba por el pozo, en cuyo lado de hacia proa estaba la puerta, de dos hojas, con un cuartel de corredera. Abrió Leto y entraron las cinco personas, teniendo que descubrirse don Adrián, porque para un sombrero como el suyo, puesto sobre la cabeza, no había allí bastante altura de techo. Por lo demás, sobraba sitio en que revolverse los visitantes con desahogo. Nieves se admiró de ello y del primor con que estaba dispuesto y hecho todo en aquel microscópico salón, que resultaba hasta lujoso. A cada lado de la puerta había un armarito, y otro más ancho enfrente de ella; a cada lado de los otros dos de la cámara, un cómodo diván, y en el centro una mesita atornillada en el suelo, con las alas dispuestas de modo que podía servir para una docena de comensales. Retirando Leto uno de los almohadones, levantó la tabla sobre la cual estaba tendido; y la tabla resultó ser tapadera de un largo cajón bien provisto ciertamente, pues fue sacando de él el hijo del boticario dos amplios y superiores impermeables; un vestido completo de mar; media docena de hermosas toallas y dos sábanas de baño, y algunos objetos más por el estilo; todo ello puesto allí por el precavido y rumboso inglés, lo mismo que los objetos de aseo y los útiles de pesca, licores exquisitos y confortantes, y libros (en inglés desgraciadamente para Leto) que trataban, con excelentes dibujos, de materias pertinentes a todos los destinos imaginables del barco, que se guardaban en los armarios. Todo lo conservaba Leto donde y como el inglés lo había dejado, por respeto cariñoso a la memoria de su amigo. En el centro del copete del más grande de los armarios, había una chapa de metal bruñido, con dos nombres grabados sobre una fecha. Señalando a los nombres, dijo Leto:

—Este es el blasón de nobleza del balandro: Mr. Watson y Mr. Fife: el ingeniero y el constructor de yachts más afamados de Inglaterra. ¡Deberé yo estar agradecido a un hombre que me dejó tan rica prenda de su amistad? ¡Y se extraña mi padre algunas veces del mimo con que la trato!... Pues hay que ver ahora, prácticamente, sus condiciones marineras que tanto les he ponderado, si no le molesta a Nieves y lo consiente el señor don Alejandro...

—Caballeros —dijo al oírlo don Claudio, levantándose de golpe y andando hacia la puerta—: aquí sobra uno, y ese soy yo.

—¡Pero, don Claudio!... —exclamaba Nieves, riéndose del arranque de su amigo.

—Nada, nada: cada uno es cada uno, y yo sé bien lo que me hago... Y también usted lo sabe al venirse conmigo, señor don Adrián —añadió Fuertes volviéndose un momento hacia el boticario—. Porque yo doy por supuesto que usted tampoco se queda, aunque le aspen.

—Verdaderamente —contestó el aludido, que estaba algo inquieto por falta de franqueza, moviéndose un poco hacia la puerta—, que no soy de lo más apto para este género... eso es... de diversiones... Por otro lado, ¡caray! la edad... eso es. De manera que, si no se tomara a mal...

—¡Qué ha de tomarse, hombre! —díjole don Claudio, volviendo para cogerle por un brazo.

—Y aunque se tomara... Véngase, véngase, don Adrián; y verá usted qué guapamente estudiamos las condiciones marineras del Flash... desde tierra firme.

—Conste, señor matamoros —dijo Bermúdez desde la puerta de la cámara cuando ya salía del pozo el comandante llevándose a remolque al boticario—, que no solamente doy el permiso que me ha pedido Leto, sino que me quedo, y con gusto... ¡con mucho gusto, canástoles! mientras que usted se larga.

—Con gusto, ¿eh? —respondió Fuertes sin volver la cara—. ¡Ay! mi señor don Alejandro... ¡si hubiera espejos para ver a los hombres por sus adentros en determinadas ocasiones!... Cornias, arrima un poco más el barco, hijo... Así...

¡Ajá! Cuidado, don Adrián... Venga la mano... Eso es... ¡Divertirse, caballeros!

¡Cómo le pusieron entre Nieves y su padre desde el yacht!

—A la faena ahora —dijo Leto a su edecán, sin oír a los unos ni a los otros, porque ya estaba con la fiebre de sus glorias—. Usted, Nieves, a sentarse aquí; y usted, don Alejandro, a su lado... Perfectamente... ¡Cornias!... desatraca, y a franquearnos con el foque... Bueno... Ya va... ¡Lista la driza de pico!... Yo a la de boca... ¡Iza!

Hecha la maniobra en regla, hinchóse la extensa lona, y cayó el barco al lado opuesto, navegando ya.

—No hay que asustarse, Nieves —dijo Leto sonriendo al notar en ella, y particularmente en su padre, cierto movimiento de desagrado—: es el saludo del Flash

a la llegada del viento.

—Bien me parece esa cortesía —respondió Bermúdez agarrándose a la brazola mientras Nieves se sonreía despreocupada—; pero en todas partes, después del saludo al aire libre, vuelven las gentes a cubrirse y a enderezarse, y aquí observo que pasan las cosas de otro modo: el Flash, después de saludar, continúa inclinándose y andando a más y mejor.

—Es de necesidad, señor don Alejandro: como que vamos casi de proa al viento. Mucho más ha de inclinarse todavía.

—¡Buen consuelo, hombre!

—Ya le va tomando el gusto al agua... ¿Oyen ustedes cómo la paladea?

—Y también veo —respondió Bermúdez—, que la destina a otros usos. ¡Mira, mira, Nieves, cómo se tumba el condenado, para fregotearse las costillas con ella! ¿Qué te parece de esto, hija?

—¡Muy bien! —respondió Nieves, fascinada por el lance, con los ojos voraces, la boquita entreabierta y palpitantes las rosadas ventanillas de la nariz.

El barco había entrado en su andar desembarazado y franco; y ciñendo siempre para ganar terreno hacia fuera, no cesaba de inclinarse. Bermúdez lo notaba intranquilo, y oía el borboteo del agua debajo del lanzamiento de la popa; el crujir de la perchería del aparejo y el crepitar de las lonas, y hasta comenzó a ver una faja de espumilla hervorosa a todo lo largo del carel inclinado, como si pugnara por colarse adentro. Leyóle estos cuidados en la cara Leto, y le dijo para tranquilizar de paso a Nieves, que, ciertamente, no lo necesitaba:

—Repare usted que vamos solamente con el foque y la mayor, y que la mar está como una balsa de aceite. ¿Qué diría usted si izáramos la escandalosa allá arriba, como la hubiera izado yendo solo?... ¡Si esto es navegar en una palangana! De todas maneras, hasta acostumbrarse más a estas posturas violentas, no dejen ustedes de agarrarse al respaldo.

—Ya, ya —respondió Bermúdez que no podía agarrarse más de lo que estaba—; pero lo que veo yo es que el agua anda si entra o no entra por este costado, y que vamos echando demonios.

—¿Y aunque entrara, ¿qué?

—¡Pues digo! ¡como si fuera lo más usual y corriente!

—Y lo es, señor don Alejandro; y va el Flash tan guapamente con un par de tablas de la cubierta debajo del agua.

—¡Canástoles!

—¿Quiere usted verlo?... ¿Se atrevería usted, Nieves?

—¡Pues no he de atreverme? —respondió ésta como extrañada de que Leto lo pusiera en duda.

—Por visto, señores, por visto —dijo resueltamente Bermúdez—. ¡Canástoles! para prueba sobra con esto, que no es poco, sin necesidad de que tentemos a Dios.

Nieves y Leto, y hasta Cornias que atendía a la escena medio sentado arriba sobre el tejadillo del tambucho, se echaron a reír.

—Mira, papá —dijo de pronto aquélla—, qué bonita es esta costa de la bahía.

¡Cuántas islillas verdes que apenas se alcanzan a ver desde casa! ¿Y don Claudio y don Adrián? ¡Qué lejos quedan!... ¡Míralos!... Creo que saludan.

—Hija mía —respondió Bermúdez sin volver hacia ella más que la intención, porque la visual del ojo útil se la estorbaba la nariz—, necesito ambos brazos para agarrarme, y toda la voluntad para guardar el equilibrio en esta postura. Contéstalos tú por mí, si te parece.

—Ya lo hago por todos —repuso Nieves volviendo el busto hacia el muelle y agitando el pañuelo con la mano izquierda. Después de unos instantes de silencio, añadió, con el oído muy atento hacia proa—: Fíjate bien, papá.

—¿En qué, hija?

—En el ruido que va haciendo el barco... Lo mismo que si fuera arrastrándose sobre papel de seda.

—Exactamente —confirmó Leto—; y si usted continúa fijando la atención en ese ruido, llegará a oír conversaciones, y cantos a la sordina... y todo lo que usted quiera, hasta acabar por dormirse.

Tras esto callaron todos por un buen rato, como si se tratara de poner a prueba las afirmaciones de Leto, mientras el yacht continuó deslizándose al mismo andar. De pronto dijo Nieves dirigiéndose a Leto:

—Pues tiene usted razón: fijándose mucho en el ruido ese, se oye todo lo que se quiere oír... ¿No crees tú lo mismo, papá?... ¡Mira qué llana, qué brillante y qué hermosa está la bahía! Parece un espejo muy grande.

—Muy grande, muy hermosa y muy llana —respondió Bermúdez inmóvil y rígido—, y muy entretenidas esas cosas que decís que se oyen debajo del barco: todo está muy bien, menos esta condenada postura que no me deja gozarlo.

Esto es un despeñadero.

—Pues cuidadito ahora —le advirtió Leto sonriéndose—, porque va a inclinarse un poco más.

—¡Más todavía, hombre? —exclamó Bermúdez, queriendo clavar las uñas en la brazola—. Y ¿por qué?

—Porque voy a preparar la virada, dando mayor andar al barco.

Dicho esto, metió la caña a estribor; con lo cual, presentando el Flash mayor superficie al viento, recibió mayor impulso de él; y el festón espumoso que andaba lamiendo por fuera el carel de babor, le echó unas cuantas lengüetadas por adentro. Entonces gritó Leto a su edecán:

—¡Cornias... a virar! ¡Salta escota foque!

Obedeció Cornias en el aire; orzó Leto vigorosamente, y el yacht fue virando y enderezándose, hasta ponerse horizontal como le quería don Alejandro, y, según la lengua del oficio, a fil de roda, es decir, cara a cara con el viento.

En esta posición el barco, las velas, deshinchadas y lacias, comenzaron a restallar, con tal estrépito, que asustó a Bermúdez y sorprendió a su hija.

—Pasen ustedes ahora a este otro lado —les dijo Leto, señalándoles el frontero al que ocupaban en el pozo.

Así lo hicieron, y con mucho cuidado para no dar con la cabeza en la botavara. Tomó el viento al balandro por aquella banda, cayó el aparejo hacia la opuesta; y henchidas de nuevo las velas, comenzó el Flash a navegar hacia la derecha de idéntico modo que lo había hecho hacia la izquierda.

—Notarán ustedes —dijo Leto—, que vamos caminando en ziszás. Con el viento por la proa, no hay otro modo de subir estas pendientes. Vean ahora lo que vamos adelantando en la subida. Ya cuesta trabajo conocer a don Claudio y a mi padre, que se van alejando hacia la villa.

—La verdad es —respondió Bermúdez—, que con estas aventuras había vuelto a echarlos de la memoria.

De bordada en bordada llegó el Flash a la ancha boca del puerto. Don Alejandro, que no apartaba el ojo del carel de sotavento, lo conoció por las cabezadas que daba el barco, a causa de la trapisonda que ya había por allí, y por cierto malestar de su estómago. Dio entonces por más que suficiente la distancia recorrida; y con gran sentimiento de Nieves, que tenía los cinco sentidos puestos en los lances del paseo mar afuera, viró el balandro y se puso en rumbo al muelle. De esta manera iba empopado y sin las contrariedades que tanto molestaban a don Alejandro. Teniéndolo en cuenta Leto, izó toda la lona; y navegando así como una exhalación, pudieron estimar Nieves y su padre lo merecido que tenía el hermoso yacht el nombre de Centella que le habían puesto.

—Esto ya es cosa muy diferente —decía Bermúdez al llegar al muelle—. Así ya se puede navegar a pierna suelta.

—Pues a mí me gusta más del otro modo —contestó su hija—. Tiene más lances.

—Esa es la verdad —añadió Leto saltando del balandro a la escalera para dar la mano a Nieves, porque habiendo bajado bastante la marea, eran muchos y estaban muy resbaladizos los escalones descubiertos.

Ni don Adrián ni don Claudio andaban por allí rato hacía, ni se columbraba alma viviente en diez cables a la redonda de aquellos hermosos sitios que, por lo solitarios y mudos, parecían encantados...

XII. Después del paseo

Como tenía un plan en la cabeza, en cuanto los señores de Peleches, que habían elegido el camino de abajo para volver a su casa, mostraron deseos de hacer un alto en la botica donde ya se hallaba el boticario don Adrián, Leto se despidió de ellos pretextando ocupaciones urgentes en su balandro.

El boticario se había puesto ya su gorro de terciopelo, y estaba sentado entre puertas viendo pasar a la gente elegante en dirección a la Costanilla para subir a la Glorieta. Sentáronse también los de Peleches; y después de saber por don Adrián que don Claudio Fuertes se había separado de él para ir un rato al Casino, comenzaron a contarle las peripecias del paseo, con grandes elogios del barco y otros mayores de la pericia náutica y extremada bondad de su hijo. El cual, entre tanto, caminaba a todo andar hacia el muelle. Cuando llegó a él, no pensó siquiera en meterse en el balandro que estaba a dos brazas de la escalerilla: limitose a hacer a Cornias, ocupado en recoger el aparejo a toda prisa, algunas advertencias sobre el particular, y enseguida tomó el camino del Miradorio.

Le estaba preocupando a él la cosa aquella desde el momento mismo en que había sucedido. No importaba dos ardites, bien examinada; pero debió haber pasado de otro modo muy diferente... Anduvo, anduvo, pensando y andando, sin mirar a un lado ni a otro, porque harto sabía que el mirar era innecesario hasta llegar al punto preciso, que estaba bien marcado en su memoria... cosa de media vara a la derecha del camino... subiendo; porque ello había sido bajando, y entonces quedó a la izquierda... Por allí, en tales días y a tales horas, no solía pasar gente; y aunque pasara, sería lo mismo para el caso. ¿Quién había de fijarse?... Y aunque se fijara, ¿valía ello para nadie, a la simple vista, el trabajo de doblarse por la mitad?...

Anduvo otro buen pedazo del camino, y se detuvo de pronto.

—Aquí fue —se dijo—, y aquí debe de estar. Miró... y allí estaba: sobre un tapiz de apretado césped, y entre dos helechos y un guijarro. El mismo clavel, doble, reventón y encarnado, con el rabillo tronchado al rape: el que se le había caído a Nieves de la boca y había recogido él... para volverle a tirar porque a Nieves ya no le servía... Este era el caso.

Recogido el clavel, y después de contemplarle mucho, y hasta de examinar la huella de los dientecitos de la sevillana, le olió con avidez. Por un impulso maquinal... o no maquinal, se le llevó después a la boca; pero por otro impulso de mejor casta, le apartó de ella.

—No se trata de eso —se dijo, conservando el clavel en la mano con gran cuidado para que no se deshojara—, sino de cosa muy distinta... y más decente. Por de pronto, vuelta hacia abajo, porque no hay necesidad de que los badulaques de la Glorieta me atisben; y vamos poco a poco poniendo el caso a su verdadera luz, como si le ventilara ante un tribunal de maliciosos que dieran a este acto mío una significación a su gusto.

Volvióse como lo pensó; y andando paso a paso, oliendo el clavel de tiempo en tiempo y con la otra mano en la cadera, iba discurriendo al siguiente tenor:

—El clavel se le cayó a ella de la boca; yo le recogí del suelo y quise dársele; ella le miró, viole sin rabillo, y me dijo: «no sirve ya, puede usted tirarle...» palabras textuales; y yo le tiré, bien sabe Dios que contra mi gusto. Pero también me añadió: «si quiere». Es decir, que dejaba a mi elección tirarle o no tirarle. Tampoco se me escapó este particular. Pero supongamos que yo, en uso de mi derecho, me hubiera quedado con el clavel: ya daba al acto una significación grave, de cualquier modo que le ejecutara: callándome la boca, o explicándole. En el primer caso, ¿cómo justificar mi silencio sin autorizar a Nieves para que me creyera muy interesado en quedarme con el clavel?; y en el segundo, tenía que meterme en una rociada de galanterías, que con toda seguridad hubieran resultado cursis e impropias de un hombre serio que mira a esos señores con la estimación respetuosa con que los miro yo. En suma, que callando o hablando, al quedarme yo con el clavel, faltaba a muchas consideraciones y declaraba una cosa que no es cierta. Pero pudo muy bien Nieves, mirando el hecho desde su punto de vista de mujer, o de niña mimada, decir para sus adentros: «¡qué grosero!...» o «¡qué pan frío!» Y esto es lo que me duele, por si lo ha pensado ella y por no merecerlo yo en buena justicia, y lo que me ha ido molestando toda la tarde en la cabeza, con el propósito, además, de volver por el clavelillo este en cuanto pudiera, y el temor de no hallarle cuando le buscara. ¡Carape, si me ha preocupado todo ello junto! Ahora ya es distinto: ya tengo en mi poder lo que buscaba... «Pues no comprendo», diría cualquiera, «ni los apuros de antes ni la tranquilidad de ahora; porque lo hecho, hecho está, y el clavel, por sí solo, no vale el trabajo que te has tomado viniendo a recogerle, según tú has declarado ser verdad.» ¡Carape si lo es! «Corriente», volvería a decirme cualquiera: «si lo hecho ya no tiene remedio, y el clavel, por sí solo, no vale dos cuartos, ¿para qué te quedas con él?...» ¡Valiente reparo de mala fe sería ese! Recojo el clavel y le guardo, por... por pura rectitud de conciencia... vamos, para reparar yo, a mi modo, una falta cometida con buen fin... Nieves seguirá pensando de mí por ese acto, si por desgracia le notó, lo que mejor le parezca: santo y bueno; pues yo estaré tan satisfecho con saber que son equivocados sus juicios, y que tengo en mi poder la prueba de ello. ¡Qué carape! cada uno es como Dios le hizo; y yo soy así. Y no hay más ni menos... y al Sol.

Al llegar al muelle guardó el clavel, después de olerle, en su bolsillo de pecho, con mucho tiento para que no se viera ni se deshojara. El balandro estaba ya solo y en su fondeadero de costumbre. Siguió andando Leto; llegó a la botica, de la cual se habían ido ya los de Peleches; subió a la habitación sin detenerse, entró en su cuarto; y, como quien lleva ya su resolución bien meditada, sacó de un cajón de su cómoda un álbum-cartera lleno de apuntes hechos por él en el campo y en la costa, y allí guardó el clavel, con mucho mimo, entre dos hojas en blanco, después de haber pasado la vista por cada una de las que contenían dibujos, con una fuerza de atención poco acostumbrada en el asombradizo farmacéutico.

—Bien pudiera ser verdad —pensó mientras cerraba los broches de las tapas, dejando el clavel adentro—, que no lo hago del todo mal.

Volvió el álbum al cajón, cerrole con llave, bajó a la botica, y estúvose con su padre un buen rato hablando de los sucesos del día en Peleches y en la mar.

¡Muy satisfecho estaba de ellos el boticario! Y también de Leto. Se había portado como un hombre y dejado el pabellón bien puesto en todos los terrenos... Con algo más de soltura hubiera querido él verle en lo de pura cortesía; pero bastante había hecho, sí, señor, bastante, para lo que era de temerse; ¡caray, si había hecho!

La escena acabó por irse Leto al Casino, donde le esperaba el Ayudante de Marina para un partido de billar que dejaron los dos concertado la víspera, dándole hasta quince tantos Leto, además de la salida, como siempre.

En honor de la verdad, no estuvo el hijo del boticario aquella noche tan chiripero ni tan acelerado como lo tenía por costumbre, ni de tanta correa para las chanzas del fiscal; pero cierto es también que la brega de la bahía, tras de las inusitadas emociones del convite, le tenía algo desmadejado, y que el fiscal se permitió llevar las bromas a un terreno de bastante mal gusto. El que al señor de Bermúdez le faltaba un ojo, como podía faltarle a cualquiera, y que con su hija hubiera estado él, Leto, más o menos atento, no autorizaba a nadie para preguntarle a cada paso, y delante de ciertas gentes, por la salud y el valor, y el saque y otras mil cosas del Macedonio; ni si tomaba o no tomaba varas, o si era blanda o dura de cerviz «la hija de Darío». Era una gran inconveniencia hablar así de personas tan respetables, en un sitio como aquel... o en cualquier otro; y como así lo sentía, así se lo dijo al fiscal, con mucha pena, pero resuelto a que cesaran las bromas. Y cesaron; pero dejando en Leto ciertas heces que le amargaron mucho la fiesta; y eso que el fiscal, lejos de ofenderse con la protesta, aunque cambió de estilo y de asunto, se quedó tan fresco como una lechuga, y tan amigo de Leto como siempre. Poco después de este incidente, llamó al fiscal don Claudio desde una mesa de las más apartadas del billar, para que fallara en la porfía en que estaba empeñado con sus compañeros de tresillo, sobre una jugada que había hecho uno de los jugadores.

Con irse el fiscal y no volver; marcharse enseguida los abogados y el médico que le acompañaban, y antojársele a Leto que se quedaba el Ayudante algo mustio sin los mirones que le entretenían, y que apestaban más que de ordinario los reverberos de petróleo, le fue entrando tal flojedad y tal disgusto, que se dejó llevar de calle la mesa para acabar cuanto antes el partido.

—¡Carape! —se decía mientras iba andando hacia la botica, con el sombrero en la mano porque abrumaba el calor—, ¿no parece mentira que un hombre en la flor de la vida haya podido gastar, como yo, lo mejor de su tiempo libre en ese bochinche infame, dando trastazos a las bolas?... Una mesa o dos, de vez en cuando, vaya; pero todos los días dos o tres horas de faena en ese billar mugriento... ¡con ese olor!... ¡Carape, si es tonta la diversión, bien mirada! Pues ¿y el fiscalillo ese, con su lengua de puñal?... Yo le estimo, es la verdad... y suele tener los grandes golpes... Vamos, que clava los apodos... Pero ¡carape! a lo mejor tiene unas cosas... como las de esta noche, por ejemplo... Aquello no venía al caso, ni siquiera era decente... Son personas respetables... y amigas de uno... y acaba uno de comer a su mesa... Póngase cualquiera en mi lugar; y si es persona decente, a ver si no haría lo que hice yo... Sentiré que le haya dolido lo que le dije; pero él se tuvo la culpa, y yo cumplí con mi deber... como hubiera cumplido si él continúa con la broma y le rompo yo algo en la cabeza... ¡Carape si se lo rompo! Y cuidado que le quiero bien, lo que se llama bien... Pero hay casos en que se salta por encima de todo... como este caso... O es uno buen amigo o no lo es; o es uno persona decente, o un granuja. ¡Carape, carape, carape!... ¡Qué cosas, hombre!... ¡qué cosas más raras éstas!...

En la botica trabajó mucho sin gran necesidad, y canturreó bastante aquella noche hasta la hora de cenar. Cenó regularmente y habló con su padre, por largo, de lo que habían hablado ya antes de irse él al Casino. ¡Estaban, los pobres, tan poco hechos a francachelas como las de Peleches por la mañana, y a esparcimientos tan singulares como los de la tarde!...

A la hora de costumbre se cerró la botica, y se recogieron los dos... El padre, después de rezar sus oraciones, se durmió como un bendito. El hijo no atrapó el sueño con tanta facilidad: le pesaba mucho la ropa, aunque era la puramente indispensable para cubrirse, y no cabía en la cama buscando posturas. Al fin, hecho un aspa, se quedó dormido.

Qué le pasó entonces por las regiones aletargadas del cerebro; qué revoltijo de ideas incongruentes y de bizarras imágenes le poseyeron, no se sabe a ciencia cierta; pero es cosa averiguada que a las altas horas de la noche, saliendo de repente de su batalla y poniendo las manos entrelazadas debajo del cogote, exclamó para sus adentros, en estado ya de perfecta lucidez:

—¡Carape! ¿Será verdad que yo soy bastante buen pintor de acuarelas, y que dibujo muy bien? Pues estoy a dos dedos de creerlo a puño cerrado. ¡Y mire usted que el mismo pintor que era mi maestro y me lo estaba afirmando cada día, se fue de España sin convencerme!...

¿De dónde vino aquella idea al cerebro de Leto? ¿cuál fue la inmediata a la parte de allá del límite puesto entre el estado lúcido y el de sopor?... Leto, dispuesto a averiguarlo, tiró del hilo de la sarta de todas ellas, y fue sacando del fondo tenebroso, una a una, imágenes borrosas que, al entrar en la zona de luz de su discurso, iban tomando formas y colores de realidad. Así aparecieron, en extraña procesión, Nieves, con su túnica pajiza en la penumbra del Casino, pidiéndole las acuarelas; su padre convidándose a ver el yacht y convidándole a él a comer en Peleches; Nieves, con mantilla, a la puerta de la Colegiata;

Nieves otra vez, vestida de blanco en su casa; las acuarelas, el saloncito de trabajo, el comedor, el balandro y el inglés en apoteosis; Cornias, un clavel rojo, unos dientes blanquísimos, el Flash virando por avante y escorando mucho; Nieves afrontando risueña lo que su padre tenía por peligro, con la boquita entreabierta, la mirada valiente, el entrecejo... (¡qué entrecejo aquél! un poco fruncido) y aspirando con avidez la brisa de la mar y el deleite del paseo...

—¡Cuidado si es templada la chica esa! —pensó Leto, empezando a discurrir en cuanto hubo pasado la última figura de la procesión—. ¡Y guapa!... ¡Carape si es guapa!... y modesta, y sencilla para lo guapa y principal que es... Otra en su pellejo ¡se daría un lustre!... Resulta que le gustan mucho los paseos marítimos, y que quiere darlos en mi balandro... ¡Buena ocasión para lucirle en lo que vale!... la única, si bien se mira. Por este lado, me alegro del antojo. Pero adquiero un compromiso que me ata; y no siempre está uno de igual humor... y luego, con este condenado genio mío que no se puede amoldar a ciertos perfiles... Y no es porque no se me ocurran las cosas, ¡quiá!... a mí se me ocurre todo, y hoy se ha visto: yo la he dado el brazo, y la mano; pero no está en eso la gracia, ¡qué carape! sino en hacerlo como es debido, y no como yo lo hago... con esta maldita desconfianza... Lo mismo que lo del clavel, que fue una burrada por más que se diga: pues si yo tengo un poco de serenidad y el desparpajo que otros tienen, no le tiro, ¡qué había de tirar?... En el balandro, menos mal, porque en cuanto cojo la caña, ya estoy borracho y no conozco a nadie; pero para llegar a ese punto hay que pasar por otros... Vamos, que, por este lado, no me hace maldita la gracia el antojo ese: palabra de honor... Y no pinta mal, ¡vaya!... bastante mejor de lo que ella cree... Digo, se me figura a mí... Porque tiene un aplomo para afirmar y una fuerza de convicción, que se imponen... Luego, no habla al aire y por hablar; y en pintura entiende. ¡Carape si entiende! Hay en ella sentimiento del arte, y gusto... ¡mucho gusto!... Cierto que aquí, en Villavieja, ¡está uno hecho a tan poco, a tan poco y de tan mediana calidad, y tan visto!... Pero no, señor, no: esa sevillanita, donde quiera que se la ponga, aquí o en Valladolid... ¡Carape!... No, no, lo que es el primito de allá, el original de la fotografía que estaba sobre el piano... porque según me dijo ella misma, aquel retrato es el de su primo, el hijo de doña Lucrecia, vestido de toga y con birrete... ya puede estar satisfecho si es verdad lo que se cuenta... Y lo será por las trazas. Es demasiado el mimo con que trata ella a la fotografía, para ser retrato de un primo cualquiera... Y la pinta del mexicanito es buena: harán una parejita... ¡vaya!... A mí lo que más me llama la atención en Nieves, es aquella serenidad tan firme con que mira y anda y se expresa... vamos, que todo es natural y sincero en ese diablo de chica; y luego aquel acento andaluz, aquel modo de llamar las cosas, con aquella voz tan bien timbrada... En fin, que el mexicanito... nació de pie... de pie... ¡Carape, carape... carape!... ¡Qué... cosas...

éstas... hombre!...

Y volvió a quedarse dormido como un tronco.

No por obra de ningún diablejo de aquellos que, en opinión de don Alejandro Bermúdez, se entretienen en llevar por los aires chismes y cuentos de oído en oído, levantando los tejados o colándose por los resquicios de las puertas, sino por una prosaica y vulgar coincidencia, se despertaba Nieves en su lecho en el mismo instante en que volvía a dormirse en el suyo el hijo del boticario de Villavieja. A Nieves la despertó una pesadilla. Soñaba que al fin su padre había consentido en que Leto metiera en el agua dos tablas de la cubierta del balandro. Para conseguirlo más fácilmente, Cornias había llenado de velas todo el palo, hasta el mismo grimpolón azul con la F blanca. No cabía más lienzo allí. De este modo, el yacht, henchido de viento hasta el tope, iba sobre las aguas verdosas como una flecha, pero escorando, escorando, escorando, hasta tener que agarrarse ella también a unas cuerdas. Ya se había sumergido el carel y estaba sumergiéndose la primera tabla, cuando una recalcada imprevista revolvió las aguas e hizo saltar un chorro de ellas hasta el fondo del pozo, mojándola los pies. Esta impresión ilusoria fue lo que la despertó sobresaltada.

—Pero está visto —se dijo al darse cuenta clara de que lo sucedido era un sueño—, que se puede hacer eso... se entiende, con un piloto como él... ¡Qué paseo tan delicioso el de esta tarde!

Y colocada ya a la claridad de este pensamiento, también tuvo antojo de sacar a plena luz toda la sarta de sus recuerdos adormecidos en la memoria; y tiró del hilo, y fue saliendo la correspondiente procesión. Por cierto que no parecía sino que estaba tirando del mismo hilo de que había tirado Leto poco antes, al ver cómo iban apareciendo en el desfile la mayor parte de las cosas y de los sucesos que acababan de desfilar por la cabeza del hijo del boticario.

Éste (don Adrián Pérez) rompía la marcha en la procesión de Nieves, describiendo en su estilo singular el carácter y las aficiones del hijo; después el hijo, en cuerpo y alma, vistiéndose acelerado la americana junto al billar del Casino, con su pelo alborotado, su cara ardorosa y sus inexplicables encogimientos; luego Leto, el mismo Leto, pintor de acuarelas; enseguida el propio hijo de don Adrián haciendo la apología de su barco; y Leto arrojando el clavel que ya no le servía a ella; y Leto describiéndola el barco sobre el terreno; y Leto gobernándole por la bahía... en fin, la misma procesión de Leto, vista desde opuesto lado y ocupando el hijo del boticario el lugar que en ella ocupaba la hija de don Alejandro Bermúdez, cuando la procesión desfilaba por la cabeza de Leto; solo que en el mirar de Nieves había de ordinario menos curiosidad que en el de Leto. Cuestión de temperamento, sin duda.

Como persona, simplemente, a Nieves le había parecido Leto «un excelente muchacho»: bondadosote, placentero y sencillo hasta dejarlo de sobra; como pintor de acuarelas, notabilísimo; dándole el brazo a ella para ir al comedor, un señorito de aldea; hablando de su barco, «otro hombre», y gobernándole... ¡allí era donde había que verle! Era raro, rarísimo, que un mozo que pintaba con la maestría que él, no lo diera la menor importancia, y hasta lo desconociera... Buena era la modestia, pero llevada a tal extremo, parecía sandez; y la sandez se compaginaba mal con el talento que era indispensable para pintar lo que él pintaba y decir lo que decía, por ejemplo, cuando hablaba de su amigo y de las valentías de su barco. Entonces, como pintando, era un artista completo, por su modo de ver, de sentir y de expresarlo. Hasta su aspecto era otro más gallardo y lucido que el del Leto que se vestía la americana en el Casino atropelladamente, o arrojaba al suelo el clavel que ella había tenido en la boca, por no atreverse a guardarle, no por menosprecio seguramente (¡qué inocente!... sería hasta capaz de creer que ella no lo había notado), o la daba el brazo, deslavazado y torpote, en la salita de su casa y en la escalera del muelle. Guapo era entonces también, eso sí, porque como guapo y buen mozo, lo era siempre; pero sin el desembarazo y la esbeltez varonil que le daban el olvido de sí propio y el calor y fortaleza de sus convicciones y entusiasmos. Por eso, donde más lucía era gobernando su yacht: le había llamado a ella varias veces la atención aquella tarde. ¡Qué actitudes tan hermosas tomaba en los momentos de mayor cuidado! Bien decía don Adrián que el balandro era la borrachera de su hijo... Como Nieves había tratado a muy pocos hombres y a esos pocos muy superficialmente, no se atrevía a asegurar si abundaban los que se componían de elementos tan incongruentes como los de Leto; pero abundaran o no, no podía dudar ella que Leto era un mozo muy raro... Por supuesto, que hablando de él con su padre, con el de Nieves, no le había comunicado todas estas observaciones, porque no le parecieran demasiado y la llamara reparona... De todas maneras, raro o no raro, guapo o feo, que esto la tenía a ella sin cuidado, Leto había sido una gran adquisición, porque era un estuche de cosas, cabalmente de las que más le gustaban a ella; y era preciso conservarle y sacar de él todo el partido posible... Era de creer que con la frecuencia del trato fuera él adquiriendo mayor confianza en sí mismo; y de este modo, lo que en aquellos momentos le parecería al pobre chico carga pesada tal vez, por razón de su cortedad, llegaría a resultarle lo contrario... Entonces, satisfecho él... gozosa ella... todos contentos y entretenidos... Rufita González... escribir a México... Leto mar afuera... Nachito con enaguas... ella huerita y pintando... ¿qué cosa?...

¿con quién?...

Se le enredaban y confundían las especies; y la procesión de antes, con nuevas visiones ensartadas en el hilo entre las otras, volvía a desfilar, pero a la inversa: de la zona de la luz, medio a oscuras ya, a las profundidades más sombrías del cerebro. Pasó el último fantasma al extinguirse el último destello de la luz; acabaron de cerrarse los párpados entreabiertos; cayó sobre la almohada el perfil de la linda cabeza, y se quedó Nieves dulce y profundamente dormida.

XIII. Las primeras semanas

Después de haberla temido tanto Nieves, le resultó hasta entretenida la tarea de pagar las visitas que debía entre las recibidas de los villavejanos en Peleches; porque, bien mirado el asunto, tenía su lado original y pintoresco; y ella, al fin y al cabo, era algo artista y muy observadora.

Sorprendió a Rufita González en enaguas y en pernetas, huyendo por el pasillo al conocer la voz de los que llamaban, después que su madre les había abierto la puerta. Tuvieron que esperarla un buen rato en la sala, que era pequeñita, como toda la casa desde el portal, y vieja, por supuesto, con puertas acuarteronadas, cerraduras y pestillos enormes, y vidrios muy chiquitines, donde los había. Se llenaba la salita, que no estaba sucia propiamente, con cinco sillas y un sofá de paja; una consola con su espejillo encima, dos floreros y el retrato de Nacho, de la misma edición que el que tenía Nieves; un veladorcito en el centro con tapete de crochet; seis litografías con marco enchapado de caoba, en las paredes, y tres felpudos de colores en el suelo. Nada de cielorraso. En Villavieja apenas se conocía ese lujo ni aun en las casas más pudientes: el maderaje descubierto, con un par de lechadas o dos manos de una tierra amarilla que abundaba en un covachón de la sierra.

La vivienda de las Escribanas era mucho mayor y hasta mucho más vieja. Se entraba por un portal oscuro, con gallinero y todos sus accesorios y consecuencias. La escalera tenía dos tramos solos: el primero y más corto, de asperón desgastado por el uso; el segundo, que descargaba en el piso, de tablones de encina, negros y revirados ya de puro viejos. La sala de recibir era ancha y larga, pero baja de techo, y éste embadurnado de amarillo. Tenía dos alcobas y un gabinete; las puertas, macizas también y de abultado herraje; y como allí «se daban» reuniones, abundaban las sillas más que en casa de Rufita González, y aun había algunas de tapicería de lana; las alfombras eran de fieltro; se contaban hasta cuatro rinconeras con baratijas del bazar de Periquet, y sobre la consola, amén de los clásicos floreros con fanal y un relojillo de bronce que no andaba años hacía, más baratijas valencianas y muchos caracoles y cascaritas de la playa. Debajo de la consola una guitarra, a cuyos sones, arrancados por las uñas de la

Escribana mayor o de dos «chicos» que alternaban con ella en las noches de reunión, se bailaba; mucho lazo de colores y sendas tiras moldeadas, de latón amarillo, en los cortinajes de las alcobas; las historias, en litografías iluminadas, de Moisés y de Ricardo en Palestina, con marcos revestidos de papel dorado; los indispensables tapetes de gancho en los veladores del gabinete y de la sala, y hasta tres escupideras de caoba, con serrín sobre papel blanco, distribuidas en ambas piezas. Bastante aseo en todo lo que estaba a la vista, y mucho ruido adentro, como de metralla de vasar y cánticos en falsete arriba, y abajo el incesante cacarear del averío.

La morada de don Eusebio Codillo: en la Plaza Mayor, con el retrato del monarca reinante (porque era él, Codillo, del ayuntamiento) en el testero de la sala, grande, vieja y sin cielorraso también, con muchas sillas, dos sofás, dos consolas, cuatro floreros, seis alfombritas, casi, casi de verdad, y mucho monigote valenciano por todas partes; un pianejo resobado, punto más que clavicordio, a juzgar por su vitola humilde y anticuada; guirnaldas y ramilletes de flores contrahechas en paredes, mesas y veladores... y mucho gato, vivo y efectivo, de todos pelos y tamaños, entrando y saliendo paso a paso, con el rabo en alto y muy derecho, enratonados unos, zalamerillos otros, y todos muy sobones y entrometidos.

Y así por este orden, alojadas todas las familias de igual pelaje, gato, perro, lorito, velador o colgajo más o menos.

En otra jerarquía más elevada, los Vélez en su caserón de alta y ennegrecida fachada, llena de escudos mohosos y de balconajes oxidados, empotrada y reventándose entre otras dos que, por lo humildes y despatarradas, parecían estar sosteniéndola por obra caritativa; el portal, enorme, oscuro, lóbrego y con el suelo de adobes; la escalera, ancha, de zancas trémulas y peldaños jibosos; luego el vestíbulo, tan grande y tan sombrío como el portal, con gran banco de madera con escudo de armas tallado en el espaldar, arrimado a la pared debajo de un tapiz descolorido ya y hecho jirones; después el estrado, como cuatro vestíbulos de grande, con su tillo de anchas, abarquilladas y viejísimas tablas de castaño; su techo de viguetería descubierta, de la misma madera y del propio color que el suelo; sus claros abiertos a la fachada, como tragaluces de mazmorra, por lo bajos y lo espesos; sus sillones de alto copete, penetrados de la polilla; sus cornucopias desazogadas; sus alfombras raídas; sus retratos de familia pintados en lienzo, y su Ecce-Homo en cobre, borrosos y mordidos por la sarna de los tiempos; sus damascos lacios y descoloridos; sus dos consolas con columnitas de basa y capitel de metal dorado, sosteniendo los sempiternos candelabros de malaquita y bronce; y en fin, su péndulo asmático, de carillón que ya no funcionaba; y el estrado y el vestíbulo y la escalera y cuanto podían distinguir los ojos del profano visitante, todo a media luz, y limpio y reluciente y silencioso, inmóvil, frío y con el vaho de las criptas, como si allí no hubiera hogar ni se viviera.

Al revés de la otra casa, el alcázar de la otra dinastía de Villavieja: la mansión de los Carreños, la menos vieja de todas las de la villa, con su poco de color en la fachada, vidrieras de a cuatro cristales, un jardinillo en la trasera, suelos firmes y a nivel y techos de cielorraso; la chimenea ahumando casi siempre; mucho ruido de sartén y mucho tufo de cocina; mucho barullo en todo, y para todo poco aseo; los muebles casi amontonados en la sala; los colores crudos y chillones; mucha jaula con pájaros de mucha voz y grande y sucio comedero, como el mirlo y el malvís entre otros; palomar en la buhardilla y mastín suelto en el portal; en fin, dinastía sin abolengo, plebeya, encumbrada por la fuerza del dinero y de la intriga en tiempos no lejanos.

Algunas familias de las visitadas, las que habían subido a Peleches a ofrecer de todo corazón sus respetos a los señores, los agasajaron en la visita con vinos dulces, bizcochetas y rosquillas, como era costumbre allí; y si no la siguieron las Escribanas y otras gentes tales en idéntica ocasión, fue porque no se les había hecho a ellas el mismo agasajo en Peleches. Puntillos de etiqueta entre iguales. Por supuesto que las Escribanas la armaron también aquel día. A media visita, la mayor de las tres, que, como se recordará, estaba algo picada por haber visto a Leto, tan desabrido con ella, despepitarse con Nieves, y además sabía lo del paseo marítimo y otra porción de cosas, ciertas o soñadas, y era de suyo tan vehemente, cogiendo la ocasión por los cabellos, ¡zas! allá va una catilinaria sobre la falta de educación de «ciertos villavejanos que tenían en poco a las Santas del lugar, y luego se desvivían por adorar al primer zancarrón que les traían de la Meca». Las otras Escribanas, conociendo adonde iba el golpe, trataron de desviar la puntería con unas chanzonetas a su modo; pero la Escribana mayor no estaba jamás para bromas de sus hermanas, y en aquella ocasión menos que nunca. Largó, pues, el saetazo de protesta; respondieron las otras con las respectivas puñaladas; comenzó a reír la madre sin ton ni son; entrole miedo a Nieves; miró a su padre que la comprendió enseguida; despidiéronse con la mayor prudencia posible, y sin saber, afortunadamente, de qué se trataba, salieron de la visita, oyendo desde el portal —no obstante la batahola de aletazos y cacareos del averío al dispersarse temeroso—, la que quedaba armada arriba entre las cuatro mujeres.

También Rufita González echó sus garbancitos fuera de la olla, disparándose sobre el tema de su «primo carnal» al enseñar a los de Peleches el gabinete que se le había dispuesto «en aquella pobreza», por si tenía a bien aceptarle cuando viniera, con el cariño con que había de serle ofrecido. De aquí pasó de un salto a los rumores públicos, a las bromas que a ella la daban amigos y conocidos, y a lo equivocados que andaban unos y otros en el supuesto. Fue largo el disparo y terminó de este modo:

—Lo que yo les digo: eso a los comparientes de Peleches, si acaso. Allí hay hermosura y elegancia y trigo por largo, ija, ja, ja!... para tentar las codicias y los buenos gustos de un joven tan distinguido y tan hermoso como mi querido primo carnal... ¡Ja, ja, ja, jaaá!...

La canción aquella, por repetida y chabacana, puso colorada a Nieves y supo a rejalgar a su padre.

—¿Pero has notado qué tema el de esa chica? —díjole aquélla en cuanto pisaron los dos el suelo de la calle—. ¿Por qué le tiene?

—Porque es una tarasca —respondió Bermúdez—, que se alampa por novio y quiere que le cuelguen ése.

—Y lo que supone de él... y de mí, ¿de dónde sale y por qué lo dice ella?

—Esas cosas se suponen siempre por el público entre primos como vosotros, o las dan por supuestas y se las espetan a los interesados, con distintos fines, marimachos imprudentes como Rufita González.

Durante estas tareas, los de Peleches, antes de subir a casa, tomaban un respiro en la botica y echaban un párrafo con los boticarios sobre las gentes y las cosas recién vistas y pasadas.

—Enséñeme usted más acuarelas —decía a lo mejor Nieves a Leto—, o más dibujos.

Y Leto la complacía de muy buena gana; y con motivo de los dibujos o de las pinturas, otro párrafo mano a mano entre la sevillanita y el mozo farmacéutico, párrafo que a éste le sabía a gloria.

—Tiene usted que enseñarme —le dijo ella en una de estas ocasiones—, a pintar estas manchas de árboles. A mí no me salen más que emplastos, que lo mismo pueden ser peñascales que arboledas o que nubes de granizo... Suba usted esta tarde, si no tiene mucho que hacer...

Y subió Leto por la tarde. Otro día le dijo en la botica:

—He echado a perder aquello que dejó usted empezado para que yo lo continuara. Suba usted esta tarde para enmendarlo, si es que tiene enmienda.

Y subió Leto también.

En éstas y otras, se acabaron las visitas, y los señores de Peleches proclamaron la independencia del solar, con todos sus habitantes, usos y buenas costumbres.

Por remate del acto dijo el padre a la hija:

—Hemos cumplido nuestro deber, no solo como honrados, sino como héroes. Ahora, hija mía, buen corazón para todos y buena cara donde quiera que nos encontremos con ellos; pero nada más y como si no hubiera habitantes en Villavieja. Si ladran, que ladren; si muerden, que muerdan. ¡Viva la libertad con orden! como se gritaba en cierta ocasión, y a vivir a nuestro regaladísimo gusto, ¡canástoles! que para eso hemos venido aquí.

Desde aquel acuerdo solemne entró la vida de los Bermúdez en los ordenados términos de los planes traídos de Sevilla en embrión. Puestos así en tela de juicio en Peleches, don Claudio Fuertes trazó las líneas generales del extenso programa, y el hijo del boticario, que fue llamado a aquel respetable consejo como elemento indispensable de acción y de inteligencia, completó la obra acomodándola en todo, por todo y para todo, a los deseos y a los gustos de Nieves.

Los días eran largos, el tiempo estaba a placer y Nieves en sus glorias madrugando mucho y acostándose tarde. Había, pues, tela abundante en qué cortar, y el buen humor, la salud y los recursos daban para todo: para el campo y para la mar; para lo de puertas afuera y para lo de puertas adentro; para la vida activa a la intemperie, y para la del arte y la de familia a la sombra de los viejos paredones de Peleches...

Con su tartana y sus rocines de alquiler, hizo un gran agosto en aquel mes de julio Patafullera, un mesonero cojo de la villa, que vivía de esas y otras industrias más o menos honradas. A estas expediciones en tartana, por el camino real unas veces, y las más de ellas a campo travieso, vega arriba, con el pretexto de haber feria en Rudaces, o mercado en Soletos, o romería en Campillos, concurría muy gustoso don Adrián.

Pero las excursiones que prefería Nieves eran las que hacía a pie con su padre, Leto y don Claudio, muy de mañana o a la caída de la tarde, trepando de breña en breña, de altura en altura, para admirar nuevos panoramas o descubrir más vastos horizontes; o descendiendo a las hondas y sombrías cañadas para acopiar el musgo aterciopelado y el finísimo helecho que andaban allí tirados por los suelos, y no había modo de que los produjera el de su tierra natal, con ser la «de María Santísima». Mucho le gustaban también estas expediciones a don Alejandro, pero no podía siempre con ellas; y en tales casos iba sola Nieves con sus amigos, que no se cansaban nunca y eran bien de fiar. A Bermúdez no le importaba un rábano tragarse delante de don Claudio Fuertes cuantas bravatas había echado por la boca en cierta ocasión, a trueque de ver a su hija satisfecha.

Con estas recreaciones se entreveraban de vez en cuando las de paseo y pesca en el yacht; en las cuales, excusado es decirlo, no tomaba parte, ni de lejos, el de los llanos de Astorga; y aun el mismo Bermúdez la tomaba de muy mala gana; tanto, que un día declaró a Nieves que no podía más con aquello.

—No me mareo precisamente —la dijo—, y hasta creo que pescar es cosa divertida, y que dentro de la bahía no hay peligro ninguno en el balandro; pero no me siento bien allí, ni... vamos, ni con toda la tranquilidad que se necesita para que el placer resulte...

—¡Ay, papá! —exclamó Nieves con la más honda pena—. ¡Y a mí que me gusta tanto!

—Pues, hija mía, buen provecho —repuso don Alejandro—: mi gusto no perjudica al tuyo.

—¡Cómo que no?

—Como que no. Yo me quedo, y tú te vas...

—Pero ¿estará bien eso, papá?

—Y ¿por qué no ha de estarlo, canástoles? Leto y Cornias bien de fiar son en todos sentidos. ¿No te parece?

—A mí, sí... Pero pudiera chocar...

—Pues, hombre, ¡estaría bien que hubiéramos venido a Peleches para eso! ¡Bah, bah, bah! Y, por último, ¿no vas por tierra, sin que choque, con Leto y con don Claudio? Pues vas embarcada con Leto y Cornias; y pata.

La cuenta no fallaba así; y ateniéndose a ella, fue Nieves en el balandro más de una vez sin que la acompañara su padre.

Este género de vida duró dos semanas bien cumplidas; y al fin de ese tiempo cayeron la hija y el padre en que si ellos no habían venido de Sevilla con otro fin que divertirse, don Claudio Fuertes y el hijo del boticario estaban en muy distinto caso. Si no el primero, el segundo, con toda seguridad, tendría obligaciones desatendidas; y no había que ser egoísta en los placeres. Bien que se contara siempre con los amigos; pero no para todo y a todas horas hasta mortificarlos. En virtud de estas reflexiones, se suspendieron por unos días los paseos campestres y los marítimos; cesaron también las sesiones de dibujo y de pintura que solían tener los dos jóvenes para desarrollar apuntes del natural, tomados por Nieves bajo la dirección de Leto en sus excursiones por mar y por tierra, y únicamente quedó como estaba la tertulia del anochecer, a la cual concurría también el viejo boticario.

A propósito de estas tertulias. En una de ellas, estando Leto de codos al balcón del saloncillo, mientras Nieves tocaba adentro una melodía de Schubert, se dejó llevar distraído de la impresión que le causaba siempre la buena música, y particularmente la que le era conocida, y acabó por seguir a media voz el canto de la melodía. Oyole Nieves, empeñose en que la voz era excelente; y de tal manera se empeñó y con tal arte se compuso y con tales esfuerzos la ayudaron en su deseo su padre y don Claudio Fuertes, que Leto cantó la melodía en el saloncillo acompañándole ella al piano.

Se apunta este dato como una de las más visibles pruebas de que no andaban muy acertados los señores de Peleches en el supuesto de que a Leto le mortificaba aquella vida en que le traían metido. Por el balcón abajo se hubiera tirado él dos semanas antes, primero que cantar delante de alma nacida lo que acababa de cantar en presencia de unas personas tan respetables como aquéllas. ¡Si estaría domesticado y le parecería el yugo blando y llevadero!

Hasta los mismos señores de Peleches, mal acostumbrados a la compañía continua de los amigos, se hallaron desorientados sin ella. Sustituyeron las largas excursiones con paseos racionales; y aun para éstos, por quererlos dar su hija muy de mañana, se halló perezoso el padre. Endosó a Catana el cargo de acompañar a «la niña» a aquellas horas; pero la rondeña, tras de ser muy mala andadora, gruñía más que andaba al lado de Nieves; y prefiriendo ésta ir sola a tan mal acompañada, redújose a dar así, es decir, sola, unas vueltas alrededor de la casa y por la Glorieta... hasta que poco a poco, hoy por este herbacho, mañana por aquella flor, otro día por el detalle de más allá, fue alargando el radio de sus paseos. Y como le dijo su padre entonces:

—O se está o no se está en el campo; o hay o no hay libertad omnímoda en él; y por último, por aquí no andan perros ni ganados ni cosa alguna que temer, porque no es camino para ninguna parte del mundo.

Y así aprendió Nieves a andar sola por aquellas alturas, y a alargar los paseos, tan descuidada y contenta, hasta cerca del pinar, por una parte, y hasta el Miradorio y aun hasta el muelle por otra, con la sombrilla al hombro y el libro o los avíos de dibujar en la mano, durante las primeras horas de la mañana.

No hay que decir lo que, por ley fisiológica, habían influido en el carácter de Leto las nuevas costumbres. No pasaba todavía el hijo del boticario de ser un tertuliano satisfecho y un amigo diligente y afectuoso de los señores de Bermúdez, para andar con ellos por los caminos trillados en que se le ponía para que anduviera; pero esto solo, que en absoluto parece tan poca cosa, en un hombre como él acusaba unas modificaciones internas de mucha hondura. Y no había más que verle para convencerse de ello: ya era otro hombre; vestía con más esmero que antes; miraba con más firmeza; andaba mejor; hablaba menos, pero más al caso... en fin, no era ya el muchachón aturdido y abandonado a sus rarezas, sino el mozo discreto y convencido de algo, con su poco de carácter y su sello de legítima personalidad. Todo esto le mejoraba y embellecía indudablemente, por lo que el viejo boticario no se cansaba de mirarle ni cesaba de sorprenderse.

–Verdaderamente, Leto –le dijo en una ocasión–, que lo tenía yo pronosticado... porque, aunque no he visto mucho, los años, ¡caray! son grandes maestros y enseñan de todo... eso es. Yo bien sabía que quien lo tiene es quien ha de darlo, ¡caray! y no otro alguno, sí, señor... Tú te empeñabas en que no había nada dentro de ti; yo en que sí lo había... como está la chispa en la piedra... justamente, eso es, como la chispa en la piedra: lo que faltaba era el eslabón de acero, el eslabón, ¡caray! que diera el golpe... Pues ya pareció el eslabón... se dio el golpe... sí, señor, sobre la piedra... eso es... y saltó la chispa... Porque la había, ¡caray! porque la piedra era de darlas... y yo me salí con mi empeño... La vida que aquí traías, no era mala verdaderamente, porque tú eres bueno por naturaleza; pero tampoco era envidiable, eso es, ni la más al caso para que un mozo de tus prendas las hiciera fructificar en lo que valen... Vinieron esos señores... nos honraron con su trato... eran, por suerte, el eslabón... la piedra chocó con él... y saltó la chispa, Leto... la que tú tenías allá... eso es. Ya eres otro; ya estás donde yo quería y esperaba verte... no tan pronto, es verdad, y esto es lo que me sorprende y maravilla; pero, al fin, estás... estás, eso es; y puesto que estás, procura no perder lo adquirido; guárdalo, ¡caray! como un tesoro que es tuyo legítimamente, descubierto en tu propio terreno... Mañana o el otro, esos señores se irán por donde han venido, y sería una triste gracia, Leto, que en cuanto se quitara el puntal se nos viniera la casa abajo... No, señor, ¡caray! no, señor. Los buenos hábitos que has adquirido y vas adquiriendo, debes conservarlos siempre... eso es; porque esos hábitos, según vayas entrando en la vida, te irán conquistando estimación y respeto. Por eso mismo representan un capital grandísimo, ¡caray! ¿Quién sabe, hijo mío, quién sabe cómo andarán las cosas del mundo en adelante, al paso que hoy vamos, y de dónde soplarán los vientos? Y en estas dudas, bien fundadas, Leto, bien fundadas... eso es... tener un rumbo bien marcado, una voluntad bien firme y un juicio como Dios manda, es estar fondeado en el puerto en medio de un temporal... Vive, vive agradecido a esos señores que tanto nos favorecen; cultiva su trato y sírvelos sin llegar a cansarlos ni a molestarlos en tanto así... ¡caray!... eso es; aprovecha sus lecciones, y vete, vete preparando debidamente la casa para cuando se vea sin puntal. Eso es...

No se sonrió Leto en aquella ocasión como en otras idénticas oyendo las especiales homilías de su padre, acaso porque estaba distraído en otras meditaciones, o quizá porque abundaba en las mismas ideas del predicador... Lo mejor fue para todos que, rebosándole al hijo de don Adrián los deseos de que estaba henchido, y siendo bien notorios también los de don Claudio, depusieron sus escrúpulos los Bermúdez, y volvió a restablecerse en Peleches la vida aventurera y divertida de las primeras semanas.

XIV. Crónica de un día

Era de los últimos de julio, por más señas, y se había acordado comer en el pinar, en un sitio de mucha sombra, suelo alfombrado de oloroso y tupido césped, con fuente fresca y abundante, y, a muy corta distancia de ella, unos detalles muy pintorescos de rocas, jaramagos y troncos viejos que Nieves no había visto nunca y le había ponderado mucho Leto. Éste tenía varios apuntes de ello en su cartera, y se trataba de que Nieves tomara otros a su gusto. Con ese fin por pretexto, se dispuso la partida; y muy tempranito salieron de Peleches los cuatro expedicionarios: don Alejandro y su administrador, armados de sendas escopetas para tirar a las tórtolas que se les metieran por los cañones, y Nieves y Leto con los avíos de dibujar. Nieves, como casi siempre que iba de campo o a la mar, llevaba el pelo recogido en una sola trenza caída sobre la espalda, con un gran lazo en el extremo inferior; un sombrero de paja de anchas alas y cinta del color del lazo del pelo; un vestido liso y muy claro, guantes de seda, botinas de recia suela y sombrilla de largo palo. Leto, que no tenía mucho en qué escoger, vestía un terno de dril ceniciento, recién planchado; y con esto y unos borceguíes de becerro en blanco, un hongo claro y una corbatita de lunares bajo un cuello a la marinera, componía bastante bien al lado de la esbelta sevillanita. Llevaba en una mano la cartera de Nieves, y en la otra la tijerilla desarmada, de Nieves también. Él no necesitaba esos utensilios para sus trabajos de campo. Se construía el asiento con lo que hallaba a sus alcances, lo mismo una piedra que un tronco... o el santo suelo en último caso. Caminando los dos muy delante de los otros y a la mitad del recuesto para subir al pinar, se detuvo Nieves de pronto, se volvió rápida hacia atrás, paseó la mirada serena y honda por todo lo que se descubría desde allí, incluso el palación de Peleches que descollaba en lo más alto, y preguntó en crudo a su acompañante, que también se había detenido y miraba cuanto miraba ella, y además y muy particularmente, el modo tan suyo que tenía de mirar:

—¿Qué es lo primero que usted siente en cuanto sale al campo, en un día como el de hoy, espléndido de luz, sin calor que sofoque ni viento que moleste, ni ruido de gente que te distraiga, y en que todo lo que se ve, el suelo, el árbol, la mata, el arroyo, hasta la peña desnuda, trasciende a una misma cosa... como a tomillo y mejorana, o algo así?

Muchas cosas sentía Leto en tales ocasiones; y por ser tantas y no atreverse a citar una sola y de repente, por miedo a que resultara una tontería, respondió a Nieves, después de pensarlo un poco.

—Y usted que me hace esa pregunta, ¿qué es lo que siente, si se puede saber?

—¡Yo lo creo que se puede saber! —respondió Nieves, volviéndose hacia el pinar y continuando la interrumpida ascensión—. Mire usted: lo primero que yo siento es un poco de envidia a los pintores, a los poetas y a los músicos buenos; porque ¡me entran unos deseos tan fortísimos de pintar, de describir y hasta de poner en música lo que voy viendo y oyendo! Para eso quisiera ser el mejor pintor y el mejor poeta y el mejor músico del mundo. ¿Le parece a usted mucho lo que envidio?

Leto se echó a reír; y como halló muy disculpables los deseos de Nieves, así se lo declaró, añadiéndola que a él le pasaba dos cuartos de lo mismo.

Un poco más adelante volvió a hablar la sevillanita, para decir a Leto, también en crudo, pero sin detenerse:

—Es una compasión que no sea usted tan aficionado a pintar al óleo como a la aguada.

—Ya le he dicho a usted en otra ocasión —respondió Leto—, que eso consiste en mi falta de paciencia: todo tiempo, por corto que sea, desde que concibo algo hasta que lo ejecuto, me parece una eternidad. No me entretiene, como a otros, el proceso de la obra puramente mecánica: por eso prefiero el lápiz a la misma acuarela: aunque sin el realce del color, me da primero que ella la expresión del pensamiento o la imagen del natural.

—Es raro eso.

—Sí, señora; y por lo mismo la ruego a usted que lo tome como confesión de un pecado feo, y no como alarde de un modo de ver digno de imitarse... Ahora —añadió cambiando de tono y de rumbo—, para llegar primero donde vamos, echemos por este senderito de la derecha... También es un poco raro, ¿no es verdad? que en la propia hacienda de ustedes tenga yo que servirlos de guía... porque el señor don Alejandro no hace más que seguirnos los pasos... ¿ve usted?... y don Claudio Fuertes lo mismo... ¡Si lo tuvieran todo tan trillado con los pies como lo tengo yo!...

Otro ratito de andar en silencio, y otra pregunta en seco de Nieves:

—¿Conoce usted a Rufita González?

—¡Quién no la conoce en Villavieja? —contestó Leto.

—¡Qué bachillera, eh?

De buena gana hubiera confirmado Leto esta opinión con un ejemplo que se le vino a la punta de la lengua; pero considerando que podría mortificar con él a Nieves, si no mentían ciertos rumores y otras determinadas señales, se limitó a decir, marcando mucho el acento admirativo:

—¡Muy bachillera!...

—Siempre que habla conmigo —añadió Nieves—, quiere darme a entender que nuestro primo Nacho desea casarse con ella.

—¡Carape! —exclamó Leto para sus adentros—; pues ese era mi caso, y ahora resulta que le importa a ella menos que a mí. Y en voz alta dijo—: Eso precisamente es lo que más la califica.

—Y ¿por qué no ha de ser cierto lo que afirma? —preguntole Nieves vuelta un poquito hacia él y enviándole las palabras bajo los fuegos de una mirada firme y serena.

—Porque no puede ser —respondió Leto con su correspondiente serenidad—; porque no hay razón para que lo sea; y, en cambio, hay una de mucho peso para que resulte mentira.

Nieves no mostró el menor deseo de conocer aquella razón, y así quedó el asunto. Un poquito más allá, preguntó a Leto:

—Y a las Escribanas, ¿las conoce usted?

Con esta pregunta se quedó Leto bastante atarugado y algo encendido de mejillas: ¡le había dado tantas bromas el fiscal con la Escribana mayor! Pero se rehízo enseguida, y contestó a Nieves:

—Otras bachilleras por el estilo.

No coló el disimulo; porque Nieves, aunque no le miraba de frente, le pescó el fogonazo en la cara y la sacudida que le había precedido.

—No lo decía por tanto —repuso a buena cuenta y por si había dado en blando la pregunta.

Un poco más adelante y bastante adentro ya del pinar, seguidos a corta distancia de los dos señores mayores, que se despistojaban mirando acá y allá por si se rebullía alguna tórtola en las inmediaciones del sendero:

—¿Llegaremos pronto al sitio ese?

—Antes de diez minutos —respondió Leto—. Ya estamos casi en la explanadita en que hemos de comer; a poco más de veinte varas a la derecha está lo que buscamos.

—Por supuesto, que traerá usted los dibujos de ello, que le encargué anoche.

—Como lo prometí —respondió Leto señalando uno de los bolsillos de su americana.

—¿Quiere usted enseñármelos? —le preguntó Nieves.

—¿Ahora mismo?...

—Ahora mismo —respondió la sevillana con un mirar que no admitía réplica. Pasó Leto la tijerilla a la mano izquierda después de haber colocado debajo del mismo brazo la cartera, o más bien, cartapacio de Nieves, y sacó del bolsillo derecho su álbum de apuntes... Pero en el momento de entregársele a Nieves, se aturugó más que la otra vez, y se puso, no rojo como entonces, sino pálido...

¡Carape! ¡buena la había hecho! ¡Pícara memoria y pícaros aceleramientos los suyos! No tuvo otra cosa en la cabeza toda la noche, y al fin se le olvidó hacerlo al echarse el álbum en el bolsillo, deprisa y corriendo; porque ya se iba sin él...

¡Carape!... Y que ya no había enmienda posible.

Pensando así, entregó el álbum a Nieves, con la forzada abnegación con que se entrega un criminal a la Guardia civil.

—Hágame usted el obsequio de abrirle —la dijo—, porque yo no tengo más que una mano desocupada... Esta es la tapa de arriba... Así... Yo le diré en qué hojas están esos dibujos.

—Es que pienso verlos todos —le advirtió Nieves abriendo el álbum como Leto quería.

Y es claro, en cuanto quedaron sueltos los broches, el álbum se abrió solito por las páginas entre las cuales estaba el contrabando que pensaba Leto escamotear al ir pasando las hojas con la mano libre.

La palidez del pobre mozo se trocó en carmín subidísimo. Nieves le miró entonces con una sonrisilla muy picante.

—Perdone usted —le dijo al mismo tiempo—, si esto tiene algún valor especial... Yo no lo sabía.

—¡Qué ha de tener! —exclamó Leto, sin saber lo que se decía—. Eso es un clavel...

—Ya lo veo —interrumpió Nieves, como si no se enterara de la turbación del otro—; y rojo... y doble.

—Sí, señora: doble y rojo —repitió Leto—. Un clavel doble y rojo que yo tenía en la boca en cierta ocasión, mientras dibujaba... ¿Está usted? Pues bueno: estando así, se le partió el rabillo y se me cayó al suelo; y entonces yo... maquinalmente, le cogí... y, maquinalmente, le guardé donde usted le ve; y ahí se ha quedado hasta hoy...

—Muy bien hecho, Leto —dijo Nieves volviendo a mirarle con la misma sonrisita maliciosa—. Eso es lo que debe hacerse siempre con los claveles que se caen de la boca... y no lo que se hizo con uno que yo recuerdo... Rojo era también y doble, si no me engaña la memoria... y en el suelo se quedó el infeliz... Verdad que no valía la pena de ser guardado, porque la boca de que se había caído era la mía.

Leto, al sentir esta estocada, se estremeció de pies a cabeza y se puso de veinticinco colores; y Nieves, al verle así, soltó la risa con toda su alma.

—Suyo o ajeno el clavel —le dijo enseguida—, el encontrármele yo aquí ha sido causa de un mal rato para usted. ¡Cuánto lo siento! Volvamos la hoja, si le parece, y veamos los dibujos.

¡Qué dibujos ni qué carape! ¡Bueno estaba Leto ya para entender en cosa alguna sino en el asunto del clavel que se le había caído a ella de la boca! Por las señales, no solamente había notado Nieves el suceso que tanto le había preocupado a él, sino que le había parecido muy mal, claro: como tenía que parecerle; como que había sido la mayor gansada que podía cometer un hombre acompañando a una señorita. La casualidad le brindaba una ocasión de acreditar que la falta cometida se había reparado en lo posible... Pues ¡carape! aprovechar esa ocasión sin pérdida de momento... Que este recelo, que el otro, que si podría tomarse la aclaración así o del otro modo, por este lado o por el de más allá... Que se tomara, ¡carape! que

151

se tomara, aunque fuera por el extremo más absurdo: cualquier cosa menos pasar plaza de rocín en el concepto de una mujer como aquella... ¡Cuidado si tenía picante la alusión que le había hecho!...

Enardecido con el fuego de todas estas reflexiones que le pasaron en un instante por el magín, respondió con gran energía a lo dicho por la sevillana:

—No hay dibujo que valga, Nieves, mientras no quede orillado el punto del clavel que se le cayó a usted de la boca... Hablemos de eso un instante.

Nieves se sorprendió un poco con el arranque de Leto, y le preguntó muy seria:

—¿Pero usted sabe a qué clavel me refería yo... en chanza?

—Sí, señora —respondió Leto impávido y resuelto a todo—: al que se le cayó a usted en el Miradorio, y recogí yo del suelo... para volver a arrojarle; en una palabra... a ese mismo clavel que está usted viendo.

Entonces fue Nieves quien se inmutó, y no poco; pero se repuso al instante, y dijo a Leto en el mismo son de broma que antes y cerrando el álbum:

—Pero, hombre, ¿cómo puede ser eso, si el clavel quedó allí y nosotros continuamos andando?...

—Es verdad —respondió Leto sin perder una chispa de su ardimiento—; pero volví yo por él en cuanto me despedí de ustedes en la botica, después del paseo.

Nieves no dijo una palabra, ni mostró señal alguna por donde pudiera notársele la impresión causada en ella por la noticia: con el álbum cerrado, pero sin abrochar, en la mano izquierda, continuaba andando y mirando serenamente hacia adelante. Leto, después de una breve pausa, prosiguió:

—Yo no soy hombre de perfiles galantes; pero a mi manera, sé distinguir de colores; y por saberlo, tan pronto como tiré el clavel conocí que no debía de haberle tirado de aquel modo... ni de otro, por si usted lo había notado... y aunque no lo notara: siempre era una cosa muy mal hecha... El caso es que toda la tarde estuve preocupado con ello... porque, créalo usted, Nieves: un hombre, por despreocupado y modesto que sea, se resigna a pasar por bandolero antes que por ridículo delante de una mujer; y con esta preocupación, en cuanto pude, volví por el clavel: encontrele, y le guardé donde usted le ha hallado ahora, sin otro fin que reparar mi falta en lo posible y tener siempre conmigo la prueba de ello. Yo no soñé con que usted llegara a verla jamás; pero esta mañana, al coger deprisa el álbum, me olvidé de sacar de él el contrabando, como lo tenía pensado desde anoche; y le juro a usted a fe de hombre honrado, que no eché de ver el olvido hasta que fui a entregarle a usted el libro hace un momento. Me dolió un poco la alusión hecha a la inconveniencia mía, y sobre todo el averiguar que usted la había notado; y entre quedar con el sambenito encima, y el riesgo de que volviera usted a reírse de mí declarándole la verdad, opté por esto, que resulta menos desairado que lo otro... a mi manera de ver.

—Y ¿por qué había de reírme? —observó Nieves apartando con la contera de su sombrilla cerrada algunas pedrezuelas del suelo que no estorbaban a nadie.

—Por lo que pudiera hallar usted de... inocentada en el caso, es un suponer —respondió Leto con entera sinceridad; y enseguida añadió—: de todas maneras, ahí está el clavel. Si a usted le pesa o le parece mal que le haya recogido yo, con volver a tirarle en cuanto usted me lo ordene...

—Y ¿por qué ha de pesarme tal cosa, ni he de darle a usted una orden semejante? —exclamó la sevillanita abriendo otra vez el álbum por donde estaba el clavel—. ¡Pobrecillo! —añadió contemplándole—. ¡Volver a arrojarle al suelo después de haber vivido tantos días en este alcázar del Arte!... Además, usted se le ha ganado en buena ley... Conque déjele donde está, si no le estorba, y vamos a ver los dibujos...

Leto, felicitándose por salir tan fácilmente del atolladero en que se había visto, se arrimó más a Nieves; la cual le entregó el clavel aplastado y marchito, para que no se cayera del álbum mientras le hojeaban.

Hojeándole y andando, llegaron al sitio apetecido; y por llegar a él, después de ponderarle mucho Nieves, dijo a Leto:

—Yo no quiero dibujar.

—¡Que no? —exclamó Leto asombrado—. ¿Y por qué?

—Porque después de ver lo que he visto en el álbum de usted, se me caería el lápiz de la mano. Dibuje usted solo algo nuevo de aquí, pero en mi block... digo, si no abuso...

No hubo modo de reducirla a que dibujara, aunque se unieron a las excitaciones de Leto, las de su padre que había llegado ya con su amigo, cansados de husmear tórtolas en balde.

—Y ¿en qué vas a entretenerte? —la preguntó al fin don Alejandro.

—Por de pronto, en coger florecillas y helechos, que abundan entre estas peñas sombrías. ¡Verás qué guirnaldas y qué ramilletes tan lindos voy a hacer!...

—Vamos, tu manía. A veces vuelves a casa hecha una varita de san José. Corriente. Ya tienes tu ramo de helechos y manzanilla atravesado en el pecho, como la banda de una gran cruz, y tu manojito en el pelo, y tu ramillete en la mano. ¿Y después?

—Después, y también antes, de rato en rato, veré lo que va dibujando Leto, y cómo cazan ustedes... hasta que llegue la comida, que de seguro llegará mucho antes de que pueda yo empezar a aburrirme.

Y así sucedió al cabo, para que se cumplieran las profecías de Nieves, y una más, hecha la víspera por don Claudio Fuertes a propósito de las comidas en el campo, a usanza pastoril. Estas comidas en el santo suelo, con música de pajarillos y aromas silvestres, eran, en opinión del comandante, de lo más hermoso... pintadas en un papel; pero gozadas al natural, resultaban un suplicio. Todos convinieron con el preopinante, mientras buscaban posturas insufribles para llevarse a la boca las viandas en salsa tibia, o el pan con tábanos, o el fiambre con correderas. Pero había que hacerse a todo para saber de todo. Por último, o se estaba en el campo o no se estaba.

Ello fue que antes de las dos de la tarde, los de Peleches saboreaban con delicia la frescura de la sombra de los hidalgos paredones; y el comandante Fuertes y el hijo del boticario bajaban por la Costanilla en busca de las respectivas madrigueras.

Media hora después hallábase Nieves en el saloncillo del nordeste, contemplando y admirando los dibujos hechos por Leto en el pinar, y confundiendo en sus mientes con esta admiración al talento de su amigo, el análisis minucioso del otro caso, del extraño caso del clavel, que ella había descubierto por una casualidad. Estando a vueltas con estos pensamientos, entró su padre muy diligente, con una carta en la mano y diciendo:

—Oye, oye, Nieves: una buena noticia.

Dejó Nieves lo que hacía y lo que pensaba, y se volvió hacia su padre preguntándole qué noticia era ella.

—Acabo de recibir con el correo de hoy esta carta que es de tu tía Lucrecia. Según me dice la pobre mujer, que continúa engordando sin consuelo, Nachito había salido la antevíspera. Deja para la vuelta la visita a los Estados Unidos, y viene por Inglaterra desde Veracruz. Contando con lo que piensa detenerse en Londres y en París, calcula que podrá estar en Villavieja, digo en Peleches, a últimos del mes que viene, de agosto... Nada, canástoles: mañana, como quien dice... Toma la carta: puedes enterarte de ella si quieres...

—¿Para qué? —dijo Nieves inalterable y serena.

—«¡Para qué!...» ¡Otra te pego!... ¿Para qué se entera uno de las cartas que lee?

—Pues si ya estoy enterada, papá.

—Ya, ya; pero me parecía a mí que, en tales casos, debiera picarnos la curiosidad un poquito más de lo que nos pica... Eso es... Yo no sé qué canástoles me sucede contigo siempre que sale a danzar este punto... No acabo, vamos, de... En fin, que no veo a mi gusto las...

Nieves, que le miraba de hito en hito, viéndole tan apurado se echó a reír y le puso las manos sobre los hombros.

—¿Quieres que me ponga a bailar por la noticia? —le preguntó—. Dime que sí, y ya estoy bailando.

—¡Pataratas! —respondió Bermúdez fingiéndose más contrariado de lo que estaba—. Yo no quiero extremos, Nieves: no quiero otra cosa que lo regular. A mí se me figuró que la noticia había de alegrarte, y vine corriendo a dártela.

—Y me alegra, papá, y te la agradezco mucho; solo que yo soy así, vamos, poco aparatosa para expresar lo que siento. No es culpa mía, qué quieres.

—¡Si lo sé, hija, si lo sé!... Pero se me figuraba a mí que, en vista de esta noticia, cuando menos confesarías la razón que tengo para apurarme muchas veces por un asunto que a ti te hace reír: el asunto de su gabinete, que continúa a estas fechas a medio arreglar.

—Abajo tiene el que le destina Rufita, bien emperifollado.

—¡Otra vez la broma! Pues mira, Nieves: me carga por ser broma, y por lo de Rufita; ya sabes que tengo atravesada aquí, detrás de la misma nuez, a esa tarasca de los demonios, grosera y sin pizca de educación.

—¡Es posible que lo tomes en serio? ¡Bah! A mí me incomoda un poco cuando la oigo disparatar... y eso por lo que va conmigo; pero en cuanto la pierdo de vista, te juro que me hace reír... Ríete tú también... Pero ¡ay, Dios mío!... Si Nacho ha salido de México, ya no puede recibir allá la carta que yo pensaba escribirle.

—Naturalmente.

—Yo le debía esa carta desde Sevilla; pero como en Peleches se va el tiempo por la posta... ¡Qué cabeza la mía!... En fin, ya no tiene remedio: le contestaré aquí de palabra; y... ¡quién sabe si así saldremos ganando los dos? ¿No es verdad, papá?

—¡Ah, picaruela, picaruela! —dijo Bermúdez dándole unos golpecitos en la cara con la carta de doña Lucrecia—. ¡Si tienes tú más trastienda cuando te conviene!...

Y se fue tan satisfecho. Nieves, con ojos cariñosos, pero que parecían algo compasivos, le vio salir; y enseguida se sentó al piano y comenzó a preludiar una melodía de Schubert, que ella sabía de memoria... y Leto también.

En la tertulia de aquel mismo día, el hijo del boticario no estuvo tan en lo suyo como de costumbre: se distraía con frecuencia y parecía que le hormigueaba algo sobre el cuerpo y sobre el espíritu. Cuando entró con su padre, don Alejandro y su amigo el comandante discutían sobre unas noticias políticas que el primero acababa de leer en los periódicos, y Nieves, sentada en el balcón, se adormecía al arrullo de las lejanas rompientes de la mar... Leto, que cabalmente flaqueaba por el lado de la travesura para entretener a las mujeres, y aquella noche mucho más, iba y venía de la sala al balcón y del balcón a la sala, pescando aquí dos palabras y dirigiendo allá otras dos a Nieves que estaba muy poco habladora. En una de sus idas al balcón, después de haber contemplado en la salita maquinalmente el retrato de Nachito, dijo a Nieves, por decirla algo:

—Y es guapo de verdad el primito ese.

Se lo tenía dicho a Nieves en más de diez ocasiones, y en otras tantas le había contestado ella lo mismo que le contestó entonces:

—No está mal así.

—Ya luego vendrá —añadió Leto por primera vez.

—Pregúnteselo usted a Rufita González —contestó Nieves muy seria—, que lo sabrá con exactitud...

¡Carape si la picaba Rufita González en aquel particular! Pero no se dio por tentado de la sospecha, y dijo sencillamente:

—Y ¿por qué lo ha de saber Rufita mejor que usted?

—Porque ya tiene el gabinete preparado... y hasta los dulces para la boda. Aquí solo sabemos, por carta que se ha recibido hoy, que vendrá a fines de agosto.

—¡Qué pronto! —exclamó Leto dejándose llevar, sin duda alguna, de su natural bondadoso.

Y no se habló más de Nacho. Nuevas idas y venidas de Leto.

En una de ellas, es decir, de las idas al balcón, le preguntó Nieves, en crudo como solía:

—¿Por qué se puso usted colorado en el pinar cuando le pregunté si conocía a las Escribanas?

Leto se alegró en el alma de que la noche fuera tan oscura como era, porque así no se desvirtuaría la sinceridad de la respuesta con la sofoquina que le había causado lo extraño de la pregunta.

—Me puse como usted dice —contestó sencillamente—, porque, de un tiempo acá, le ha dado a ese culebrón de fiscal por embromarme con la mayor de las tres, sin maldito el fundamento; y ya sabe usted lo que soy en determinadas apreturas.

—Como coincidió lo de la sofoquina de usted —repuso Nieves abanicándose mucho—, con el hallazgo del clavel en el álbum...

Leto soltó una risotada; y enseguida dijo a Nieves:

—Gracias por el favor que usted me hacía.

—Hombre —replicó la sevillana—, sería un gusto como otro cualquiera: para mí todos son respetables. Pero, en fin, más vale que mintieran los síntomas; porque verdaderamente... no era de envidiar el gusto ese... Y a otra cosa: mañana no, porque estaré ocupada en casa; pero pasado mañana ¿podríamos dar otro paseíto en el yacht?...

—Ya sabe usted que está enteramente a sus órdenes.

—¡Cómo me gusta eso, Leto!... Cada día más... Pero, hombre, ¿cuándo haremos una escapadita afuera?

—Pues la haremos un día que esté la mar a propósito y no vaya don Alejandro, que tras de marearse, no tiene los ánimos de usted.

Se quedó en ello y se habló algo de la partida campestre de la mañana y de los dibujos de Leto; hasta que se dio por terminada la tertulia, yéndose a cenar los de casa y a la calle los de fuera.

XV. Cartas cantan

Queridísima Virtudes: ¡Cómo me habrás puesto, allá a tus solas! ¡Qué cosas habrás pensado de mí! Al despedirme de ti en Sevilla, muchas promesas; y después, si te he visto no me acuerdo. No te lo digo porque sea verdad, sino porque imagino que lo dirás tú cuando me tienes en la memoria. Ni es verdad eso, ni siquiera de su casta... Es decir, verdad es que te prometí escribirte a menudo, y verdad que no lo he hecho hasta hoy; pero no es verdad que me haya olvidado de ti, ni podría serlo aunque yo hubiera querido y tú te hubieras empeñado en ello también. Yo me acuerdo de ti todos los días y a todas horas: lo que hay es que con los mejores propósitos de escribirte «mañana» cada vez que apago la luz para dormirme, viene el diablo con una trampa de las suyas en cuanto me despierto... y hasta la otra. Porque tú pensarás que en una soledad como la de Peleches, hasta por recurso de distracción debiera ser yo muy diligente en escribirte, y que cuando no lo hago ni siquiera para entretener el fastidio que debe de estar consumiéndome, señal es de que no me acuerdo ni de la Virgen de tu nombre. Pues ahí está, Virtudes de mi alma, tu grandísima equivocación: en suponer que yo me aburro en esta soledad ni poco ni mucho, ni siquiera un solo instante. Lejos de aburrirme, son tantas las distracciones que tengo, que me falta tiempo para todo, hasta para escribirte; solamente me sobra para conocer mi pecado y sentir sus mordeduras en la conciencia. ¡Esta sí que es la pura verdad!

»Hoy, no porque está el día lluvioso y no se puede salir, sino porque ya lo tenía decidido con toda resolución, te voy a consagrar la mañana entera, y aun la tarde, si fuere menester, para escribirte una carta que valga por todas las que te debo, y un poquito más a cuenta de las posibles faltas sucesivas; porque ya sabes que somos pecadoras y que caemos a cada paso, por mucho cuidado que pongamos al andar.

»Pues verás tú, Virtudes, lo que pasa: yo sabía lo que era Peleches por lo que había oído a papá: un lugar muy alto y despejado, y en lo más llano de él, nuestra casa, la única casa en todo Peleches, con grandes vistas a la mar y hermosos campos por los otros lados: lo que a mí me gusta sobre todas las cosas del mundo, como tú sabes muy bien; pero, amiga de mi alma, iqué diferencia de lo pintado a lo vivo! Maravillada me quedé al ver con mis propios ojos el incomparable panorama que papá me fue enseñando desde los balcones de esta casa al día siguiente de llegar, de noche y oscura como boca de lobo; de manera que todo cuanto iba viendo aquella madrugada, era nuevo para mí. ¡Qué mar! ¡qué montes! ¡qué vega! ¡qué puerto! No me cansaba de contemplarlo, ni me canso hoy, ni me cansaría jamás, aunque me pasara la vida contemplándolo.

»Por aquí, no me había engañado la ilusión: para pintar, para pasearme por mar y por tierra, para sentir, para soñar... para todo y mucho más, daba lo que tenía delante. Pero, amiga, quién te dice que, a lo mejor de mis entusiasmos, ahí viene la etiqueta de las gentes villavejanas... ¿Te he hablado algo de Villavieja?... Espérate que repase lo escrito... No... Pues Villavieja es el pueblo, la villa a que corresponde el sitio de Peleches: Peleches en lo más alto, y Villavieja en lo más bajo, pero casi unidos por una calle muy mala y un paseo regular. Villavieja es un poblachón negro y antiguo, sucio y desmantelado, con mucha gente desocupada, unos señores muy raros, unas señoritas muy cursis y otras muy estrafalarias. También hay personas muy apreciables; pero pocas. Pues a lo que iba: sin darnos tiempo para sacudirnos el polvo del camino, izas! una nube de visitas; y enseguida otra... ¡Ay, Virtudes de mi corazón! ¡qué fatigas aquellas... y qué tipos de señoritas, y de señoras... y aun de señores! De lo que hicieron y dijeron y las galas que traían, no te quiero hablar aquí, porque no puedo: es materia demasiado larga; y además, para que la pintura resulte fiel, hay que remedar voces y movimientos, gesticulaciones y otras cosas muy importantes. Quédese todo ello para pintado al natural cuando nos veamos, y conténtate con saber ahora que cuando me vi enredada entre tanta visita y con la obligación de pagarlas una a una, y hasta con ciertas amenazas sordas de festivales solemnes y de reuniones particulares, me espanté como si toda la mar y toda la villa, hecha escombros, se me vinieran encima. Pero me tranquilizaron papá y unos señores muy buenos que andan aquí con nosotros, asegurándome que aquello pasaría en media semana, y que en otra media quedaría pagado en lo que valía.

»Y así sucedió afortunadamente. Hecha nuestra última visita, vivimos libres e independientes como el aire que respiramos en estas alturas; y tan ocupadas tenemos las horas, que, según te dije al principio, hasta para escribirte me ha faltado tiempo; y verás como no hay exageración en lo que te digo. Sabes que tengo la pasión del campo, la pasión de la mar, la manía de andar mucho, y el vicio de embadurnar lienzos y papeles, por no decirte que tengo el vicio de pintar; pues para saborear y dar fomento a estos vicios y pasiones, hay aquí no solamente los medios abundantes que ofrece la Naturaleza, sino ciertos recursos accesorios, pero de grandísima importancia, que me ha proporcionado la casualidad. Hay, por ejemplo, quien conoce este paisaje senda a senda y palmo a palmo, y tiene, como yo, el vicio de andar por él; hay quien pinta y dibuja admirablemente; hay un barquito de paseo, un balandro... un yacht primoroso que está a mi disposición, y quien le gobierna con una destreza y una serenidad, que te pasmarían... hasta hay, por haber de todo, quien oiga con corazón de artista algo de lo que yo toco al piano, y aun cante, con hermosa voz, parte de ello, acompañado por mí. Con esto no podía contar yo, racionalmente, al venir a Villavieja; y mucho menos con que el incansable guía, el andarín entusiasta de la Naturaleza, y el pintor y el diestro piloto, y el dueño del hermoso yacht, y el aficionado a la buena música, estuvieran reunidos en una sola persona, un mozo que no pasará de veintiocho años. Pásmate ahora más: este mozo es farmacéutico; y ¡pásmate más todavía! se llama Leto de nombre y Pérez de apellido; es decir, Leto Pérez, boticario de Villavieja, como le pondrán en los sobres de las cartas. ¿No parece mentira?... También nos acompaña mucho, casi tanto como él, un señor de muy buena sombra, don Claudio Fuertes y León, comandante retirado y administrador y apoderado de papá aquí. Pero éste, aunque es muy bueno, y fino y cariñoso, y con caídas deliciosas, es ya un señor mayor, y además, con un miedo a los paseos marítimos, que nos hace morir de risa. Figúrate que él es de Astorga... A estos dos sujetos y a don Adrián el boticario, padre de Leto (un viejecillo todo negro de arriba abajo, menos la cabeza que es gris, y la carita trigueña, muy bueno, ¡buenísimo!), que nos acompaña un rato hasta la hora de cenar, está reducida nuestra sociedad en Peleches. Pues con ella sola y lo que Dios ha esparcido con tanta abundancia y hermosura alrededor de este «solar de mis mayores», como dice papá, resultan maravillas de placer... Por supuesto que a ti que te espanta la soledad, y te entristece el ruido de las arboledas, y te hechiza el de la calle, y te embriaga el vaho de los salones, ha de parecerte inconcebible lo que te afirmo; pero te advierto que no trato de que me envidies, sino de que sepas lo que me pasa. Recuerda, para que te cueste menos trabajo creerme, en cuántas cosas he andado yo al revés de las demás. Por ejemplo (y te le cito porque me le has citado tú bien a menudo, como de lo más asombroso de mis rarezas): yo entré en el colegio, por gusto mío tanto o más que de mi padre, a la edad en que algunas colegialas dejan ya de serlo; y todo el afán que tuviste tú, y de ordinario se tiene entre vosotras, por vestirse de largo, le tuve yo por continuar vestida de corto, y si no de corto precisamente (porque a ciertas alturas de la vida hubiera sido eso una ridiculez además de una grande inconveniencia), de entre día y noche siquiera, a modo de crepúsculo indeciso, que no te obliga a nada y en cambio te deja libre entre la muchedumbre anónima, con los sentidos muy espabilados: vamos, una ganga para verlo todo sin ser vista de nadie. Así fue que cuando por primera vez me vestí de señorita disponible, ya estabas tú de vuelta buen rato hacía. De las cosas del mundo por dentro, no conozco sino lo que vosotras me habéis contado; otro poquito más que he atisbado por las rendijas al pasar, principalmente con mis Mary, aquella institutriz inglesa que despidió papá de muy buena gana al entrar yo en el colegio, y había tomado un año antes; lo poco que he aprendido con el trato de las amistades de casa, y lo que se ve o se trasluce en las páginas de algunos libros y entre renglones de otros. Con estos antecedentes a la vista y lo que sabes de mis gustos e inclinaciones, ¿podrá chocarte lo más mínimo que con los enumerados elementos de diversión que hay en Peleches, y a ti te matarían de pesadumbre, me pase yo las horas sin sentirlas?

»Mis contrariedades correspondientes llegué a tener dentro de ello, no te creas, y aun empecé a sentirlas un poco, porque los amigos no son de hierro, y papá no está ya, por falta de costumbre, para abusar de ciertas valentías; pero todo se fue venciendo con la mayor facilidad y hasta con ventajas para mí; pues me he avezado a andar sola cuando no tengo quien me acompañe por estos despejados alrededores, y sola voy también con Leto en su yacht, cuando papá no se encuentra de humor para venirse con nosotros. Esto de sola con Leto, no lo tomes al pie de la letra; porque Leto siempre va acompañado de su marinero, un tal Cornias, un tipo muy original y muy simpático, aunque es bizco de los dos ojos. Por de contado que esta tercera persona indispensable en el barco para ayudar en la maniobra a su piloto, maldita la falta haría allí para otra cosa, sino por el bien parecer; y si tú conocieras a Leto como le conozco yo, pensarías de la misma manera. Le creo capaz de las más heroicas abnegaciones. No te rías; porque te juro que es de lo más singular que se ha visto este sujeto.

Primeramente es un gran mozo, no por la talla, que no pasa de la regular, ni por lo aparatoso ni relumbrante, sino por lo varonil y lo que puede llamarse bien hecho de pies a cabeza; guapo, muy guapo, de hermosos ojos, preciosa barba, pelo abundante, cutis algo tomado por el Sol y el aire, pero jugoso... de hombre sano... en fin, un hombre, lo que se llama un hombre en toda regla. Esto es lo primero que se echa de ver en Leto Pérez... si él no sabe que se le mira; porque si lo sabe, ya es otro. Y ésta es una de las singularidades de este chico: se empeña (o mejor dicho, se empeñaba, porque últimamente ya no se empeña tanto) en que es una persona enteramente insignificante en hechos, en dichos y en pensamientos; y esta idea le amilana, le acoquina... vamos, hasta le desmorona. No puede llevarse a mayor extremo la modestia, de todo corazón. Te he dicho que dibuja y pinta acuarelas admirablemente; pues ha sido preciso que se lo afirme yo con insistencia, para que llegue a creerlo un poco y se atreva a dibujar o a pintar delante de nosotros. Algo parecido sucede con lo poco que canta, con una hermosa voz de barítono; y otro tanto con su conversación: ya no se corta delante de mí... ¡y si vieras qué bien habla y con qué expresión tan interesante, cuando se deja ir confiado en sus propias fuerzas! Al principio era delicioso hablando conmigo: aunque en la mirada inteligente se le conocía que no ignoraba dónde estaba la salida de su apuro, siempre salía por lo peor y lo más desairado. Tan atolondrado se ponía. ¡Y qué manera tan deliciosa tenía a veces de enmendar lo que él llamaba sus gansadas! Te asombrarías de lo candoroso y noblote que es, si te contara el caso de cierto clavel que a mí se me cayó de la boca y recogió él del suelo; cómo le volvió a tirar porque ya no me servía; cómo y cuándo y de qué manera tan original volvió a buscarle y le guardó como oro en paño, y cómo llegué yo a descubrirlo todo. Por supuesto que no me di por ofendida con la inocentada, ni había motivos para ello. Esto le alentó algo; y puede decirse que desde entonces data la relativa serenidad con que se conduce delante de nosotros.

»Pero donde hay que verle es en su balandro primoroso, regalo de un inglés espléndido que vivió en Villavieja dos años, y llegó a entusiasmarse con las raras prendas de este chico. ¡Allí sí que es otro hombre, Virtudes! Allí no conoce a nadie, ni se intimida por nada. Él es señor y rey de la escena y del escenario. Lo mismo que el jinete con su caballo brioso, parece que se identifica él en la mar con el esbelto barquichuelo que la domina. Allí es Leto, en cuerpo y alma, en pleno señorío de sí mismo y tal como Dios quiso que fuera. No se temen peligros a su lado; y viéndole sonreír, con la noble e inteligente mirada puesta en todo, me dejaría llevar en aquella cáscara de nuez hasta los confines del mundo sin el menor recelo...

»Y hagamos un alto aquí, porque me asalta de repente una sospecha reparando en el calor de lo que dejo escrito sobre el hijo del boticario de Villavieja, y recordando lo maliciosa que eres tú. Aunque no lo fueras, te reconocería cierto derecho ahora para dudar del desinterés de mis elogios; porque yo misma, con ser como soy, cuando he visto en algún libro entretenerse a la heroína en semejantes ponderaciones de un galán circunvecino, al punto me he dicho: «cogidita te tengo, clavadita me estás.» Ya ves si soy franca, Virtudes. Pues te equivocarías si tal pensaras de mí con relación a este mozo, por lo mucho que te le ensalzo. Ni barruntos hay siquiera de lo que pudieras presumir, ni trazas de que a él le haya pasado por las mientes la menor idea de esa especie, ni razón para que pase tampoco por las mías... Empiezo a vivir ahora; acabo de salir, como quien dice, del nido, con hambre de libertad y de espacio en que gozarla sin estorbos;

¡y había de?... ¡qué locura, Virtudes! Simpatía profunda; estimación grandísima; amistad sincera, eso sí, porque todo se lo merece... Lo positivo, lo cierto, es que si se me preguntara hoy por quien tuviera en su voluntad el don de arreglar las cosas al capricho de la mía, qué es lo que más ambiciono, respondería sin titubear y con el corazón en la lengua: «que no tenga fin esta vida que ahora traigo.» Y nada más ni nada menos, Virtudes; créasme o no me creas.

»Y vamos a otra cosa. Mi primo Nacho debe de estar aquí dentro de quince o veinte días: nos ha escrito ya su llegada a Inglaterra. Con este motivo le hemos arreglado su gabinete del mejor modo que nos ha sido posible con los pocos recursos que hay a mano. Yo creo que ha quedado muy bien; pero a papá todo le parece poco para ese sobrino...

»Como él es tan menudito de formas y parece, por el estilo de sus cartas, la misma languidez en carne y hueso, me temo mucho que no sirva maldita la cosa para la vida que hacemos aquí. Si resulta esto verdad, y por miramientos de cortesía tenemos que acomodarnos nosotros a su modo de andar... ¡entonces sí que me voy a divertir! Hoy por hoy, me apuran un poco estas dudas. Esto no es decirte que sienta la venida de mi primo; pero si me dijera que por su gusto renunciaba a venir, o que lo aplazaba hasta el otro verano, puede que me alegrara la noticia. ¿Me quieres más franca?

»Pienso comenzar muy pronto una larga tanda de baños de ola: no porque los necesite, sino por probar de todo lo bueno que hay aquí; y la playa esta es de las mejores del mundo, en opinión de los villavejanos que no la usan nunca para eso... ni para cosa alguna.

»Se espera dentro de unos días la llegada de El Atlante, un vaporcillo costero, el único barco que entra en este puerto y da que hacer a su aduana. Viene cada seis u ocho meses a cargar el carbón de piedra que se ha ido acopiando en una mina de ello que tiene un sujeto de aquí. Dicen que la entrada de ese vapor es siempre un acontecimiento en Villavieja, y la única ocasión en que se ven villavejanos en el muelle y sus inmediaciones. Es curioso, ¿verdad? Por eso te lo cuento, y también porque no tengo cosa mejor que contarte, por ahora.

»Con motivo tan poderoso y la promesa formal de ser más diligente para escribirte en lo sucesivo, termino aquí esta carta ofreciéndote su extensión y las franquezas de que va henchida, como ejemplos que estás obligada a imitar cuando me contestes; sobre todo el de la franqueza. Con ella y el acopio que habrá en casa, ¿qué mejor novela para mí que la carta que me escribas?

»En espera de ella, te abraza con toda su alma tu amiga

»Nieves.

»agosto 5 de 18...»

«G. padres Shapcoat Esq.»

»119, Grave Street-Liverpool.

»...

»Tal es la historia fiel de los sucesos, limpia y descarnada de todo comentario. Con la idea que tiene usted formada, y bien formada, de mi carácter, ¿no le parece inverosímil el papel de galán que hago yo en ella, e imposible que haya logrado acomodarme a él? No en vano le he pronosticado a usted varias veces, hablando de la imperturbable quietud de Villavieja, que la primera novedad que ocurriera aquí había de ser muy extraña. Pues ya se han cumplido mis pronósticos... El milagro se obró como se obran casi todos los de su especie: con un poco de casualidad y otro poco de... ¡qué carape! me voy convenciendo de que, la mayor parte de las veces, la culpa de las propias debilidades estriba en los resabios ajenos; en la falta de compensaciones mutuas; en el empeño tonto de tomarle a uno por su lado más inútil para el destino que se le quiere dar. Lo contrario de lo que ha sucedido aquí. Ya le he hecho a usted la pintura física y moral de Nieves: pues imagínese usted ahora a esa criatura tan linda, tan inteligente, de alma noble y esforzada, y de corazón limpio y sano como una bolita de oro, con los mismos gustos y las propias aficiones que yo; supóngala empeñada en que pinto mejor que Velázquez, que canto como un ruiseñor, que soy el más diestro piloto del mundo, y que no tengo precio para dirigir y disponer expediciones campestres; añada usted que me hace su maestro, su guía inseparable, su confidente y su amigo más íntimo, y añada usted también que es persuasiva por la fuerza de su talento clarísimo, y otro tanto por la virtud de su belleza; y ¡qué carape, hombre! o ha de ser uno un adoquín, o ha de creer y entregarse: entonces o nunca. Y cuando se ha dado este paso, se concluye mirando hacia dentro, metiendo la sonda en el meollo, desmenuzando lo que hay allá, viéndolo con ojos de aumento, estudiándolo con calma, estimándolo con cariño y dándose por muy satisfecho del hallazgo, por mezquino que sea; satisfacción que trae consigo cierta seguridad, cierta confianza que antes no había en las propias fuerzas morales... Todo esto creo yo que es muy disculpable y hasta natural en la mísera condición humana. Cada cosa pide su elemento propio para vivir y desenvolverse. Las ideas del hombre están en el mismo caso: se educan, se fortalecen y aun se iluminan con el concurso de ciertos agentes externos que parecen providenciales en determinados casos de la vida. ¡Carape si se me ocurren cosas bonitas ahora! —El quid está en que esos agentes salgan de su escondite y la quieran tomar con uno, como la han tomado conmigo en esta ocasión... y Dios se lo pague, por el buen servicio que me han hecho. Bien se está en el limbo de la insignificancia; pero se está mejor, porque se vale mucho más, donde yo me encuentro ahora; no en la región de los soles, porque no soy águila, pero sí donde se ve claro y no se anda a tientas. Pero ¡qué más? ¿No ve usted mi lenguaje? ¿No ve usted mi estilo? ¡Leto filosofando! ¡Leto metafísico! ¡Leto sentimental! ¿Quiere usted novedad más extraña ni milagro más patente, para un lugarón como Villavieja? ¿Se han cumplido o no mis pronósticos?

»Pero supongamos que está usted de acuerdo conmigo en este punto, y que da por bueno el modo de obrarse el prodigio: «Corriente», piensa usted enseguida, «ya veo que porque quiso ella, Nieves Bermúdez, la bella, la inteligente, la rica, la discreta, la de alma noble y corazón de oro; porque lo quiso, en fin, una mujer como no se ha visto en Villavieja ni volverá a verse en los siglos de los siglos, tú, Leto mísero, te levantaste y andas; pero ¿adónde vas?» ¡Carape si es usted malicioso! ¿Qué sé yo adónde voy? Voy a todas partes y a ninguna, y ando porque me va bien así, porque me gusta andar. No vale confundir la luz con el astro que la produce: ¡bueno fuera que no pudiera amarse la una sin codiciar al otro! ¿Habría locura mayor? Pues tan grande como ella la cometería yo si mis devociones cayeran del lado de las sospechas de usted. Lo quiero advertir en tiempo: soy un admirador agradecido, no un enamorado: lo primero le es lícito a cualquiera; para lo segundo se necesita un atrevimiento que no cabe en mí, ni cabrá jamás, porque no hay razones para que quepa. ¿Cómo he de desconocer yo que lo que por más entra en la inclinación de Nieves hacia mí, es la identidad de aficiones que existe entre los dos? Sin esa coincidencia, yo sería para la hija de don Alejandro Bermúdez un villavejano más; a lo sumo, el hijo del boticario don Adrián, antiguo y buen amigo de su padre. ¿Ni por qué había de ser otra cosa mejor? Tampoco pretendo llevar mis escrúpulos hasta el extremo de suponer que Nieves me agasaja solamente porque me necesita; pues si tan delgado lo hiláramos en el mundo, ¿adónde iríamos a parar, ni en qué pondríamos nuestros afectos que los creyéramos bien colocados? La estimación entre dos personas, por algo ha de empezar; y por cierto que no siempre este algo es de tan buena ley como el que ha engendrado la amistad con que me honra la hija de don Alejandro Bermúdez. Puestas las cosas en este punto, el único en que deben ponerse, el hecho final resulta (que es adonde yo me dirigía): la luz se hizo y el milagro se obró en mí. ¿Lo quiere usted más claro? Pues le juro que temo enturbiarlo si insisto en esclarecerlo.

»Por lo demás, ¡qué carape! en casos tan excepcionales como éste, las sospechas de cierto género son casi de necesidad. ¡Si a mí mismo me asaltan algunas veces! Ya se ve: en el ir y venir de las ideas, en el menguar y en el crecer de los entusiasmos, los límites y los terrenos se confunden, y se hace un amasijo allá, tan enmarañado y tan rebelde, que para deshacerle no basta en ocasiones toda la fuerza analítica del discurso. Pudiera citar a usted muchos ejemplos de ello. Vaya uno de muestra, por de pronto: Nieves tiene un primito mexicano, con quien se ha de casar según se dice; y el retrato de este primito, que está para llegar a Peleches de un día a otro, ocupa en el estudio de Nieves un lugar de preferencia. Por ese retrato sé yo que el primito es muy guapo; y por lo que me han contado, que es muy rico y muy bueno. De todo ello me alegraba yo en los primeros días de conocerle: nada más natural, ¡qué carape!... como lo es hoy, porque sigo estimándole en todo lo que merece por las trazas, que son superiores, como he dicho; solo que en algunas ocasiones, desde que sé que está para llegar, lo mismo es acordarme del retrato o ponerme a contemplarle, que ya me tiene usted con cierto disgustillo de ver guapo al galancete, y de saber que es rico y bondadoso... vamos, que me nace en el corazón algo, como deseo vago de que el primo no asome por acá en todos los días de su vida, y de que, si asoma, resulte picado de viruelas, y tonto por añadidura y pobre por remate. ¿Ha visto usted barbaridad semejante? Tan enorme me parece a mí y tan fuera de toda disculpa, que por sentirla escarbándome las mientes, ya estoy abominando de ella. «¿Quién eres tú, gaznápiro», me digo, «para atreverte a esas cosas? Si es guapo, si es rico, si es despierto y honrado, y Nieves le quiere, y en quererle y en hacerle su marido cifra su felicidad, ¿a ti qué te importa? ¿Así la pagas las distinciones con que te honra y la estimación que te da? ¿Te abrieron de par en par las puertas de Peleches para eso? ¿Está bien que entrando por ellas como amigo honrado, pretendas quedarte adentro como amo y señor de los señores mismos? ¡Tú, oscuro villavejano, prosaico farmacéutico, gusanejo vil de la tierra, atreverte al Sol mismo que con su calor te dio la vida! ¿Dónde se ha visto cosa semejante?... Paga, paga, tus deudas de esclavo, barriendo los suelos donde ella pise, y avergüénzate de haber levantado los ojos tan arriba.» ¡Carape qué cosas tan tremendas me digo en esas ocasiones; y cómo me zumban los oídos con el sonrojo, solamente con imaginarme que pudieran haberme leído tan malos pensamientos en la cara! Y todo por la arrastrada confusión de ideas; por el feo vicio que una tiene de afinar con el análisis las que mejor le parecen. Una pregunta, un gesto, una mirada, que no son la mirada, el gesto y la pregunta de todos los días, ya nos da que cavilar, que pesar y que medir para un buen rato... hasta que viene el sentido común dando la medida exacta de las cosas y poniendo a cada una de ellas en su correspondiente punto de vista; y se acaba la alucinación.

»He dicho a usted que me parecen las regiones de la luz que ahora habito, mejores que el limbo de antes, y lo son real y efectivamente, pero esto no impide que si se dejara a mi arbitrio el volver o no las cosas a lo que fueron sin quedar de las actuales el menor rastro de su paso en la memoria ni en el corazón, vacilara yo mucho antes de decidirme. Bueno, saludable, hermoso es lo presente; pero cada vez que considero que puede tener su fin a la hora menos pensada; que los moradores de Peleches desaparecen de aquí; que el palación se cierra y vuelve a dormitar silencioso en sus alturas, ¡ay, qué triste de color lo veo todo! ¡qué negro me parece el solar de los Bermúdez; qué turbio el mar; qué largas las horas, y qué insulsa la vida! En estas lobregueces de la fantasía, acepto al mexicanito rico, docto y sin viruelas, si con él, por amo y señor de la señora y ama de Peleches, quedan las costumbres de allí en el mismo ser y estado en que ahora se hallan; con lo que le doy a usted una prueba bien evidente de que mis entusiasmos no pasan de los límites racionales que les corresponden; de que mis ambiciones se cifran en el goce de la luz, no en la absurda codicia del astro luminoso; en vivir como ahora vivo, en una palabra.

»Y vea usted lo que son las cosas: cifrando en este método de vida todos mis goces, esos buenos señores de Peleches creen prestarme un gran servicio aliviándome de vez en cuando de lo que ellos juzgan pesada carga para mí. ¡Pesada carga conversar con Nieves, recoger sus impresiones de artista y de mujer observadora, y sus confidencias siempre originales y espontáneas y tan pintorescas como todo lo que brota de su luminoso pensamiento! Con un pretexto cualquiera se hace un alto en el programa y se nos licencia temporalmente a don Claudio Fuertes y a mí. Ahora estamos en uno de esos paréntesis fastidiosos, o compases de espera, como los llama el comandante, que los deplora bastante menos que yo. Llevo tres días sin ver a los señores de Peleches más que un ratito al anochecer; y como las horas desocupadas se me hacen siglos y el tiempo está hermoso y los entretenimientos viejos del Casino no me satisfacen, el yacht lo paga.

»Sobre esto del yacht, solo le he dicho a usted que Nieves se perece por andar en él, y que su padre, menos aficionado que ella a esta diversión, cuando no quiere o no puede acompañarla, tolera muy gustosa que vaya sola conmigo y con el famoso Cornias; pero nada le he hablado de lo intrépida que es allí; de cómo se le revela el placer de que va poseída en el ardor de la mirada y en la gallardía de sus posturas; ni de cómo me tienta y seduce con palabras o con gestos más tentadores que ellas, a que fuerce y obligue al balandro a hacer lo que yo no quiero que haga, ni debe de hacer cuando lleva una carga tan preciosa... ¡Y el demonio del barquichuelo, como si lo conociera, hombre! Hasta al mismo Cornias se le antoja que parece otro cuando va Nieves dentro de él. ¡Carape, cómo se gallardea entonces, y con qué gracia escora y hace hablar al aparejo, y se desliza y gatea! En fin, una pura monada. Verdad que siempre fue una maravilla en estos particulares; pero así y todo, cabe mejorarse, y bien sabe usted lo que influyen en el aspecto de las cosas la distancia, la clase y el punto de la luz que las ilumina. «Al fin», me digo yo en estos casos, «la largueza de mi incomparable amigo halló su merecido premio; ya tiene la joya un empleo digno de su gran valor.» Y entonces, amigo mío, no me remuerde la conciencia por ser dueño de lo que no merezco, y hasta me felicito de no haber opuesto mayores resistencias que las que opuse a la rumbosa dádiva de usted. ¡Bien empleada está ahora! Así me la conserve Dios muchos años.

»Pero a todo esto, ¿hago yo bien o mal en entretenerle a usted con estas fantasías que me tienen como niño con zapatos nuevos? ¿Qué juicio formará usted de ellas y de mí? Por el amor de Dios, no se ría, y considere que estando obligado a referirle los sucesos, como se los he referido al principio de la carta, no podía dejarlos sin la salsa de lo que añado al relato, so pena de quedar usted sumido en más hondas confusiones, o de tomarme por un solemnísimo embustero; porque, verdaderamente, el caso de arriba resultaría increíble sin la explicación de abajo, para todo el que me haya conocido como usted me conoció. Lo que a mí me ha faltado, y de aquí nacen mis temores, son uñas para arrancar de mis adentros la entraña del asunto, tan limpia de adherencias y piltrafas, que llegara usted a verle con la misma claridad que yo le veo. ¡ay, carape! como yo tuviera esas uñas metafísicas, ¡qué colores le hubieran resultado al cuadro ese y qué tranquila estaría ahora mi conciencia de narrador! Pero es lo que sucede siempre: pasan las cosas; va usted sintiéndolas y estimándolas una a una, y confiándolas de igual modo al dictamen o al afecto del amigo, y todas ellas van pareciendo naturales y corrientes, y ordenándose y acomodándose sin reparos, ni asombros ni aspavientos de nadie; pero devórelas usted solo; almacénelas adentro, y a la hora menos pensada, suelte el acopio entero y verdadero para que se vea y se estime en su legítimo valor: ya parecen cosas diferentes, y hasta resulta montaña lo que quiso usted que resultara granito de salbadera, o al revés... Por supuesto, voy hablando de lo que me pasa a mí de ordinario, para venir a parar a que lo que ha de asombrarle a usted, sin llegar a entenderlo claro, viéndolo derramado en esta carta, le hubiera asombrado menos y lo habría apreciado mejor siendo testigo presencial de los sucesos.

»De todas maneras, ríase o no se ría de la confidencia, guárdela usted y téngala siempre como prenda segura del entrañable afecto que le profesa su mejor y más agradecido amigo

Leto Pérez.

agosto 10 de 18...»

XVI. Gacetilla

En una ocasión, dando los de Peleches unas vueltas, de pura cortesía, en la Glorieta a la salida de misa mayor, observó Nieves algo de extraño en el continente de las villavejanas; algo como forzado que las desfiguraba a todas de la misma manera y por un mismo patrón, si pudiera decirse así. Consultó la observación con Leto que iba a su lado, y Leto la dijo:

—Fíjese usted bien, particularmente en la Escribana mayor, que es la que más lo exagera... ¿No cae usted?

—No caigo.

—Pues consiste en que han dado todas en la gracia de imitarla a usted en el modo de andar y en el de vestir.

Nieves se hizo cruces.

Aquella misma tarde se encontró Leto con las Escribanas yendo él hacia la botica y ellas hacia la Glorieta. Nada tenía esto de particular; pero sí lo tuvo el que al pasar Leto codo con codo con la Escribana mayor, dijo ésta en voz airada volviendo la cara hacia él, que había saludado muy cortésmente:

—¡Escandaloso!

El pobre chico se quedó viendo visiones. ¿Por qué tal improperio? ¿Dónde, cuándo ni cómo había escandalizado él?... ¡Carape con el dicho... y en mitad de la calle, y a quemarropa!... Y aunque hubiera escandalizado, ¿qué le importaba a ella?... ¡Vaya con la grandísima!... Pero ¿no era creíble también que la palabrota que parecía un insulto a él, fuera simplemente una de las dichas por la Escribana en el calor de la riña sorda en que iría empeñada con sus hermanas, como de costumbre?... En fin, no lo entendía; y después de todo, ¿qué más le daba? Leto, con la vida que traía últimamente, andaba muy atrasado de noticias. El sabía que a poco de llegar de Sevilla los de Peleches y de darse Nieves a ver, los chicos de la crema villavejense trataron de dar a la sevillanita una «velada de honor» en el Casino; sabía que Mona Codillo y Celia Tejares (la Indiana mayor) se prestaban a tocar a cuatro manos las tres piezas que tocaban siempre allí y en el salón del ayuntamiento; y sabía, por último, que había disponible una metralla de más de diez Poemitas y Meditaciones para acompañar al estruendo de la música; algunos levisacs ribeteándose de nuevo, y hasta media docena de fraques en remojo; pero ignoraba que desde que se había notado en los Bermúdez el propósito de aislarse en su castillón de Peleches, y, lo que era aún peor, desde que se les había visto excluir de sus «altivos desdenes» a «un soldadote incivil, a un boticario chocho y al gandulón de su hijo», es decir, «a lo más ínfimo y despreciable de Villavieja», las cosas habían mudado de aspecto: las chicas se negaban en redondo, las unas a tocar, las otras a concurrir; los chicos, que tal vez aspiraran a ser tertulianos de Peleches y caballeros rompe lanzas de la fermosa castellana, comenzaron a cerdear; y aunque hubo algunos menos quisquillosos que querían entrar con todas a trueque del festival, Maravillas les apagó los fuegos, demostrándoles a su modo que «solo al genio del hombre debían de tributarse festejos, no a una quimera teológica ni a la vanidad de un poderoso que se complacía en humillarlos.» Que los festejara el lacayo miserable (Leto, clavado) que les barría los suelos de rodillas por el mendrugo que le daban. Todo esto, solamente por lo de los primeros días; porque en cuanto se supo que Nieves andaba sola por las escabrosidades y umbrías de Peleches, y llegó a vérsela, sola también, por la bahía con el hijo del boticario, los aspavientos no tuvieron límites, y se indignaron las mujeres, que, al mismo tiempo, se afanaban por imitarla en el corte de los vestidos y en la manera de andar.

Bien ciego y bien sordo necesitó estar Leto entonces para no ver ni oír lo que se hizo y se dijo en Villavieja contra la «desvergonzada andaluza, el estúpido Macedonio» (había cundido el mote, por lo visto), y contra él, contra Leto, «el majagranzas enfatuado y corruptor escandaloso» de las buenas costumbres de allí. Porque las Escribanas y las de Codillo, y Rufita González, pero principalmente las Escribanas, eran las que lo cernían en tertulias y en paseos, y las que escupían de medio lado y se tapaban las narices en mitad de la calle en cuanto oían nombrar a los Bermúdez o cosa que les perteneciera; lo que no impedía que cuando los tenían delante se despepitaran buscándoles el saludo.

La Escribana mayor, que tenía, por lo visto, sus motivos particulares para ir a la cabeza de aquella conjuración de mujeres y de mozuelos desocupados (porque de aquí no pasó la riada), pescó un día a tiro a Maravillas y le dijo que no tendrían agallas ni pundonor él y cuantos con él andaban en el fregado de un periódico en letras de molde, si no le echaban cuanto antes a la calle, pero lleno de metralla contra ciertos malos ejemplos que corrompían las honestas costumbres de ciertos pueblos honrados, y contra los traidores escandalosos que ayudaban a los de fuera en la corrupción de los propios. Maravillas cantó sus ansias civilizadoras y sus «convicciones positivistas», en demostración de sus grandes deseos de complacer a la Escribana; pero a renglón seguido expuso las dificultades viles y mecánicas que había para realizarlos: una de ellas el desánimo de sus colaboradores para dar el dinero que se necesitaba.

—Por eso no quede —dijo la otra en ademán trágico de aficionado casero—: nosotras somos ricas; y por el bien y por la honra de Villavieja, daremos hasta las enaguas.

Maravillas la estrechó la mano en silencio, y se largó prometiendo que El Fénix Villavejano no se haría esperar mucho.

Nada de esto ni de otro tanto más sabía Leto aquella tarde; como no sabía que habiendo husmeado estas cosas los Vélez desde su palomar de la Costanilla, y manifestado por aquellos días el entristecido Manrique propósitos de intimar el trato de los Bermúdez para realizar un determinado plan que había ideado y declaró a su hermana, ésta le dijo, irguiéndose pálida y seca, como una tibia muy grande:

—Te juro que arderá este palacio por las cuatro esquinas, en cuanto tú me traigas a él una cuñada de esa traza.

Por lo cual había renunciado Manrique Vélez, a casarse con Nieves Bermúdez.

XVII. Mar afuera

Le digo a usted, ¡carape! que éste es un problema que marea. Vengan aquí todos los sabihondos de la tierra, y pruébenme que cabe dentro del sentido común el que un hombre con barbas se pase media noche en claro, por el disgusto de no haber subido a Peleches en cuarenta y ocho horas. ¡Qué han de probar? Y mucho menos si yo les digo: «reparen ustedes que el hombre de mi ejemplo no tiene obligaciones que cumplir allí, ni debe una peseta al padre, ni está enamorado de la hija, ni Cristo que lo fundó; que no es más que un tertuliano de la casa y un amigo que pasea a menudo con los señores de ella, no desde el principio de los tiempos, sino de dos meses acá; que si no ha concurrido a las dos últimas tertulias del anochecer, es porque a esas mismas horas ha tenido ocupaciones de importancia en la botica de su padre, que le da el pan de cada día; que ese hombre jamás ha conocido el mal humor, ni tomado en serio cosa alguna de tejas abajo y de puertas afuera; que rebosa de vida y de salud, y que nada teme, ni nada debe, ni nada envidia... Por último, ese hombre existe en carne y hueso; y soy yo, Leto Pérez, el hijo del boticario de Villavieja, y boticario también.» Y entonces los sabios me contestarían, por poco sabios que fueran: «pues Leto Pérez, el hijo del boticario de Villavieja, no tiene sentido común.» Y no le tengo, ¡carape! no le tengo, y a eso iba; pues sí le tuviera, no me sucedería lo que me sucede; porque a un hombre de sentido común no puede sucederle eso más que en un caso, y yo niego ese caso; y no solamente le niego, sino que la suposición de él me parece el más enorme de los absurdos, y además una irreverencia... ¡qué digo irreverencia? un sacrilegio. De donde se deduce claramente que me quedé corto cuando, escribiendo al inglés, le dije que entre ser lo que ahora soy y volverme a lo que fui, vacilaría...

¡Vacilar, carape! a ciegas me agarro a lo de ayer. Ayer era yo el hombre más descuidado y venturoso de la tierra; y hoy me carga a lo mejor cada murria que me parte. ¡Qué más? ¡Hasta el mismo oficio de que vivo empieza a caérseme de las manos! Es una mala vergüenza confesarlo; pero es la pura verdad. Nada, ¡carape! que, según van poniéndose las cosas, como si yo hubiera nacido hace dos meses. De esa fecha para atrás, el limbo... Con decir que hasta el yacht me impone condiciones para hacerse querer de mí... ¿Se ha visto otra? Pues así es. O con ella a bordo, o que nones. Y en estos remilgos, seis días de holgueta el muy tunante... Pero por esto no paso, porque sería ya de lo inaudito... Hoy se me han hinchado las narices, y te voy a dar tres tazas, por lo mismo que no quieres caldo...»

Por este arte despotricaba en sus adentros Leto Pérez bajando una mañana hacia el muelle, sin corbata ni chaleco, con una ancha boina en la cabeza y, por todo ropaje exterior, una americanilla y unos pantalones de lienzo. Como arreglaba la marcha al compás de los pensamientos, andaba con relativa lentitud, algo cabizbajo y con las manos en los bolsillos.

Cornias aparejaba el yacht, atracado a la escalerilla.

—¡Aviva! —le dijo en cuanto pisó el primer peldaño— para ver si podemos desabocar con la vaciante y el terralillo que nos quedan.

Enseguida bajó y se puso a ayudar a Cornias para acabar primero. Terminada la faena, le previno:

—A desatracar para franquearnos.

Cornias, con la agilidad y presteza de un mono, empezó a cumplir la orden desanudando la estacha de proa para largarla.

—¡Espera! —le dijo de pronto Leto, con una inflexión de voz que revelaba algo de extraño para Cornias.

Suspendió éste la tarea y miró a Leto, que estaba a popa y sobre las puntas de los pies, como fascinado, con los ojos fijos en la blanca silueta de Nieves que acababa de aparecer en lo alto del Miradorio.

—¡Ay, carape! —se dijo: —con esto no contaba yo ahora. ¿Habrá visto el yacht aparejado desde allá arriba? ¿Vendrá acá?... Por las trazas, sí... ¡Pues buenas están las mías para recibirla, carape!... Pero, bien mirado, no estoy sucio ni roto... ¿Y si no nos ha visto, ni viene a lo que yo presumo? ¿Espero?... ¿Me largo?... ¡Largarme! ¡Tendría que ver! ¿Podría, aunque quisiera? ¡Pues no están vibrándome las fibras todas como si de pronto me hubiera henchido de la salud que me faltaba?... ¡Carape, carape, hombre, qué cosas éstas tan extrañas!... Ya no la veo... ¿Por qué no serán transparentes los breñales que me la tapan ahora? ¿Por dónde echará? ¡Por dónde, por dónde! ¿Tienes más que ir a verlo, simplón, cuanto más que estás deseándolo?... Eso sí; pero ¿cómo lo tomará? ¿A bien? ¿A mal? ¡Ay, qué arrastradas desconfianzas estas mías, que no acaban de curárseme! A la una... a las dos... ¡Cornias! —dijo en voz alta—, atraca otra vez... y aguárdate así, que vuelvo enseguida.

Saltó a la escalera, la subió en dos zancadas, atravesó el muelle y el andén en muy pocas más, tomó el camino del Miradorio; y al dominar el primer recuesto se halló cara a cara con Nieves que venía por el entrellano a todo andar también, algo sofocadita y un poco anhelante; pero muy mona, ¡muy mona!

La pobrecilla temía llegar tarde: había visto desde allá arriba el grimpolón azul, y por él había presumido que estaba el Flash atracado al muelle; y estando atracado al muelle, sería para salir a navegar por alguna parte... «Pues buena ocasión», se había dicho entonces. «Puede que Leto quiera llevarme»; y hala, hala, hala... ¡qué ira le daba aquel pedazo de camino tan escondido del muelle, donde era inútil hacer una seña o dar una voz! ¿Y si entre tanto se largaba el yacht? ¡Y ella que tenía tantas ganas de darse otro paseo en él! Desde el último, once días lo menos... y dos sin subir Leto a Peleches, ni dejarse ver por ninguna parte. ¿Había estado enfermo? ¿estaba enfadado, resentido de alguna cosa? ¡Qué injusto sería en ello! En Peleches, todos, todos le estimaban mucho y le estaban muy agradecidos.

Bien poco le quedaba que hacer a Leto en aquella escena que tanto le imponía desde lejos. Todo se lo daba hecho Nieves; todos los caminos le abría ella; y ¡con qué dulzura de mirar, con qué timbre de voz tan melodioso, con qué volubilidad tan espontánea y hechicera! Había que ser un leño para no atreverse, con aquel estímulo que le parecía sobre humano, a ser un poco sincero y expresivo también; y se atrevió a serlo. Dijo el por qué de no haber subido a Peleches en dos días. ¡Él enfadado, él ofendido! ¡Eso sí que era no conocerle!...

¡cuando precisamente las horas de esos días se le habían hecho siglos! Para entretener el tiempo mejor hasta la noche, en que pensaba volver a la tertulia de Peleches, había resuelto pasar la mañana en la mar; y estando ya desatracando el yacht para franquearse, la había visto a ella bajar por el Miradorio, y había salido a su encuentro para ponerse a sus órdenes, por si no había visto el balandro aparejado, o no venía con ánimos de embarcarse en él. ¡Carape, si recalcó lo de las horas largas, y estuvo valeroso y ocurrente en otras finezas semejantes el hijo del boticario! Y Nieves, tan ufana con ellas y tan agradecida.

¡Que le preguntaran entonces si la cruz de su nueva vida le pesaba, y si, para descargarse de ella, quería volver al limbo por que suspiraba poco antes!

Pero ¿por qué andaba Nieves por allí a aquellas horas? También se atrevió Leto a preguntárselo, caminando ya los dos hacia el muelle; y resultó que Nieves y su padre, después de dar un largo paseo en dirección a la mina, se habían sentado a leer en la Glorieta: don Alejandro un periódico, y ella aquel libro que traía debajo del brazo; don Alejandro se cansó muy pronto de leer, y se volvió a casa con propósito de destinar toda la mañana a despachar su correspondencia atrasada; ella se quedó leyendo, y advirtió a su padre que pensaba darse después una vuelta por el Miradorio, como hacía muchas veces. Desde el Miradorio había columbrado el palo del balandro con su grimpolón azul, y las pícaras tentaciones habían hecho lo demás.

—De manera, Leto —dijo en conclusión y deteniéndose para decirlo—, que ese paseo va a ser de contrabando, porque papá no sabe nada de él. Téngalo usted muy en cuenta y dígame qué tiempo se necesita para darle por la mar... porque ha de ser por la mar el paseo de hoy, o no me embarco.

—Pues por la mar será si usted quiere —respondió Leto, hechizado ante el aire resuelto de la animosa sevillana—, y podemos estar de vuelta antes del mediodía.

—Corriente —repuso Nieves después de meditar unos instantes, con el entrecejo fruncido. Y dígame usted ahora, en conciencia de buen amigo y hombre honrado: ¿hago yo bien o mal en estas cosas?

—¿En qué cosas? —la preguntó Leto algo sorprendido.

—En venirme sola a correr aventuras de esta especie... Es pregunta que me he hecho a mí misma muchas veces, y una no más a papá.

—Y ¿qué le ha respondido a usted su papá? —volvió a preguntarla Leto, entrando en más hondas aprensiones.

—Ya ha visto usted cuántos paseos he dado sin él en el balandro, con muchísimo gusto suyo... Algo le inquietan los peligros del barco, por su poco juicio; pero como yo no los temo y usted es buen piloto, con tal de que yo me divierta... En lo demás, él es de opinión de que no se viene aquí a guardar etiquetas, ni a hacerse esclavo de miramientos vanos.

—Muy bien pensado.

—Eso creo yo también; pero ¿y ciertas gentes? ¿pensarán lo mismo?

—¿Se fía usted de mí, Nieves?

—Como de mi padre: se lo juro a usted.

—Pues entonces, ¿qué le importa a usted el juicio de esas ciertas gentes? Haga usted su gusto y ríase de ellas.

—¿Lo cree usted, Leto?

—De todo corazón.

—Pues no se hable más de esto... Y dígame usted. ¿está el día a propósito para salir a la mar?

—¿Lo intentaría yo si no lo estuviera, Nieves? Y dígame usted a mí: ¿no se incomodará don Alejandro conmigo cuando sepa que sin su permiso he consentido en hacer eso que tan poco le gusta a él?

—No, señor, con tal de que estemos de vuelta antes de que él pueda alarmarse con mi tardanza.

—Eso corre de mi cuenta. Son las nueve menos cuarto... a poco más de las once puede usted estar en Peleches... porque no hemos de llegar a la Isla de Cuba... digo, cuento con que no se te antojará a usted.

—¡Me hace gracia la ocurrencia!... ¿Y si se me antojara, Leto?

—¿Si se le antojara a usted?... También eso me hace gracia a mí. Pues tenga usted la bondad de que no se le antoje, por de pronto... ¿Se cansa usted con el paso que llevamos?

—¡Bah!

—Es que no hay tiempo que perder si hemos de salir con la vaciante y antes de que salte la brisa. Por eso me he permitido...

—¿Quiere usted que corra más todavía?

—No hay necesidad: ya estamos a dos pasos del muelle.

—¿Quién es ese tipejo que se pasea en él?

—Un tal Maravillas: algunas veces anda por aquí, para que crean las gentes que estudia en el gran libro de la naturaleza: es filósofo y ateo.

—¡Jesús!

—Sí, señora: un chico atroz. Ahora le trae al retortero la idea de publicar un periódico, y no acaba de publicarle.

—¡Con qué sonrisilla nos mira!...

—De puro ateo y compasivo que es; solo que el mejor día le va a borrar alguno la sonrisilla esa de un bofetón... digo, me parece a mí... ¡Ajá!... ya estamos... Hoy no basta la mano, porque son muchos los escalones descubiertos y están algo resbaladizos: tenga usted la bondad de tomar mi brazo... ¡Atraca bien, Cornias, y ten firme!... Poco a poco, Nieves... Déjeme usted pasar primero al balandro... Deme usted su mano ahora... Muy bien... Ya estás botando, Cornias; y en el aire... ¡Listo el foque para hacer cabeza!... Pase usted a su sitio de costumbre, Nieves, que es el más seguro... Eso es... Avante vamos... ¡Listo el aparejo!

Se izó todo el trapo en un momento; y con el terralillo que aún duraba, aunque en la agonía, y la vaciante, comenzó el Flash a navegar hacia fuera. Como el impulso del aire era tan leve y el agua no oponía resistencia, la quilla se deslizaba sin el cortejo de espumas y rumores que Nieves echaba muy en falta.

—Ya vendrá a su tiempo, y en abundancia —la dijo Leto—, porque el día está que ni de encargo para esas cosas... si usted no se arrepiente.

—¿Me cree usted capaz de arrepentirme —le preguntó ella mirándole fijamente y con expresión de asombro—, después de desearlo tanto?

—Como nunca se ha visto usted en ello... replicó Leto, pesaroso de haber apuntado la sospecha.

—Aquí, no; pero ya le he dicho a usted que en otras partes, sí; y aunque ésta fuera la primera vez, ¿tan poca confianza tiene usted en la fuerza de mis resoluciones?

—En cuanto dependan de la voluntad de usted, no —dijo Leto—; pero como en cosas de la mar hasta los más avezados a ella no cortan siempre por donde señalan...

—Pues luego va a verse, señor marino, si hay aquí o no hay valor para cortar por donde se ha señalado. Mientras tanto, le prohíbo a usted aventurar juicios sobre el particular.

Leto casi se ruborizó por falta de una sutileza galante con que responder a la reprimenda sabrosísima de Nieves.

—¡Qué bonito acopio ha hecho usted hoy! —la dijo porque no se acabara la conversación y aludiendo a la media guirnalda de yerbas y flores que llevaba Nieves sobre el pecho.

—¿Usted ha visto —respondió ella bajando la cabecita para mirarlas y acariciándolas al mismo tiempo con la mano—, qué helechos más primorosos? De tres clases y a cual más fina... Pues ¿y estos penachitos de farolillos carmesí?...

¿Cómo me dijo usted el otro día que se llamaban?

—Brezos.

—Es verdad, brezos: ¡qué preciosos! Pues ¿y estas otras florecitas azules que estaban a su lado? ¡Cosa más fina y delicada!... Vea usted qué bien componen con todo ello estas margaritas silvestres tan blancas, con el centro dorado... ¡Qué primor de campiña!

Hablando Leto con Nieves de éstas y otras cosas parecidas, con entero descuido, porque la marcha igual y monótona del barco no le exigía gran atención, muy a menudo la llevaba puesta, más que en las palabras que dirigía a su linda interlocutora, en el batallar de los pensamientos que le infundía la presencia de aquella criatura, confiada a su pericia y a su lealtad en aquel chinarrito del mundo, entre el cielo y la mar, en medio de la augusta quietud de la Naturaleza. Cuanto de honda y humana poesía palpitaba bajo la costra del humilde boticario, se conmovía y agigantaba entonces, llenándole la mente de luz y el pecho de desconocidas sensaciones; y hubiera sido cosa digna de verse estampada en un papel, la imagen interior del vehemente y desapercibido Leto, perdido entre las evoluciones de su pensamiento, y por el ansia de analizarlos todos, volar de los más rastreros a los más altos, de los más grandes a los más pequeños; trastrocar las especies muy a menudo, y apurarse por lo nimio y vulgar después de haberse mecido sereno en las alturas de lo sublime. Así, por ejemplo, tras de parecerle una herejía haber creído posible trocar por el limbo insulso de su pasado, el dulce presente con todas las contrariedades y amargores que necesariamente había de traerle aparejado, le sonrojaba de pronto la idea mezquina de verse allí, tan cerca de Nieves, vestido como un ganapán... quizá en el mismo instante en que Nieves, mirándole a hurtadillas, le veía mucho más hombre y más apuesto que nunca, con aquellos limpios, holgados y simples atavíos.

Duraron estas cosas tan entretenidas para Leto, y también para la sevillanita probablemente, poco más de un cuarto de hora; hasta que el balandro desabocó, y comenzó a sentir Nieves esas inexplicables impresiones, mezcla extraña de pavor y de alegría, que se apoderan de los novicios entusiastas como ella, al verse de pronto mecidos por las ondas salobres de aquel abismo sin medida.

—Ya estamos fuera —la dijo Leto que leía esas impresiones en su cara—. Los síntomas no pueden ser mejores: calma cernida. Observe usted esa especie de muro de niebla que hay en el horizonte: es lo que llaman ceja los marinos; la mejor señal, en verano, de que va a echar tieso, es decir, a soplar luego una brisa fresca y bien entablada, como lo demuestra también este poco de trapisonda que hace balancear al barco y restallar las velas abandonadas a su propio peso... ¡Cornias! atesa acolladores y quinales, que trabaja demasiado el palo... De manera que nos hallamos en las mejores condiciones para poner a prueba las del yacht... o para volvernos al puerto dentro de diez minutos, en popa, si usted se halla arrepentida de haber llegado hasta aquí... Con toda franqueza, Nieves.

Con toda franqueza y hasta con entusiasmo, se ratificó la animosa sevillana en sus deseos de llevar adelante su acariciado proyecto. Cierto que las embarcaciones en que ella había salido a la mar dos veces en Andalucía, eran mayores, bastante mayores que el Flash; pero ¿y qué? Lo que se perdía en holgura se ganaba en gozar más de cerca los lances del paseo. Conque adelante.

—Pues adelante —repitió Leto muy regocijado—, y no se hable más del asunto...

¡Listo, Cornias! que ya viene la brisa picando. Ha tardado menos de lo que yo esperaba, y me alegro; así empezaremos primero para acabar más pronto... porque usted está algo deprisa, Nieves, ¿no es verdad?

—Esté o no esté —respondió Nieves con donosa formalidad—, el paseo ha de ser en toda regla. Conque aténgase usted a eso, y a nada más que eso... ¿Estamos?

¡Carape, cómo electrizaban a Leto aquellas monaditas de la sevillana! De pronto la dijo:

—¿Ve usted aquel rizadillo gris que tiene la mar allá lejos y viene avanzando hacia nosotros? Pues es el polvo que levanta la brisa en el camino que trae...

¡A qué paso viene!

Enseguida, dirigiéndose a Cornias, gritó:

—Ya está ahí... Caza escotas, que vamos en vuelta de fuera, y a ceñir... Y usted, Nieves —dijo volviéndose hacia ella—, agárrese bien a la brazola, y no se descuide un instante, porque esto no es la bahía... Y perdóneme si desde ahora no la hago los honores de la casa como yo quisiera, porque este caballerito es algo ligero de cascos y voy a necesitar muy a menudo poner los cinco sentidos en él. En esto, sintiendo el Flash en su aparejo las primeras rachas de la brisa, se inclinó sobre el costado de babor; y Leto dijo entonces: —¡A la buena bordada! Y comenzó el balandro a navegar, ciñendo y escorando; pero no como en la bahía, en plano perfectamente horizontal, sino entre balances y cabezadas, que iban acentuándose a medida que refrescaba la brisa y la mar se rizaba, cubriéndose de carneros y garranchos.

Nieves se sobrecogió algo con las primeras arfadas, que llegaron a meter el carel debajo del agua revoltosa y espumante; pero la inalterable serenidad de Leto y aquella su honda y tenaz atención al aparejo, a la caña, a todo el organismo del barco y a su rumbo, y algunas miradas a ella de vivo y cariñoso interés, la tranquilizaron bien pronto, y hasta llegó a encontrar muy divertido aquel incesante cuneo, que la hacía el efecto de un columpio.

Tenía razón Leto al decir a Nieves que no le pidiera cortesías en cuanto empezara el barco a navegar: diez minutos después de decirlo, ya no estaba en casa; ya estaba fuera de sí mismo, de su naturaleza carnal y propia; ya era como el espíritu, el alma del barco que regía; el ser activo e inteligente se había infundido en la armazón y las lonas del yacht; no pensaba ni observaba ni sentía Leto Pérez como hombre, sino como barco; venía a ser a modo de yacht inteligente, o un ser racional con formas de balandro: lo que se quiera. Bien claro le leía Nieves esta trasfiguración en los ojos y en las actitudes, y se embebecía contemplándole así, segura de no ser observada por él, que llevaba toda la mar, toda la brisa y el barco entero y verdadero metidos en la cabeza. De vez en cuando, pero siempre muy a tiempo, hacía una salidita a lo suyo, mirando o hablando breves palabras a Nieves, como Leto mortal, vivo y efectivo; cosa que la complacía mucho, porque no la gustaba verse allí tan sola como en ocasiones creía verse.

—¿Va usted bien? —la preguntaba. Y volvía a ser barco enseguida...

—Buen andar llevamos —pensaba para sus maderas—; pero no todo lo que debemos. Hay que arribar un poco... un poquito más... Ya metimos el carel... Lo menos echamos seis millas... Orza ahora un poco para que adricemos y vayamos con más desahogo, aunque con menos velocidad... ¡Bien, bien!... Ahí están esos condenados, en regata conmigo... (Alto). Mire usted los delfines, Nieves, en rebaños, dándola a usted escolta de honor, y haciendo, volatines fuera del agua para que usted los admire. ¡Cómo quieren lucir su ligereza pasándonos por la proa a lo mejor!

Nieves los admiraba, y hasta los temía al verlos surgir del abismo junto al carel, volteando como pedazos de rueda negra con aguzadas cuchillas de acero enclavadas en la llanta.

—No hay cuidado —la dijo—, que son unos animalejos enteramente inofensivos, y además bobos.

Y con esto volvió a infundir su espíritu en el organismo de su barco y a pensar por él:

—Este andar no es para sangre marinera, con esta mar y esta brisa; hay que arribar otra vez, aunque los garranchos abundan... Cuestión de achicar, si es necesario. Dos garranchos a bordo. (Alto.) Cuidadito los pies, Nieves... y agarrarse... ¿Puede usted volver un poquito más la cabeza a la izquierda?

—¡Yo lo creo! ¿Para que?

—Para que vea usted a Peleches desde aquí.

Volvióse Nieves como Leto quería, y exclamó al punto:

—¡Ay, qué bien se ve! Pero ¡qué en alto y qué lejos está y qué iluminada la casa por el Sol! Parece que nos está mirando con las ventanas... ¿Nos verá alguien desde allí, Leto?

—Al balandro, como un papel de cigarro, puede; pero a nosotros, dificililllo es a la simple vista... Agárrese usted, Nieves, que hay mucha trapisonda y son muy fuertes los balances. Aquí no se puede decir, como en bahía, que

184

el barco paladea el agua; sino que la escupe y la abofetea y la embiste, ¿no es verdad?... y hasta riñe con ella, que, como usted puede observar, no se muerde la lengua tampoco... Vea usted allá lejos unas lanchas corriendo un largo... Son boniteras, de fijo... Así se pesca el bonito, a la cacea.

Poco después preguntó a Nieves, en cuya cara, más pálida que de costumbre, no se leía otra expresión que la de una curiosidad intensísima, si se daba por satisfecha con la prueba, o quería apurarla más.

—Hasta ahora —respondió Nieves intrépida— no ha metido el yacht más que una tabla; y usted me tiene dicho que puede con tres.

—Dos, Nieves...

—Tres, Leto: lo recuerdo bien.

—Conmigo, sí; pero llevándola a usted, no me atrevo.

—¿Teme usted dar la voltereta?

—Eso nunca; pero hay otros peligros...

—Pues las tres tablas quiero. Ya estoy acostumbrada a los balances, y esto me va pareciendo delicioso.

Leto, a reserva de engañarla con un artificio bien disimulado, la prometió complacerla, porque no tenía fuerza de voluntad para contrariarla.

—Pues a ello —dijo—, y agárrese usted bien que voy a preparar la arribada. Apartó su atención de Nieves, y la puso toda en el yacht.

—La verdad es —pensaba—, que la ocasión es de oro para hacer eso y aun otro tanto más; pero ¡carape!... no señor, no señor: tiento, tiento, que no llevas a bordo sacos de paja... Y lo está deseando el maldito. ¡Qué luego sintió la caña!

¡Allá vas! Ya está sorbido el carel... ¡Hola, hola! garranchitos a mí por la proa, ¿eh? Toma ese hachazo por el medio... y ese par de rociones para duchas...

¡Carape con la recalcada!... Una tabla... Esto ya es andar... y embarcar agua también... Pues otro poquito más de caña ahora... para probar... ¡nada más que para probar!... Ya está la segunda. (Alto). Vaya usted contando, Nieves: dos tablas...

—Una y media —respondió Nieves al punto—. Hasta tres...

—¡No sea usted tentadora! Dejémoslo en las dos, y crea usted que es bastante.

—¿Hay miedo, Leto?

—¡Tendría que ver!

—Pues lo parece.

—Vea usted los delfines otra vez... Los puede usted alcanzar con la mano. ¿Serán capaces de pretenderlo, los muy sinvergüenzas? Pues al ver lo que se arriman y se presumen... Las gaviotas... Mire usted esa nube de ellas escarbando con las alas en el mar: allí hay un banco de sardinas...

—Lo que usted quiere —dijo Nieves pasando su mirada firme de los delfines y de las gaviotas a Leto—, es distraerme a mí del punto que estábamos tratando; pero no le vale... ¡Las tres tablas, Leto!

Leto empezó a creer que no había modo de resistirla ni de engañarla...

—Pues las tres tablas —dijo—; pero ¡muchísimo cuidado, Nieves!

Y se dispuso a complacerla, comenzando por olvidarla para no ser más que barco inteligente.

—Hay que volver a empezar —se decía—; y para esto, mejor era haberlo hecho del primer tirón, porque la brisa arrecia y la trapisonda crece... El carel... ¡por vida de la arfada!... De ésta, va a ser el pozo un baño de pies... Más caña...

¡Uf!... ¡qué sensible y qué retozón está hoy el condenado! En cuanto se le tocan las cosquillas, ya no le cabe en la mar... Una tabla... y un garrancho. Después hablaremos de estas rociadas, amigo Cornias... ¡Buena cabezada! Gracias que dimos en blando... La arribada ahora... Dos tablas, y sin carnero a bordo... ¡y qué andar, carape! Que nos alcancen galgos ni las toninas siquiera... Pues toma más, ya que te gusta... ¡así! que no has de desarbolar por ello ni por otro tanto encima... Y eso que parece que te duele el aparejo, por lo que gime y se cimbrea y se tumba... ¡Ay, carape! que esto tiene su borrachera como el vino... ¡Si me dejara llevar de ella!... Pero, en fin, hasta las tres tablas, siquiera, que debemos... falta una... ¡Toma más, bebe más, que más puedes! ¡Vaya si puedes!... Hay que repetir la arribada con mayor energía... ¡Allá va!... ¡Ah, carape, que se me fue la mano!...

Salió el barco como una exhalación, levantando lumbres del agua; saltaron a bordo grandes chorros de ella; oyose un grito horripilante, y desapareció Nieves entre las espumas que revolvía el yacht por la banda sumergida.

—¡Divino Dios! —clamó entonces Leto en un alarido que no parecía de voz humana—. ¡Vira, Cornias!

Y se lanzó al mar detrás de Nieves.

XVIII. Bajo el tambucho

Creo que se nos desmaya, Cornias... Era de esperar... El horror, el frío...
¡Desgraciada de ella... desgraciado de mí... desgraciados de todos, si esto
ocurre antes de llegar tú a recogernos! Ya no podía más... me faltaban palabras para alentarla; fuerzas para sostenerla... y para sostenerme yo mismo.
¡Qué situación, Cornias! ¡Qué cuarto de hora tan espantoso! Anda más
deprisa... Ten firme... Aquí, sobre este banco... ¡Santo Dios! ¡si me parece que
sueño!... Arrolla la colchoneta por esa punta para que sirva de almohada...
Así... Ahora convendría reaccionarla; pero ¡cómo?... Con qué tenemos; pero
¡cómo? vuelvo a decir... Destapa ese otro banco y saca cuantas ropas haya
dentro del cajón...

¡En el aire!... Yo, al armario de las bebidas alcohólicas... ¡Inspiración de
Dios fue el conservarlas aquí!... ¡Y se resiste la condenada vidriera!... Pues
por lo más breve... ¿para qué sirven los puños?... Hágase polvo este cristal,
y el armario entero si es preciso... Este ron de Jamaica es lo más apropiado...
Una copa también... Ampara tú esto de los balances, sobre la mesa... pero
dame primero una toalla de esas para secarme las manos, que chorrean
agua... ¿Qué ha de suceder con esta chaqueta que es una esponja?... ¡Fuera
con ella!... Vete echando ron en la copa... Venga ahora... Pero aguárdate que
la enjugue antes la cara... ¡Dios de Dios! ¡que yo no pueda hacer aquí lo que
es más necesario... casi indispensable!... aflojarla estas ropas empapadas...
quitárselas de encima.

¡Si me fuera dado ver y no ver; maniobrar con los ojos cerrados!... La
copa enseguida... Ron en las sienes... en las ventanillas de la nariz... entre
los labios...

¡Pero si con ese talle tan oprimido no pueden funcionar los pulmones!...
Yo bien veo dónde está la abertura de la coraza... pero ¡no sería una pro-
fanación poner las manos ahí?... ¡No se me caerían de las muñecas?... Y
hay que hacer algo por el estilo, y sin tardanza... Por la espalda si acaso...
justo: la misma cuenta sale... Tu cuchillo, Cornias... Ayúdame a ponerla boca
abajo... ¡Dios me dé uno suficiente!... Por si acaso, el filo hacia arriba... Ya
está cortada la tela del vestido... Ahora las trencillas del corsé... y estos cin-
turones... Esta es obra más fácil... Trae aquel impermeable y tiéndele encima

de ella y de mis manos, que no tienen ojos... Así... Ya queda el tronco libre de ligaduras... a volverla ahora de costado... ¿Ves cómo respira con menos dificultad?... Más ron enseguida... ¡en el aire, Cornias! Le siente en los labios... Ten la copa un instante mientras la incorporo yo... Así... ¡Nieves!... ¡Nieves!... Dame la copa tú. ¡Nieves!... un sorbito de esta bebida para entrar en calor... A ver, poquito a poco... Allá va...

¡Lo paladea, Cornias, lo paladea... y entreabre los ojos! ¡Sea Dios bendito!... Otro sorbo más, Nieves, hasta apurar la copa, aunque le repugne a usted: es esencia de vida... ¡Ajá!... Prepara otra, Cornias, por si acaso... Mira, hombre, ¡todavía conserva en el pecho parte de las flores que se había prendido esta mañana!... Sobre que se están cayendo... Toma. No las tires: guárdalas en ese armario abierto... por si pregunta por ellas... ¿Se siente usted mejor, Nieves?

¿Quiere usted otro poco de la misma bebida para acabar de reaccionarse?...

¡Mira, Cornias, qué fortuna en medio de todo! Ya vuelve en sí... ya está en sus cabales... ¡Bendito sea Dios!

El pudor, que es el sentimiento más afinado en la naturaleza de la mujer, fue lo primero que vibró en la de Nieves al recobrar ésta el dominio de su razón. Notó la flojedad del cuerpo de su vestido, mirose, le vio desentallado, reparó en el impermeable que la cubría los hombros; Y con una mirada angustiosa preguntó a Leto la causa de ello.

—Lo he rasgado yo —respondiola el mozo, tan ruborizado como la interpelante—, porque era de necesidad abrir por algún lado para que usted respirara con desahogo... y elegí ese lado de atrás por parecerme menos... vaya, menos... y aun eso se hizo, al llegar al corsé, bajo el impermeable que no se le ha vuelto a quitar a usted de encima. ¿Es cierto, Cornias?

Cornias dijo que sí; y Nieves bajó la cabeza, estremeciose, y se arropó con el impermeable. Estaba pálida como un lirio, casi amoratada; chorreábale el agua por cabellos y vestido, y había una verdadera laguna en el suelo de la cámara; porque Leto, por su parte, era una esponja inagotable, de pies a cabeza.

—Ahora, Nieves —la dijo éste casi imperativamente, pero traduciéndosele en la voz y en la mirada la compasión y el interés de que estaba poseído—, va usted a hacer, sin un momento de tardanza, lo que debió de haberse hecho en un lugar de lo poco que yo hice... porque no me era lícito hacer más: está usted empapada en agua, está usted fría; y eso no es sano: hay que quitarse esa ropa... ¡toda la ropa! enjugarse bien, friccionarse si es preciso, y volverse a arropar: yo no tengo vestidos que ofrecerla a usted, ni en estas soledades han de hallarse a ningún precio; pero tengo algo seco, limpio y muy a propósito para que pueda usted envolverse en ello y abrigarse... Vea usted una... dos... tres grandes sábanas de felpa... dos toallas... unas pantuflas sin estrenar, algo cumplidas de tamaño; pero donde cabe lo más, cabe lo menos... Otro impermeable... ¿Se acuerda usted de la tarde en que les enseñé estas prendas visitando ustedes esta cámara? ¡Mal podía imaginarme yo entonces el destino que les estaba reservado para hoy! En medio de todo, bendito sea Dios, que menos es nada... Conque a ello, Nieves... y tome usted antes otros dos sorbos de ron para rehacerse un poquito más... No insistiría, porque sé que le repugna este licor, si tuviera usted quién la ayudara en la tarea en que va a meterse; pero, desgraciadamente, tiene usted que arreglarse sola, y hay que cobrar fuerzas... Vamos, otro sorbito... y tú, Cornias, ¡listo a pasar un lampazo por estos suelos!... Vea usted bien, Nieves: sobre la mesa pongo, para que las tenga usted más a la mano, las sábanas, las toallas y las babuchas... Allí queda el capuchón impermeable; y la botella del ron para el uso que la indiqué antes y la recomiendo mucho, en este armario... Después se pasa usted a aquel otro banco que está seco, y se acuesta un ratito... Para su mayor tranquilidad, voy a correr las cortinillas de los tragaluces... No hay ojos humanos en el yacht capaces de un atrevimiento semejante; pero usted no tiene obligación de creerlo...

¿Ve usted? Después de corridas las cortinillas, queda sobrada claridad para lo que tiene usted que hacer... ¡Ah! por si le ocurre llamar mientras esté sola aquí adentro: esta puerta de entrada tiene un cuarterón de corredera: observe usted cómo se abre y se cierra... Por aquí puede usted pedir lo que necesite...

¡Listo, Cornias, que apura el tiempo!... Conque ¿estamos conformes, Nieves? ¿Hay fuerzas? ¿Sí? Pues a ello sin tardar un instante. Y ¡ánimo! que Dios aprieta, pero no ahoga.

Nieves, que había estado con la mirada fija en Leto, sin perder una palabra, ni un movimiento, ni un ademán del complaciente muchacho en su afanoso ir y venir, cuando le tuvo delante, a pie firme y en silencio pidiéndola una respuesta, se la dio en una sonrisa muy triste, pero muy dulce.

Enseguida se llevó ambas manos a la frente y se estremeció de nuevo, exclamando:

—¡Dios mío, qué ideas me acometen de pronto, tan negras, tan raras!... ¡qué sobresaltos, qué visiones!... Estoy como en una pesadilla horrorosa... Mi pobre padre, tan tranquilo y descuidado en Peleches; yo, sin saberlo él, aquí ahora, de esta traza, en este mechinal... y un momento hace... ¡Dios eterno!... Leto... yo estoy viva de milagro... yo he debido de ahogarme hoy.

—No, señora —respondió Leto muy formal.

—¿Que no? Pues si no es por usted, primero, y por la destreza de Cornias enseguida... confesada por usted mismo cuando le veía acercarse...

—Cornias ha cumplido con su deber, como yo he cumplido con el mío; pero usted no podía ahogarse de ningún modo...

—¿Por qué?

—Porque... porque no: porque para ahogarse usted era preciso que antes me hubiera ahogado yo, y después el yacht con Cornias adentro, y después los peces de la mar, y la mar misma en sus propias entrañas, ¡y hasta el universo entero!... porque hay cosas que no pueden suceder ni concebirse, y por eso no suceden... Y ¡por el amor de Dios! esparza usted ahora esos tristes pensamientos, como yo esparzo los míos... que son bien tristes también, y muy mortificantes y muy negros, y conságrese sin perder minuto a hacer lo que la tengo recomendado; porque no da espera. Tiempo sobrado nos quedará después para hablar de eso... y entregarme yo a la Guardia civil para que, atado codo con codo, me lleve a la cárcel, y después me den garrote vil en la plaza de Villavieja.

—¿A usted, Leto?

—A mí, sí; porque, en buena justicia, debió de haberme tragado la mar en cuanto la puse a usted en brazos de Cornias.

—Pero ¿habla usted en broma o en serio? —le preguntó Nieves, contristada con el tono y el ademán casi feroces de Leto.

—Pues ¿no ha conocido usted que es broma para distraerla de sus visiones?

—respondió éste fingiendo una risotada de mala manera, abochornado por su imprudente sinceridad—. Lo que la repito en serio es que urge quitarse todas esas ropas mojadas.

—¿Y las de usted? —le dijo a él Nieves viendo cómo le chorreaba el agua por las perneras abajo—, ¿son ropas mojadas?

—Las mías —respondió Leto— no hacen daño donde están ahora: somos antiguos y buenos amigos el agua salada y yo... Además, ya están casi secas y acabarán de secarse al aire libre, adonde voy a ponerlas enseguida con el permiso de usted. Vamos a ir empopados, y cuento con llegar al puerto en tres cuartos de hora; echemos otro hasta el muelle: la hora justa desde aquí... Téngalo usted presente para hacer su toilette... y hasta luego.

Con esto salió de la cámara, cerró la puerta y voceó a Cornias, que ya estaba esperándole con la maniobra aclarada y la sangre helada aún en sus venas con el recuerdo del espantoso lance que no se le borraría de la memoria en todos los días de su vida.

Se izaron las velas, se puso el Flash en rumbo al puerto, y cayó su piloto, no en su embriagadora obsesión de costumbre en casos tales, sino en las garras crueles de sus amargos pensamientos. Volaba el yacht cargado de lonas, arrollando garranchos y carneros, saltando como un corzo de cresta en cresta y de seno en seno, circuido de espumas hervorosas, juguetón, ufano... ¿Y para qué tanta ufanía y tanta presteza? Para tortura del pobre mozo, que veía en la llegada al puerto la caída en un abismo sin salida para él... Mirárase el caso por donde se mirara, siempre resultaba el mismo delincuente, el mismo responsable: él, y nadie más que él fue débil complaciendo a Nieves, sin consentimiento de su padre, en un antojo tan serio, tan grave, como el de salir a la mar a hurtadillas y con, el tiempo medido; fue un mentecato, un majadero, haciendo valentías en ella, sin considerar bastante los riesgos que corría el tesoro que llevaba a su lado; fue un irracional, un bárbaro, rematando sus majaderías con la bestialidad que produjo el espantoso accidente... No lo había dicho en broma, no: merecía ser entregado por la Guardia civil a los tribunales de justicia, y agarrotado después en la plaza pública, y execrado hasta la consumación de los siglos en la memoria de don Alejandro Bermúdez y todos sus descendientes. Y si don Alejandro Bermúdez y la justicia humana no lo consideraban así, ni el uno ni la otra tenían sentido común ni idea de lo justo y de lo injusto...

¡Que Nieves vivía! ¡Y qué, si vivía de milagro, como había dicho muy bien la infeliz? Su caída había sido de muerte, con el andar que llevaba el barco; y en esta cuenta se había arrojado él al mar... Si se obraba el milagro después, bien; y si no se obraba... ¿qué derecho tenía él a vivir pereciendo ella, ni para qué quería la vida aunque se la dejaran de misericordia? Esto no era rebelarse contra las leyes de Dios; era sacrificarse a un deber de caridad, de conciencia, de honor y de justicia. Él la había puesto en aquel trance; pues quien la hizo que la pagara. Esta era jurisprudencia de todos los códigos y de todos los tiempos, y de todos los hombres honrados... ¿Comprometes la vida ajena? Pues responde con la propia. ¿Qué menos? Esto entre vidas de igual valor. Pero ¿qué comparación cabía entre la vida de Nieves y la vida de Leto? ¡La vida de Nieves! Todavía concebía él, a duras penas, que por obra de una enfermedad de las que Dios envía, poco a poco y sin dolores ni sufrimientos, esa vida hubiera llegado a extinguirse en el reposo del lecho, en el abrigo del hogar y entre los consuelos de cuantos la amaban; pero de aquel otro modo, inesperado, súbito, en los abismos del mar, entre horrores y espantos... ¡y por culpa de él, de una imprudencia, de una salvajada de Leto!... Lo dicho: aun después de salvar a Nieves, quedaba su deuda sin pagar; y su deuda era la vida; y esta deuda debió habérsela cobrado el mar en cuanto dejó de hacer falta para poner en salvo la de su pobre víctima... Todo esto era duro, amargo, terrible de pensar; pero ¿y lo otro, lo que estaba ya para suceder, lo que casi tocaba con las manos y a veces se las inducía a dar contrario rumbo a su yacht? ¡Cuando éste llegara al puerto, y hubiera que pronunciar la primera palabra, dar la primera noticia, las primeras explicaciones, aunque por de pronto se disfrazara algo la verdad que al cabo llegaría a conocerse?... Don Alejandro, sus servidores y amigos... la villa entera, la misma Nieves, después de meditar serenamente sobre lo ocurrido... cada cual a su manera, ¡todos y todo sobre él!... Merecido, eso sí, ¡muy merecido! Pero ¿dónde estaban el valor y las fuerzas necesarias para resistirlo? Hasta con el mar se luchaba y en ocasiones se vencía; pero contra la justa indignación de un caballero, contra el enojo de sus amigos, contra la mordacidad de los malvados y contra el aborrecimiento de ella... ¡Oh, contra esto sobre todo!... Aquí no cabía ni hipótesis siquiera. Antes que tal caso llegara, aniquilárale Dios mil veces, o castigárale con la sed y la ceguera y todas las desdichas de Job: a todo se allanaba menos a ser objeto de los odios de aquella criatura que le parecía sobrehumana.

Después de subir Leto tan arriba en la escala de lo negro, sucediole lo que a todos los espíritus exaltados movidos de las mismas aprensiones: que no pudiendo pasar de lo peor ni teniendo paciencia para quedarse quietecito donde estaba, comenzó a descender muy poco a poco, para cambiar de postura; y de este modo, quitando una tajadita a este supuesto, y un pellizquito al otro, y dando media vuelta al caso de más allá, fue encontrando la carga más llevadera y el cuadro general a una luz menos desconsoladora.

Para mayor alivio de su pesadumbre, al abocar al puerto se halló de pronto con la carita de Nieves asomada al cuarterón de la puerta de la cámara, mirándole muy risueña, con una rosetita arrebolada en cada mejilla y cierta veladura de fatiga en los ojos... El alma toda se le esponjó en el cuerpo al aprensivo mozo. Aquellos celajes tan diáfanos, tan puros, no eran signos de la tempestad que él temía...

—Ya está usted obedecido —le dijo—, en todo y por todo. ¡Si viera usted qué bien me encuentro ahora! Siento hasta calor, y he cobrado fuerzas... Pero huelo a ron que apesto... Lo peor es que no puedo manejarme a mi gusto, porque estoy lo mismo que un bebé: en envolturas. Además, el capuchón por encima. Leto bajó un poco la cabeza y apretó los párpados y las mandíbulas, como si tratara de arrojar de su cerebro alguna idea, alguna imagen que, contra su voluntad, se empeñara en anidar allí.

—Bien sabía yo —dijo por su parte y solo por decir algo, que el remedio era infalible; sobre todo, aplicado a tiempo... Y aunque yo me privara del gusto de verla ahí tan repuesta, ¿no estaría usted mejor descansando sobre el almohadón que no se ha mojado?

—Ya lo he hecho durante un ratito —contestó Nieves—; pero me he levantado para preguntarle a usted una cosa que ha empezado a inquietarme bastante... Como yo hasta ahora no he tenido el juicio para nada... En primer lugar, ¿por dónde vamos ya?

—Entrando en el puerto.

—Y cuando lleguemos al muelle, ¿cómo salgo yo de aquí, Leto? Porque no he de salir en mantillas. ¿Ha pensado usted en esto también?

—También he pensado en eso —respondió Leto devorando el amargor que le producía el recuerdo de aquel caso, que era la primera estación del Calvario que él había venido imaginándose—. En cuanto lleguemos al muelle, irá Cornias volando a Peleches en busca de la ropa que usted necesite... Se dirá, para no alarmar, que se ha mojado usted, no lo que ha sucedido...

—Me parece muy bien, y en algo como ello, había pensado yo para salir del primer apuro. Después, Dios dirá... ¿no es así, Leto?

—Así mismo —respondió éste algo mustio otra vez.

—Pues yo creo —dijo Nieves notándolo, que hacemos mal en apurarnos por lo menos, después de haber salido triunfantes de lo más... Dios, que me oyó entonces, no ha de ser sordo ahora conmigo... para una pequeñez; porque después de lo pasado, todo me parece pequeño, ya, Leto... ¡muy pequeño!... hasta el enojo y las reprensiones de papá... ¡Virgen María! Me veo aquí sana y salva y hablando con usted, vivo y sano también, y me parece mentira... ¡Qué horrible fue, Leto, qué espantoso! ¡En aquella inmensa soledad!... ¡qué abismo tan verde, tan hondo... tan amargo!...

Amargos y muy amargos le parecieron también a Leto aquellos recuerdos que él quería borrar de su memoria, y por ello pidió a Nieves, hasta por caridad, que hablara de cosas más risueñas.

—¡Si no puedo! —le respondió Nieves con una ingenuidad y un brío tan suyos, que no admitían réplica—. Estoy llena, henchida de esos recuerdos, como es natural que esté, Leto... porque no ocurren esas cosas todos los días, ¡ni quiera Dios que vuelvan a ocurrirle a nadie! Me mortifican mucho calladitos allá dentro, y me alivio comunicándolos con usted... ¡y usted quiere que me calle!... Pues caridad por caridad, Leto: también yo soy hija de Dios... ¿Le parezco egoísta?

¿Le importuno? ¿Le canso? ¿Va usted a enfadarse conmigo?

¿Habría zalamera semejante? ¡Enfadarse Leto por tan poca cosa, cuando sería capaz!... Pidiérale ella que bebiera hieles para quitarla una pesadumbre, y hieles bebería él tan contento, y rescoldo desleído. No se atrevió a decírselo tan claro; pero como lo sentía, algo la dijo que sonaba a ello y le valió el regalo de una mirada que valía otra zambullida. Enseguida dijo Nieves, volviendo a pintársele en los ojos la expresión del espanto:

—Todo lo recuerdo, Leto, como si me estuviera pasando ahora: qué tontamente desprendí las manos del respaldo para llevármelas a la cara, cuando sentí el chorro de agua en ella; la rapidez con que caí enseguida, y la impresión horrorosa que sentí al conocer que había caído en la mar; lo que pensé entonces y lo que recé; el desconsuelo espantoso de no tener a qué asirme ni dónde pisar...

¡Ay, Leto! si tarda usted dos segundos más, ya no me encuentra... Me hundía, me hundía retorciéndome desesperada... ¡qué horror! Cuando me vi agarrada y suspendida por usted, me pareció que resucitaba... Después empezaron los peligros de ahogarnos los dos por mi falta de serenidad para seguir los consejos que me daba usted... Empeñada en asirme a usted, como si estuviéramos los dos a pie firme sobre una roca... Pero ¿quién puede estar serena entre aquellos horrores, Virgen María! Después ya fue otra cosa: a fuerza de suplicarme usted y hasta de reñirme, ya logré colocarme mejor y dejarle más libre y desembarazado... a todo esto, alejándose el yacht, y usted explicándome por qué lo hacía... después todas sus palabras para darme alientos, hasta que el barco volviera por nosotros... ¡si volvía, Leto, si volvía a tiempo!, porque a pesar de sus palabras, demasiado conocía yo lo que pasaba por usted: las fuerzas humanas no son de hierro; y aquella espantosa situación no daba larga espera... Recuerdo la alegría de usted cuando vio el yacht encarado a nosotros; sus temores de que a Cornias no se le ocurrieran ciertas precauciones, y el barco, por demasiada velocidad, pasara a nuestro lado sin poder recogernos; y su entusiasmo cuando vimos caer las velas una a una, quedarse el barco desnudo, y al valiente Cornias de pie, con la caña en la mano y conduciéndole hacia nosotros hasta ponerle a nuestro lado, dócil y manso, y creo que hasta risueño... No parecía barco, sino un perro fiel que iba en busca de su señor.

¡No he de recordarlo, Leto? ¡Pues es para olvidado en toda mi vida por larga que ella sea?... Como lo que usted dijo en cuanto llegó a nosotros el yacht, y el pobre Cornias, pálido como la muerte, se arrojó sobre el carel con los brazos extendidos... ¿Se acuerda usted, Leto?

Leto, con la frente apoyada en su mano izquierda y el codo sobre la rodilla, no respondió a Nieves una palabra. Estaba aturdido, fascinado, quizá por los recuerdos que evocaba el relato; quizá por el acento conmovedor y la expresión irresistible de los ojos de la relatora.

La cual, después de contemplarle con cariñosa avidez unos momentos, añadió:

—Pues yo sí: «¡A ella, Cornias; a ella sola!» Mal andaba yo de fuerzas entonces, ¡muy mal!... no podía andar peor; pero me hubiera atrevido a jurar que estaba usted gastando las últimas en ponerme en manos de Cornias... ¡Ay, Leto! Yo creía que en determinadas ocasiones de la vida, estaban excusados los hombres de ser galantes con las damas; pero, por lo visto, la regla tiene excepciones; y una de ellas me ha tocado a mí hoy, por dicha mía... ¡Y quiere usted que eche de la memoria todos estos recuerdos, o que los conserve y me calle!... Y a todo esto —añadió, observando la emoción hondísima del original muchacho (que tenía que ver entonces, desgreñado, en cuerpo y mangas de camisa, aún no bien seca, y los pantalones más que húmedos todavía)—, ¿dónde está Cornias?... Yo quisiera verle.

Como el yacht continuaba navegando en popa y no había que tocar la maniobra, Cornias iba a proa sentado al borde del tejadillo del tambucho, con los brazos cruzados sobre el pecho, la cabeza algo caída, pálido el color, y los ojos completamente en blanco; porque todo su mirar era entonces hacia adentro, donde le hervían las imágenes terribles de los recientes sucesos en que le había alcanzado tan importante papel.

Acudió a la llamada enérgica de Leto, el cual le dijo:

—La señorita desea hablarte: baja.

Y bajó al fondo del pozo. Allí levantó la cabeza, y enderezó lo más que pudo la mirada al ventanillo de la puerta; y tal efecto le produjo la expresión dulce y melancólica de la carita de Nieves, incrustada en el hueco, y el cariñoso interés con que le miraba a él, al ínfimo Cornias, que comenzó a inflar los carrillos y amagar sollozos; con lo cual Nieves se enterneció también algo, y ninguno de los dos articuló palabra.

Observado por Leto y queriendo dar fin a la escena que tan dificultosamente empezaba, con el pretexto de que andaba el yacht en las proximidades del muelle, pidió permiso a Nieves para enviar a Cornias a su sitio; y la dijo en conclusión:

—De eso ya hablarán ustedes otra vez. Fuese Cornias y preguntó Nieves a Leto:

—¿Tan cerca estamos ya?

—En cinco minutos llegamos...

—¡Ay, Dios mío! —exclamó Nieves, palideciendo algo— ¡qué hormiguillo me entra ahora!... ¿Será miedo?

—Hay para tenerle —contestó el otro tiritando en su interior.

—Pues ánimo —repuso ella con la voz algo insegura—, y pensemos en lo más para no temer lo menos. Antes se lo dije también. Y ahora me vuelvo a mi escondrijo, hasta que pueda salir de él vestida de persona mayor... ¡Ah!... se me olvidaba —añadió después de haber retirado un poco la carita del ventanillo—: he visto en el armario unas flores iguales a las que llevaba en el pecho esta mañana, si no son las mismas...

—Lo son —respondió Leto hecho una grana, como si le hubieran achacado el robo de un panecillo.

—Pues ¿cómo están allí? —preguntó Nieves gozándose en el bochorno de Leto.

—Porque se le estaban cayendo a usted del pecho cuando la tendimos desmayada sobre el banco... y le dije yo a Cornias, después de recogerlas con mucho cuidado, que las guardara..., por si preguntaba usted por ellas.

—Muchas gracias, Leto, aunque ya no me sirven. Puede usted tirarlas, si le parece.

—¡Eso no! —contestó Leto sin pararse en barras, acordándose del lance del Miradorio—. Bien están donde están, puesto que usted no las quiere.

—Y ¿no estarían mejor —preguntole Nieves, con una sonrisilla que hablaba sola—, en otra parte... por ejemplo, con cierto clavel rojo, en el mismo libro, como apunte de dos fechas importantes?... En fin, al gusto de usted... y hasta luego... y corrió la tablilla de cuarterón.

—¡Lo propio que yo estaba pensando! —exclamó Leto para sí—. Dos fechas: el principio y el fin; porque esto es ya el acabose... ¡Cornias! —gritó de pronto—. ¡Arría!

Arrió Cornias el aparejo que le sobraba al balandro; y así continuó éste deslizándose hasta atracarse a los maderos del muelle, con la misma precisión que si llevara medidas a compás las fuerzas y la distancia.

XIX. En la villa

Los pescadores que estaban trajinando en un bote cercano al muelle, vieron la llegada del Flash y el estado en que venía Leto; cómo salió Cornias enseguida escapado hacia Peleches; cómo el hijo de don Adrián, descompuesto y airado de semblante, no sabía lo que se hacía, y, en ocasiones, hablaba palabras sueltas con alguien que estaba encerrado en la cámara; cómo volvió Cornias después a todo andar, con un gran envoltorio entre brazos y acompañado de «la Gitana de Peleches» (así llamaban a Catana las gentes de Villavieja); cómo entregó Cornias a la andaluza el envoltorio, estando los dos en el yacht; cómo la andaluza y el envoltorio pasaron a la cámara; cómo Cornias tornó a subir al muelle y tomó a escape el camino de la villa; cómo no tardó un cuarto de hora en volver, con otro lío que puso en manos de Leto; cómo al cabo de otro cuarto de hora y salieron de la cámara la señorita de Peleches, muy elegante, y Catana con otro envoltorio que goteaba; cómo, después de darse la mano la señorita y Leto, muy afectuosamente, y de cambiar algunas palabras, Cornias cogió el lío que goteaba, y, echándosele al hombro, salió del yacht con las dos mujeres; cómo Leto desde abajo y la señorita desde el muelle, volvieron a despedirse con la mano, de palabra y con los ojos; cómo los tres desembarcados se fueron por el camino del Miradorio, y Leto se encerró en la cámara con su correspondiente lío, para salir, un buen rato después, mudado de pies a cabeza y vestido «de cristiano»; cómo anduvo trajinando en el yacht... y cómo, en fin, reapareció Cornias en el muelle, sudando el quilo, sin pizca ya de negro en los ojos, y bajó al yacht, y se quedó en él, y se marchó Leto hacia su casa... con un manojito de herbachos y de flores ruines en la mano, pero que debían tener algún mérito, por el cuidado con que las guardó en un bolsillo. Todas estas cosas y la cara de susto que notaron en la señorita, en la gitana y en Cornias, y de veneno en el hijo de don Adrián, tan alegrote de suyo, pusieron la curiosidad de los pescadores en una tirantez insoportable. Por lo cual, en cuanto se perdió Leto de vista, ya estaban ellos al costado del balandro acosando a Cornias con preguntas. Cornias era sobrio de palabras naturalmente, y en aquella ocasión fue hasta mezquino; pero como aún tenía el susto bien patente y lo visto por los pescadores no se veía a todas horas en un yacht como aquél, de vuelta de un paseo por la mar, la mezquindad de las respuestas agravaba el aspecto del asunto. Pronto cayó Cornias en esta cuenta; y para salir del paso honradamente, despilfarrose un poco más, barajando de mala gana, a media voz y de medio lado, sin desatender su faena «una virada en redondo», «mucha trapisonda», «garranchos como arena» y «los rociones hasta la cara». Replicáronle que cómo pudieron empaparse los demás y quedar él tan enjuto como estaba a lo cual, y viéndose cogido por el medio, respondió que no había más, y que bastante era para lo poco que les había costado y lo menos que les importaba.

Idéntica explicación había hecho a don Adrián, por encargo de Leto, al pedirle ropa con que mudarse éste; pero don Adrián lo creyó a puño cerrado desde luego, y no pasó más allá de lamentar el caso, dar a Cornias el equipo que le pedía, y rogar a Dios en sus adentros que no ocurrieran cosas semejantes cuando fuera en el balandro la señorita de Peleches, de la cual nada había dicho el mensajero de Leto al boticario; mientras que los pescadores, con más datos a la vista y mayor experiencia que don Adrián en achaques de aquel género, y maliciosos de suyo, se forjaron el lance a su capricho; y dándole por cierto, le narraban diez minutos después, con minuciosos detalles, en la taberna de Chispas, delante de varias personas, entre ellas la criada de don Eusebio Codillo que iba en busca de la media azumbre diaria de clarete que se bebía en la casa entre los seis de familia.

Esto ocurría a las doce y media, minutos arriba o abajo: a la una menos cuarto se sabía en casa de las Escribanas (que ya tenían, por Maravillas, conocimiento de la salida de Nieves a la mar, sola con el hijo del boticario) que el uno y la otra, por andar de remosco en el balandro, habían caído juntos al agua, de donde salieron con muchas dificultades; que ella había venido desnuda en la cámara, y él a medio vestir un poquito más afuera... Eso, al llegar al muelle; porque antes, sabe Dios dónde vendría.

Rufita González supo más que esto a la una en punto. Supo que, habiendo salido Nieves de la mar sin conocimiento, hubo necesidad de desnudarla y darla friegas en todo el cuerpo, para que volviera en sí, y dárselas con un esparto sucio, por no haber allí otro recurso de que echar mano. Y lo que decía Rufita a las tres Indianas babeando de indignación:

—No lo siento por ella, la verdad, ni por el parentesco que nos une, ni tampoco me extraña; porque, con el modo de vivir que traía la muy pindonga, en eso había de venir a parar... o en cosa peor que también puede haber sucedido... ¡vaya usted a saberlo!... ¡Ay, si tenía yo buena nariz cuando despreciaba sus arrumacos! «Que no te dejas ver, Rufita... que vengas a menudo por aquí... que te echo mucho de menos... que entre personas de familia debe haber mucha unión y mucho cariño... que a comer... que a refrescar... que no seas ingrata ni orgullosa...» ¡Pícara lagarta sin vergüenza del demonio! ¡Como si fueran de juego los motivos que yo tenía para despreciarla!... Pero por quien siento el escándalo es por mi pobre primo carnal, Nachito: tan joven, tan guapo, tan caballero y tan poderoso; porque le pone en redículo, después de las voces que han echado a volar ella y su padre, sobre casamiento arreglado de los dos primos. ¡Para ella estaba, la muy escandalosa! ¡En eso piensa el hijo de mi tío Cesáreo! Por otros caminos más decentes y honrados han de ir, si Dios quiere, las miras de mi pobre primo... Y si no, al tiempo... Pero ellos están haciendo creer otra cosa para ver si cuaja... ¡Como no cuaje! Que cargue, que cargue con el zagalón de la botica... y gracias que no lo tenga el gandulón a menos, porque para ella sobra, ¡Ja, ja, ja, jaaá!

En la Campada se recibió la misma historia, con nuevas ilustraciones, a las dos; y todos los Carreños cayeron sobre ella como una piara de cerdos sobre un costal de patatas: a dentellada limpia entre gruñidos de placer.

Los Vélez, que lo supieron a las dos y media, lo tomaron en tono muy diferente. Don Gonzalo miró a Juanita con cara de compasivo menosprecio; Juanita, en ademán de profetisa triunfante, miró a su hermano Manrique; y Manrique, que estaba mirando al suelo, según costumbre, y columpiando una pierna cruzada sobre la otra, bajó un poquito más la cabeza y corrió la mirada dos rendijas hacia el sillón... Enseguida leyó Juanita en alta voz una revista de Asmodeo, como para desinfectar la casa y endulzar los paladares; y no volvió a mencionarse allí el nombre de los Bermúdez, cuanto más el inaudito suceso que en aquellos instantes corría de boca en boca por toda Villavieja.

Don Claudio Fuertes le pescó en el Casino, muy atenuado y confuso, porque delante de él nadie osaba decir todo lo que sabía. Pero como era evidente que algo había sucedido, alarmose y corrió a la botica para averiguar lo cierto. Don Adrián sabía ya para entonces algo más de lo que le había contado Cornias: sabía que Nieves iba también en el yacht, y que también se había mojado; y esto lo sabía porque Leto había creído de necesidad contárselo en justificación de su invencible disgusto, y por temor de que su padre supiera por otro conducto toda la verdad y la creyera. El pobre boticario estaba transido de pesadumbre. «Nada tenía de particular el caso en sí, aislada, concreta y separadamente, eso es»; pero considerando que Nieves había salido aquel día a la mar por primera vez y sin permiso ni conocimiento de su padre, ¿qué no estaría pensando y sintiendo a aquellas horas su bondadoso y respetable amigo el señor don Alejandro Bermúdez Peleches, si era sabedor de todo? Por aquí, por aquí le dolía al apacible don Adrián entonces; y como Leto se quejaba también del mismo lado, y ninguno de los dos tenía serenidad bastante para presentarse en Peleches con aquellos temores sobre el alma, Fuertes les reprendió la cobardía, y les dio razones que les obligaban a lo contrario: si lo sabía don Alejandro, para disculpar Leto a Nieves y disculparse él mismo honradamente; si lo sabía y no le daba importancia, para que viera que tampoco se la daban ellos; y si nada sabía, tanto mejor para todos. Él subiría aquella misma tarde a Peleches a la hora de costumbre, como si nada hubiera pasado, y esperaba que hicieran ellos lo mismo: que no faltaran a la tertulia de la noche. Le pareció de necesidad también informar y prevenir a los amigos de don Alejandro, para que no se dieran por entendidos del suceso con él por sí aún le ignoraba, y que se hiciera la propio con las personas que fueran llegando a la botica, como ya habían llegado algunas, en demanda de datos ciertos acerca de lo que se propalaba por la villa.

De acuerdo los tres sobre este punto y los demás allí tratados, don Claudio salió de la botica para volver al Casino. Cerca ya de él, le alcanzó Leto y le dijo:

—Lo que acaba usted de saber en la botica no es ni sombra de la verdad; y como quiero que usted la conozca, porque me parece que debe de conocerla, y aquí no podemos hablar en reserva, lléveme usted a su casa, si tiene un cuarto de hora disponible.

Estando la casa de don Claudio a dos pasos de allí, y habiéndole metido las palabras de Leto en mucho cuidado, en un instante llegaron a ella y se encerraron en el gabinete que servía al comandante retirado de despacho y de dormitorio.

—Como lo que usted ha oído en el Casino —comenzó diciendo Leto a media voz y espeluznado—, y lo que se estará propalando a estas horas por toda la villa, no son más que conjeturas sobre lo que vieron dos boteros en el yacht atracado al muelle, y algunas palabras que tuvo que decirles Cornias para engañarles el hambre, necesito yo, para alivio y desahogo de mi conciencia, declarar toda la verdad a un amigo tan honrado y tan discreto como usted. Mi padre no sabe más que lo que yo he querido que sepa, y el público ¿quién podrá adivinar hasta dónde llevará las invenciones?

Y le refirió el suceso con los más minuciosos detalles.

Don Claudio le escuchó sobrecogido; y no pudo menos de alabar, con su corazón de soldado viejo, el generoso rasgo de Leto.

—No haga usted caso —replicó éste notoriamente mortificado con el elogio—, de ese detalle del cuadro; porque le juro, a fe de hombre de bien, que no hubiera salido a relucir si hubiera podido explicar sin él el salvamento de Nieves...

—Pero, alma de Dios —le dijo Fuertes para sacarle del negro desaliento en que le veía sumido—, ¿cómo se ha de prescindir de ese detalle si en la situación en que usted se halla y para el caso que usted teme, es él toda la cuestión?

—¿Toda la cuestión?

—Toda la cuestión, Leto, o yo no sé lo que traigo entre manos. Si por excesiva condescendencia, primero, y después por una distracción de usted, estuvo Nieves a punto de perecer, y usted la salvó con riesgo de la propia vida, ¿qué mil demonios le ha quedado a deber al señor don Alejandro ni al lucero del alba tampoco? Ahora, que la lección le sirva de escarmiento y que haya su sermoncito con espantos para arreglar a él la conducta venidera, ya es distinto, y hasta me parecería muy al caso; pero, esto ¿qué le quita a usted ni qué le pone? Leto, con la cabeza baja, se atusaba las barbas, miraba al suelo sin ver lo que tenía delante de los ojos, y no daba señales de convencerse. Volvió Fuertes a machacar sobre el mismo yunque, y nada: Leto sin resollar. Al cabo se enderezó y dijo:

—Eso que a usted se le ocurre es algo; pero no todo ni la mitad siquiera; y apurándolo, un poco, nada.

—¡Nada?

—Mire usted, señor don Claudio: yo quiero dar por hecho que don Alejandro Bermúdez, al enterarse de todo, no solamente me disculpa y me perdona, sino que me sienta a su mesa; que, Nieves se queda tan satisfecha y tranquila como si nada la hubiera ocurrido, y que a mí no me duelen pizca los comentarios irrespetuosos y las fábulas y las zumbas de las gentes... ¿quiere usted más?

Pues con todo ello quedaba la cuestión, para mí, en el mismo punto en que ahora se halla.

—¿Qué es lo que pretende usted entonces? ¿Qué es lo que quiere?

—Lo que quiero yo —respondió Leto con los ojos espantados y la melena erizada—, es que considere usted que la hija de don Alejandro Bermúdez, yendo confiada a mi cuidado en un barquichuelo gobernado por mí, por una imprudencia mía ha estado a punto de perecer... ha debido de ahogarse... ¿Puede usted considerar esto? Pues imagínese usted ahora que esa criatura se hubiera ahogado esta mañana, como debió de ahogarse, don Claudio, como debió de ahogarse, se lo vuelvo a repetir... y póngase usted en mi lugar por un instante...

—Hombre —dijo aquí don Claudio frunciendo el ceño y atusándose nervioso los bigotes grises—, tomadas por ahí las cosas, cierto que no era envidiable la situación de usted al volver a Villavieja.

—¡Qué volver! —exclamó Leto con la más candorosa naturalidad—. No habría tal vuelta; porque Nieves no habría perecido sin perecer antes yo que la sostenía... Pero ella, ella, don Claudio, ¿por qué había de perecer así? Este es el caso tremendo; lo demás son accesorios que no tienen otra importancia que la que reflejan de él. ¿y quiere usted que no piense en ello... y que no me horrorice al pensarlo? Pues suponga usted, por último, que se entera del suceso don Alejandro. ¿No es natural que este buen señor se meta en las mismas suposiciones en que yo acabo de meterme? ¿No es natural que, metido en ellas, se horrorice también? Y ¿no es natural igualmente que me tiemblen a mí las carnes, por miedo a esos justificadísimos horrores del señor de Bermúdez? Llámeme nervioso, chiquillón y visionario, como me lo llamó usted en la botica por muchísimo menos de lo que ahora sabe... Este clavo podrá arrancarse mañana u otro día, o me iré acostumbrando a él; pero, hoy por hoy, se le regalo al hombre más duro de entrañas; y a ver cómo se las arregla con la herida. Don Claudio Fuertes, que había continuado atusándose los bigotes, con la cabeza algo gacha y los ojos muy parados, en cuanto acabó de hablar Leto metió las manos en los bolsillos del pantalón y dio media docena de paseos maquinales, sin rumbo determinado y mirándose las puntas de los pies. De pronto se detuvo, se encaró con Leto, y rascándose suavemente la cabeza con dos dedos, le habló así:

—O yo no soy perro viejo, o me he olido hasta la calidad de ese clavo, cuanto más la hondura de la brecha que ha abierto en usted. Natural es que le duela, natural es que usted se queje; pero como le duele a usted en varias partes, porque el clavo es largo y atraviesa muchas cosas sensibles, confunde usted los dolores; y a veces, creyendo estar quejándose del bazo, resulta, para el que oye, que lo que a usted le duele es el hígado... A mí me dejan sin cuidado esas equivocaciones, que ni siquiera me sorprenden, porque, como lo he dicho, soy perro viejo y hace dos meses que andamos juntos; pero no a todos les sucederá lo mismo; y por lo que pueda tronar, le aconsejo que haga de tripas corazón cuanto antes... y sobre todo en Peleches.

Se le cambió el color oyendo esto al hijo del boticario, de resultas de un aleteo y dos volteretas de algo que sintió en las honduras del pecho; protestó con energía de la sencillez de su pesadumbre, y rogó a don Claudio que se explicara con mayor claridad, para acabar de entenderle y de desengañarle; pero el comandante se hizo el sueco, y con dos golpecitos en la espalda y otra cordial alabanza de su valeroso arranque, dio por terminada la entrevista, despidiéndose de Leto «hasta la noche» y recomendándole mucho que no faltara.

XX. En Peleches

Rayana la hora de comer, don Alejandro Bermúdez hizo un montón con las cartas que había escrito en toda la mañana sin levantar cabeza; se restregó las manos muy satisfecho, como aquél que alivia la conciencia de un gran peso; dio unas pataditas para desentumecerse mientras guardaba las gafas de oro en el estuche, y salió del gabinete a la sala; precisamente en el mismo instante en que entraba Nieves en ella para ir al suyo, en traje de campo, algo agitada de respiración, y hubiera jurado don Alejandro que un tantico desencajada de semblante y despeinada, a lo que podía verse por debajo del ala del sombrero, muy caída sobre los ojos...

—¡Torna! —dijo Bermúdez, parándose delante de ella—: ¿habías vuelto a salir?

—¿Vuelto? —repitió Nieves muy azorada—. Sí... no... Vengo ahora, papá.

—¿De dónde, hija?

—Pues de pasear...

—¿Desde que yo te dejé?...

—Desde que tú me dejaste. Cabal.

—¡Canástoles con el paseo! Pues ¿hasta dónde has llegado?

—Hasta... hasta donde siempre... solo que, verás, me estuve en el banco en que tú me dejaste en la Glorieta, lee que te lee hecha una tonta, y me bajé después muy despacio hasta el Miradorio... Viéndome allí ya, como estaba la mañana tan hermosa, alargué el paseo hasta cerca del muelle; pero cuando más descuidada estaba, oigo el reló de la Colegiata, me pongo a contar, ¡Dios mío! y cuento las doce. Entonces tomé la cuesta muy corriendo; y por esa me ves algo agitada. ¿Te he hecho esperar, papá?...

—No, hija; esperar, precisamente esperar... no.

Mientras Bermúdez respondía así, con aspecto y ademanes de extrañeza, Nieves, inquieta y nerviosa, le miraba... le miraba... como codiciando algo que no se atreviera a pedirle.

—¿Me dejas darte un beso? —le preguntó al fin.

Y sin aguardar la respuesta, con los ojos empañados y casi llorando, se colgó del cuello de su padre.

—Pero, hija mía —le dijo éste, costándole trabajo desprenderse de ella—, ¿a qué vienen esos extremos ahora? ¿qué te pasa?

—Nada, papá —respondió Nieves dominando su emoción—; sino que como nunca me ha ocurrido... venir sola tan tarde, y te habré tenido con cuidado... Me lo perdonas, ¿verdad?

—¡Si no he salido de mi gabinete en toda la mañana, alma de Dios, ni contaba con que estuvieras tú fuera de casa!... ¡qué cuidado ni qué!... Ahora lo sé porque tú me lo dices...

—Pues tanto mejor entonces —dijo Nieves esforzándose por echar el punto a broma—. De todas maneras, me perdonas el pecadillo, ¿no es cierto?

—Naturalmente —respondió Bermúdez sin acabar de salir de su extrañeza ni cesar de mirarla de arriba abajo—. Pero, mujer —añadió tras una breve pausa—: ¿dices que no has vuelto a casa desde que nos separamos en la Glorieta?

—Sí.

—Pues si yo juraría que te había dejado allí vestida de color de barquillo, y ahora lo estás de blanco con rayas azules.

Aquí tuvo Nieves que emplear toda la fuerza de su buen ingenio y de su voluntad, para fingir una carcajada con que salir del apuro en que la puso la observación de su padre.

—¡Estás en tu juicio? —exclamó después de reírse bastante bien.

—¡Yo lo creo que lo estoy! —respondió su padre empezando a dudar—. Y ¿por qué no he de estarlo?

—Porque lo del vestido que dices, fue ayer.

—¿Ayer?

—Ayer, sí... ¡Cuando yo te lo aseguro!

Don Alejandro concluyó por encogerse de hombros.

—En fin... ¡si tú lo aseguras!... Y no se atrevió a decir más.

En la mesa tampoco fue Nieves, en opinión de su padre, la de todos los días. Comió muy poco y se distraía a cada paso. Don Alejandro no la quitaba ojo.

—¡Canástoles! —pensaba sin cesar—. En esa cara hay algo de extraordinario: ese mirar no es suyo, ni ese color, ni esa expresión de sobresalto, ni...

ni ese vestido es el que llevaba puesto esta mañana paseando conmigo, ¡ea! aunque lo diga quien lo diga... Hasta en el pelo, ¡canástoles! si me apuran un poco, encuentro ya algo que me extraña: parece más apelmazado y oscuro...

También le llamaba mucho la atención Catana. Juraría que se cruzaban entre las dos ciertas ojeadas recelosas de tarde en cuando... Además, la rondeña paraba en el comedor lo menos que podía, huyendo siempre de encontrarse con la mirada de su amo. Acosó a Nieves a preguntas sobre una multitud de cosas traídas por los cabellos, y las respuestas fueron siempre al caso; pero... pero aquel tonillo de voz, aquel reír a veces sin venir a pelo, o aquella seriedad marmórea cuando estaba indicada la risa... Nada resultaba natural; todo, todo era pegadizo y contrahecho allí... Nieves no había sido nunca aquello.

La sobremesa fue más breve que de costumbre. Se le antojó al padre que la hija estaba deseando levantarse, y se levantó él para darla gusto.

—Voy a anticipar un poco la siesta hoy —la dijo por disculpa—, porque con el madrugón y la tarea de esta mañana, me estoy cayendo de sueño.

En cuanto Nieves se fue del comedor, llamó él a Catana con una seña; y llevándosela al rincón más escondido, la preguntó por lo bajo:

—¿Qué tiene la niña hoy?

La rondeña recibió la pregunta como el diablo una rociada de agua bendita, y contestó bajando mucho la cabeza:

—Ná, zeñó...

—¡Yo digo que tiene algo! —afirmó con energía desusada el manso Bermúdez.

—Po zi zu mercé lo zabe, zabe má que yo.

Y no dio más lumbres la rondeña, ni tampoco la cara una sola vez, por más que se la buscaba don Alejandro con gran empeño en cada pregunta que la hacía. Con todos estos misterios, se le aguzaron las aprensiones. Se encerró en su cuarto y se dio a cavilar sobre ellas. Peor. Hasta los granitos de arena se le antojaron montañas. La intranquilidad le consumía. Era indispensable poner a Nieves en la precisión de aclarar aquel misterio; pero ¿cómo? ¿por buenas?

¿por malas? ¿mandándola venir? ¿yendo él a buscarla? Y si resultaba al postre que todo era una pura alucinación suya y que Nieves tenía razón, ¿qué pensaría de él? ¡Qué disgusto para la pobre niña!... Pero ¿y si había algo?

En estas dudas mortificantes, salió de su cuarto y se dirigió poco a poco y refrenando mal sus impaciencias, al saloncillo donde suponía que estaría ya Nieves, y estaba, en efecto, haciendo labor, en su sitio de costumbre, junto a la puerta del balcón. Hora y media permaneció allí Bermúdez sin adelantar un paso en sus proyectos. Midiendo y pesando gestos, palabras y actitudes de Nieves, a ratos se afirmaba en que sí, y a ratos le parecía que no. No sabiendo a qué atenerse, abstúvose de indagar por derecho cosa alguna, y salió del saloncillo tan a oscuras como había entrado en él, pero menos intranquilo; porque viendo y oyendo a su hija, le parecía imposible que en ella cupiera misterio por el cual debiera él alarmarse.

—Supongamos —pensaba andando hacia su gabinete—, que hay algo que no quiere declararme ahora: ¿qué será todo ello? Alguna niñería de las suyas que me hará reír cuando se descubra... Por de pronto, ese dolor de cabeza de que se me ha quejado y dice que siente desde esta mañana, ya justifica su inapetencia y ciertas salidas de tono que parecen distracciones: si a esto se añade el sobresalto y la agitación con que la pobre vino al mediodía desde el muelle, y que lo de Catana puede ser una aprensión mía, nada más que una aprensión, y lo del vestido... ¡Canástoles!... esto del vestido es de lo más raro que puede darse; ¡pero lo afirma de un modo!...

A las seis llegó don Claudio, como todos los días... Y también en don Claudio vio Bermúdez algo de sospechoso y de alarmante: también miraba y hablaba con recelo, como si anduviera a media luz en el terreno que pisaba. No parecía sino que iba a una visita de duelo, y que intentaba conocer el estado de los ánimos para acomodar al de ellos el temple del suyo propio. ¿Cuándo se había visto cosa igual en el despreocupado comandante?

—Hoy nos quedamos sin paseo, don Claudio —habló Bermúdez sin quitarle ojo para no perder el más mínimo gesto de su amigo—; digo, me quedo yo.

¡Ni la menor señal de extrañeza en don Claudio Fuertes! ¡Como si le pareciera excusada la noticia!

—Pues lo siento —respondió algo retrasado, pero maquinal y fríamente.

—Nieves anda algo malucha hoy... y no saliendo ella...

Tampoco le sorprendió esta otra noticia al señor don Claudio Fuertes. Como si contara ya con ella, dijo muy sosegadamente a su amigo:

—Cosa de nada, por supuesto, sin consecuencias...

—Un dolor de cabeza —repuso don Alejandro, mirando de hito en hito al otro—, que cogió esta mañana...

—¿En dónde? —preguntó don Claudio después de carraspear.

—En el paseo —respondió Bermúdez, sin dejar de mirar a su amigo—. Le alargó algo más que de costumbre, y volvió un poquito sofocada.

—¿De dónde?

—¡De donde!... Pues ¡canástoles! del paseo; ¿no se lo estoy diciendo a usted?

—Quería yo decir que por dónde había paseado.

—Pues por donde acostumbra cuando yo no voy con ella: por estas alturas... hasta el Miradorio... Primero habíamos paseado juntos por la costa hacia la mina... Yo la dejé leyendo en la Glorieta, y me vine a casa a despachar mi correspondencia atrasada... Cuando acabé, al mediodía, la vi entrar en su gabinete, de vuelta del paseo y muy apurada, porque no sabía que era tan tarde... Por lo visto se enfrascó en la lectura; y con la agitación y el sobresalto... y el Sol... ¡Si yo la contaba en casa dos horas hacía!

Aquí ya se reanimó don Claudio y volvió a su tono y maneras habituales:

—En resumen —dijo a su amigo—, que por efecto del paseo, o del Sol, o de su apuro por creer que estaba usted con cuidado, o por un poco de cada cosa, Nieves llegó con dolor de cabeza y sigue con él.

—Justamente —respondió don Alejandro, muy sorprendido por lo súbito del cambio en el humor del comandante.

—¿Y por supuesto —añadió éste—, estará levantada y tan campante?

—Tan campante y levantada —repitió Bermúdez—, y haciendo labor en el saloncillo.

—Pues ¿qué pito tocamos aquí nosotros entonces? —exclamó Fuertes hecho un cascabel—.

—Vamos a acompañarla y a darla conversación... Digo, si no la molesta, o yo no estorbo.

—¡Qué estorbar, hombre, ni qué canástoles! —respondió Bermúdez que no deseaba otra cosa desde que había pescado algo también en don Claudio. A ver si a fuerza de acumular factores allí, salía siquiera una chispa de luz. Ya estamos andando.

Y se fueron los dos al saloncillo.

En el cual no ocurrió nada, absolutamente nada de que pudiera tirar el avispado Bermúdez para descubrir lo que andaba buscando.

Hasta que, ya de noche, llegaron a la tertulia el boticario y su hijo... y le hundieron un codo más en el piélago de sus aprensiones. ¡Qué cara la de don Adrián, y qué voz, casi llorosas, y qué aspecto tan cobardón y azorado el de Leto! Ni el uno ni el otro articularon palabra clara al saludar a don Alejandro; y Dios sabe qué término hubiera tenido aquella escena a no desenlazarla don Claudio Fuertes de este modo:

—Aquí, caballeros, no hay otra novedad que un levísimo dolor de cabeza que ha cogido Nieves esta mañana en un largo paseo, a pie y al Sol: una verdadera temeridad... cosas de chicas jóvenes, muy fiadas de su resistencia. Pero ya está casi bien, y desde hace un instante, de codos en ese balcón, tan entretenida que ni siquiera les ha oído llegar a ustedes.

Los dos farmacéuticos parecían haber revivido con las oficiosas advertencias de don Claudio Fuertes; pero, en cambio, el receloso Bermúdez entró en nuevas confusiones, porque si sospechoso le había parecido el aire de las palabras del comandante, más sospechosos le resultaban los efectos causados por ellas en el ánimo de los dos Pérez. No podía negarse que existían cuatro fenómenos, cuatro cosas raras, cuatro síntomas extraños, que, aunque independientes entre sí, convergían en un punto común a todos ellos: el caso misterioso de Nieves. Si a Nieves le había ocurrido algo, Catana, Fuertes y los dos farmacéuticos lo sabían. Esto ya era un hallazgo: el de un camino nuevo y más llano para ir en busca de la verdad. Pero ¡qué pena le daba el haberle descubierto! ¡De qué buena gana hubiera lanzado en medio de la tertulia el enigma de sus mortificaciones para que se le devolvieran aquellos amigos resuelto y aclarado en el acto: por caridad, si a las buenas se prestaban, o por deber, si le obligaban a usar de su derecho por las malas! Pero ¿y si no tenían bastante fundamento sus sospechas?

¡Qué campanada tan imperdonable! Optó por dejar las cosas como estaban, pero sin perderlas de vista.

En cuanto Nieves oyó pasos y barruntó que podían ser los de Leto, se salió al balcón y se puso de codos sobre la barandilla. Nada tenía el suceso de particular, porque la noche estaba, muy calurosa. Hízose la desentendida a la llegada de los dos Pérez; y solo cuando la saludaron desde la puerta, se volvió hacia ellos para contestarlos, pero sin separarse de la balaustrada.

—Dispénsenme —les dijo—, que les reciba con tanta confianza, porque en lo oscuro y al fresco, como estoy aquí, se me alivia mucho el dolor de cabeza. Don Adrián se atrevió a indicarla dos remedios infalibles para curarse de él, y Leto, para explicárselos mejor, se llegó hasta ella... Hablando, hablando, se fueron volviendo los dos de espaldas a la tertulia; y puestos ya ambas de codos sobre la barandilla, dijo Nieves a Leto, bajo, muy bajo:

—Papá no sabe nada.

—Ya lo he conocido —respondió Leto entre palpitaciones de su corazón y estremecimientos de sus fibras—. ¡Qué miedo traía de que lo supiera, Nieves!

—No sé —replicó la otra, tampoco muy firme de voz—, si hubiera sido mejor que lo supiera, porque está muy receloso; y ni encuentra sosiego el pobre, ni puedo tenerle yo viéndole así.

—¿De qué recela?

—Verá usted: sucedió lo que dijo Catana que podía suceder: que llegáramos a casa sin que él hubiera salido de su cuarto, donde estaba encerrado toda la mañana escribiendo. Ya se sabe, cuando coge una tarea de esas, que la coge de tarde en tarde, siempre hay que entrar a llamarle para comer. Pues bueno: llegamos sin que nos viera nadie, guardó Catana el contrabando de la ropa mojada, y yo me fui corriendito hacia mi gabinete; pero al entrar en la sala, ¡izas! salía él del suyo, y me pescó. Aunque muy sobrecogida, me disculpé bastante bien; y ya se había tragado el embuste que urdí en el aire, de un paseo muy largo después de haber estado leyendo muchísimo tiempo en la Glorieta, donde él me dejó, cuando, hijo, mirándome y remirándome, se empeña en que el vestido que yo tenía puesto era distinto, ¡ya la creo! del que llevaba por la mañana... Tan cogida me vi entonces, que estuve sí canto o no canto; pero dominándome un poco, probé a negar, y negué, con la mayor desvergüenza, que hubiera cambiado de vestido en toda la mañana. Por de pronto le dejé en dudas y no aguardé a más. Pero ¡ay, Leto! cuando salí a la mesa... figúrese usted con qué ánimos saldría y con qué ganas de comer y con qué trazas; pues, por mucho que quise componerme y arreglarme de manera que se borraran las marcas de lo pasado, ¡eran tan hondas! Con todo esta y lo receloso que él había quedado, y, para ayuda de males, con el poco disimulo de Catana al servirnos, el pobre hombre se puso en ascuas y pregunta va y zancadilla viene, y ojeada a Catana y ojeada a mí. Se acabó aquello, yo no sé cómo, y empezó otra indagatoria en el saloncillo... hasta que se cansó, poco antes de llegar don Claudio. Y yo a todo esto, niega y ríe sin cuenta ni razón y muerta de pesadumbre por la violencia en que vivo y los malos ratos que estoy dando al pobre papá... Y, otra cosa, Leto, ¿qué sé yo lo que le pasará por la cabeza? Porque lo que menos sospecha él es la verdad; y como el caso es que yo he faltado de casa toda la mañana, y no quiero declarar lo que me ha sucedido, ni puedo convencerle de que no me ha sucedido nada... ¿No le parece a usted que lo más llano sería descubrirle?...

—¡No lo descubra usted, por todos los santos del cielo, Nieves! —la suplicó Leto con el alma entre los labios.

—Pero ¿por qué, hombre de Dios? ¿No le parecen a usted de peso las razones que le he dado?

—Sí que me lo parecen; pero yo también tengo otras que no dejan de pesar en contrario sentido.

—A verlas.

¡A verlas! Temo que le parezcan a usted razones de egoísmo, Nieves; porque lo cierto es que se dan un aire, así de pronto... En primer lugar, el señor don Alejandro es incapaz de que la desfavorezca; y al pensar de usted cosa que la desfavorezca; y al ver que usted sigue negando y ha vuelto a ser en todo y por todo lo que antes era, como volverá a serlo desde mañana, en cuanto esta noche duerma con sosiego algunas horas, que sí las dormirá aunque al principio la desvelen algo las pesadillas, se le disiparán todas las aprensiones y acabará por reírse de ellas. Le juro a usted que si yo no lo creyera así, le aconsejaría que esta misma noche le descubriera usted la verdad.

—Pero puede descubrirla alguien que la sepa, como ha de saberse, y venga por ahí con la mejor intención; o en la calle cuando él salga...

—Ya está previsto el caso y conjurado el riesgo en lo posible; y si no alcanza el conjuro... entonces será ocasión de explicárselo todo como se pueda, y de calmarle.

—¿Esa es una de las razones? —le preguntó Nieves.

—¿No le parece a usted de algún peso? —preguntó a su vez el otro.

—Lo que no me parece es egoísta...

—La egoísta va ahora —dijo Leto armándose de resolución—: óigala usted: el día en que el señor don Alejandro sepa lo ocurrido, se quedó el espacio sin aire y el cielo sin Sol para mí.

—¡Qué exageraciones, hombre! Y ¿por qué?

—Porque ese día, en justo castigo, se me cerrarán a mí las puertas de esta casa. Temió Leto que esta aclaración de las otras dos hipérboles sonaran demasiado recio en los oídos de Nieves, y se apresuró a decirla:

—La ruego a usted que no dé a estas palabras otro alcance que el muy modesto que llevan: las mayores bondades de usted conmigo no harán jamás que yo confunda los puestos ni las distancias: desde el suyo humildísimo goza el más pobre de la tierra los beneficios del Sol y del aire que le dan la vida... No sé si habrá acabado usted de comprender lo que he querida decirla.

No le sacó Nieves de la duda con palabras, por de pronto, ni con un gesto, porque, si le hizo, Leto no pudo pescarle en medio de la oscuridad que los envolvía; pero tras un breve rato de silencio, oyó que le decía la hija de don Alejandro Bermúdez, siempre muy bajito:

—Tenemos fama de exageradores los andaluces; pero ¡cuidado que usted!... Y además de exagerador, es visionario: ¡pensar que han de dejarle sin aire y sin luz por un hecho que otros publicarían a voces para darse importancia!... ¿Por quién toma usted a mi padre, Leto? ¿Tantos harían por su hija lo que hizo usted esta mañana?

—¡Si eso —replicó Leto con mucha vehemencia—, no fue hacer Nieves, sino deshacer; enmendar en parte una brutalidad mía anterior. ¡Si lo saliente del caso ese no está en haberme arrojado yo al mar detrás de usted, sino en haber consentido en llevarla a escondidas en mi barco, y sido causa luego de que usted cayera! ¿Qué importaba ya mi vida, ni cien vidas que hubiera tenido disponibles, después de poner en peligro la de usted? Y por aquí, por este lado, es por donde habría de ver el caso don Alejandro, y le verá cualquiera que discurra con serenidad.

—¿De manera —observó Nieves con una ironía que se transparentaba perfectamente en el acento de la voz y hasta en el modo de volver la cabecita hacia Leto—, que si como fui a escondidas en su yacht y caí por culpa de usted, voy por encargo expreso de mi padre y caigo por culpa mía, en la mar me quedo sin auxilio de nadie?

—¡Eso no! —replicó Leto al instante y con una viveza que ardía—. Yo me hubiera tirado lo mismo detrás de usted; solo que en ese caso el hecho hubiera tenido la poca importancia que no puede ni debe tener hoy.

¡Si Leto hubiera podido ver entonces la cara de Nieves!... En cambio oyó que ésta le decía:

—Es usted muy mal juez en causa propia, está visto. ¿Quiere usted dejar ese caso de mi cuenta? ¿Quiere usted que quede a mi arbitrio el descubrir o no descubrir a papá el misterio que con tantos afanes anda buscando el pobre?

—Yo no quiero más —respondió Leto—, que lo que usted quiera... Al fin y al cabo, entre usted y yo, la razón no puede vacilar...

—Será porque me pertenezca —replicó Nieves—. De todos modos, muchas gracias por los poderes que me da, y óigame dos palabritas en respuesta a aquello de los puestos para tomar el aire y el Sol. En casos como el que citaba usted y temía que me ofendiera, no admito arribas ni abajos; porque, si a medirnos fuéramos, ¿quién sabe, Leto, a quién le correspondería en justicia el puesto más elevado? Es posible que volvamos a hablar despacio de esto mismo... A mí no me pesaría. Por ahora, quédese como está el asunto; es decir, en que le he comprendido a usted, y en que no es el que usted merece el puesto con que se conforma para tomar el Sol y el aire... Otra cosa: ¿oye usted la mar?...

¿No parece que está relatando la historia por lo bajo, para que se entere papá, y murmurando contra usted porque la dejó sin la presa que ya estaba devorando? Toda la tarde he estado sintiendo la misma ilusión en los oídos... ¡Pícara memoria, qué malos ratos me está dando!... Si yo pudiera arreglarla a mi gusto, borraría lo amargo en ella; y entonces ya sería otra cosa bien distinta... Temí que no, viniera usted esta noche, Leto. ¡Como le dejé tan preocupado y es usted tan... especial!... Por otra parte, casi sentía que viniera, pensando en que al verle entrar de pronto... ¡qué sé yo! ¡Depende de tan poco el que papá, con lo receloso que anda, me haga declararle la verdad! Por ese temor, en cuanto sentí los pasos de ustedes, me vine aquí con un pretexto... Lo peligroso para mí era la primera impresión. Además, tenía deseos de que habláramos algo. Ya ve usted, después de lo sucedido, ¿qué cosa más natural? Y ese poco que habláramos, no había de ser a gritos delante de la gente, ¿verdad, Leto?... Pues cuénteme usted ahora todo lo que le ha pasado desde que nos despedimos en el yacht.

¿Por qué extraña combinación de sensaciones y de ideas, llegó Leto a imaginarse entonces que, contemplados los enojos de Bermúdez contra él a través de la parrafada de Nieves, adquirirían proporciones colosales? En esta alucinación metido y disponiéndose a responder a Nieves, le sorprendió la voz del propio don Alejandro, diciendo desde la puerta del balcón:

—Niña, que te va a hacer daño el relente.

Los dos de la barandilla se volvieron cara adentro. Nieves, más serena que Leto, respondió al punto:

—Al contrario, papá: me va sentando muy bien.

—Se te figurará a ti —insistió secamente Bermúdez—; pero yo sé que te hace daño...

—Tiene razón don Alejandro —se permitió decir Leto como si tratara de congraciarse con él—. Dentro estará usted mejor.

Y pasaron los dos al saloncillo, donde se aburrían soberanamente los tres señores mayores.

La tertulia se acabó poco después...

Al bajar a la villa convinieron don Adrián y el comandante en que el pobre don Alejandro andaba en vilo. No había habido modo de interesarle en ninguna conversación. Leto no se había enterado bien de ello, porque se había pasado la mayor parte del tiempo en el balcón, «demasiado tiempo» en opinión, muy recalcada, de Fuertes; porque en la tirantez de espíritu en que se hallaba el buen señor, hasta los dedos se le antojaban «huéspedes.» También esto de los huéspedes se lo recalcó mucho don Claudio a Leto.

El cual disculpó su conducta con el deseo que le manifestó Nieves de permanecer allí, por temor a las pesquisas incesantes de su padre, y de hablar sobre lo más conveniente para todos, entre decirlo o callarlo.

—Y ¿en qué han quedado ustedes? —preguntole, Fuertes con la mayor sencillez del mundo.

Tan escamado estaba Leto con la nariz del comandante, que se sobresaltó con la pregunta, pensando que iba enderezada a otra cosa de las que se habían tratado en el balcón y llevaba él guardadita en la memoria y paladeaba a ratos con avidez para endulzar los amargores de sus recuerdos de la mañana. Pero se repuso al instante, y contestó:

—En que ella haga lo que le parezca más prudente.

—Muy bien acordado, ¡caray! —observó entonces don Adrián Pérez deteniéndose para dirigirse a sus dos interlocutores, que también se detuvieron—. Verdaderamente la situación moral del excelente amigo, no es para prolongarla mucho tiempo... eso es... ni tampoco la nuestra, no, señor, ni tampoco la nuestra... Puede vencer las aprensiones que le inquietan; pero pudiera no... y las aprensiones comprimidas son pólvora que al fin revienta, ¡caray! y entonces, lo que pudo curarse con dos cuartos de ungüento, es una carnicería... Y hay que huir de estos extremos... eso es... mayormente cuando el asunto, bien mirado, bien mirado, eso es, no vale la pena, como en el caso presente; sí, señor, como en el caso presente. ¿De qué se trata en fin y remate?... Eso es, ¿de qué se trata? Pues, ¡caray! a todo echar, de una futesa... de una muchachada, eso es... Que el señor don Alejandro se entera de ella... se entera de ella, corriente... que se incomoda un poquito... eso es, y te echa a ti, Leto, un rifirrafe, y otro rifirrafe a su hija... Pues pongámoslo en lo más... y que haya rifirrafe: para mí igualmente, ¡caray!... y hasta para usted también, don Claudio... eso es, sí, señor, un rifirrafe para cada uno... ¿Y qué?... Por más vueltas que le demos, siempre saldrá en limpio, en limpio, eso es, lo que antes dije: una muchachada... que servirá de gobierno para en adelante, y que se acabarán esos recreos peligrosos para ella... ¡muy bien acabados, caray! ¡Ojalá tuviera yo influjo bastante para obligarte a ti a lo mismo! Eso es... Pues ya está el señor don Alejandro desfogado y satisfecho, ya estamos nosotros tranquilos, tranquilos y satisfechos igualmente, eso es, y las cosas en su centro, y la paz restablecida en Peleches.

Pues pongámonos en el otro extremo, y que el señor don Alejandro comienza a ver torres y montañas, ¡caray! y a sospechar de todos. Ese caballero no merece, no merece, eso es, una mortificación tan grande por motivos tan pequeños: tan pequeños, sí, señor, si somos buenos amigos suyos, buenos amigos, ¡caray! ¿No le parece a usted, señor don Claudio?

—Al pie de la letra, señor don Adrián —respondió el comandante rompiendo la interrumpida marcha—, y me permito aconsejar a Leto que si la interesada no resuelve sus dudas en este mismo sentido, influya con ella con todo su prestigio, para que lo haga así, por la cuenta que les tiene; y a usted, Leto, en particular.

—¡Eso es, caray, sí, señor, eso es!

Y no se habló más del asunto, ni de otro tampoco en aquella ocasión, entre los tres tertulianos de Peleches.

XXI. Al día siguiente

Durante las primeras horas de la alta noche, Nieves se despertó muchas veces: aun dormida oía aquel borboteo de la mar relatando el suceso a todo el mundo y reclamando la presa que le habían arrebatado de las fauces; pero estaba en la flor de la vida, a la edad en que las heridas no ahondan tanto como duelen; su quebranto físico era grande, porque el batallar del día había sido de prueba; y al cabo, la rindió un sueño reparador y tranquilo del que no despertó hasta bien entrada la mañana.

Pero el bendito de su padre no pegó el ojo en toda la santa noche. ¡Lo que él se revolvió en aquella cama buscando posturas para ahuyentar las quimeras que le desvelaban! ¡Los espacios que él recorrió con la imaginación en tantas, tan largas y tan calladas horas! En ocasiones, hasta se dolía de haber permitido tomar tan altos vuelos a «la loca de su casa».

—No tanto, ¡canástoles! no tanto —se decía—, que tan malo es pasarse como no llegar. Que hay algo, no tiene duda; pero ¿por qué hemos de echar las corrientes hacia ese lado y no hacia otro? ¡La condenada malicia humana que jamás se arrepiente ni se enmienda!... No estoy conforme, no, señor, ni puedo estarlo. Hay que buscar por otra parte, y con juicio, y con equidad... y con lógica...

Y se daba de nuevo a cavilar; pero por donde quiera que echara sus cavilaciones, siempre, tenían el mismo paradero. Había tomado ya un vicio su máquina de discurrir; y en cuanto se ponía en movimiento, un poco más acá o un poco más allá, caía hacia el lado de siempre. Y este vicio era una idea que se le había metido entre los cascos en fuerza de indagar precedentes, amontonar supuestos y analizar indicios. No creía haber descubierto el caso limpio y morondo; pero sí su progenie, su parentesco. Comprobado este hallazgo, no era imposible encontrar lo que buscaba y cuyo valor positivo no era otro, estaba bien seguro de ello, que el misterio en que se lo envolvían. De todas suertes, existiera o no, hallárala o no lo hallara, de los desbroces hechos ya en aquel terreno había resultado una enseñanza para él, que no debía ser olvidada: había pecado, estaba pecando de optimista en determinadas cosas muy delicadas de por sí; y por grande que fuera su confianza en la virtud de ciertos principios fisiológicos, eran mayores los riesgos que se corrían en el caso actual, a la menor equivocación. Y en la duda, abstenerse. Lo primero que había que hacer, era un cambio de costumbres en su casa: más disciplina, más hogar, menos égloga. Bueno era el aire puro y libre; pero no en tanta cantidad ni a todas horas; bueno el ejercicio de las fuerzas físicas, buenas la holgura y la despreocupación campestres; pero con discreción y sin menoscabo de otras leyes y de otros respetos muy atendibles y muy racionales. Por suerte de don Alejandro, aquel cambio de costumbres podía hacerse, se haría forzosamente sin necesidad de que se traslucieran sus sospechas ni sus arrepentimientos, ni se ofendieran pundonores ni delicadezas de nadie: con la venida de su sobrino Nacho. Desde el momento en que Nacho se alojara en Peleches, hasta por cortesía estaban obligados él (don Alejandro Bermúdez) y su hija a acomodar sus costumbres a los gustos del forastero, que de fijo los tendría muy diferentes de los que venían privando allí. Por su cuenta, Nacho no tardaría una semana en llegar a Peleches; de un momento a otro esperaba carta suya que se lo confirmara, desde Madrid.

—Y en viniendo él —concluyó Bermúdez, volviéndose hacia el otro lado, todo cambiará de aspecto y marchará como una seda por donde debe marchar... Sí, señor, ¡canástoles! aunque el demonio se empeñe en otra cosa, que no se empeñara, porque no hay razón de fuste para que se empeñe.

Llegó el día, moviose la gente del solariego caserón, púsose a su faena cada cual, apareció Nieves en escena a media mañana; y tan en su centro acostumbrado, en tan completa serenidad, tan semejante a sí misma la halló su padre, que sintió como remordimientos de haber caído en las aprensiones que le tenían sin sosiego veinticuatro horas hacía. «¡Ah, pícaras suspicacias! —se decía viéndola trajinar y revolverse tranquila, descuidada y risueña—. ¡Condenadas flaquezas del meollo, que así arrastráis por los suelos los más hidalgos propósitos y las esperanzas mejor puestas!... Sin embargo —añadió por final de su confiteor—, no se ha perdido todo en esta batalla innoble y deshonrosa para mí, puesto que he sacado de ella una enseñanza que no se paga con dinero, ni con la mala noche que me ha costado... Porque la enseñanza queda, ¡vaya si queda, canástoles!... Porque lo que no ha sido, pudo, puede y podrá ser».

Como esta evolución del ánimo de Bermúdez se le reflejó en la cara, y se la tornó risueña y apacible, y fueron también risueñas y apacibles sus palabras, Nieves renunció al propósito con que se había levantado de revelarle el secreto, en la mejor forma que pudiera, si continuaba el pobre hombre en las torturas de la víspera.

Todo iba, pues, a pedir del deseo en aquel día; y para que nada le faltase a don Alejandro, hasta recibió carta de Nachito; de Nachito, que anunciaba su salida de Madrid al día siguiente. Se detendría cuatro en la capital; y enseguida, de un tirón, a Peleches. Sacó Bermúdez la cuenta por los dedos, temblones de gusto... Era jueves... Al anochecer del martes le tendría allí... ¡Canástoles, qué fortuna!... A Nieves con la noticia...

Estaba en el saloncillo muy descuidada; se la espetó de golpe su padre, y como un golpe en la espinilla la recibió.

A don Alejandro se le alargó la cara medio palmo.

—Mujer —la dijo plantado delante de ella, con la carta en una de las manos, caídas al desgaire—, va ya picando en historia este delicado particular. Si no son cuatro, no bajan de tres con ésta las veces que has recibido las noticias de tu primo como el diablo la presencia de la cruz; y ¡qué quieres que te diga?... me disgusta, me... vamos, que no me parece bien, porque no es justo... en fin, ¡qué canástoles! que hasta me desazona un poco...

También se desazonó un poquito Nieves con esta reprimenda de su padre, a juzgar por el ceño que puso y otras señales que se le notaron; pero se dominó pronto y respondió con entereza, aunque en calma:

—Es que das tú tanta importancia a eso que llamas delicado particular, que todo te parece poco para él. A ti te entusiasma; pues a mí no: ya te lo he dicho en otras ocasiones. Esto no es un pecado, papá. ¿Quieres que reciba esas noticias dando brinquitos y batiendo las palmas? Pues te engañaría si hiciera eso. ¿Me quieres hipocritilla y mentirosa, o me quieres llana y a la buena de Dios? ¿Me has visto alguna vez más entusiasmada que ahora con tu sobrino? Pues si me quieres sincera y llana y nada hago ahora que, en rigor de verdad, pueda saberte a nuevo, ¿por qué te enfadas conmigo cuando no recibo esas noticias con la alegría que tú?

—¡Si no me enfado, hija mía! —replicó don Alejandro dulcificando el tono de sus palabras y la expresión de su semblante—, lo que se llama propiamente enfadarme... ni siquiera te pido que te alborotes de alegría; y me conformo con mucho menos: con que no te causen disgusto estas noticias. Pues ni eso poco me concedes: ya ves que no puedes concederme menos... y es natural, muy natural, que lo sienta; y sintiéndolo, que te lo diga; lo cual no debe extrañarte, porque también tú me querrás sincero antes que falso... ¿No es así, Nieves?... En este supuesto, todavía tengo que decirte más, y te digo que es cierto que nunca te vi entusiasmada con tu primo; pero que también es verdad que lo de ese disgustillo de que te acabo de hablar, es cosa nueva en ti: desde que estamos en Peleches.

—Como que antes de estar en Peleches nosotros no se había tratado de su venida.

—¿De manera que vienes a confesarme explícitamente —dijo don Alejandro volviendo a nublársele un poco la cara—, que te disgusta la venida de tu primo?

—Precisamente la venida por sí sola, no, repuso Nieves sin amilanarse con la consecuencia sacada de sus palabras por su padre.

—Pues ¿qué es lo que te disgusta entonces? —preguntó Bermúdez seriamente interesado ya en la conversación.

Nieves, luchando con resolución contra ciertas dificultades fáciles de presumir, que hallaba en la empresa en que se había empeñado, respondió, jugueteando con la tijerita con que cortaba las hilachas del bordado en que se entretenía:

—Me disgusta... o mejor dicho, no me gusta, algo que tiene que ver, o que puede tenerlo, con la venida esa.

—Y ¿cuál es ese algo? Será cosa nueva también, como el disgusto.

—No por cierto.

—Y ¿cómo no te ha disgustado antes de ahora?

—Porque la veía más de lejos, y no me apuraba.

—Pues no te entiendo, hija mía.

Nieves pinchó con la tijera muchas veces el bordado, que ninguna culpa tenía de sus apuros, y se calló; pero su padre no se satisfizo con tan poco, y añadió a lo dicho:

—Si me hicieras el favor de explicarte... Porque el caso lo merece.

—¡Yo lo creo! —respondió Nieves sin titubear.

—Pues entonces...

—Quería yo decir —repuso ella algo a rastras—, que si esa venida no fuera más que... venir por venir... vamos, una venida como otra cualquiera...

—Ya estoy —observó don Alejandro rascándose la coronilla con un dedo—. Pero eso es volver adonde estábamos antes... Lo que yo necesito es que me expliques el algo especialísimo que trae consigo esa venida.

Aquí volvió Nieves a pinchar el bordado con la tijera, y además se puso a balancear con la otra mano el bastidor que tenía sobre las rodillas. Su padre entonces, lleno ya de alarmante curiosidad, arrimó una silla a la de su hija y se sentó pidiendo, casi por el amor de Dios, una respuesta. Nieves le contestó, armándose de la mayor firmeza que pudo:

—Mira, papá, yo hablaría contigo de muy buena gana sobre ese asunto, y muy despacio, porque lo merece bien, como tú has dicho; pero no me atrevo, no sé... Soy una mozuela sin experiencia y sin arte... Tengo acá mi modo de ver y mis ideas... pero nada más: en mis adentros y a solas, me lo explico y lo siento bien; y si me pongo a explicártelo a ti, temo decir lo que no debo y callarme lo que debiera decir... Es falta de costumbre... y de valor. ¿No te parece esto muy natural?...

—Muy natural —confirmó su padre, que ya estaba en ascuas, arrimándose más a ella—; muy natural y disculpable en una niña tan bien educada como tú; pero como el punto es de importancia, de muchísima importancia, y una de las cosas que con más empeño te he enseñado yo es a que te acostumbres a ver en tu padre al mejor de tus amigos, espero que has de vencer enseguida esos reparos, para que acabe yo de entenderte; y si lo crees necesario, hasta te lo suplico... Conque ya te escucho, hija mía. Habla, ¡habla por el amor de Dios!

Y habló de esta manera Nieves, con mayor frescura de la que ella se había imaginado:

—Una vez, en Sevilla, te empeñaste en saber si me interesaba mucho o poco la venida de Nacho a vivir con nosotros aquí. Fue unos días antes de ponernos en camino. ¿Te acuerdas?

—Sí que me acuerdo: adelante.

—Pero me lo preguntaste de un modo tan particular, que me aturdí. Tú tomaste aquel aturdimiento mío como mejor te pareció, y así quedaron las cosas... ¿No es cierto, papá?

—Puede que lo sea... ¿Y qué más?

—Por algo que te dejaste decir entonces —continuó Nieves con voz bastante insegura, pero con bien hecha resolución—, y otras señales que yo conocía desde mucho tiempo atrás, sospeché que entre mi tía Lucrecia y tú había... ciertos planes que tenían mucho que ver con la venida de mi primo a España... Con franqueza, papá: ¿los había o no los había? ¿los hay o no los hay a la hora presente?

Respingó sobre la silla don Alejandro al sentirse acometido tan de golpe y tan de lleno por aquella pregunta, y, después de unos instantes de silencio, preguntó él, a su vez:

—Y si yo te dijera que los hay, ¿qué me responderías tú? Sin vacilar respondió Nieves:

—Que esos planes tienen la culpa de que yo no me entusiasme con la noticia que me has dado.

—¡Canástoles! —exclamó aquí Bermúdez, saltando otra vez sobre la silla—. ¿Así estamos ahora?

—¿Cuándo hemos estado de otro modo, papá? —repuso Nieves que por momentos iba alentándose—: ¿cuándo me has oído cosa en contrario?

—Mujer, tanto como en contrario, no te diré; pero creerte enterada y perfectamente consentida, eso sí.

—Enterada, pase; pero consentida, no, papá: registra bien la memoria.

—¡Canástoles! harto consiente quien se calla y deja hacer... Tanto más, cuanto que llegué a creer que vosotros, por vuestra parte, estabais proyectando lo mismo que nosotros.

—Pues ese ha sido tu error.

—Admitido; pero ¿por qué no me has sacado tú de él?

—Porque ni tiempo me diste para ello la única vez que hubiera venido al caso, como viene ahora.

—Pero observo que ahora te apura, y antes no te apuraba. ¿Por qué así?

—Ya te lo he dicho: porque lo veo muy de cerca ya.

El pobre don Alejandro no cabía en la silla, de inquieto y de nervioso que le ponía aquel desencanto que sufrían sus candorosas ilusiones. Algunos recelillos habían arraigado en su magín, tiempo hacía, de que el asunto no caminara, por el lado de Nieves, al paso a que deseaba llevarle él; pero aquellas repugnancias expuestas con tanta entereza y a tales horas, rebasaban mucho de la línea de sus cálculos. Del montón de reflexiones que le llenaron atropelladamente el cerebro, sacó estas pocas, que le parecieron las más llanas y más propias del momento:

—Demos de barato, hija mía, que yo he estado viviendo en una equivocación continua sobre ese particular, con el mejor y más honrado propósito, y ten entendido que te quiero demasiado para que, con cálculos o sin ellos, llegara yo nunca a desatender tus repugnancias en asuntos de tanta entidad; porque una cosa es que lo que se cree útil y conveniente y beneficioso para ti, se persiga y se acaricie, y otra muy distinta la imposición forzosa de ello, que en mí no cabrá jamás; en este supuesto, ¿qué mal hallas en la venida de ese pobre chico, ni a qué te compromete, para que tanto la temas?

—La temo, papá —respondió Nieves al instante—, porque barrunto que Nacho viene para algo más que conocernos, y porque le creo enterado por su madre de esos propósitos vuestros que se conocen ya hasta en casa de Rufita González... ¿No se lo has oído más de una vez? ¿Quién se lo ha dicho sino tú tío, el padre de Nacho, o la tía Lucrecia... o Nacho mismo? Porque para supuesto, me parece excesiva la matraca de esa simple en cuanto me ve.

—¡Vete tú a saber!... ¿Te ha insinuado él algo a ti?

—Lo suficiente para darme otra prueba de que está bien enterado; y no me ha hablado con mayor claridad, porque en ese punto siempre le he tenido yo a raya. Pues bien: figúratele ya en Peleches con esas intenciones y muy pagado de lo mucho que se le desea; y considérame a mí con las manos atadas por los respetos que tengo que guardar a los proyectos consentidos y ensalzados por ti. Con todo esto y lo pegajoso y azucarado que él es, no hay remedio, papá: o tiene que darme a mí muy malos ratos, o tengo que dárselos yo a él peores. De cualquier modo, la cosa no es divertida.

—¡Canástoles! —saltó don Alejandro entonces—. Es que tú das por hecho que ese chico ha de serte molesto y aborrecible; y ¿por qué no ha de resultar todo lo contrario después que le trates?

—Porque es imposible eso —respondió Nieves con un acento de convicción tan absoluta, que dejó suspenso a su padre.

—¡Imposible! —replicó éste después de observar con gran fijeza a Nieves que parecía algo pesarosa de su arranque—. Y ¿por qué ha de serlo? ¿Qué motivos hay para que lo sea? Hasta ahora todo te parecía simpático en él. La mayor tacha que le ponías era su lenguaje; y no porque te sonara mal, sino por extrañarte el sonido. ¡Bien poca cosa tenías que tacharle! Pues de ayer acá, todo ha cambiado en el pobre chico, como si para mirarle te pusieran un velo negro delante de los ojos. ¿Es verdad esto? ¿sí o no? Respóndeme, hija mía, pero acordándote de que te has alabado hace un momento de ser llana y a la buena de Dios.

—Otra exageración tuya, papá —dijo Nieves eludiendo la respuesta terminante que se la pedía—. No es ese el caso.

—Corriente —añadió Bermúdez tomando nueva postura en la silla—. Pasemos también por eso, y quédense las cosas donde y como tú quieres ponerlas. Pero bueno o malo, blanco o negro, ya está tu primo llegando a las puertas de Peleches: ¿qué hacemos con él? ¿se las cerramos? ¿le dejamos entrar?

—Tampoco se trata de eso, papá: repáralo bien.

—¡Otra te pego! Pues ¿de qué se trata, hija mía?

—Se trata de responder a una pregunta que me hiciste al principio. Querías saber por qué no me alegraba yo con la noticia que me diste, y ya lo sabes. No se trata de otra cosa.

—Perdona, hija del alma —repuso Bermúdez con una sonrisilla muy amarga—. Me has explicado, a tu modo, las repugnancias o disgusto, o lo que sea, que te produce la noticia que te he dado; pero el por qué, la causa generadora de todo ello, te has guardado muy bien de declarármela.

Algo vivo y muy sensible debió herir en los adentros de Nieves esta salida de su padre, porque no halló reparo que ponerle ni serenidad bastante para suplir con un ademán o un gesto la falta de una palabra.

—¡Ay, Nieves! —la dijo Bermúdez entonces moviendo desalentado la cabeza—: tampoco yo soy lo que fui en el modo de mirar ciertas cosas; también tengo, de poco acá, mi correspondiente velo que me cambia los colores. ¡Si supieras qué fantasmas veo algunas veces, y con qué claridad en otras! Por de pronto, veo que no he vivido solamente en el error que me citaste, sino en otros muchos; y voy temiendo que uno de los mayores ha sido el de traerte aquí tan deprisa y con los fines con que te traje.

—Pues si eso ha sido un error tuyo —saltó Nieves emocionada, nerviosa, con la sinceridad de lo que decía bien reflejada en sus ojos—, a tiempo estás de enmendarle. Volvámonos desde mañana, desde hoy, si es posible, a Sevilla.

Puede que hasta te lo agradezca yo mucho... Créeme, papá, porque te lo digo de todo corazón...

—¡Eso es! —dijo Bermúdez casi aplanado ya—, huidos... ¡huidos, Nieves!... ¿Y de qué... o de quién, hija mía? ¿Del pobre mexicanillo? Tiene muy poca sombra ese para infundirte tanto miedo. Algún otro coco habrá de mayor talla por ahí... sabe Dios en dónde. Pero ¿qué te importa a ti que le haya o no le haya? dirás tú. Y con muchísima razón. A mí ¿qué me importa, ni qué motivos hay, ni quién soy yo para que me importe?

El pobre don Alejandro se conmovía por momentos; y Nieves, que se lo notaba en la voz, acabó de perder la poca serenidad que le quedaba, y rompió a llorar de firme con la cara entre las manos. Acudió su padre a consolarla, y ella entonces le echó los brazos al cuello.

—¡Pobre papá! —le decía entre besos y lágrimas—, tú no mereces que yo te dé un mal rato... y sin causa ni motivo... porque no los hay... yo te lo aseguro... Es que sucedió lo que temía... que no sé dar a esas cosas serias su propio valor... cuando quiero explicarlas; y no hay más... Yo no haré sino lo que a ti te agrade... ¿Te parece mucho dejarme libre la voluntad en esos planes vuestros?... Pues ni eso te pediré. Y te juro que nunca trataré de imponerte la mía, aunque me fuera en ello la vida entera... ¡Qué más he de decirte? ¿Lo encuentras poco todavía... para perdonarme... y para quererme como siempre me has querido?

¡Virgen María!... ¡Papá del alma!... ¡Si tú supieras!...

Bermúdez no podía contestar a Nieves con palabras, porque no hallaba medio de articular la más sencilla. Suplía esta deficiencia pasajera apretando o aflojando los abrazos a su hija; y así se entendieron los dos tan guapamente.

Por remate de la escena, que fue larga, logró decir con regular firmeza don Alejandro mientras enjugaba las lágrimas de Nieves con el pañuelo.

—¡Ea, se acabó esto, canástoles! Y ahora, a su cuarto la niña para refrescarse la cara, y sobre todo los ojos, que se nos han puesto como dos puños... ¡Y unos ojos tan bonitos!... ¡Por vida de!... ¡Vaya, vaya!... Se nos va a lo mejor el santo al cielo; se deja uno ir detrás a lo tonto, y luego suceden estas cosas tan desagradables... ¡Canástoles!... ¡como si no hubiera tiempo de sobra en la vida para irse diciendo los secretillos más guardados, poco a poco y cuando mejor nos convenga! ¿No es así, hija del alma?... Conque a recogerse y refrescarse un poquito.

Nieves, que estaba deseándolo, complació bien fácilmente a su padre; el cual, al verse solo y al reconocer su herida, observó que con el final de la reciente escena había desaparecido el clavo, pero dejando la punta dentro.

Cerca del anochecer, llegó don Claudio Fuertes. Mandole pasar don Alejandro a su gabinete, y allí se estuvieron encerrados los dos hasta la hora de cenar; porque Nieves se acostó muy temprano; y con este pretexto, despidió Catana desde la puerta, cumpliendo las órdenes de su señor, a los dos Pérez cuando llamaron a ella a la hora acostumbrada de todas las noches.

Don Adrián sorprendido y Leto atolondrado, bajaron hasta muy cerca de la botica sin decirse una palabra. Allí fue donde el boticario padre enderezó estas pocas al farmacéutico hijo:

—Verdaderamente es raro, ¡caray! sí, señor... es raro. Ni siquiera de cumplido, hombre: «pasen ustedes un momento... avisaré a don Alejandro...» para hacerle el homenaje de amigos... eso es... Pues nada, Leto... portazo, ¡caray! ¿Se habrá sabido aquello? ¿Habremos caído en desgracia?... Si es de cuidado lo de ella... por lo mismo; y si no lo es, igualmente... Vamos, que no hallo razón para el... llamémosle desaire, eso es, inmerecido... Y no me duele por desaire, no, señor: me duele como síntoma, como síntoma de un enojo... eso es, del señor don Alejandro... ¡Caray! con lo que yo le estimo y le... ¿Lo ves tú de otro modo, Leto?

—Falta saber —dijo éste—, si a don Claudio le ha pasado lo mismo que a nosotros; y eso lo sabré mañana, si no lo averiguo esta misma noche.

—Me parece bien pensado, hijo; muy bien pensado... eso es.

—Y si resulta que no ha habido portazo para él, démonos usted y yo por muertos en Peleches.

—¡Caray, caray!

XXII. Un incidente grave

¡En buen grado de tensión estaban las impaciencias de Leto para dejadas así hasta el día siguiente, sin el riesgo de un estallido! En cuanto entró en la botica le dijo a su padre:

—Me voy a buscar a don Claudio.

Y se fue. Le buscó en el Casino: no estaba allí. En su casa: tampoco. Anduvo por los sitios en que solía vérsele paseando algunas veces: ni la menor huella de él.

—Pues está en Peleches sin remedio —se dijo consternado—. Mi desgracia es indudable.

Enderezó los pasos hacia la botica; y al entrar en la plazuela, vio, entre las sombras del fondo, junto a la desembocadura de la Costanilla, un bulto negro que se movía hacia él.

—Es la silueta de don Claudio —pensó dirigiéndose a su encuentro. Lo era efectivamente. Se reconocieron; y dijo al instante Leto:

—He andado buscándole a usted por todo Villavieja.

—Y yo venía dudando —dijo a su vez el comandante—, si colarme ahora en la botica para hablar con usted delante de don Adrián, o dejarle recado para que se viera conmigo en mi casa.

—¿Luego tiene usted algo grave que decirme? —observó Leto casi afónico y temblándole todas las entrañas.

—Tanto como grave —repuso Fuertes—, no; pero algo que les conviene saber a ustedes por más de un concepto, sí.

—«A ustedes» —pensó el mozo repitiendo con cierta fruición estas palabras de don Claudio—. Luego no va conmigo solo el cuento; y no yendo conmigo solamente, puede ser otro cuento distinto del que tanto miedo me da. A salir de dudas—. Pues hágame usted el favor —dijo a su amigo, lo bastante bajo para que no lo oyera nadie más que él—, de referirnos lo que haya, sea malo o pésimo, pues bueno, ni casi regular, no lo espero; porque desde el portazo que se nos dio esta noche en Peleches, estamos mi padre y yo que no nos llega la camisa al cuerpo...

—Lo presumía —respondió Fuertes—, y por eso no me ha chocado oírle a usted decir que anduvo buscándome por toda la villa... Porque yo estaba dentro cuando ustedes llegaron, y sabía lo que había de suceder, si llegaban, desde un rato antes por haber oído el recado que dio don Alejandro a Catana... Situaciones que el demonio prepara y no puede uno remediar. Al caso.

Y comenzó a referir a Leto lo que afirmó ser «lo único» que él sabía. Según el relato aquél, Nieves y su padre habían tenido una escena un poco desagradable con motivo de la próxima llegada del mexicanillo. Discordancias radicales en el modo de estimar cada uno de los dos aquel suceso. A Nieves, nerviosa y algo trasmudada desde el tremendo de la antevíspera, que continuaba ignorando su padre, se le habían escapado ciertas franquezas que cayeron sobre las suspicacias de don Alejandro como la pólvora sobre el fuego. Porque don Alejandro andaba muy suspicaz desde aquel día, como le constaba a Leto muy bien. Se había dado en él un caso que no dejaba de ser frecuente: el de hallar algo en que no pensaba, buscando otra cosa muy distinta; y lo que había encontrado sin buscarlo, era el fuego en que habían caído las franquezas de su hija; o si lo quería más claro Leto, las franquezas de Nieves le demostraron, no solamente que su hallazgo no era ilusorio ni soñado, sino que el mal estaba ya hecho y con hondas raíces en la víctima. Bermúdez no había llegado con sus sospechas más que hasta el arranque del camino que conducía a ese mal: no era difícil presumir el efecto que le habría causado el descubrimiento, teniendo, como tenía, sus cálculos hechos y sus ilusiones acariciadas, con otros derroteros muy distintos. A él, a don Claudio, le había confiado sus cuitas, para pedirle informes, si podía dárselos; algo de luz clara con que guiarse en la lóbrega sima en que habla caído tan de repente; porque no podía contarse con lo que espontáneamente declarara Nieves entonces, ni convenía apurarla más en el estado de exaltación en que se hallaba. Más adelante ya se vería. Fuertes se había guardado, muy bien de decir a don Alejandro lo que pensaba acerca de tan delicado particular: al contrario, puso todo su empeño en convencerá su amigo de que estaba alarmado sin fundamento alguno. Tarea inútil: don Alejandro quedaba en sus trece y resuelto a poner de su parte todos los medios que considerara prudentes para combatir el mal como debía combatirle. ¿Qué medios eran ellos? No lo sabía aun con certeza; pero no tardaría en saberlo.

Él no culpaba, no quería mal a ninguno; porque la mayor parte de las veces se causaban los daños más graves con los propósitos más honrados; pero se hallaba en una situación de ánimo tan apurada, en un temple tan singular de espíritu, que temía cometer, en presencia de las personas que eran el principal motivo de su disgusto, algún acto que le pesara después. En este pasaje del diálogo se había dado a Catana la orden de no recibir a Leto ni a su padre.

«Esto, por de pronto» —había dicho enseguida don Alejandro—, «y bien sabe Dios que me duele en el alma. Iremos tirando con paliativos así, lo que se pueda; y después... ya se verá. Usted me hará el favor de entretener a esos señores, con la mejor disculpa que su discreción le dicte, alejados de aquí por unos días, si no le parece que abuso de su bondad».

—Esto es lo que hay en sustancia, Leto —le dijo don Claudio en conclusión—. No sé si refiriéndoselo a usted como se lo he referido, falto o no falto a la confianza depositada en mí por don Alejandro; pero sé que no es usted hombre que se conforma con parvidades en tragos de esta naturaleza; y, sobre todo, sé que en ninguna sima más honda, ni en arca mejor cerrada que usted, puede guardarse este secreto. Ahora, refiera usted de él lo que mejor le parezca a su señor padre, como yo pensaba hacerlo, para que se cumplan las órdenes de nuestro amigo, sin contratiempos como el de esta noche para ustedes... y ánimo ¡voto al chápiro! que más amargo y más duro fue lo de anteayer, y se portó usted como un hombre.

El pobre muchacho, con las manos en los bolsillos y la cabeza caída sobre el pecho, no dijo una palabra. El comandante, después de contemplarle unos momentos con expresión compasiva, le puso blandamente la mano sobre la espalda y le preguntó, con esa aspereza cariñosa, tan propia de los hombres que han educado sus afectos entre los rigores de la ordenanza militar:

—¿Duele, amigo?

Irguiose entonces el valiente mozo, y le respondió, oprimiéndole una mano con las dos suyas:

—¡Ay, señor don Claudio! si después de salvarse Nieves me hubiera quedado yo en el fondo, de la mar, ¡qué fortuna para ellos y para mí!

Y sin poder averiguar el comandante si aquel relucir extraño de los ojos de Leto eran lágrimas o no, le vio caminar a largos pasos hacia la botica, y sin entrar en ella, subir a casa por el portal contiguo.

Don Claudio Fuertes entonces, hiriendo el suelo con un pie antes de echar a andar, exclamó entre dientes con verdadero coraje:

—¡Y qué mejor empleada que en ti, voto al demonio?

Leto subió en derechura a su cuarto con el doble fin de serenarse un poco y de pensar lo que debía referir a su padre, entre todo lo que el comandante le había referido a él. Fue tarea de tres cuartos de hora escasos. Al cabo de ese tiempo, bajó a la botica a menos de media serenidad y con el relato en hilván. No le permitió mayores lujos su pícaro temperamento.

Poco fue lo que dijo a su padre, encerrados los dos en el despacho de la trastienda, como explicación del portazo de Peleches; pero de tal modo y con tal arte de voz, de miradas y de greñas, que dejó al pobre boticario más aturdido de lo que estaba.

—De manera, hijo —observó don Adrián, dale que dale al codo, pero muy suave y lentamente, con el gorro sobre las cejas y la carita rechupada—, que por fas o por nefas... eso es, pues propiamente luz, no resulta del relato: por fas o por nefas, repito, esa nube no ha cogido a nadie más que a nosotros... a nosotros dos, eso es. ¡Caray si es duro eso de pensar! Aflige, Leto, aflige... contrista, sí, señor, verdaderamente; apenas considerarlo, ¡caray! porque si uno sospechara cuando menos... si a la dureza, eso es, del castigo, correspondiera la... vamos, la falta; pero si por más que reflexiono, que repaso la... Hombre, ¿a ti te dice algo la conciencia?... Pero ¿qué te ha decir... supongo yo? ¿Por qué camino andamos hijo y padre... eso es, con esos señores, que no sea llano y descubierto, caray? Si se nos llamara, es un suponer, a residencia, podría uno... Pero ni eso, Leto: ni eso que es tan... de justicia... ¿Habrá, hijo, de por medio algún informe, eso es... algún informe alevoso? Porque verdaderamente, ¡caray! sin una razón así, no se penetra... Por último, hijo del alma: hagámonos superiores mientras pasen esos pocos días que dice el señor don Claudio... y Dios dirá, eso es; Dios dirá luego... Pero por lo pronto, duele, sí, señor... ¡caray, si duele!

Mala noche pasó el pobre boticario a vueltas con sus inútiles investigaciones mentales; peor que Leto, mucho peor; porque éste, al fin, logró encontrar en medio de sus escozores y espasmos, ya que no un calmante de ellos, un remedio para sufrir hasta con gusto sus rigores; y fue que de pronto cayó en una idea en que hasta entonces no había caído de lleno, a causa de tener la sensibilidad fuera de quicio por la fuerza de sus aprensiones extremadamente pesimistas. Él había sentido con lo dicho por don Claudio, que era un estorbo en Peleches, y un motivo de perturbación para ciertos planes de don Alejandro Bermúdez. Así, considerándolo en montón; pero estudiándolo mejor después; separando las cosas y examinándolas una por una, acordose de que los enojos del señor de Peleches contra él, dimanaban, según don Claudio, de ciertas franquezas de Nieves que le habían confirmado en las sospechas que ya tenía. ¡Santo Dios, lo que él vio, lo que él sintió en aquellos momentos! ¡Qué efusiones tan hondas, jamás experimentadas! ¡qué terrores tan nuevos y tan sublimes! ¡qué recelos tan extraños!

Póngasele el Sol de repente en las manos a un hombre que le haya estado adorando sin otro fin que adorarle. Pues en una situación por el estilo se vio Leto al dar a las franquezas de Nieves la única interpretación que podía darlas por la virtud de los hechos y la fuerza de la lógica. El peso de la mole le aplastaba, la luz resultaba fuego; pero ¡qué martirios, qué torturas, qué muerte tan adorables! Porque él se daba por muerto, como dos y tres eran cinco. Que no estorbaba a Nieves en ninguna parte; que Nieves le había entendido la metáfora del aire y del Sol y del humilde puesto para tomarlos, y que lejos de ofenderse con el símil, hasta le había reprendido a él porque no colocaba su banqueta en primera fila, bien sabido se lo tenía, y bien justipreciado en las entretelas de su corazón; pero que el Sol descendiera de su trono para... ¡Dios clemente!

¡Cómo no había de execrarle el señor don Alejandro Bermúdez? Por otra senda bien distinta esperaba él aquella execración; pero ya que había llegado y pues que era de necesidad que llegara, bien venida fuera por donde había venido. Cierto que el abismo resultaba así más hondo para él que de la otra manera; pero, en cambio, menos frío y solitario; y eso salía ganando en definitiva.

Así entretuvo las largas horas de aquella noche y las del día que la siguió. Poco más o menos, como las entretenía su padre en la botica y en la cama, y los señores de Peleches en su empingorotado caserón.

Se cruzaban poquísimas palabras entre la hija y el padre; no por enojos mutuos, sino porque temían entrar en conversación. Ella, ya en plena posesión de sí misma y sabiendo por Catana la orden dada por su padre contra los dos Pérez de la botica, le preguntó, muy serena, al tercer día del percance gordo:

—¿Sabes tú por qué no han vuelto por aquí esos señores?

—¿Qué señores? —preguntó a su vez don Alejandro, descubriendo en su turbación que por demás sabía de qué sujetos se trataba.

—Don Adrián y su hijo —respondió Nieves con la mayor tranquilidad.

Bermúdez se quedó lo que se llama cortado; amagó una respuesta evasiva, y lo puso peor. Su hija no pudo menos de sonreírse al verle tan apurado, y le dijo muy templada:

—Mejor pago merecían de ti: créeme.

Esto ocurría al irse cada cual a su agujero después de la sobremesa.

A media tarde recibió el correo don Alejandro; y en el correo, nueva carta de su sobrino Nacho, fechada la víspera en la ciudad. Debía llevar en ella, por su cuenta, dos días y medio. ¿Le anunciaría ya la salida para Peleches?... ¡Pues en temple estaba el horno para aquella clase de rosquillas! ¡Canástoles, qué lío! Leyó la carta, que era breve, y se le cayó de las manos convulsas.

«Según noticias de buen origen —decía el mexicanillo—, que acabo de recibir, mi alojamiento en Peleches podría originar grandes contrariedades a mi prima, cuyos entretenimientos y placeres, autorizados y consentidos sin duda alguna por usted, son incompatibles con la presencia continua de un extraño que hasta pudiera suscitar recelos de cierta especie en el afortunado conquistador de los entusiasmos de Nieves. Como no tenía la menor idea de estas cosas y se aproxima la hora de emprender la marcha que le anuncié a usted en mi carta anterior, le pido la merced de una declaración explícita sobre lo indicado, para saber a qué atenerme antes de salir de aquí, o para no salir con ese rumbo, si hasta este sacrificio fuere necesario en bien de ustedes, y particularmente de mi encantadora prima».

Don Alejandro Bermúdez permaneció un buen rato como descoyuntado sobre la silla en que se sentaba, con la cabeza gacha y mirando la carta, que estaba a sus pies, hasta con el ojo huero.

De pronto se sintió poseído de una comezón irresistible; recogió de una zarpada el funesto papel; y estrujándole con los dedos temblones, salió de su gabinete a todo andar en busca de Nieves que estaba en el saloncillo.

—Entérate de esa carta que acabo de recibir —la dijo poniéndola en su regazo—. Otra prueba más de lo injusto que estoy siendo con tus buenos amigos, y dime, después que te enteres de ella, qué contestación he de darla.

También a Nieves, que ya se había alarmado no poco al ver el continente de su padre, le tembló la carta entre las manos: primero por zozobra, y después por indignación. Ésta le prestó fuerzas; y con la ayuda de ellas pudo decir a su padre, devolviéndole al mismo tiempo la carta de su primo:

—Esto es una infamia, y nada más.

—¿De quién? —la preguntó su padre dando diente con diente.

—De Rufita González: apostaría la cabeza —respondió Nieves sin vacilar—. Ya sabes el empeño que tiene en que su primo vaya a vivir con ellas.

—Es posible que no te equivoques —dijo Bermúdez menospreciando aquel detalle del asunto—; pero ¿por qué sabe Rufita González esas cosas? mejor dicho, ¿por qué han de ser ciertas esas cosas que?... Tampoco es esto: ¿por qué lo que yo me sospechaba viene a confirmarlo Rufita González, o quien sea el que haya dado la noticia a que se refiere tu primo? Este es el caso, Nieves:

éste es el caso de importancia para mí. Niega ahora mis supuestos y llámame injusto, y, sobre todo, dime qué contestación he de dar yo a ese pobre muchacho.

—Si has de darle la que merece —respondió Nieves con gesto despreciativo—, no hay que calentar mucho la cabeza para discurrirla.

—A ver.

—Rufita González —prosiguió Nieves muy entera—, podrá haber cometido una infamia, disculpable en su mala educación, dando las noticias que le ha dado a tu sobrino; pero ¿con qué disculpará él la trastada de haberte venido a ti con el cuento sin más ni más? ¿Te parece eso a ti rasgo de hombre de fuste, ni siquiera de persona decente?

—Poco a poco —repuso don Alejandro tomando con entera decisión y completa buena fe la defensa de su sobrino—. Para fallar sobre ese caso, hay que ponerse en lugar de tu primo. Está para llegar a nuestra casa, y se le dice que va a servir de estorbo en ella en el sentido, que a él le duele mucho, porque cabe que traiga el infeliz sus planes muy acariciados... Pues, mujer, qué menos ha de hacer en tales casos una persona sensible y delicada, que preguntar, para evitarse un portazo en las narices: ¿estorbo o no estorbo? ¿voy o no voy? Y digo, ¡una persona que viene desde un extremo del mundo, solamente para eso! ¿Te parece que tiene vuelta el argumento, Nieves? Pues no la tiene, aunque otra cosa se te figure. De todas maneras, no se trata aquí de ese particular que, por ahora, es secundario. Mi tema es otro bien distinto, que más tarde o más temprano había de ventilarse entre los dos, y quisiera yo ventilar ahora mismo, puesto que la oportunidad se nos ha venido a las manos. ¿Estás pronta a complacerme, hija mía?

Nieves, pasando y repasando maquinalmente la aguja con que bordaba, por el cendal finísimo que cubría su bordado, y la vista perdida en el aire, dio a entender con un gesto y una leve sacudida de sus hombros, que lo mismo le daba.

—Pues a ello —prosiguió su padre optando, por lo que prefería—. Anteayer, aquí mismo y a estas mismas horas, tuvimos una escena que nos dolió mucho a los dos, por un motivo muy emparentado con el de hoy... Yo te acusé entonces, y tú ni confesaste claro ni negaste, ni tampoco te defendiste; pero dijiste y otorgaste con tu silencio lo suficiente para que yo pudiera formar juicio de todo, como le formé; y teniéndole por bien fundado, tomé una resolución que tú has calificado de injusta pocas horas hace. ¡Es tan distinto del mío tu punto de vista! Pero es el caso que el otro día nos anduvimos tú y yo, por salvar ciertos respetillos, con paños calientes y figuritas retóricas, y que hoy piden las circunstancias que dejemos esos respetillos a un lado y llamemos las cosas por sus nombres para acabar de entendernos... ¿No te parece así?...

—Como quieras —volvió a decir Nieves con el mismo ademán y el mismo gesto de antes, pero algo más descolorida y emocionada.

—Pues allá va en plata de ley —añadió Bermúdez, no muy sereno tampoco—. Entre ese muchacho y tú ha llegado a desenvolverse un... vamos, un afecto, digámoslo así, más... más hondo, más fuerte que el de la amistad...

—¿Qué muchacho? —preguntó Nieves, casi sin voz y temblorosa, con ánimo de alejar un poquito más la respuesta que se la pedía tan en crudo.

—El hijo de don Adrián... Leto, vamos.

—No sé yo —dijo aquí la pobre niña aturrullada y convulsa—, cómo responderte a eso; porque no está bien claro...

—A ver si puedo yo ir ayudándote un poquito —interrumpió Bermúdez con un gesto, como si máscara ceniza—. Tú eres una jovenzuela sin experiencia y sin malicias; y él un mozo que, aunque no largo de genio, al fin ha rodado por las universidades; se ha visto agasajado en Peleches y muy estimado por ti, que no eres costal de trigo; y ¡qué canástoles! hoy una palabrita y seis mañana, habrá ido insinuándose y atreviéndose poco a poco, hasta despertar en ti...

—¡Él? —exclamó Nieves, reviviendo de pronto por la virtud de aquella injusta suposición de su padre.

—Él, sí —insistió éste con verdadera saña—. ¿De qué te asombras?

—De que seas capaz de creer eso que dices —respondió Nieves más serena ya—. ¡Él, que es la humildad misma! Se le había de presentar hecho y aceptado por nosotros todo cuanto tú supones, y no había de creerlo. Te juro que no me ha dicho jamás una sola palabra de esas, y que ni le creo capaz de decírmela.

—Pues entonces, ¿qué hay aquí?

—Y ¿lo sé yo acaso, papá? Tú mismo le has traído a casa; tú mismo me has ponderado mil veces sus prendas y sus talentos; si yo me he confiado a él y le he tomado por guía en unas ocasiones, y por maestro y confidente en otras, por tu consejo y con tu beneplácito ha sido. Tratándole con intimidad y a menudo, como le he tratado delante de ti, casi siempre, he visto que vale mucho más de lo que juzgábamos de él, y que es capaz de dar hasta la vida por nosotros sin la menor esperanza de que se lo agradezcamos. Todo esto sé de él. ¿Tiene algo de particular que yo lo sepa con gusto y que me complazca con el trato de un mozo de tan raros méritos? Pues no hay más, papá, y en eso se estaba cuando me anunciaste la venida del otro.

—Y ahí está el dedo malo precisamente —replicó Bermúdez arañándose las palmas de las manos con las respectivas uñas—. Resultó el contraste, y ¡pum!... a la cárcel Nacho.

—Yo no me opuse a que viniera, recuérdalo... y recuerda también lo que te prometí.

—¿Qué fue lo que me prometiste? porque, a la verdad...

—Te prometí que dejándome libre la voluntad para... esas cosas, jamás me empeñaría en imponértela a ti, aunque me fuera en ello la vida. Pues hoy te repito la promesa, y sin esfuerzo, papá, créemelo. Yo empiezo a vivir ahora, y me encanta esta libertad que gozo a tu lado y entre pocos y buenos amigos.

¡Cómo han de caber en mí otros planes tan contrarios, ni siquiera tentaciones de hacerlos?

—Concedido que no me engañas en eso que dices... ni en nada, porque la condición de veraz tampoco quiso negártela Dios; pero no basta para remate de este condenado pleito. Por lo mismo que careces de experiencia para discernir ciertos achaques del alma, es de necesidad que yo estreche un poco más los argumentos para saber a qué atenerme sobre el particular de que tratamos. No tienes planes de cierta especie, ni la menor idea de imponerme tu voluntad ni tus caprichos: corriente; pero suponte ahora que yo te digo: es indispensable, absolutamente indispensable, cambiar de vida, de estado... en fin, hija, casarse, porque, de otro modo, ahorcan. Aquí tienes dos aspirantes: tu primo Nacho y Leto. Elige.

—Pues a Leto —eligió Nieves sin vacilar.

—¡Muy bien! —dijo su padre dando pataditas en el suelo para desahogar la inquietud que le consumía—. Pues ahora te pongo delante al propio boticario ese, y al mejor mozo y más rico y más honrado y decente de Sevilla, y te vuelvo a decir: elige.

—A Leto —insistió Nieves.

—¡Canástoles! —exclamó don Alejandro en los últimos extremos ya de la congoja que le ahogaba—: ¡qué aberraciones, hombre! Pues ahora te mando elegir entre el propio desastrado farmacéutico y el Príncipe de Asturias, si le hubiera, y soltero y galán... el emperador de todas las Rusias y del Universo mundo...

—Pues también a Leto...

—¡Y afirmabas que no había planes ni!...

—¡Pero si vas tú dándomelos hechos, papá!...

—Pues arderá Troya, hija... y por los cuatro costados, antes que las cosas vayan por donde no deben de ir.

Mascullando estas palabras se apartó de Nieves sin detenerse a observar el estrago causado en ella por sus nunca vistas destemplanzas.

En parecido temple de nervios le halló poco tiempo después don Claudio Fuertes. Cabalmente llevaba encargo de don Adrián, muy encarecido y casi llorado, de interceder por ellos, de suavizar asperezas, y propósito muy bien hecho de complacer al bendito boticario, por creerlo conveniente y hasta de justicia.

¡En mal hora lo intentó!

—No solamente —le dijo don Alejandro, hecho un erizo—, mantengo la resolución tomada el otro día contra ellos, sino que la adiciono con el propósito firme de que en todos los días de su vida vuelvan a poner los pies en mi casa. Que lo tengan entendido así.

Don Claudio Fuertes no halló modo de calmar la iracundia de su amigo, a quien desconocía en aquel estado, ni siquiera de hacerle soportable ninguna conversación. Sospechando que preferiría estar solo, despidiose de él a poco de haber llegado, y se fue sin poder averiguar qué nueva mosca había picado al buen señor de Bermúdez para ponerle tan rencoroso como estaba contra los dos Pérez de la botica, aunque presumiendo que todo sería obra de alguna «franqueza» de Nieves, por el estilo de las de marras.

Diole mucho que cavilar la racional sospecha; vio las cosas con espíritu sereno y por todas sus caras a la luz de los antecedentes que tenía, y sacó en limpio que, saliera pez o rana en definitiva, era de necesidad, por de pronto, enterar a don Adrián del mal éxito de sus negociaciones, para que Leto, que se hallaría presente, lo tuviera entendido en la correspondiente proporción.

Y se fue derecho a la botica donde, por haber hallado a los dos Pérez solos, les informó, con las debidas atenuaciones de caridad, de lo mal que andaban sus negocios en Peleches.

A don Adrián le faltó poco para desmayarse.

XXIII. La tribulación del boticario

Media hora después, con la faz macilenta y alargada, el ojo triste, las rodillas trémulas y la respiración anhelosa, subía el pobre hombre hacia Peleches. El sobrepeso agregado por don Claudio a su cruz, se la había hecho insoportable. No podía vivir así. Formó su resolución con voluntad heroica; y en cuanto llegó el mancebo a la botica, y se marchó el comandante, y Leto subió al piso, cogió él el sombrero y la caña... y ¡hala para arriba! Podría suceder que no se le franqueara la puerta al primer golpe: él insistiría una, dos y ciento y mil veces, hasta que los mismos robles se ablandaran; o se colaría por los resquicios, o tomaría la casa por asalto... Que el señor don Alejandro, al verse con él cara a cara, se la llenaba de oprobios... ¿y qué? Cualquier afrenta, la más dura agresión. «Antes, eso es, que aquellas incertidumbres, ¡caray! sí, señor; que aquel estado violento, eso es, en que no podía él vivir.»

Iluminaban a Peleches las últimas tintas sonrosadas, pero frías, del crepúsculo, cuando el viejo boticario, con la mano lívida y convulsa, empuñaba el llamador (un lebrel de hierro dulce con una bolita entre las garras delanteras) de la puerta de ingreso al piso principal del caserón de los Bermúdez. Dio tres golpes muy desconcertados, como los que a él le producía en el angustiado pecho el acelerado latir de su corazón, y salió Catana. En cuanto vio a don Adrián le dijo sin acabar de abrir la puerta:

—El zeñó no pué...

Pero el boticario se coló en el vestíbulo por la abertura, y desde allí interrumpió a la rondeña de esta suerte:

—Ya, ya; pero esa orden no reza, eso es, conmigo; porque vengo, sí, señor, con su beneplácito... Tenga usted la bondad de prevenirle, eso es, de avisarle, que estoy aquí a sus órdenes.

Y por si esto era poco, mientras Catana iba con el recado, él la siguió de lejos, como si tratara de ponerse en el rastro de su presa para que no se le escapara por ninguna parte. Así llegó al extremo del pasadizo que conducía al estrado. Era indudable que don Alejandro estaba en su gabinete... hasta creyó percibir su voz momentos después; su voz algo destemplada, por cierto. «¡Caray, caray, qué desmayos!»

Volvió a aparecer Catana. Con un gesto bravío le reprendió su atrevimiento de colarse hasta allí, y con otro no más dulce y un ademán adecuado, le mandó que pasara al gabinete que le señaló con el índice cobrizo.

Pasó don Adrián entre vivo y muerto, y se plantó a la puerta con el altísimo sombrero en una mano y el bastón en la otra, inmóvil, derecho, rígido. Desde allí vio a don Alejandro dando vueltas desconcertadas en el fondo del gabinete. En una de aquellas vueltas se encaró con él, se detuvo y le dijo, con una sequedad a que no tenía acostumbrado al excelente farmacéutico de Villavieja:

—Pero ¿qué hace usted ahí?

—Esperando, señor don Alejandro —contestó el pobre hombre con la voz como un hilo—, a que me dé usted su licencia.

—Según mis noticias —replicó Bermúdez sin ablandarse más—, esa licencia la traía usted ya desde su casa.

—Mi señor don Alejandro —dijo aquí don Adrián enjugándose el rostro macilento con su pañuelo de yerbas, y entrando a cortos pasos en el gabinete— me he permitido afirmar esa... mentirilla, eso es, para que se me franquearan, sí, señor, estas puertas... ¡Mal hecho, caray, mal hecho! Verdaderamente lo conozco, eso es... pero no había otro modo de lograr, eso es, una entrevista, una entrevista con usted, mi señor don Alejandro.

—Y ¿para qué necesita usted, señor don Adrián, una entrevista conmigo?

—¡Para qué, mi señor don Alejandro? —preguntó el farmacéutico relajando todos los músculos de su cara—. ¡Para qué?... Para mi sosiego... para dormir, para comer... para vivir; ¡caray! para vivir, mi señor don Alejandro... Para todo eso.

Bermúdez que, por lo que le decían aquellas palabras y lo que leía en la voz y en el aspecto lastimoso de aquel hombre a quien tanto había estimado y estimaba, calculaba la intensidad del daño que le había hecho con su violenta medida, sintió muy hondos pesares de no haberla meditado más, y maldijo la negra fortuna que le conducía a extremos tan rigurosos.

—Siéntese usted, amigo mío —le dijo apiadándose de él—; repóngase un poco, y dígame luego cuanto tenga que decirme.

Le arrimó una silla y se sentó en ella don Adrián. Él permaneció de pie delante del boticario, y con las manos en los bolsillos. Don Adrián Pérez, después de colocar el sombrero en la silla inmediata y de enjugarse otra vez la carita lacia con el pañuelo, comenzó a hablar de esta suerte:

—Yo, señor don Alejandro, me encontré antes de anoche... precisamente antes de anoche, eso es, cerradas las puertas de esta casa... quiero decir, nos las encontramos; porque mi hijo venía conmigo: veníamos juntos, eso es... El caso era de notar por nuevo... por nuevo, es verdad, pero no por cosa peor; porque cabía creer que fuera medida, sí, señor, medida general. ¡Caray, si cabía! Pero no lo fue, mi señor don Alejandro, ¡no lo fue!; fue medida propia y particularmente para nosotros; para nosotros dos, eso es: para mi hijo y para mí. El señor don Claudio Fuertes tuvo la bondad de informarnos de ello, con tino, eso sí, y con todo miramiento, porque es persona de suma delicadeza; como usted sabe muy bien... Nos dio algunas esperanzas de que, corridos unos días, eso es, mejorarían las circunstancias... Pero el hecho, mi señor don Alejandro, estaba en pie; y dolía, dolía... Preguntamos la razón, eso es; y la ignoraba el buen amigo... Pasó la noche... sin sueño, por de contado; y otro día, el de hoy, sin apetito naturalmente... Ya ve usted, mi señor don Alejandro: el castigo notorio y la culpa desconocida, ¡caray! en corazones de bien... aflige, eso es, agobia... Y así todo el día de hoy, hasta que el señor don Claudio Fuertes, después de hablar con usted, nos ha venido a advertir, un momento hace, que nuestro litigio aquí, iba ¡caray! de mal en peor... Esto fue ya cegar, mi señor don Alejandro, para los que estábamos a oscuras; eso es, cegar verdaderamente, ¡cegar, y cegar en la agonía!... Pues, muerte por muerte, me dije en cuanto me vi solo, démela el amigo irritado, eso es, si me cree merecedor de ella... Y aquí estoy, señor don Alejandro.

Éste dio dos medias vueltas, conservando una de las manos en el bolsillo y resobándose con la otra la barbilla; y después, deteniéndose de nuevo delante de don Adrián, que no apartaba de él la vista anhelosa, y volviendo a enfundar la mano en el bolsillo correspondiente, dijo al boticario:

—Continúe usted, señor don Adrián, todo lo que tenga que decirme: después hablaré yo, si le parece.

—Pues en dos palabras termino —contestó el boticario tomando nueva postura en la silla—. Así las cosas, mi señor don Alejandro, y téngalo usted bien entendido, eso es, bien entendido, desde luego, por anticipado, le

doy a usted la razón por ser una persona incapaz de faltar a la justicia...
Yo me confieso culpable, y mi hijo, sí, señor, también se confiesa: los dos,
nos confesamos culpables; los dos le habremos faltado a usted... no admite
duda, cuando, teniéndole ¡caray! por el más cariñoso y noble, eso es, de los
amigos, y el más caballero de los hombres, nos castiga... Pero ¿por qué?
¿En qué ha consistido la falta, eso es, o la ofensa? Este es el clavo, mi señor
don Alejandro; éste es mi mate día y noche. ¿Cuál es nuestro delito? Sépale
yo, sépale mi hijo, para la debida reparación, eso es; porque de otro modo,
¿de qué vale el buen deseo, caray? ¿de qué la voluntad mejor dispuesta?
De nada, mi señor don Alejandro, de nada, ¡caray! de nada. Que no cabe
reparación, eso es; que usted no la admite ni la quiere... que estas puertas
continúan cerradas para nosotros... cerradas, eso es... Malo, triste, ¡caray!
muy triste, muy malo, sí, señor; pero se sabe el motivo, se reflexiona sobre
él; resulta justo, justa y merecida la pena; y ya es distinto, eso es; ¡pero muy
distinto, caray!... Y esto es todo lo que verdaderamente tenía que decir a
usted, sí, señor; nada más, eso es.

Y mientras don Alejandro Bermúdez daba otras dos vueltas en corto, él
se pasó nuevamente el pañuelo por toda la cara, reluciente de sudor frío. El
de Peleches, al regreso de su última vuelta, dijo al boticario:

—Empecemos, señor don Adrián, por declararle a usted, como le declaro, que soy tan amigo de usted como lo era antes, y que no le estimo menos
de lo que le estimaba.

—Gracias, mi señor don Alejandro —contestó el boticario desde el fondo
de su corazón—. Eso ya consuela mucho, ¡caray si consuela!

—Y declarado esto —continuó Bermúdez voltejeando a la vez por el gabinete, porque seguía nervioso y espeluznado—, le declaro además que no es
tan fácil como parece la tarea de decirle a usted todo lo que desea saber.

—¿Es posible?

—Sí, señor: como que es cierto. Y vamos a ver si consigo explicarme de
modo que usted me comprenda, sin decirle más que lo que debo. Figúrese
usted que el amigo a quien más usted quiere, resulta inficionado de una
peste ¿dejará usted de querer bien a ese amigo por tomar ciertas precauciones... sanitarias contra él?...

—Conformes —observó don Adrián abriendo mucho los ojillos y la boca, como si le sorprendiera la gravedad del ejemplo—. Conformes, señor don Alejandro:

no querría mal a ese amigo... inficionado, eso es, apestado, mejor dicho, por alejarle de mi familia; no, señor: medida prudente y de conciencia... de conciencia, eso es; pero le advertiría en debida forma... del mejor modo posible, eso es, para que no extrañara, para que no se doliera... En fin, mi señor don Alejandro, entiendo el símil; pero con la debida dispensa de usted, verdaderamente nada me dices sino que por apestados, eso es, por inficionados de algo, se nos han cerrado estas puertas, de repente, a mi hijo y a mí. Que hay peste en nosotros, ya se lo he concedido a usted antes de todo, sí, señor, concedido; pero ¿qué peste es ella, mi señor don Alejandro? Este es el punto... digo, me parece a mí, y el clavo, sí, señor, muy doloroso.

—Efectivamente —repuso Bermúdez mordiéndose los labios de inquietud—, nada resuelve mi ejemplo en el sentido que usted desea. Vaya otro más al caso. Imagínese que usted no es don Adrián Pérez, sino don Alejandro Bermúdez; que siendo don Alejandro Bermúdez, tiene una hija exactamente igual a la que tengo yo: vamos, que Nieves es hija de usted; que usted se ha consagrado en cuerpo y alma al cuidado y a la educación de esa hija; que desde que su hija era niña, trae usted formados y acariciados ciertos planes que, una vez realizados, han de hacer su felicidad, la felicidad de esa hija por todos los días de su vida; que está usted en la cuenta, por señales que parecen infalibles, de que su hija consiente y aprueba y hasta acaricia los mismos planes que usted; que en esta inteligencia, y para afirmarlos y asegurarlos mejor, de la noche a la mañana, y de mutuo y entusiástico acuerdo, dejan ustedes su residencia de Sevilla, y se plantan, llenas las cabezas de ilusiones, en este solar de Peleches; que limita usted su trato de intimidad aquí a tres personas, muy estimadas, muy queridas de usted: de esas tres personas, una soy yo, don Adrián Pérez, y la otra, mi hijo, Leto de nombre; usted continúa abriéndonos su casa y recibiéndonos en ella con la mayor cordialidad; y nosotros correspondiendo a ese afecto con otro tan hidalgo como él, e independientemente de todo esto, usted, Alejandro Bermúdez, llevando adelante y por sus pasos contados, el plan consabido; que se deja usted correr así tan guapamente, tranquilo y descuidado, y que un día, con motivo de un suceso muy relacionado con ese plan, descubre usted que se le han llevado los demonios, encarnados para ello en su hija de usted y en mi hijo; o si lo quiere más claro aún, en Nieves y en Leto... ¿Me va usted comprendiendo mejor ahora, señor don Adrián?

Don Adrián, amarillo y desmoronándose por todas partes, apoyó la frente entre las dos manos cadavéricas colocadas sobre el puño del bastón, y no dijo una palabra.

Don Alejandro, hondamente condolido de él, para dulcificarle en lo posible el amargor de las suyas y acabar de explicarse, continuó en estos términos:

—Yo no tengo nada que tachar en Leto, amigo mío, y mucho menos en usted: por donde quiera que se les considere, valen tanto como nosotros, más si es preciso; pero yo, como le he dicho, tenía mis planes; los vi desbaratados de repente y cuando más seguros los creía; supe la causa de ello; y ¡qué canástoles! don Adrián, hice, por de pronto, lo que hubiera hecho usted en mi caso: aislarme del peligro para pensar a solas, para discurrir sobre él... No es uno dueño de los primeros movimientos del ánimo; y la amarga sorpresa me ofuscó. No me detuve a elegir un pretexto que, sirviendo a mis fines, no le causara mortificaciones a usted: lo confieso. Además, contaba con que la ráfaga pasaría pronto, si es que no era una ilusión de mis sentidos; pero sucedió lo contrario, don Adrián: lo sospechado resultó evidente, de toda evidencia, y entonces acabé de cegarme. Este es el caso. Perdóneme usted lo que le haya alcanzado indebidamente de mi enojo; y para conseguir ese esfuerzo de su corazón, póngase, como antes dije, en mi lugar.

Callóse Bermúdez; y alzando enseguida la cabeza el boticario y levantando poco a poco los ojuelos hasta él, exclamó entre acobardado y aturdido:

—Verdaderamente, sí, señor, es sorprendente... y espantoso, el caso ese... ¡lo que se llama espantoso!... Vamos, que necesito haberle oído en boca de usted, para darle crédito, sí, señor. Algo así tenía que ser para un castigo como el impuesto... que es dulce, ¡caray, muy dulce! para la enormidad de la falta, eso es. Pero, señor, ¿cómo la ha cometido ese chico? ¿qué espíritu malo le emborrachó? Porque él es incapaz de atreverse a tanto, verdaderamente, de por sí: la misma cortedad andando, eso es, y el respeto, ¡caray! y la gratitud... Es más:

él me ha visto en las angustias de estos días, sí, señor, y me ha oído amontonar, eso es, conjeturas y supuestos; y nada, ni una palabra, ¡él, que es todo franqueza y sencillez!... Vamos, señor don Alejandro, que lo creo, eso es, pero que no me lo explico.

Los dos podemos tener razón, señor don Adrián —replicó Bermúdez continuando sus paseos en corto—. Cabe perfectamente que su hijo de usted haya hecho el daño sin propósito de hacerle, y que ignore a estas horas lo que ha hecho. El corazón humano es así muy a menudo: para saber el valor positivo de lo que contiene, necesita, como ciertos metales, probarse en la piedra de toque. Eso hice yo en mi casa, don Adrián: someter un afecto, quizá desconocido del alma que le contenía, a aquella prueba... Y así le descubrimos los dos. La misma prueba hecha en casa de usted, hubiera producido idéntico resultado.

—No me atrevo a negarlo ni a ponerlo en duda, señor don Alejandro: después de lo que usted me ha dicho, eso es... creo, creo hasta en agüeros... ¡y hasta en las brujas mismas, caray!

—El caso es, amigo mío, que el daño existe, para mi desgracia.

—Esa es, mi señor don Alejandro, la que yo lamento: no la mía, que ya no me preocupa.

—Y vuelvo a repetirle que no me quejo de nadie, sino de mi mala fortuna; que no alzo ni bajo ni estimo en más ni en menos a su hijo de usted, ni le quito ni le pongo al acudir a ciertos extremos y al expresarme de cierto modo; pero yo tenía mi rumbo trazado, mis planes hechos...

—Sí, mi señor don Alejandro: usted tenía sus planes, ¡muy bien tenidos!... eso es, y muy bien hechos; planes ¡caray! de toda la vida, que son, sí, señor, los más estimados; y si esos planes, supongamos, le hubieran fallado por una causa... ordinaria y corriente, eso es, y común de todos los días, usted hubiera formado otros a su gusto; mientras que de este otro modo, eso es...

—Por consiguiente, señor don Adrián, no debe chocarle a usted que, sin dejar de estimarlos a los dos, a usted y a su hijo, en lo que valen, persista por ahora en mi determinación... Esto no es cerrar a usted las puertas de mi casa, entiéndalo usted bien...

—¡Chocarme a mí nada de eso! —exclamó don Adrián levantándose de la silla, tembloroso y con los ojos empañados—. ¿Creer que me cierra usted las puertas de su casa... cuando voy, eso es, a cerrármelas yo mismo! Porque debo cerrármelas, eso es, y no volver a llamar a ellas mientras no traiga en las manos, sí, señor, las pruebas de haber reparado la ofensa inferida a usted... Y se reparará, sí, señor, yo lo fío.

—No es fácil, amigo don Adrián.

—Yo repito que lo es, mi señor don Alejandro... ¡Yo repito que lo es! Yo conozco a mi hijo; yo sé que es de noble condición, honrado, sí, señor, y pundonoroso como él solo... Yo sé que es incapaz de levantar, eso es, los ojos más arriba de la talla, digámoslo así, que le pertenece; que estima y considera la amistad de usted, ciertamente, por encima, eso es, de toda otra ambición; que no ignora lo que yo me pago y me enorgullezco de ser... de haber sido, el amigo más estimado, eso es, del señor don Alejandro Bermúdez Peleches; mi hijo sabe, finalmente, que es gusano de la tierra, sí, señor, y tiene demasiada inteligencia, y rectitud por demás, para atreverse... con las águilas de las alturas. Eso es.

—Pero don Adrián —díjole Bermúdez mientras encendía con una cerilla una vela puesta en un candelero sobre la mesa, porque había anochecido ya—, si no se trata...

—Por anticipado, desde luego, mi señor don Alejandro continuó el farmacéutico sin hacer caso de la interrupción—, le prometo a usted que mi hijo cumplirá con su deber, como yo cumplo ahora, y he de cumplir en adelante, con el mío; eso es. Si tiene también sus planes, que lo dudo, contrarios a los de usted, yo le diré, sí, señor, que los destruya; y los destruirá; que no mire jamás hacia Peleches, eso es; y cegará antes, sí, señor, que faltar a mi mandato; que se hunda en el polvo de la tierra; y se hundirá, eso es; se hundirá hasta los abismos, sí, señor, más tenebrosos y profundos. Lo fío, porque le conozco, y por ser además todo ello de justicia... de reparación debida a usted, verdaderamente, por una parte; y por otra, de pundonor ¡caray! para nosotros, eso es.

—Repito que usted extrema las cosas, amigo don Adrián.

—¡Ojalá fuera verdad! Pero estoy en lo justo, sí, señor, por mi desgracia, don Alejandro; en lo que debo, eso es, en lo que debo, en lo que debemos a usted mi hijo y yo, eso es, como le decía, y en lo que nos debemos a nosotros mismos. En el mundo, señor don Alejandro, aquí, en este rinconcito de Villavieja, hay muchos ojos ¡caray! y muchas lenguas; no todos los ojos ven las cosas por una misma cara, ni todas las lenguas explican de un mismo modo lo que los ojos ven. La señorita Nieves es hija del rico caballero don Alejandro Bermúdez Peleches, y el padre de Leto es el pobre don Adrián Pérez, boticario de Villavieja... eso es; y en un paño como éste ¡caray! pueden entrar muchas tijeras, como haya ganas de cortar, que nunca faltan... En fin, ya puede usted comprenderme; y yo, mi señor don Alejandro, que he conservado con honra durante setenta y cinco años, eso es, la vida que recibí de Dios, con honra quiero entregársela el día en que me la reclame, que bien cercano está ya... Eso es.

Bermúdez ya no daba vueltas por el gabinete: se había detenido delante del boticario; y a pie firme y con la cabeza algo gacha y la mirada de su único ojo clavada en los humedecidos de él, escuchaba sus ardorosos razonamientos.

—Y ahora —dijo en conclusión el atribulado farmacéutico, que ya llevo lo que venía buscando, y aun algo más, eso es, si bien se mira, y sé a lo que debo atenerme, si usted me da su permiso me vuelvo a mi casa... para terminar debidamente lo comenzado a tratar aquí... Pero me atrevería, por término, eso es, y por remate de nuestro coloquio, a pedir a usted una gracia... ¡la última, señor don Alejandro, por no molestar!

—Yo tendré siempre —le respondió Bermúdez afablemente—, el mayor gusto en servirle en cuanto pueda, señor don Adrián: no lo dude usted un momento.

—No lo dudo, señor don Alejandro —replicó el otro—. Y voy, en prueba de ello, a la súplica. El camino hasta mi casa no deja de ser largo y escabroso, y ya ha cerrado la noche, eso es; ordinariamente, no me las arreglo bien con las tinieblas; pero en el estado ¡caray! en que me encuentro ahora... a la verdad, fío poco de mis fuerzas; y una caída a mis años... ¡caray! ¿Tendría usted inconveniente en que me acompañara un ratito, por lo más oscuro nada más, eso es, su criado Ramón?

—Sí, señor, que le tengo —respondió Bermúdez dirigiéndose a la alcoba de su gabinete—, porque quien le va a acompañar a usted, soy yo.

—¡Usted, señor don Alejandro? —exclamó asombrado el boticario.

—Yo mismo, señor don Adrián —respondió Bermúdez desde allá dentro—, en cuanto me calce las botas. Así como así, no me vendrá mal orear un poco la cabeza fuera de casa. Don Adrián sintió la fineza de su amigo, como una lluvia serena en el estío las plantas mustias.

Apareció pronto don Alejandro con todos los pertrechos necesarios para ponerse en marcha, y el boticario le dijo:

—No he intentado siquiera saludar, eso es, ofrecer mis respetos a la señorita Nieves, porque verdaderamente es mejor que ignore, eso es, que yo he hablado con usted.

—Nieves anda otra vez maleando de la cabeza, y se había tendido sobre la cama un poco antes de llegar usted. Sin eso, la hubiera usted saludado, porque no quita lo cortés a lo valiente, señor don Adrián. Con que cuando usted guste... Salieron ambos del gabinete; entró don Alejandro en el de su hija; volvió a la sala a poco rato, dando al boticario la noticia de que Nieves estaba mejor, y se fueron los dos pasillo adelante.

Al desembocar en la plazuela de la Colegiata, se despidió Bermúdez de su viejo amigo con un fuerte apretón de manos.

—Ya está usted en sagrado —le dijo—, y yo me vuelvo a mi escondite.

—Gracias por todo, ¡por todo, sí, señor! —respondió el boticario trémulo de voz y conmovido, como si se despidiera de don Alejandro hasta la eternidad. Retrocedió Bermúdez hacia Peleches; y andando cuesta arriba y meditando, dejó escapar de su pensamiento, y como si fueran el resumen de sus meditaciones, estas palabras:

—¿Qué apostamos ¡canástoles! a que ese pobre boticario vale mucho más que yo?

XXIV. «El Fénix Villavejano»

Acompañado del propio Maravillas, que para eso y para dirigir y mejorar a su gusto la edición, había ido dos días antes a la ciudad, entraba en Villavieja el paquete de los quinientos ejemplares, húmedo todavía y exhalando el tufo que enloquece a los pipiolos y regocija a los veteranos en la esgrima de la péñola, al mismo tiempo que subía hacia Peleches don Alejandro Bermúdez.

Tinito el sabio se encaminó a su casa por los callejones más extraviados, para no ser visto por sus amigos y colaboradores, pues así convenía para sus planes; y una vez encerrado en ella y después de encargar muy encarecidamente que se dijera a cuantos llegaran a preguntar por él, si alguien llegaba, que no había venido aún, procedió a romper las ligaduras del paquete con mano codiciosa y a dividir su contenido en cuatro porciones: una para cada repartidor de los tres que tenía apalabrados, y la más pequeña para dejarla de reserva. Era cosa convenida con «los chicos de la redacción» que el periódico se repartiría de balde en la villa entre todas las personas cuya lista se había formado con la mayor escrupulosidad, sin perjuicio de distribuir el sobrante entre «lo menos irracional de la masa anónima» (palabras textuales del propio Maravillas).

El periódico era de corto tamaño y llevaba por nombre, en letras muy gordas, el que se ha puesto al frente de este capítulo, adicionado con esta leyenda: Revista literaria y de altos intereses sociales, políticos y religiosos. La primera plana y gran parte de la segunda, iban atestadas de prosa sarpullida de signos ortográficos, bajo el rótulo de Nuestros ideales. Después versos, ¡muchos versos! Una Melancolía, dedicada «a la distinguida señorita doña I. G.» (la Escribana segunda); un Éxtasis «a M. C.» (Mona Codillo); tres Ovillejos «al ilustrado Fiscal de este juzgado, mi distinguido y bondadosa amigo don F. R., en señal de consideración y afecto entrañable»; unos Cantares tiernos «a la encantadora joven villavejana A. C.» (Adelfa Codillo); Mis confidencias, «composición graciosa, a la chispeante señorita R. G.» (Rufita González); algunas coplas más por este orden, varios sueltos en prosa, y en prosa también una Variante histórica a la fábula de Hero y Leandro. Cada poesía llevaba al pie todos los nombres y apellidos de su autor. Maravillas firmaba con los suyos el artículo de entrada, y solo con iniciales la Variante.

—Y de todo esto, ¿cuál es lo tuyo, hijo? —le preguntó el tabernero su padre, que presenciaba, por no atreverse a cosa mayor, las operaciones de deshacer el fardo y contar ejemplares para separar los correspondientes a cada lista de las tres desplegadas sobre la mesa.

—¿Pues no lo ve usted? —le respondió el sabio poniendo el dedo sobre la firma del programa y las iniciales de la fábula—. Todo lo que no son coplas estúpidas y sin sustancia: lo que ha de levantar ronchas. ¡Vaya si levantará!... hasta estos sueltecitos, que también son míos, y de pronto no parecen nada: ya lo verá usted.

—Y ¿lo conocen, lo conocen ya tus amigos, esos de las copias?

Miró el sabio a su padre con el gesto de más altivo desdén, y le dijo:

—¡Qué han de conocer esos mentecatos, ni a título de qué? Lo conocerán mañana cuando el periódico circule y no les quepa la vanidad en el cuerpo al ver el magnífico resultado de mi aparición en El Fénix. Ellos son los que me han buscado: yo he consentido en que colaboren bajo mi dirección en el periódico, que dirá lo que yo tenga por conveniente, y nada más. ¿Les parece poco? ¿Qué más honra pueden desear? ¡pues buena sindéresis es la suya para que yo me hubiera rebajado a consultarles lo que pensaba publicar en El Fénix! ¡Estúpidos y pusilámines! Capaces eran de no consentir la salida del periódico.

—Verdaderamente —contestó el tabernero, electrizado con aquel pensar, aquel decir y aquel mirar de su hijo—, que no son quién para lo que tú sabes, esos muchachuelos ignorantes y desaplicados... ¿Y de veras crees tú que esos escritos meterán bulla?... No haga el diablo que te traigan algún disgusto...

—¡Bah! —repuso Maravillas creciéndose dos palmos—; no irán los huracanes por donde usted se figura. El efecto de mi primer artículo será de asombro, como el de la centella, como el del relámpago. El de la fábula le sentirán pocos; y éstos se guardarán muy bien de decir lo que les duele y en qué parte. Vea usted unas muestras de la calidad científica y filosófica del artículo, o mejor dicho, del programa.

Arrimose en esto Maravillas a la cómoda, sobre la cual estaba la luz con que se alumbraban allí él y su padre; subió las gafas hasta dejarlas encaramadas sobre las cejas; levantó el periódico que tenía entre las manos, bajando al mismo tiempo la cabeza, de manera que no quedó el espacio de dos pulgadas entre los ojos y el papel, y comenzó a leer con voz nasal, atiplada y clamorosa, mientras el tabernero se le acercaba de puntillas, con una mano colocada detrás de la oreja y mordiéndose el labio inferior.

—«Nuestros ideales...»

Aquí se detuvo de repente; y cambiando su tono campanudo por el llano y de todos los días, advirtió a su padre:

—Ha de saber usted, ante todo, que el fénix es un pájaro fabuloso o imaginario, del que se cuenta que renacía de sus propias cenizas, como la muerta planta renace de la semilla que ha producido en vida... ¿Se entera usted?

El tabernero contestó afirmativamente con una cabezada, sin apartar la mano de la oreja, y añadió a la contestación otro ademán y otro gesto que querían decir: «adelante».

Entendió la mímica Tinito el sabio; y metiendo nuevamente los ojos por el papel, volvió a su interrumpida lectura y al registro campanudo de su voz:

—«Nuestros ideales... Sal de tu sueño letárgico; despierta ya, ¡oh, Villavieja, pueblo fósil, merecedor de más honrosos destinos!... ¡Despierta y sacude la ignominia de tu mortaja enmohecida por la lobreguez insana de tres siglos de barbarie! ¡Despierta, levántate y contémplate! Nosotros te pondremos delante de los ojos el gran espejo de la Verdad, iluminado por la esplendorosa luz de los nuevos días. Mírate en él... ¡Ah, desdichada! Te turbas, te sonrojas... ¡te avergüenzas!... ¡Lo comprendemos, sí, lo comprendemos! Te ves andrajosa y fea, y esclava vil, y degradada y sola, entre la muchedumbre de otros pueblos risueños, hermosos, libres y florecientes...»

—Sigue a esto —dijo a su padre Maravillas, interrumpiendo la lectura—, un largo párrafo muy bonito y de gran efecto, de conjuros y de apóstrofes por el estilo de los que ha oído usted, que duran hasta la mitad de esta segunda columna, y digo enseguida... «¿Sabes por qué eres andrajosa, y fea y esclava vil y degradada, ¡oh, Villavieja infelice? Porque el templo de tu Dios está henchido de riquezas, y sus criminales derviches adormeciéndote con sus cánticos soporíferos, como adormece el vampiro a sus víctimas con el aire de sus alas para chuparles la sangre...»

—Continúa después otro párrafo, también muy hermoso, todo lleno de respuestas de esta, clase, con unos ejemplos y unas comparaciones admirables por lo oportunas y la mucha erudición que revelan, y concluyo diciendo: ¿Quieres ¡oh, mi villa natal infortunada! romper tus cadenas, y ser grande y rica y bella? Pues demuele tus templos; sepulta entre sus escombros a tus ídolos grotescos, y arroja su recuerdo de tu memoria, y de tu mente la idea que los derviches te han cristalizado en ella de un Dios incompatible con la extensión que alcanzan a estas horas las exploraciones hechas en las regiones científicas por la razón humana. No por eso ¡oh pueblo de las grandes melancolías! quedarás huérfano y desamparado de ideales que te sublimen y ennoblezcan, algo más que las absurdas abstracciones metafísicas con que hoy te engañan. ¿Quieres saber a quién adoramos nosotros? a la Razón. ¿En qué templo? En el gabinete de estudio, en el laboratorio, en el taller. ¿Cuál es nuestra Biblia? La Naturaleza, con sus leyes físicas y su génesis racional y científicamente comprobada.

¿Nuestros Santos? Todos los hombres ilustres que han concurrido y concurren a la obra colosal de nuestra Redención verdadera, sustentando y propagando los dogmas imperecederos del positivismo materialista, que es nuestra religión y nuestra fe; las mismas que venimos a predicar entre vosotros, porque os amamos y queremos vuestro bien...»

—¿Eh? ¿Qué tal, padre? Me parece que está bien rematadita la cosa; y picante... y hasta la empuñadura, ¿eh?

El tabernero trasladó la mano que tenía junto a la oreja, al cogote, entre cuyos pelos grises, cerdosos y tupidos metió las uñas para rascarse.

—No he comprendido cosa mayor —dije mientras se rascaba, la entraña de todo eso que has plumeado ahí. Como gustar, me gusta el palabreo y la...

¡Vaya! de lo mejor. Es manifactura de sabio: se ve al golpe; pero todo es de echar la iglesia abajo y otras cosas al simen... ¿qué te diré yo? Pudiera caer mal en Villavieja.

—No lo crea usted —observó Maravillas riéndose del candor de su padre—. Aquí, en este pueblo, hay materia dispuesta para todo: lo que faltaba eran manos. Pues ya están acá. Sorprenderá, deslumbrará el artículo, como la dije a usted antes; pero la luz se habrá visto, y las gentes vendrán a ella, como pájaros bobos... No lo dude usted.

—Más valdrá así —dijo el tabernero bajando la mano y apoyando el codo sobre la cómoda—. ¿Y qué más, hijo?

—A este programa —continuó el sabio—, siguen, como usted ve, unos versos, tontos y malos, como todo lo que pueden escribir estos majaderos villavejanos; a los versos, un sueltecillo sobre policía urbana; al suelto, más versos, detestables también; y así alternando versos chabacanos con gacetillas mías, concluye la tercera plana, y comienza la cuarta con esta noticia que voy a leer a usted, y dice así: «Percance grave: El jueves último salieron a voltejear fuera de la bahía, como lo tienen por costumbre, en un balandro de recreo, un joven muy conocido, de esta población, y una linda y elegante señorita forastera que reside en sus inmediaciones. No sabemos si por distracción de los dos o por algún accidente imprevisto, porque escribimos de referencia, se fueron al agua de repente, uno tras otro, en alta mar; y en ella hubieran perecido, porque el balandro llevaba mucho andar, sin la serenidad y la destreza del marinero que los acompañaba a bordo y logró recogerlos. Celebramos de todo corazón que el percance no tuviera otras consecuencias que el susto del momento y los sinsabores subsiguientes por la falta de recursos con que se halló el joven para socorrer a la señorita en el estado angustioso y a todas luces lamentable en que salió de la mar. Afortunadamente, la necesidad, que es ingeniosa de suyo, suplió por todo, y la robustez y el buen ánimo hicieron lo demás. Nuestra más cordial enhorabuena a los entusiastas expedicionarios del hermoso yacht.»

—En esta noticia —dijo Maravillas a su padre—, no hay nada, absolutamente nada de particular; de particular malicioso, se entiende: la relación, hasta galante y cortés, del caso que se refiere de público en la villa. Pues enseguida viene la Variante histórica... fíjese usted bien, histórica, a la fábula de Hero y Leandro. Hero y Leandro fueron dos personajes imaginarios también, como el pájaro fénix. Hero una zagala y Leandro un zagal, vivían separados por el Helesponto, un brazo de mar, casi mar. Hero y Leandro se amaban, y Leandro de costa a costa nadando para echar un párrafo con Hero. En una de éstas, se enfurruñaron las aguas y pereció Leandro. Pues en la Variante se cuentan las cosas de otro modo: Hero visitaba a Leandro, no pasando el Helesponto a nado, sino en un barquichuelo, y a la vela. Un día se le puso el esquife quilla al Sol, y Leandro, que lo presenciaba, se arrojó al mar y sacó a Hero medio asfixiada y hecha una sopa. En aquella soledad no había con qué socorrerla. Desnudola el infeliz, lleno de angustia; y, a buena cuenta, la dio unos fregoteos de arriba abajo con unos herbachos secos que había a sus alcances: lo que me ha dado ocasión para pintar una escena muy notable del género naturalista, que es el que impera hoy en todas las manifestaciones del arte... Resultado, que la chica vuelve en sí; que se pasa la mañana con el chico; que, en tanto, se le va secando la ropa al Sol; que se la viste al fin, y que arreglado también el barquichuelo por el diligente y placentero galán, Hero se vuelve a su casa tan despreocupada y campante como si no hubiera roto un plato... Tampoco en este cuentecillo, considerado aisladamente, hay cosa en que pueda cebarse la malicia del lector al primer golpe; pero vaya usted observando que el cuento sigue inmediatamente, en el orden de colocación en el periódico, a la relación del percance del jueves; y va seguido, a su vez, de esta noticieja, que no puede ser más inocente: «Dentro de muy pocos días llegará a Villavieja un acaudalado, culto y distinguido joven, ciudadano de una de las más florecientes repúblicas hispanoamericanas, e hijo de dos ilustres villavejanos, cuyos deudos y tierra nativa viene a conocer el ilustre viajero, después de haber recorrido lo más digno de verse en Europa. Es casi seguro que entre los dos alojamientos que se le tienen dispuestos en la parte más alta y en la baja, respectivamente, elegirá el último contra lo que se esperaba hasta hace pocos días. Como las razones que pueda tener para ello no son de nuestra incumbencia ni de la del público, nos limitamos a consignarlo y a anticiparle la más cordial bienvenida».

—Colocada esta última pieza, ¿no ve usted cómo van formando las tres seguidas un solo cuerpo con una misma intención, bien manifiesta y clara?

El tabernero confesó, bien a su pesar, que no lo veía tan manifiesto y claro como su hijo afirmaba: vamos, que no caía en la malicia.

—Eso consiste —díjole el sabio sin apurarse por la respuesta de su padre—, en que no está usted en antecedentes, como lo están las personas para quienes se ha escrito eso: verá usted que luego lo pescan... Lo que ahora importa es que no sepan mis colaboradores la llegada del paquete ni la mía; porque andarán, como novicios que son, con un palmo de lengua fuera de la boca, por la curiosidad de ver y oler el periódico; y si le ven y le huelen, lo mejor que puede ocurrir es que relaten lo más sustancioso de él esta misma noche en el Casino, quitándole así el interés a los asuntos. ¡Pues me he dado yo poca fatiga para lograr que el paquete esté aquí cuando debe de estar para que el reparto se haga a su debido tiempo! Mañana, domingo, cuya fecha lleva el periódico, ha de quedar distribuido en Villavieja antes de las ocho de la mañana. No se le olvide a usted volver a advertírselo a los repartidores, cuando les entregue, muy tempranito, la lista y los ejemplares correspondientes, que quedan aquí, como usted ve, ni encarecerles mucho las instrucciones que le tengo dadas para el reparto... ¿Se entera usted? Corriente. Pues a su sitio ahora todo el mundo, y que me suban algo de cenar enseguida, porque vengo desfallecido y con muchas ganas de acostarme.

A la mañana siguiente, antes de la misa segunda, que se decía a las ocho, ya no quedaban en manos de los repartidores de El Fénix otros ejemplares que los destinados a la masa anónima. Todos los demás se habían distribuido de casa en casa, conforme a lo acordado. En algunas de ellas y en determinados puntos, se dejaron varios ejemplares: cincuenta en la de las Escribanas; otros tantos en el Casino; diez a Rufita González; cinco a las Corvejonas; igual número a las de Codillo y a las Indianas doce a los Carreños, y doce también a los Vélez, contando Maravillas con que todas estas gentes habían de tener señalado gusto en que la cosa circulara y se fuera propagando por la villa y fuera de ella.

A don Alejandro Bermúdez, que había ido con Nieves a misa primera, le entregaron su correspondiente ejemplar a la salida de la Colegiata, ahorrándose el repartidor una subida a Peleches. Allí mismo se repartieron otros muchos ejemplares de los destinados «a la masa». Don Alejandro, después de mirar el papel con más indiferencia que curiosidad, le plegó en tres dobleces y le guardó en el bolsillo. Nieves, entre tanto, echaba una ojeada a la botica, en cuyo fondo solamente vio al mancebo con los brazos en alto y una botella en cada mano, trasegando líquido de una a otra. Ni señal de Leto ni de su padre. Éste, contra su costumbre de toda la vida, no había madrugado aquel día. Las emociones y las batallas de los anteriores le habían pegado a la cama a aquellas horas, bien a pesar suyo.

En cuanto a Leto, que se había pasado la noche en claro, después de la larga entrevista que tuvo con su padre recién llegado de Peleches, estaba encerrado en el cuartucho de la trastienda con El Fénix Villavejano. Por bajar a la botica se le entregó el mancebo con una mano, poniendo el índice de la otra, y sin hablar una palabra, sobre el renglón en que se leía: Percance grave. Diez minutos después no parecía Leto un hombre, sino una fiera recién enjaulada.

Por este lado, los vaticinios de Maravillas se cumplían bastante bien: las malicias resultaban donde las había puesto él; por otro, el éxito había sobrepujado a sus esperanzas: el periódico fue una bomba en cada casa, particularmente en las de «los chicos de la redacción», que se espantaron al pasar la vista por el artículo programa, motivo de indignación y de escándalo hasta para el más tibio de los villavejanos. ¡Qué no sería para los pobres chicos que con sus firmas se habían hecho solidarios de aquellas empecatadas doctrinas? ¡Cómo convencer a nadie de que habían sido engañados y sorprendidos? Buscáronse, en ayunas y en chancletas, como estaban; halláronse, reuniéronse y deliberaron. ¿Qué hacer? Romperle la crisma. En eso convinieron todos, sin discusión; pero ¿y después? Arrancarle una declaración y dar ellos un manifiesto; pero faltaba la imprenta para propagarle con la abundancia y la rapidez que la urgencia del caso pedía...

Deliberando sobre esto quedaban a las nueve y media todavía, mientras Tinito, que tenía su plan, continuaba encerrado en casa, donde había recibido, por conducto de su padre, las felicitaciones de los cuatro prosélitos que, como se sabe, tenía entre los gremios de zapateros y mareantes.

Esto había enorgullecido mucho al tabernero, y le había parecido a él signo de buen augurio. A un recado que se le mandó de parte de sus colaboradores, respondió por él su padre diciendo que había salido de casa.

Así hasta las diez y media. A esa hora, muy planchadito y repeinado, erguido hasta la rigidez, risueño de oreja a oreja, y solemne y augusto en su apostura, apareció delante de la Colegiata, dispuesto a aceptar los honores del triunfo que habían de decretarle allí, en el momento de salir de misa mayor, las gentes más importantes de la villa.

Entre tanto ocurría dentro, en la iglesia, un suceso muy extraordinario. El párroco don Ventura, después de leer dos proclamas de casamiento y de anunciar las fiestas de la semana, cogió otro papel que a prevención tenía sobre la mesa del altar; reclamó con mucho encarecimiento toda la atención de sus feligreses, y comenzó a leerle, en voz recia, pero alterada por una gran emoción. Era una protesta firmada por los seis colaboradores de Maravillas, contra todo lo que pudiera contenerse en El Fénix Villavejano, de ofensivo para las creencias religiosas o el honor y la fama de las familias de aquel pueblo; ofensas ingeridas en el periódico, sin el conocimiento ni la menor aquiescencia de ellos. Se valían de aquel medio de publicidad para su protesta, por no tener otro a sus alcances, y a reserva de utilizar cuantos les sugiriera su vehemente deseo de entregar al juicio de la conciencia pública la conducta incalificable del tal y del cual... ¡Bueno le ponían!

De todo ello tomó pie don Ventura para alabar la conducta de los declarantes y condenar las doctrinas impías, objeto principal de la protesta. «Atacar la religión de cierto modo, vamos, se ve a menudo; pero, hombre, ¡negar a Dios; a Dios Uno y Trino, Grande, Omnipotente y Misericordioso!... ¡y en Villavieja!

¡Qué barbaridad!» Y lloraba de espanto y pesadumbre el bendito varón. Y sus feligreses, indignados antes, se conmovían con sus lágrimas y lloraban también. Y Maravillas que oía estos rumores desde afuera, pensaba que eran rezos de los «fanáticos», y se reía de ellos a la vez que se impacientaba por lo que la gente tardaba en salir de la iglesia. Para entretener sus impaciencias, paseaba arriba y abajo en la faja de sombra que proyectaba la mole, observado de una media docena de muchachuelos y otros tantos menestrales que andaban por allí matando el rato. Desde que había salido de casa, donde quiera que había puesto los ojos o el oído, había visto el periódico suyo, o pescado alguna palabra referente a él; y los que le veían pasar, le miraban, le miraban, ¡con una fijeza y un interés!... Hasta los menestrales y los muchachos aquéllos que andaban por la plazuela, le comían con los ojos. Pues ¿cuántos no había detrás de las vidrieras en las casas inmediatas, mirándole y admirándole? Y en estas ilusiones, media hora larga; y la gente en la iglesia.

En esto apareció Leto en la bocacalle inmediata a la botica. Aquel domingo (Dios se lo perdonara) se había quedado sin misa. Se le pasó la de ocho corriendo el temporal desaforado en el cuartuco de la trastienda. Después, por no ahogarse allí de ira y de indignación, había salido sin saber por dónde ni a qué: de calle en calle; y si al paso se topaba con Maravillas... Porque no podía ser de otro la lacería aquélla de la cuarta plana del periódico: la Fábula desde luego lo era, porque llevaba sus iniciales. Pues, carape, ¿qué menos que un par de bofetadas para desahogarse un poco? Esto no podía chocarle a nadie: era de razón y de necesidad. En una de sus viradas, tropezó con el fiscal que le detuvo para decirle:

—Vamos, amiguito, «si buenos azotes me dan, bien caballero me iba». No hay que quejarse.

—¿Lo dice usted —le preguntó Leto enronquecido y algo convulso—, por lo del libelo ese?

—Hombre —respondió el fiscal recogiendo velas delante de aquel huracán a la sordina—, sí y no. Con pretexto de ello quería yo aconsejarle a usted que lo echara a risa; porque comparado con el bollo que tantos le envidian a usted, ¿qué vale el coscorrón que le cuesta?

—Pues mire usted, fiscal, y para que le vaya sirviendo de gobierno —respondió el otro temblándole los labios—: si quiere usted que no se le atragante el bollo ese, guárdese mucho de volver a tomarle en boca delante de mí; porque por encima de cuanto le estimo a usted y hasta del Sol que nos alumbra, pongo yo el respeto que se debe a la persona a quien apunta usted en su broma de mal gusto. Y dejémoslo aquí si le parece.

Y allí se dejó, con mucho placer del fiscal, que no tenía interés alguno en probar sobre su persona la fuerza de los puños de Leto embravecido. Fuese cada cual por su lado; y de esta aventura volvía, con la espina de su recuerdo atravesada en la garganta, el hijo de don Adrián Pérez, cuando se le ha visto aparecer en la plazuela por el lado de la botica.

—¡Carape!... Allí está —se dijo estremeciéndose todo al reparar en Maravillas.

Y se fue derecho a él con propósito de abofetearle; pero al llegar a su lado y verle tan poca cosa y empalidecer de susto, cambió de idea por escrúpulos de su conciencia hidalga, y se conformó, después de volverle de espaldas tirándole de las orejas, con administrarle una descarga de puntapiés, algunos de los cuales le levantaron más de un palmo sobre el encachado de la plazuela. Huyendo de los golpes que le contundían, trató de refugiarse en la iglesia; pero cabalmente comenzaba a salir entonces la gente; y aun quiso su mala fortuna que el primero que salía fuera Nilo Chuecas, el colaborador poeta de los Cantares tiernos; el cual, al verse cara a cara con el sabio, le plantó en ella el mejor par de bofetones que se había dado en Villavieja muchos años hacía. Ocurrió también que detrás de Nilo salía de la iglesia Tapas, uno de los zapateros ateos admiradores de Maravillas; pero muy devoto rezador al mismo tiempo, y hermano de la Orden Tercera de San Francisco. Era mozo robusto y fuerte, y al ver a su ídolo huir de los puños de Nilo para caer en las punta; de los pies de Leto, fuese hacia éste en actitud de pedirle cuentas de lo que pasaba allí. ¡A buena puerta llamaba y en buena ocasión! Cabalmente estaba Leto deseando habérselas con alguno en quien desfogar sus iras sin que protestara su conciencia por abuso de poder. Y respondió a la interpelación del zapatero con una bofetada que sonó en toda la plazuela, e hizo dar a Tapas tres vueltas en redondo; salió entonces a la defensa del abofeteado uno de los menestrales que contemplaban a Maravillas poco antes, y obtuvo igual recibimiento que Tapas del hijo del boticario, púsose Nilo Chuecas al lado de éste; salieron de la iglesia otros dos ateos de los prosélitos de Maravillas, y uniéronse a los que peleaban por él; fueron entrando en pelea por aquí y por allá gentes que no habían soñado en ello ni tenían por qué soñarlo; comenzaron los gritos de las mujeres y los conjuros de los hombres pacíficos; presentáronse en escena otros dos colaboradores del maldecido periódico; llegó el mancebo de la botica; salió de la iglesia don Adrián, y detrás don Claudio Fuertes, que tomó sitio junto a Leto y comenzó a sacudir garrotazos a diestro y a siniestro; huyeron hacia la izquierda los Vélez y hacia la derecha los Carreños, que tenían un miedo horrible a los alborotos populares; desmayáronse dos Escribanas, una Codillo y Rufita González, y abriéronse todos los balcones que daban a la plaza y llenáronse de gente que se llevaba las manos a la cabeza y estaba sin color y sin pulsos al ver a los combatientes de aquel campo de Agramante, rodar aquí en montón confuso por los suelos, allá esgrimiendo los puños en el aire, acá forcejeando entrelazados, y acullá a Leto y al comandante segando hombres en un espacio de tres varas en rededor, que siempre estaba desembarazado de estorbos. Por todo se reñía allí entonces menos por la obra empecatada de Maravillas, de quien nadie se acordaba ya y de cuyo paradero no se sabía.

Por último, vino el juez de primera instancia acompañado de la Guardia civil; y así y todo costó Dios y ayuda deshacer aquella maraña de carne, y apaciguar las olas de aquel mar encrespado por primera vez en cuanto alcanzaba la memoria de los más viejos de la villa. Créese que influyó mucho en la feliz terminación de la lucha y en el más pronto despejo de la plaza, el haberse oído de repente el silbato de El Atlante, anunciando su entrada en el puerto; suceso que arrastró al muelle a la mayor parte de los espectadores de la refriega, y aun a algunos de los combatientes que estaban desocupados en el instante de oírse las pitadas del vapor.

...

Mientras estas cosas tan graves ocurrían abajo, arriba, en Peleches, sin tenerse la menor noticia de ellas, también pasaba algo que merece consignarse aquí por remate de la crónica de aquella mañana de eterna remembranza en los futuros anales de la perínclita Villavieja. Fue el caso que don Alejandro Bermúdez, olvidado ya de que había guardado en uno de sus bolsillos el periódico que le habían entregado al salir de misa primera, topó con él a media mañana; y por casualidad, al desdoblarle, quedó ante sus ojos la cuarta plana, como pudo haber quedada la primera. Fijó la vista en el epígrafe Percance grave, que estaba en letras de mucho relieve; tentole la curiosidad, y leyó lo que seguía. Se quedó hecho una estatua al concluir. Repasó su memoria... «Justo y cabal», se dijo. Y voló en busca de Nieves, con el periódico en la mano y las gafas en la punta de la nariz.

Sin sentarse y temblándole el papel entre los dedos, leyó a su hija lo del Percance grave. Cuando acabó de leer, Nieves estaba pálida, pero atenta y muy en sí.

—En este puerto no hay más que un yacht —dijo Bermúdez mirando muy fijamente a su hija por encima de las gafas—, ni más señorita forastera que ande en él, que tú; y para inventada, me parece mucho esta noticia... Después, se da por ocurrido el suceso el jueves, el mismo día de aquéllas mis confusiones... Vamos, que las señas son mortales...

—¡Ojalá —respondió Nieves—, que entonces, como estuve tentada a hacerlo, te lo hubiera confesado todo!

—¿Luego es cierto?

—Si me prometes oírme sin enfadarte conmigo, ni con nadie —dijo ella subrayando esta palabra con una sonrisilla algo forzada—, yo te referiré el caso con todos sus pormenores, que no dejan de ser de importancia.

—Yo te prometo cuanto quieras, hija mía repuso Bermúdez trasudando de congoja y sentándose al lado de Nieves—. Pero cuenta, ¡cuenta, por el amor de Dios! y sácame cuanto, antes de esta terrible curiosidad en que estoy metido. Y empezó Nieves a relatar; y relatando ella punto por punto todo lo ocurrido aquel día memorable, con la más escrupulosa minuciosidad, y aun recargando los trazos y los colores en algunos pasajes, como si intentara grabarlos hondamente en la memoria y en el corazón de su padre; oyendo él absorto, estremeciéndose a menudo, aterrado en ocasiones, descolorido y suspenso siempre; preguntando y repreguntando a veces para apurar la materia, y llevando, por último, ella y él la conversación a los sucesos domésticos que tuvieron origen en el relatado por Nieves, se les fue pasando la mañana hasta la hora de comer; llegó entonces don Claudio Fuertes, y aconteció lo que el lector verá en el siguiente capítulo, que, si no es el último de la presente historia, ha de andar muy cerca de serlo.

XXV. En el que todos quedan satisfechos menos el lector

Aconteció, primeramente, que don Alejandro Bermúdez, sin dar tiempo a que su amigo se sentara, ni acabara de saludar siquiera, le informó de lo tratado allí con Nieves; noticia que alegró mucho a don Claudio, porque había temido, al ver los extraños continentes del padre y de la hija, y al primero con el endiablado papel entre manos, que se hubieran tragado el veneno vertido en su cuarta plana con ese fin por Maravillas. Ventilado aquel punto a la ligera, el comandante dio por supuesto que los señores de Peleches estarían enterados de lo que acababa de suceder en la villa. No tenían la menor noticia de ello.

—Y ¿cuál ha sido la causa? —preguntó Bermúdez después de la ligerísima pintura del suceso, que les hizo don Claudio.

—La causa verdadera y fundamental de todo —respondió éste—, ha sido el artículo que le habrá chocado a usted, por lo desfachatadamente impío, que va a la cabeza del periódico que tiene usted en la mano.

—No he leído de todo él —respondió don Alejandro—, más que la noticia ésta, que nos ha dado qué hablar y qué pensar a Nieves y a mí para toda la mañana.

—¡Hombre! —exclamó Fuertes como si se alegrara mucho de ello—. Pues tanto mejor entonces... a ver, a ver, mi señor don Alejandro: como fiel cristiano que es usted, está obligado a entregarme ese periódico... Venga.

Don Alejandro se le entregó siguiendo lo que le parecía broma de su amigo.

—Y yo —añadió éste—, tengo el deber, como fiel cristiano que también soy, de hacer trizas el papelejo y arrojarlas por el balcón.

Y como lo decía lo iba haciendo.

—Porque han de saber ustedes —prosiguió después de volver a su asiento—, que este periódico ha sido excomulgado desde el altar por don Ventura en misa mayor, con encargo muy encarecido a sus feligreses, de que destruyan cuantos ejemplares lleguen a su poder o vean en el de sus deudos o amigos... Es el demonio el tal Maravillas. ¡Lo que él ha revuelto hoy!

Estando en esto, avisó Catana que estaba servida la sopa.

—Pues mientras ustedes comen —dijo don Claudio levantándose—, les daré cuenta minuciosa de todo lo ocurrido; porque ese solo fin es el que me ha traído aquí a estas horas.

—Lo mejor será —contestó don Alejandro, apoyado enseguida por Nieves—, que coma usted con nosotros.

—Aceptado el envite —dijo Fuertes—, contando con que también se me hará el favor de mandar un recadito a mi casa para que no me esperen.

Así se hizo.

Don Alejandro comió poco y Nieves menos. En cambio don Claudio Fuertes no cerró boca, más, en verdad sea declarado, hablando que comiendo. Refirió el motín y el suceso que le precedió en la iglesia, con todos sus pelos y señales. Hasta Leto y él, y Cornias y el mancebo, y casi, casi, don Adrián, habían tenido que andar en la gresca. No recordaba él haber dado más garrotazos en su vida... ni a los moros de África. Triste era haberse ensañado tanto en sus propios convecinos; pero se habían ido hacia aquel lado todos los ganapanes de Villavieja, y hubo que defenderse y ayudar a los amigos. La botica se había colmado después de desmayadas y contusos; y a don Adrián, y a Leto y al mancebo, y al mismo Cornias, les faltaba tiempo para disponer antiespasmódicos y aplicar compresas de árnica y vegeto, y hasta alguna que otra tira de aglutinante. No se había visto otra ni se volvería a ver tan pronto, en Villavieja. Las gentes formales estaban indignadas con el mequetrefe; y las familias de sus colaboradores engañados, pensaban llevar el asunto a los tribunales de justicia. También se hablaba de tomar alguna medida gubernativamente, por haberse repartido el periódico, sin la debida autorización oficial. Había bastante tolle, tolle, contra las Escribanas, por ser cosa corriente que la mayor de ellas había pagado a Maravillas los gastos de la edición. De Maravillas se afirmaba, y sería verdad, que había huido de Villavieja durante lo más recio de la refriega, a uña de caballo, hacia la ciudad. Su padre había cerrado la taberna, muerto de miedo; y desde una ventana de arriba había declarado al pelotón de curiosos que le apostrofaban desde abajo, que estaba dispuesto a comerse todos los ejemplares del periódico que se le presentaran, si con ello se calmaban las iras reinantes contra él. Del hijo, que no se le hablara: era un trastuelo, un hereje, que tenía que acabar mal si no cambiaba de ideas, como se lo tenía él bien advertido... Se creía que bajaría muy poca gente por la tarde a ver el vapor que había entrado; porque los espíritus estaban muy soliviantados, y se aguardaba en el Casino un lleno después de comer, y quizá algún disgusto entre los chicos colaboradores, que ardían, y cualquiera que tuviera la mala ocurrencia de «tomarles el pelo» o defender al fugitivo. En fin, que podía dar juego todavía el programa del sabio Maravillas. El pobre don Adrián no había salido aún de su espanto. Leto, después del desahogo que se había dado a todo su gusto sobre Maravillas y sus defensores, estaba ya tan sereno y en sus quicios ordinarios; a él, a don Claudio, con verle bastaba.

Se continuó hablando del suceso; acabose antes que el tema la comida; retirose Nieves de la mesa; alzáronse los manteles; sirviose el café a los dos comensales que quedaban en ella; tomáronlo, bien interlineado con sorbos de excelente licor y chupadas a muy exquisitos habanos; y a medio consumir éstos aún, rogó don Alejandro Bermúdez a don Claudio Fuertes que pasara con él a su gabinete, porque tenía que hablarle en secreto de cosas de sumo interés. Encerrados ambos, muy picado de la curiosidad don Claudio Fuertes, y muy preocupado, pero muy sereno y armado de resolución don Alejandro Bermúdez, dijo éste:

—¿Usted había notado algo de esa que podemos llamar enfermedad de mi hija, que yo descubrí, y de la cual le hablé anteayer en este mismo sitio?

—¡Pshe! —respondió don Claudio después de meditar un instante y comprendiendo, por el tono de la pregunta y por el aire de Bermúdez al hacerla, adónde iba a parar éste con el asunto en aquella ocasión—; algo, algo, no era difícil de notar: ya ve usted, a perro viejo... Pero cuando me convencí de que lo había, y mucho, quizá sin haberlo notado ninguno de los dos, fue cuando él, espantado con la idea de que pudiera llegar a oídos de usted la noticia del suceso que Nieves le ha referido hoy, me buscó para referírmele a mí en el mayor secreto, ¡Qué cosas adiviné entonces, don Alejandro! y francamente, ¡qué grandes y qué hermosas y cuán de admirar en aquel noble y valiente muchacho!

—Sí, señor —dijo Bermúdez sacudiendo con el dedo meñique en un cenicero de porcelana que había sobre la mesa —escritorio, la ceniza de su medio cigarro:

—para que nada falte en este malhadado asunto, hasta hay de por medio su rasgo de novela; ese toque romántico del salvamento de la protagonista.

—¡Buen romanticismo nos dé Dios, señor don Alejandro! ¡Romántico un lance de una realidad tan tremenda, que todavía me pone los pelos de punta cuando le recuerdo en toda su imponente sencillez!

—¿Los pelos de punta, eh? Mire usted los míos, don Claudio, que aún chisporrotean desde que oí el relato hecho por Nieves. ¡Y si viera usted cómo está la sangre de mis venas, y lo que pasa en el fondo de mi corazón, y las ideas que hierven en mi cerebro!...

—Por visto, don Alejandro, por visto. Pero le he oído a usted calificar de malhadado el asunto principal, y me voy a tomar la libertad de decirle que no hallo el calificativo arreglado a justicia.

—¡Canástoles!... ¿Cómo que no?

—Pues como que no.

—Yo tenía mis planes, señor don Claudio; yo tenía mis planes.

—Corriente: tenía usted sus planes.

—De lo que me dio a entender mi hija el viernes; de lo que ayer sábado me declaró sin ambages, y de lo que hoy ha dejado traslucir en su relato, se deduce que su enfermedad, como le he dicho a usted antes, no tiene más que un remedio; y ese remedio es incompatible con los planes que yo tenía.

—Y ¿qué iba usted buscando en esos planes, señor y amigo mío? ¿el bien de su hija o el bien del otro?... Entendámonos: dando por hecho que yo tengo noticias de esos planes, porque ciertas cosas no se pueden ocultar.

—Concedido, y me parece ociosa la pregunta de usted. ¿Qué otro bien he de perseguir en esos planes, sino el bien de mi hija?

—Conformes; pero verá usted cómo no fue mi pregunta tan ociosa como cree:

¿qué garantías le han dado a usted de que la felicidad de Nieves ha de hallarse por el camino de esos planes?

—Hombre... cuantas pueden darse en un caso así.

—Ninguna, señor don Alejandro, ninguna. Usted solamente conoce a su sobrino... porque del hijo de doña Lucrecia se trata, ¿no es verdad?... Corriente: usted no conoce a ese sobrino más que por el retrato, por sus cartas y por los elogios que de él le habrá hecho su madre; y todo esto es muy poco.

—¡Poco?

—Sí, señor, muy poco... nada; porque con todo ello junto, y a pesar de las ponderaciones honradísimas de su madre, sin que ella lo sepa puede ser el chico un perdulario, o llegar a serlo, o un descastado, o un hombre inútil y un detestable marido...

—¡Eche usted, canástoles! ¡eche usted más peste si le parece poco todavía la que ha echado sobre el pobre chico! Amigo de Dios, llevando las cosas a tales extremos...

—He hablado en hipótesis, señor don Alejandro, y nada inverosímil por cierto... Y ¡qué demonio, hombre! desde luego puede apostarse la cabeza a que ese caballerito, con todos sus caudales y sus vuelillos y hopalandas de letrado, no es capaz de arrojarse a la mar para sacar de ella a su prima, como lo ha hecho el otro.

—¡Bah!... Ya salió otra vez el rasgo novelesco.

—Porque ha venido al caso que salga; no por lo que tiene de novelesco, que no tiene nada, como usted mismo cree, aunque no me lo confiese, sino como revelación del alma más noble y generosa que ha encarnado en cuerpo humano.

—¡Qué entusiasmos, hombre!... No parece sino que todos...

—Es justicia, señor don Alejandro, créalo usted; y porque viene a pelo.

—De todas maneras, yo tengo mis compromisos con mi hermana desde muchos años hace, y su hijo viene a España confiado en la seriedad de ellos.

—¿Se habían formado esos compromisos con el consentimiento de Nieves?

—Siempre estuve en cuenta de que sí; pero al oírla a ella ahora, resulta que no.

—¿Y es posible que usted, el mejor de los padres y el más caballero de los hombres... (sin asomo de lisonja, señor don Alejandro) sea capaz de conceder más importancia a esos compromisos, mal contraídos, que a las repugnancias de Nieves a sancionarlos? ¿Quién, que le conozca a usted como yo, ha de creerlo?

—Nadie, ¡canástoles! nadie; porque yo tampoco lo creo; pero ¿por qué, con planes o sin ellos, se me ha atravesado este estorbo aquí? ¿Por qué no han ido las cosas por sus pasos contados?

—Y ¿qué más contados los quería usted, don Alejandro? Se han hallado sin buscarse; se han tratado sin pretenderlo; se han entendido sin explicarse... ¡Sí hasta parece providencial, hombre! créalo usted.

—No me refería yo a esos trámites ni a ese asunto, sino a que el otro, si no cuajaba, se hubiera deshecho aquí por la buena y de común acuerdo, sin la menor alteración en nuestra vida y costumbres. Eso quería yo, y no esta inesperada complicación que lo echa todo patas arriba. Porque no hay que soñar en arrancarla la idea: la tiene arraigada en lo más hondo; la coge en cuerpo y alma. ¡Y tratándose de un carácter como el suyo, tan entero, tan equilibrado y firme!... ¿Quién demonios había de pensar que la diera por ahí?

—Pero, hombre, cualquiera que le oyera a usted pensaría que Nieves había puesto sus ojos en algún forajido... ¡Caramba! dele usted a Leto el caudal del mexicano, y a ver si hay mejor acomodo que él para una chica soltera, en todo el orbe conocido... ¡Y como usted es pobre, gracias a Dios!...

—No es eso, señor don Claudio, precisamente... Mire usted: por de pronto, es una niña todavía...

—Así y todo, estaba usted dispuesto a que se la llevara su primo.

—O no se la llevara, señor don Claudio, aun suponiendo que mis planes hubieran prosperado; porque entre acordarlo y realizarlo, puede haber otra vuelta a México, que no está a la puerta de casa; y con unas dilaciones y con otras y tan separados los dos, un año se pasa pronto; mientras que este otro lío no da aguante...

—¿Tanta prisa tiene ella, don Alejandro?

—Ninguna: por su gusto, a lo que yo la entiendo, se pasaría toda la vida como ahora... y lo creo; pero ¿cómo deja usted las cosas así y en continuo trato los dos?...

—Ciertamente...

—Pues vuelvo a lo dicho: es una niña todavía... ¡y decir a Dios que al primer vuelo...! del nido a la rama, como si dijéramos... ¡zas!

—¿Y qué, cayendo, como cae, en blando?

¿Está usted seguro de que al tercero o cuarto... o vigésimo vuelo, después de metida en las espesuras del mundo, y con más años y más apetitos encima, hubiera caído mejor?

—Además, hombre, ¡qué canástoles! cuando yo empezaba a recrearme en ella, recién educada con tantas precauciones y tantos cuidados...

—¿Y, por ventura, se la roban a usted de casa para llevársela por esos mundos afuera... a México, verbigracia, donde no la vuelva a ver en muchos años... o nunca quizá? Si hasta por ese lado sale usted ganando en la nueva jugada; pues lejos de quedarse sin la única hija que tiene, adquiere otro hijo más, que le acompañe y le quiera y le venere... ¡Ah, caramba, si yo me viera en pellejo de usted! (cuántas veces me lo he dicho y se lo hubiera dicho a usted autorizado para ello, como ahora lo estoy, desde que sigo de cerca este pleito y he estudiado los autos con interés); ¡si me viera yo en su pellejo!...

—¿Qué haría usted en ese caso?

—Pues haría... ¡qué demonio! lo mismo que va usted a hacer, solo que yo lo hubiera hecho desde que noté el primer síntoma de eso que usted llama enfermedad de su hija.

—Pero, hombre, si, por errarla en todo desde que llegué a Peleches tan atiborrado de ilusiones, hasta me ha fallado la máxima que yo consideraba infalible.

—¿Qué máxima?

—Aquélla de los aires puros... ¡Lo que yo la he ventoleado!

—Vamos, señor don Alejandro: hoy no da usted pie con bola, y todo lo mira del revés. ¡Decir que le ha fallado la máxima cuando acaba de cumplírsele al pie de la letra! ¿Qué pensamientos más nobles ni mejor colocados quiere usted en una mujer, que los que han infundido en Nieves los aires de Villavieja?

—Pero no son los que traía de Sevilla.

—Prendidos con alfileres, y no tan buenos; luego aquí han mejorado y echado raíces. Si no tiene escape, don Alejandro; y aunque le tuviera, ¡voto al draque! por el bienestar de una hija se tragan bombas con espoleta, cuanto más insignificancias como la de la máxima esa, que no es artículo de fe y menos entre cristianos... Y dígame ahora con toda franqueza y hablando en perfecta seriedad, ¿desde cuándo siente usted esas tentaciones tan fuertes de transigir?... Porque anoche estaba usted duro como una pena.

—Desde anoche mismo; desde que oí al pobre don Adrián. La compasión que por él sentí y ¿a qué negarlo? lo que de él aprendí oyéndole, me despejaron mucho los nublados de mi cabeza, y pude así ver y estimar las cosas con mayor serenidad. Después, la verdad sea dicha, el acto de su hijo, referido por Nieves esta mañana; las reflexiones a que esto me ha traído, ¡tan hondas, tan complejas!... En fin, hombre, ¿a qué canástoles hemos de andar en más pamemas?: le aseguro a usted que si no fuera por la contrariedad del arrastrado compromiso viejo y el temor de que mi pobre hermana Lucrecia, a quien ya no le cabe en la piel de puro gorda que está, estalle con el disgusto...

—Eso, señor don Alejandro, es llevar los escrúpulos a lo increíble; y, si usted un poco me apura, hasta meterse en los designios de Dios... Demos de lado esos óbices nimios o pecaminosos; y dígame, tomando las cosas donde las circunstancias y la voluntad de Dios, sin duda alguna, las han puesto, ¿conoce Nieves esas buenas disposiciones de usted?

—Conocerlas, así como suena, no; pero contar con ellas, de fijo. ¡Pues es tonta la niña, y no me tiene bien estudiado que digamos!... Y ¿qué tal cara pondrá el otro?...

—¿El de México?

—No, el de acá.

—¡El de acá! ¡Leto?... Mi señor don Alejandro, ¿puede usted imaginarse la cara que pondrá un santo al entrar en la Gloria eterna?

Pues, en la proporción debida entre lo celestial y lo más noble de lo terreno, esa cara será la que ponga el hijo de don Adrián cuando sepa que los montes se le allanan...

—Y don Adrián, ya que usted le menciona, ¿cómo lo tomará?

—Ese debe darle a usted más miedo en este caso que doña Lucrecia. Si lo toma a la altura de lo que le quiere a usted y admira a Nieves, ¡pobres de nosotros! Pero tampoco en este reparo debemos detenernos: la muerte por hartazgo de felicidad es envidiable.

—¿Le parece a usted que solemnice las paces con ellos comiendo juntos aquí?

—Antes con antes.

—Mañana mismo.

—Yo empezaría con unos preliminares esta misma noche.

—No, señor: esta noche, y aun esta tarde, las necesito yo para negociar con Nieves y ponernos de cabal acuerdo los dos.

—Me parece bien; pero de todas maneras, yo reclamo para mí el altísimo honor y el regalado deleite de ser en la botica el mensajero de tan buena nueva. ¡Se las he dado tan amargas a los dos excelentes amigos en estos últimos días!...

—Concedido con toda el alma.

—Pues sélleme usted las credenciales con un apretón de manos.

—Ahí va la mía, y el corazón con ella.

—Un abrazo además.

—¡Y bien apretado, canástoles!... y otro para cada uno de ellos, a buena cuenta.

—Serán fiel y honradamente transmitidos... Esto engorda, señor don Alejandro...

—Sí, señor don Claudio; y Dios le pague a usted la parte que le alcanza en este bien que recibo. ¡Qué días estos pasados! ¡qué noches!...

—¿Quién piensa ya en esas bagatelas? Ahora, usted a volver la vida a la pobre Nieves, y yo a la botica con la buena nueva. Quisiera tener alas para llegar de un vuelo desde aquí.

—Aguarde usted un instante... Entérese de esa carta que tengo en el bolsillo desde ayer tarde: la que armó la tempestad.

—«Nacho...» ¡Hola! ¿Del sobrinito, eh?... ¡Demonio!... ¡demonio! Este «buen origen» es Rufita González... Sí... justo... la misma... Vamos, tal para cual... Pero, hombre, ¿tenía usted en su poder este comprobante y dudaba todavía?...

—¿Qué juicio forma usted de todo eso, señor don Claudio?

—¿No acaba usted de oírme?... ¿O pretende que se le dé por escrito? Pues aguarde usted un poco.

Sentose don Claudio Fuertes delante del pupitre; cogió pluma y papel, y escribió en un credo algunos renglones que leyó después a don Alejandro Bermúdez, y decían así:

«Mi querido sobrino: Por las sospechas que apuntas en tu carta del tantos, es posible que te convenga mejor que el hospedaje que en esta casa tenías y tienes a tu disposición, el que te reserva en la suya la persona que te fue con la noticia que ha dado origen a tus temores, si es que persistes en tu propósito de venir a Villavieja; pues pudieras haber variado de parecer después de considerar que no tienes derecho alguno ni autoridad suficiente para hacerme la pregunta y las reflexiones que me haces en tu mencionada carta. Tu tío, etc.»

—¡De perlas, amigo don Claudio, de perlas! —dijo don Alejandro recogiendo el papel de manos del comandante—. Me alivia usted de un trabajo engorrosísimo. Al pie de la letra lo copio, y va esta misma noche al correo.

—Si quiere usted que se recargue un poquito la suerte —respondió don Claudio muy serio—, pida con franqueza.

Me parece que sobra con esto. Al buen entendedor...

—Pues entonces me largo a escape... Conque ¿hasta la noche, don Alejandro?

—Hombre, me parece bien la idea: vuélvase, solo por supuesto, un ratito esta noche para darme cuenta del resultado de sus primeras negociaciones.

—Sí, señor, y para saludar a Nieves de paso... ¡Caramba! que también yo soy hijo de Dios.

Se fue el comandante y se quedó Bermúdez en su gabinete un buen rato, palpándose el tronco, atusándose el cabello a dos manos, tomando alientos y moviéndose a un lado y a otro; hasta que se detuvo y dijo, volviendo a llevarse las manos a la cabeza:

—Pues, señor... ¡a ello, y que Dios lo bendiga! Y salió del gabinete.

Polanco, julio de 1890.

Libros a la carta

A la carta es un servicio especializado para
empresas,
librerías,
bibliotecas,
editoriales
y centros de enseñanza;
y permite confeccionar libros que, por su formato y concepción, sirven a
los propósitos más específicos de estas instituciones.

Las empresas nos encargan ediciones personalizadas para marketing
editorial o para regalos institucionales. Y los interesados solicitan, a título
personal, ediciones antiguas, o no disponibles en el mercado; y las acompañan con notas y comentarios críticos.

Las ediciones tienen como apoyo un libro de estilo con todo tipo de referencias sobre los criterios de tratamiento tipográfico aplicados a nuestros
libros que puede ser consultado en Linkgua-ediciones.com .

Linkgua edita por encargo diferentes versiones de una misma obra con
distintos tratamientos ortotipográficos (actualizaciones de carácter divulgativo de un clásico, o versiones estrictamente fieles a la edición original
de referencia).

Este servicio de ediciones a la carta le permitirá, si usted se dedica a
la enseñanza, tener una forma de hacer pública su interpretación de un
texto y, sobre una versión digitalizada «base», usted podrá introducir interpretaciones del texto fuente. Es un tópico que los profesores denuncien
en clase los desmanes de una edición, o vayan comentando errores de
interpretación de un texto y esta es una solución útil a esa necesidad del
mundo académico.

Asimismo publicamos de manera sistemática, en un mismo catálogo,
tesis doctorales y actas de congresos académicos, que son distribuidas a
través de nuestra Web.

El servicio de «Libros a la carta» funciona de dos formas.

1. Tenemos un fondo de libros digitalizados que usted puede personalizar
en tiradas de al menos cinco ejemplares. Estas personalizaciones pueden
ser de todo tipo: añadir notas de clase para uso de un grupo de estudiantes,

introducir logos corporativos para uso con fines de marketing empresarial, etc. etc.

2. Buscamos libros descatalogados de otras editoriales y los reeditamos en tiradas cortas a petición de un cliente.